철2망에 걸린, 희망

국내 최초, 미얀마난민수용소 누포캠프를 가다

철조망에 걸린, 희망

글 | 임연태   사진 | 이승현

클리어마인드
CLEARMIND

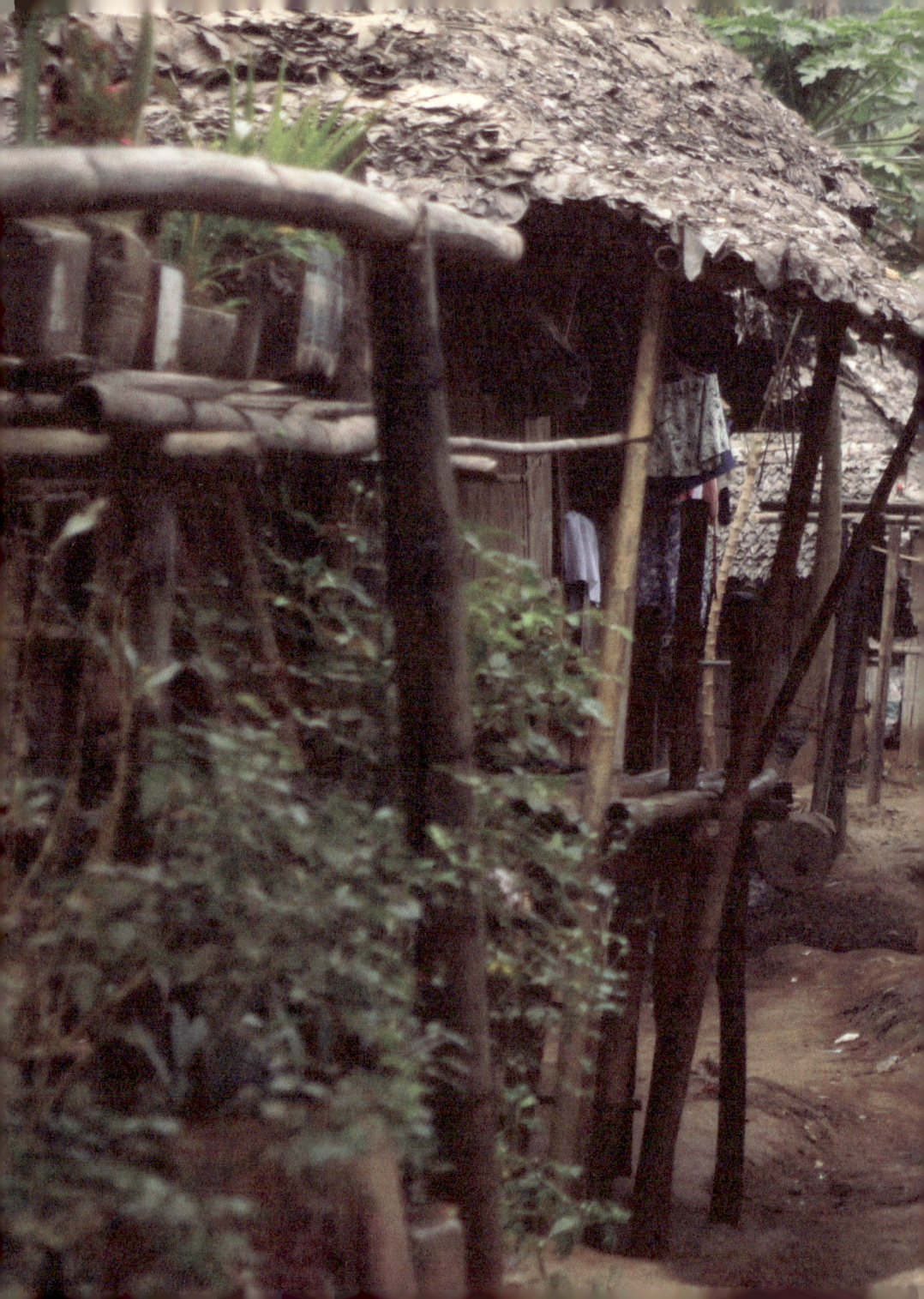

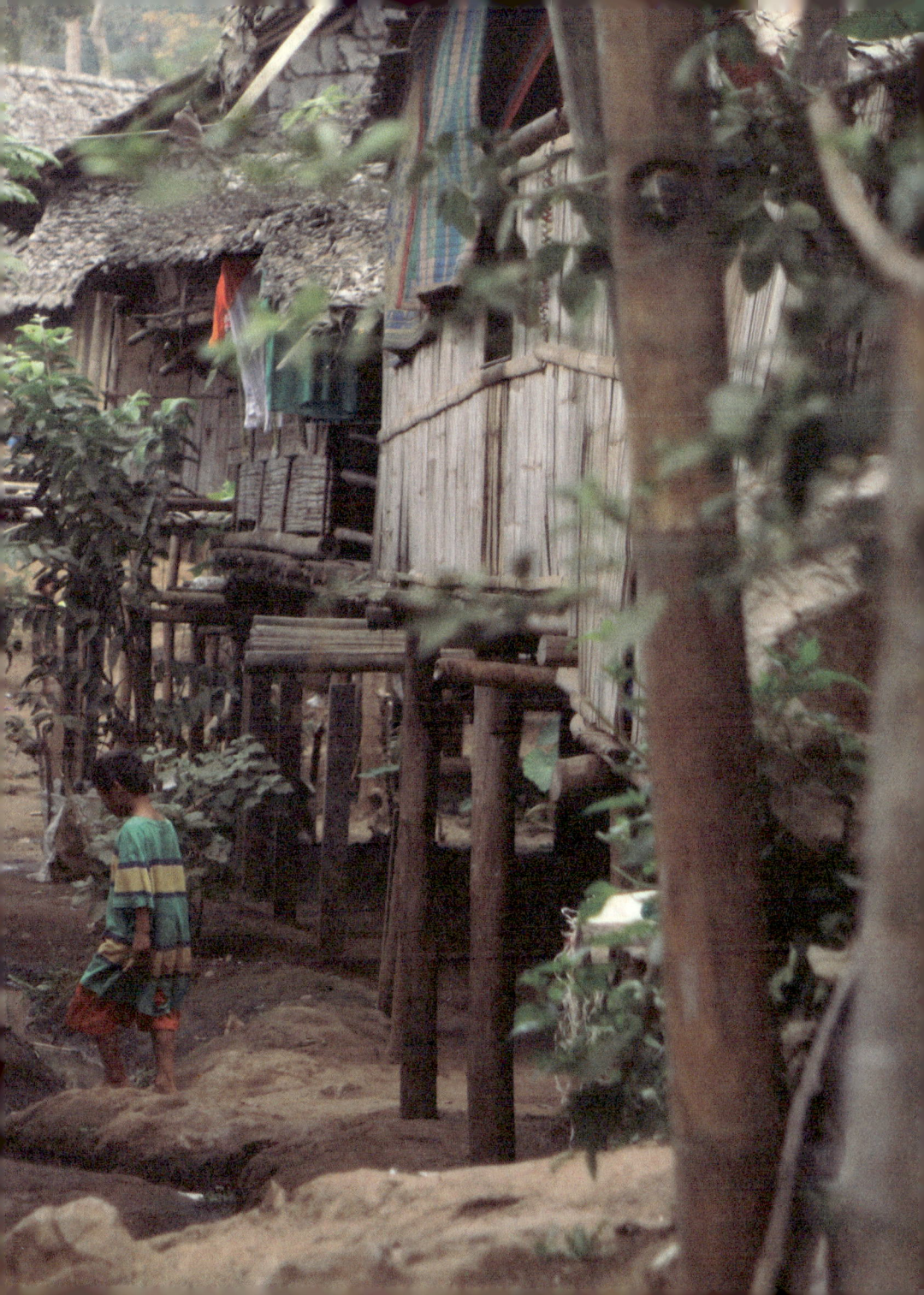

모든 길은 사람의 길입니다.
성인의 길도 마구니의 길도
산으로 가는 길도 바다로 가는 길도
사람의 길입니다.

길에서 길을 묻고
길에서 사람을 만납니다.

모든 길은 한 곳을 향합니다.
사람의 행복을 향합니다.

아름다운 사람은 아름다운 길을 열고
아름다운 길은 더 많은 사람을 행복하게 합니다.

행복을 향하는 사람의 길.

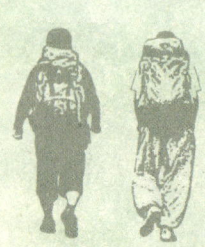

'누포캠프' 가는 길도
'새생명학교' 가는 길도
　히말라야의 오지마을로 가는 길도
우리가 함께 가야 할 길입니다.
아름다운 인연의 길입니다.

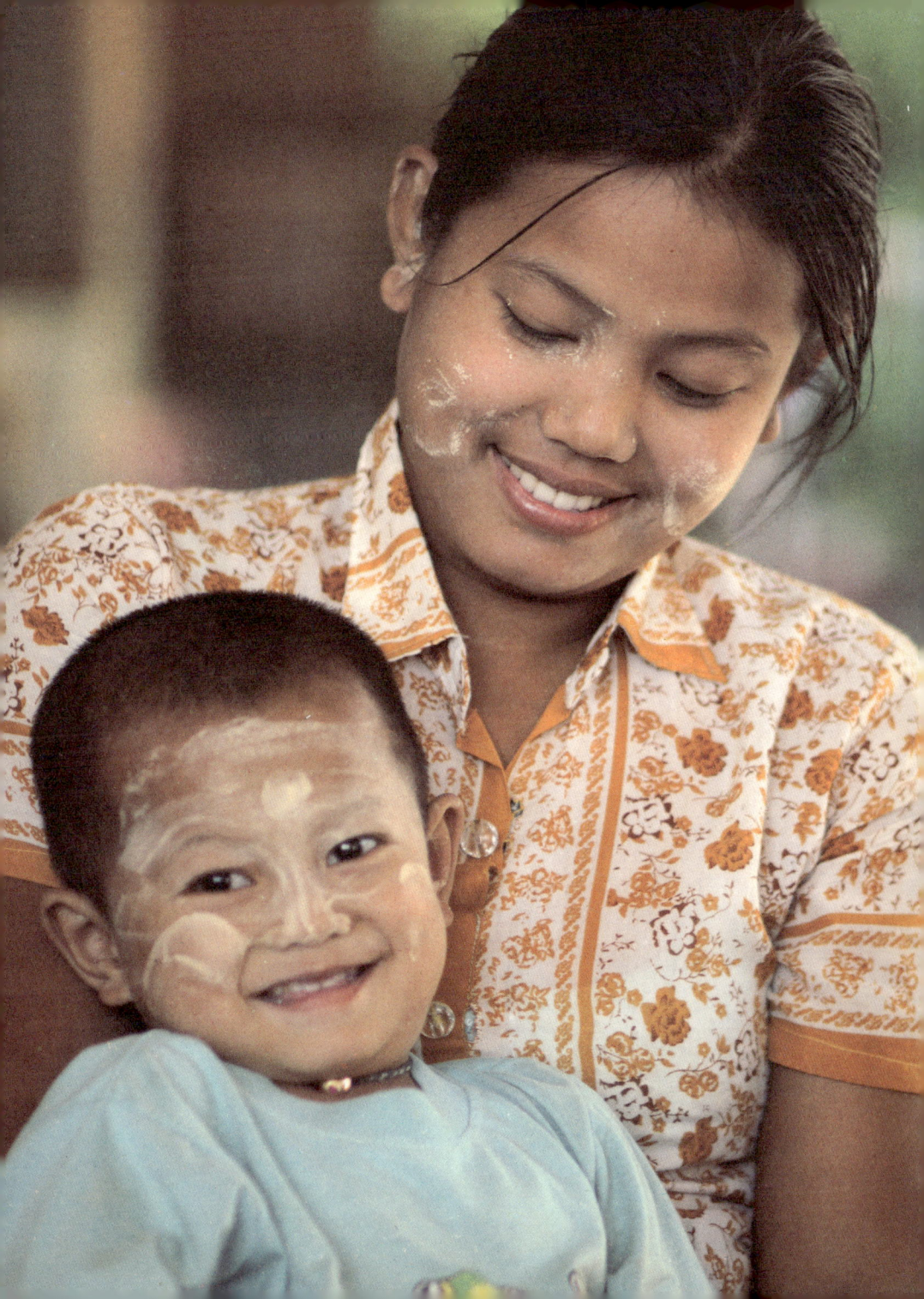

누포캠프를 다녀와서

　내가 살아 있다는 것, 내 곁에 사람이 있다는 것, 그리고 내게 가족이 있다는 것이 얼마나 고마운 일인지 아십니까? 때가 되면 먹는다는 것, 하루 세 끼 먹는다는 것, 그리고 언제나 먹을 것이 있다는 것이 얼마나 감사한 일인지 아십니까?

　물론, 잘 압니다. 그러나 우리는 그 고마움을 그다지 의식하지 않습니다. 내 곁에는 늘 가족과 이웃이 있고, 때가 되면 자연스럽게 먹고 마시며 살고 있으니까요. 말하자면, 고마움을 모르는 것이 아니라 습관처럼 길들여져 있다는.

　그곳에 가면 그 고마운 것들이 얼마나 가슴 아리게 느껴지는지 첫날밤엔 잠을 이룰 수 없습니다. 다음날 밤엔 속으로 눈물을 삼키며 부모님과 아내, 아이들의 이름을 차례로 불러 보게 됩니다. 그리고 좋은 사람과 미운 사람을 구별하며 아옹다옹 살아온 날들도 행복했다는 것을 새벽별이 지도록 되새기게 됩니다.

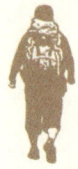

　그곳에서는, 숨 막히는 한낮의 더위와 뼈마디가 시린 새벽의 한기를 견디며 살아가는 게 그렇게 고요할 수 있다는 걸 믿을 수 없습니다. 까만 눈동자 말똥 거리는 아이에게 쭈그러진 젖을 물리고 있는 여인과 하루 두 끼로 버티는 아이들의 때 전 얼굴에서 어떻게 그런 맑은 웃음이 피어나는지 이해할 수 없습니다. 믿기도 이해하기도 어려운 곳, 그런 곳이 있습니다.

누포캠프(Nu Pho Camp).

　오랜 독재로 인한 정치·경제적 소외와 공포로부터 탈출한 미얀마 난민들 수용소입니다. 미얀마와 태국의 국경 밀림지역에 존재하는 수많은 난민수용소. 그 철조망 속의 사람들이 300만 명에 이른다고 합니다. 누포캠프는 그 많은 수용소 가운데 하나입니다. 사방 2㎞ 안에 2만여 명이 전기와 상하수도 등의 기반시설도 없이 살아가는 난민촌입니다. 2010년 12월 3일부터 10일간의 일정으로 누포캠프와 태국의 국경도시 메솟 인근의 새생명학교(New Blood School) 등을 다녀왔습니다.

이 책의 내용은 그 짧은 시간의 취재기록입니다. 2008년 봄부터 홀로 그곳을 찾아가 도움의 손길을 드리웠던 영봉 스님을 따라나섰습니다. 스님의 밀행(密行)을 후원하는 '히말라야의 꿈(Dream of Himalaya)'의 회원들이 응원해 주었습니다. 일정은 길지 않았지만 놀라움과 반성의 시간은 길었습니다. 고통과 희망이 공존하는 현장에서 희망이 고통을 이겨 내는 힘의 원천임을 알았습니다. 자신의 운명과 현실을 화해시킨 사람들만이 지닐 수 있는 평화도 보았습니다.

골목길을 배회하고, 사람을 만나고, 시장과 구멍가게를 들락거리며 취재하는 동안 행복했습니다. 태산 같은 고통과 공포의 기억을 감추고 풋풋하게 자라나는 아이들과 함께 밥 먹고 노래하고 얘기 나눈 시간을 잊을 수 없습니다. 그곳에서 나를 놀라게 하고 감동받게 하고 행복하게 했던 모든 일들은, 이곳에서 나에게 더 겸허하게 살게 하는 회초리가 되었습니다. 그곳을 위해 이곳에서 뭔가를 해야 한다는 사명감도 일깨워 주었습니다.

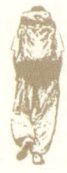

현장에서의 느낌과 감동을 더 자세히 전하지 못하는 것은 저의 감각과 글재주가 무딘 탓입니다. 이승현 선생님의 사진이 그 무딘 부분을 보완해 주리라 믿습니다. 취재를 떠나는 우리 어깨에 따뜻한 손을 얹어 주신 대한불교진흥원과 신한은행 반재호 님, 혜초여행사 석채언 사장님, 책을 묶어 주신 클리어마인드 오세룡 사장께 감사드립니다.

이 세상 모든 소외와 고통의 그늘에 밝고 따사로운 빛이 스미는 그날이 하루 빨리 오기를 염원합니다.

2011년 2월

金村 死關에서 임연태 합장

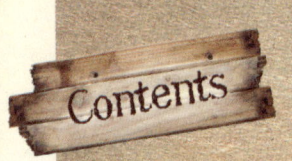
Contents

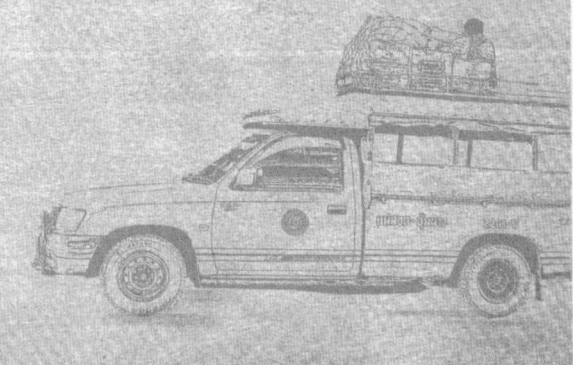

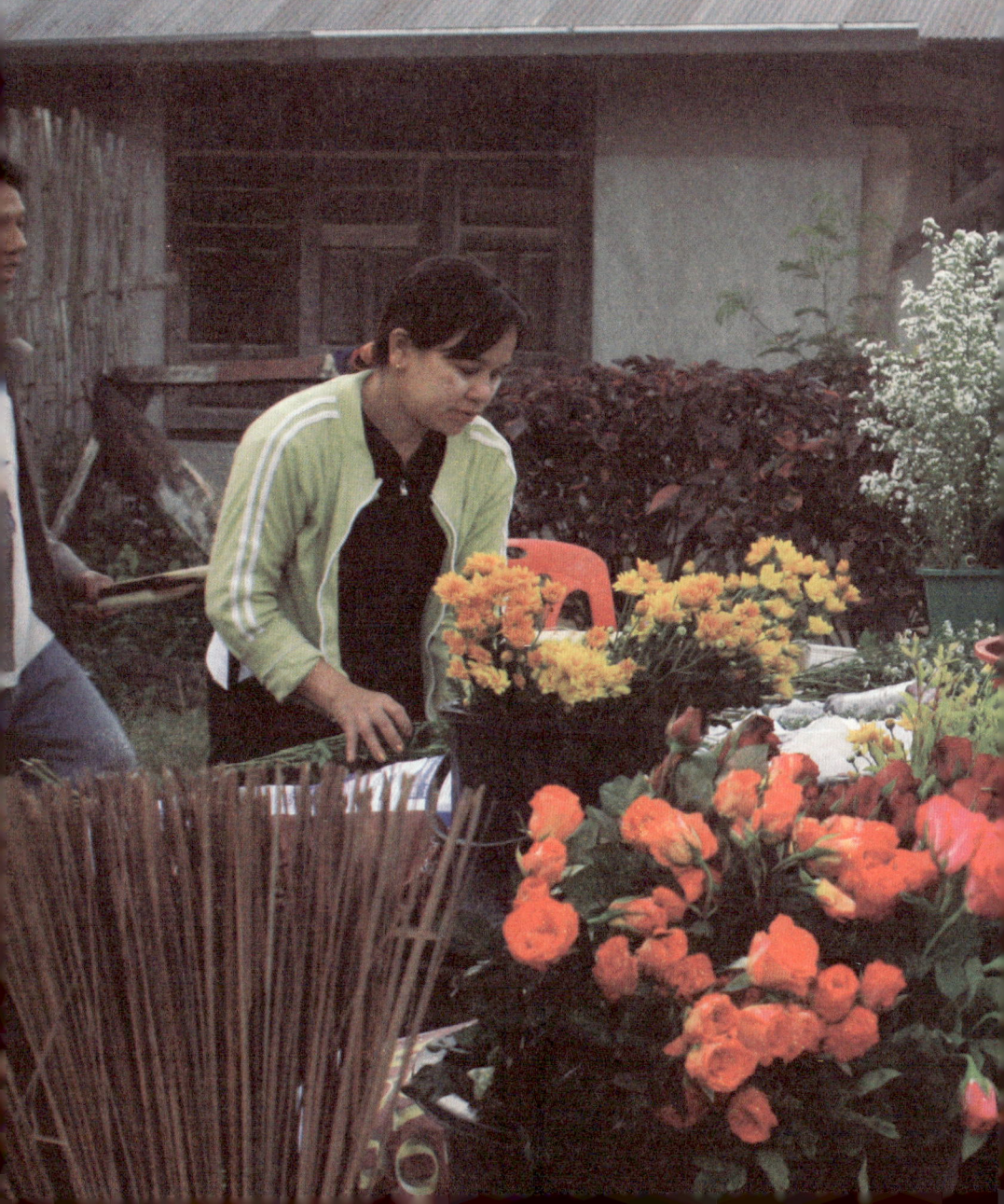

1부 **다시,**
꽃으로 피어나는 사람들

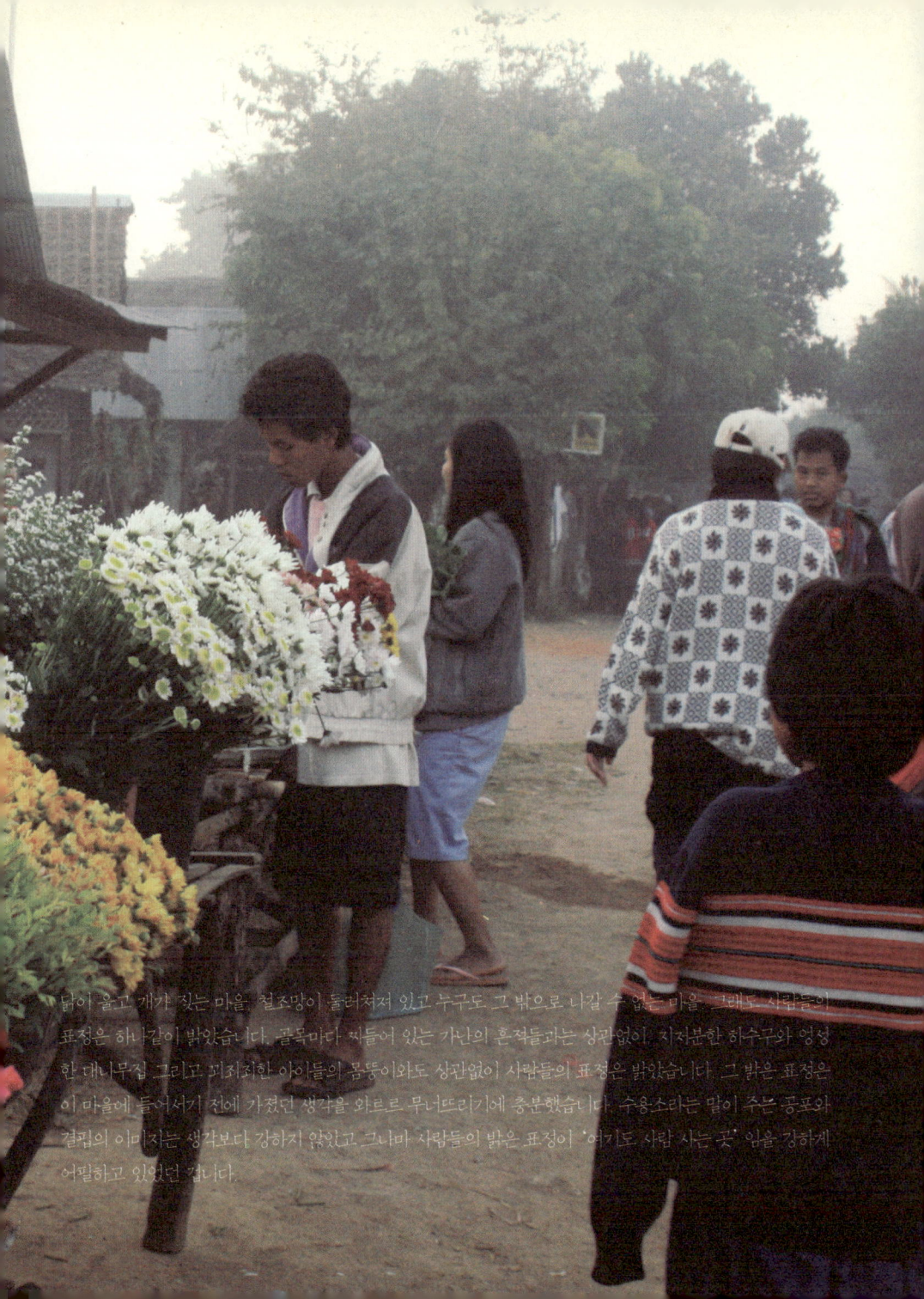

닭이 울고 개가 짖는 마을. 철조망이 둘러쳐져 있고 누구도 그 밖으로 나갈 수 없는 마을. 그래도 사람들의
표정은 하나같이 밝았습니다. 골목마다 찌들어 있는 가난의 흔적들과는 상관없이 지저분한 하수구와 엉성
한 대나무집 그리고 꾀죄죄한 아이들의 몸뚱이와도 상관없이 사람들의 표정은 밝았습니다. 그 밝은 표정은
이 마을에 들어서기 전에 가졌던 생각을 와르르 무너뜨리기에 충분했습니다. 수용소라는 말이 주는 공포와
결핍의 이미지는 생각보다 강하지 않았고 그나마 사람들의 밝은 표정이 '여기도, 사람 사는 곳'임을 강하게
어필하고 있었던 겁니다.

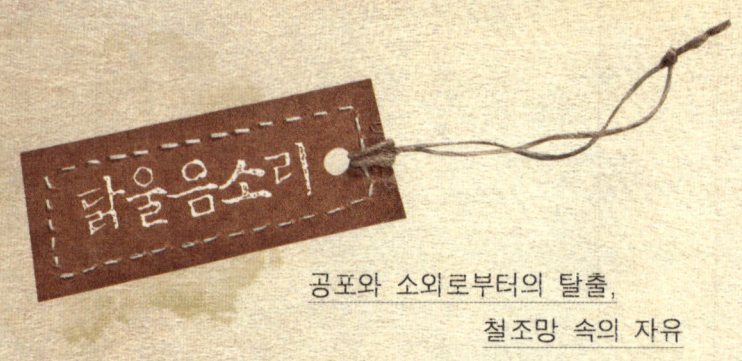

공포와 소외로부터의 탈출,
철조망 속의 자유

여기가 어디더라?

닭울음소리에 잠을 깹니다. 오랜만에 들어보는 첫 닭울음소리입니다. 잠은 깼지만 몸은 움직이지 않고 생각만 굴려 봅니다. 여기가 어디더라? 아, 그렇지. 누포캠프 Nu Pho Camp. 시계를 보니 새벽 3시 30분.

지금 내가 누워 있는 곳은 아주 특별한 마을입니다. 마을 입구에는 'NU PHO TEMPORARY SHELTER AREA'라는 영문이 태국어와 함께 적혀 있습니다. '임시보호구역'이라는 의미인데, 보호구역 안에 사는 사람들은 군부 독재와 종족 갈등으로 인한 내전 등을 피해 목숨을 걸고 국경을 넘은 미얀마 사람들입니다.

난민 refugee이란 말의 사전적 의미는 '난민의 일반적 의미는 생활이 곤궁한 궁민, 전쟁이나 천재지변으로 곤궁에 빠진 이재민을 말한다. 그러나 최근에는 주로 인종적

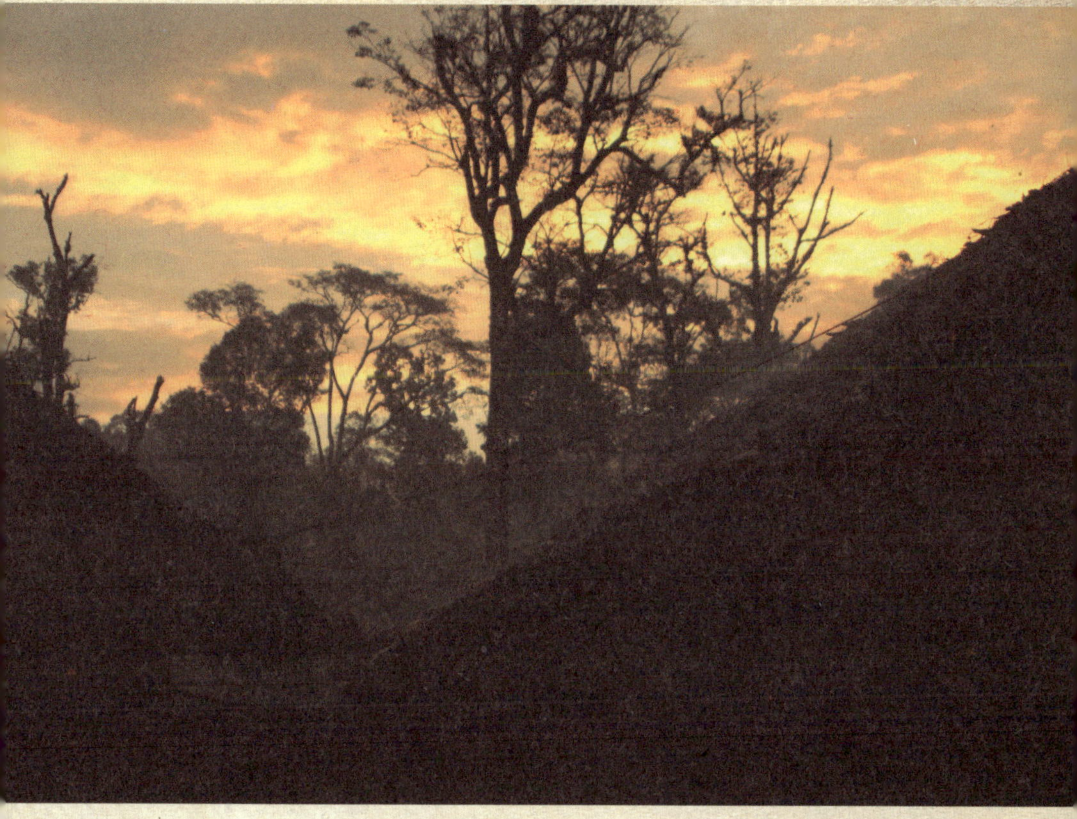

누포캠프의 아침은 닭울음소리로 시작된다.

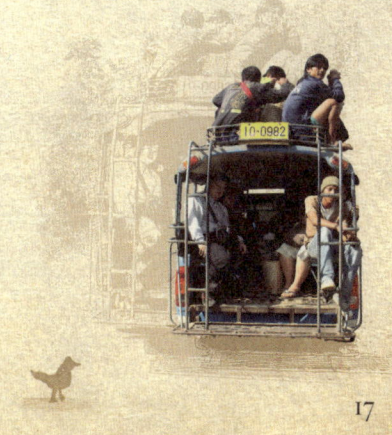

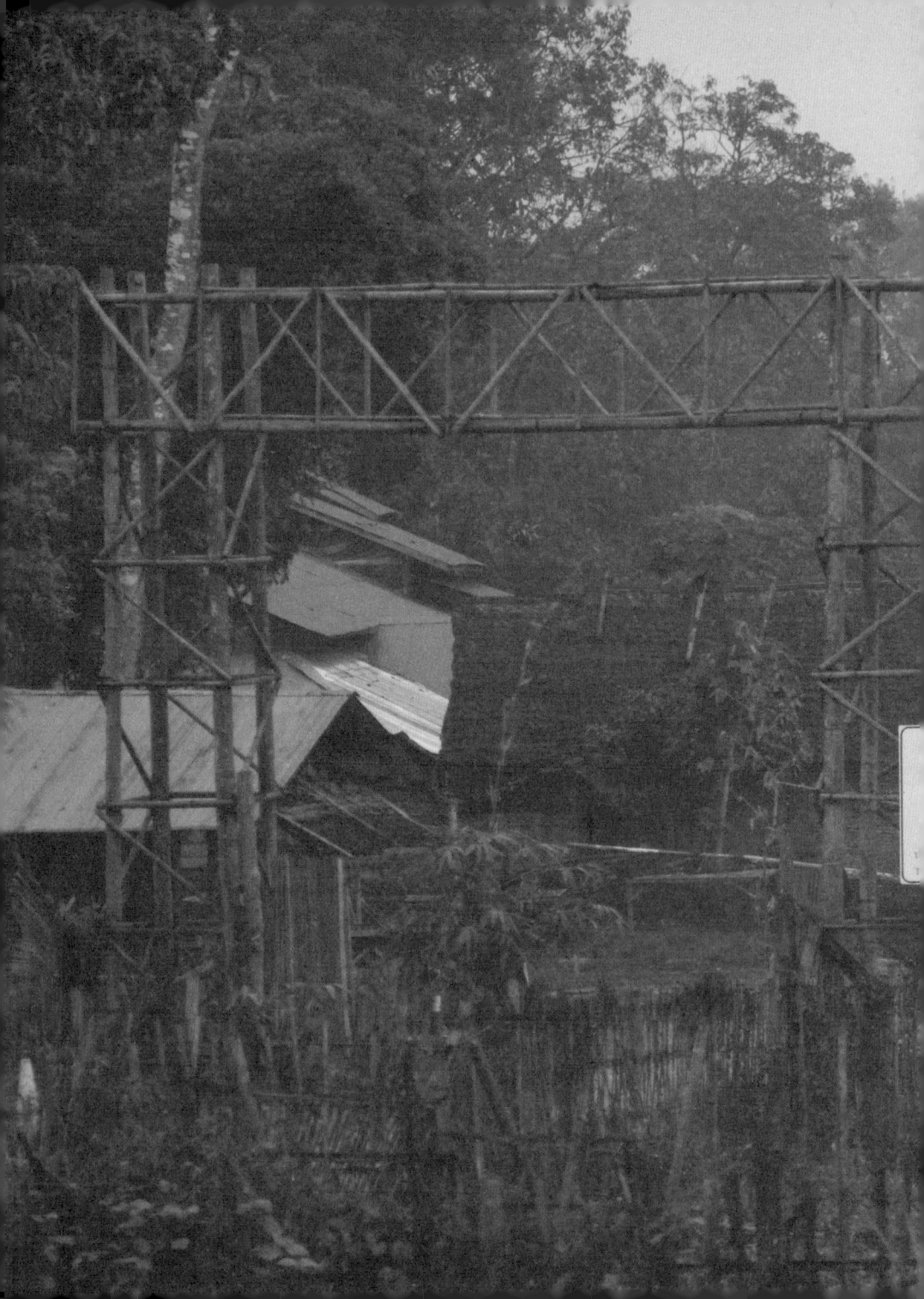

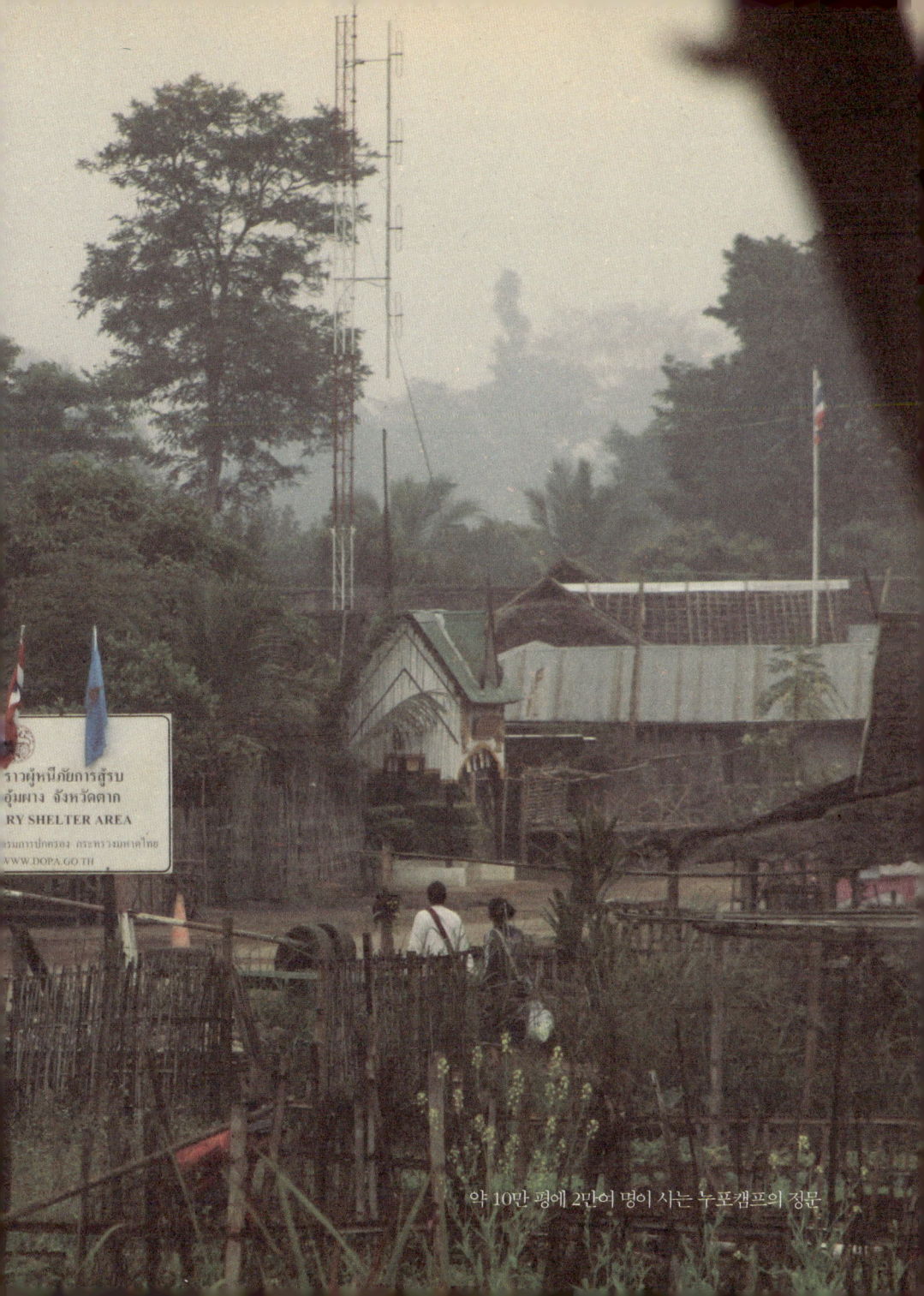

약 10만 평에 2만여 명이 사는 누포캠프의 정문

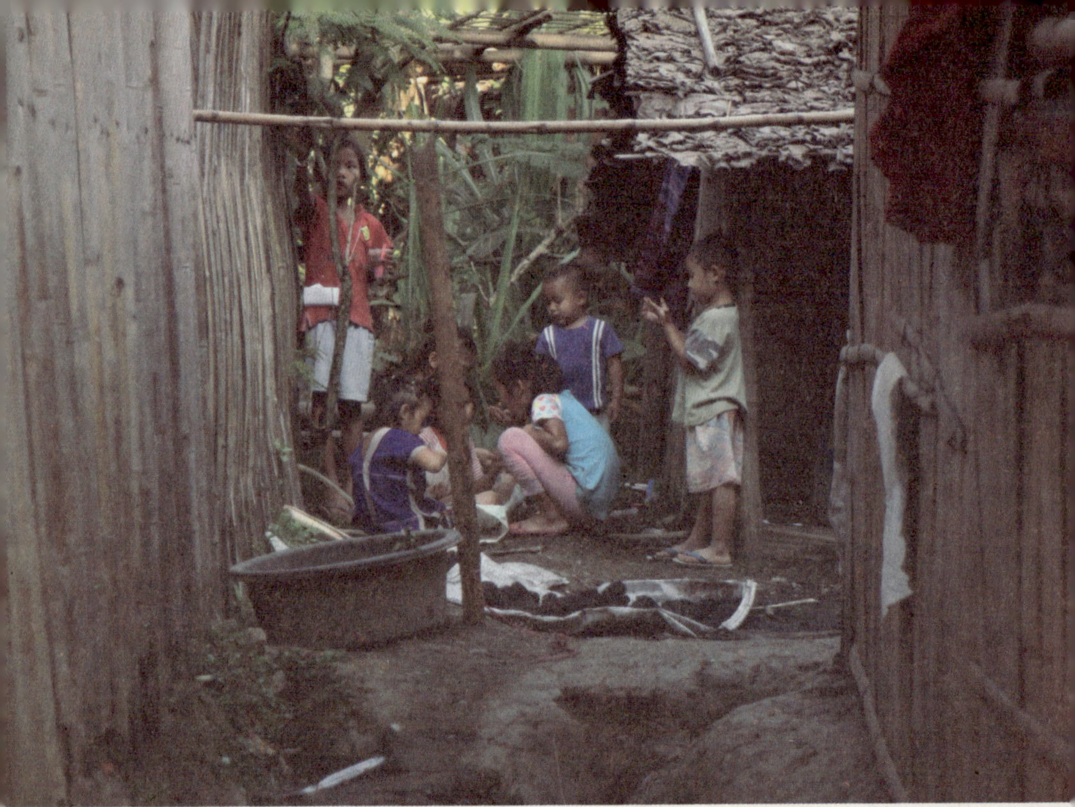

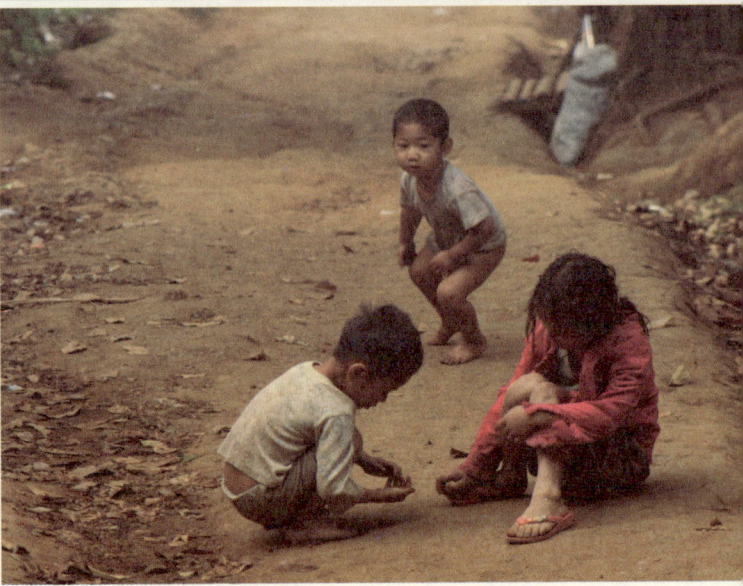

1997년에 형성된 누포캠프에서 태어나 철조망 밖의 세상을 본 적이 없는 아이들이 좁은 골목길에서 흙장난을 하고 있다.

· 사상적 원인과 관련된 정치적 이유에 의한 집단적 망명자를 난민이라 일컫고 있다 (네이버 백과사전)'입니다. 누포캠프의 난민들은 '집단적 망명자'의 개념에 속하는 사람들입니다.

누포캠프는 2만여 명의 난민들이 살고 있는 집단수용소입니다. 시설이 괜찮은 18홀 규모의 골프장 면적이 30만 평이라는데, 약 10만 평에 2만여 명이 산다는 것을 어떻게 설명해야 이해가 빠를까요? 강원도 정선군민 전체가 4만 명을 조금 넘는다는 것이 이해에 도움을 줄 수 있을지 모르겠습니다.

누포캠프가 있는 반누포 Ban Nu Pho라는 마을은 미얀마와 태국의 국경 밀림지역에 있는데, 태국영토 전체를 놓고 보면 중앙에서 서북쪽에 위치합니다. 이 일대에만 미얀마 난민 수용소가 9개나 있고 거기 사는 난민의 수는 대략 30만 명으로 추산하는데 정확한 수치는 집계할 수 없다고 합니다.

미얀마와 태국의 국경 북쪽 메홍손에서 남쪽의 상글라부리까지 800㎞에 이르는 지역의 난민캠프는 수백 개에 이르고 난민의 수도 300만 명에 육박할 것으로 추산되고 있습니다. 그곳이 정글이어서 바깥세상에 잘 드러나지 않지만, 수시로 총격전이 벌어지고 인명이 살상되고 있습니다.

누포캠프는 미얀마 국경에 비교적 가까이 위치해 있어서 멀리 보이는 산 너머(10㎞가량)가 미얀마 땅이라고 합니다. 누포캠프는 1997년에 형성됐습니다. 미얀마와 태국의 접경지역인 이곳은 카렌족들이 살던 곳이었습니다. 그래서 이 일대 난민캠프에 거주하는 대부분의 사람들은 카렌족이고 카렌어를 씁니다.

국경을 넘은 사람들

미얀마에서 죽음을 무릅쓰고 국경을 넘어온 난민들이 마을을 형성하기 시작하자 유엔난민기구UNHCR와 세계 NGO단체들이 태국을 설득하여 캠프를 설립하게 된 것입니다. 태국의 입장에서는 미얀마 난민들이 매우 난감한 존재였겠지만, 그들이 산악지역 안의 난민캠프를 벗어나지 않는 범위 안에서 땅을 내줄 수밖에 없었던 겁니다.

2010년 11월 7일, 20년 만에 총선이 치러지고 민정체제의 국가로 탈바꿈하겠다는 미얀마 정부의 발표가 있었지만 재야에서는 정부를 신뢰하지 않는 분위기입니다. 이 대목에서 나는 우리의 현대사를 더듬어 봅니다.

오랜 군부 독재와 신군부에 의한 집권, 그 과정에서 군복을 양복으로 갈아입고 정권을 장악했던 사람들. 그들의 집권 후에 드러난 엄청난 부패상들. 그 혼란한 터널을 통과한 뒤에 맞이한 문민정부, 그리고 국민의 정부와 참여정부라는 이름의 시간들.

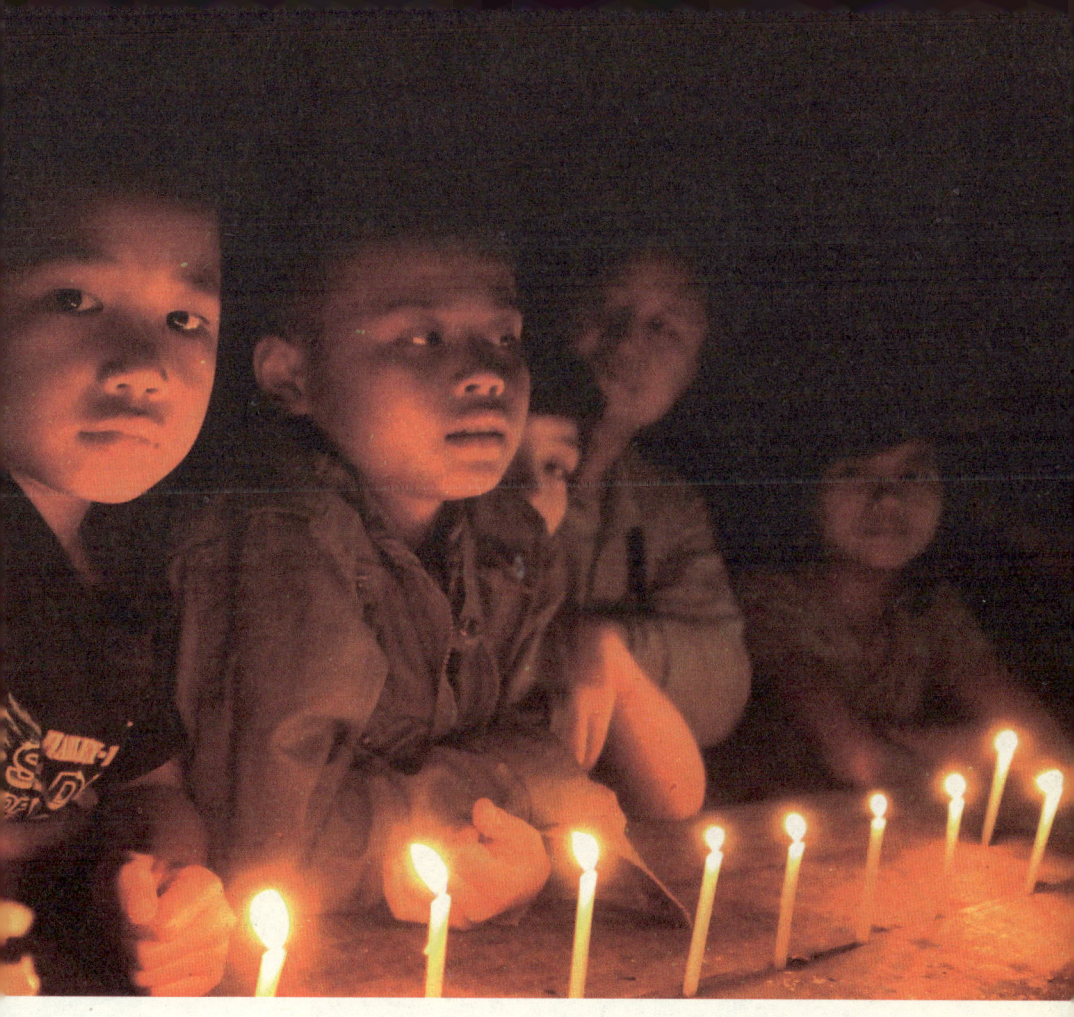

전깃불 대신 촛불을 밝히고 저녁시간을 보내는 아이들

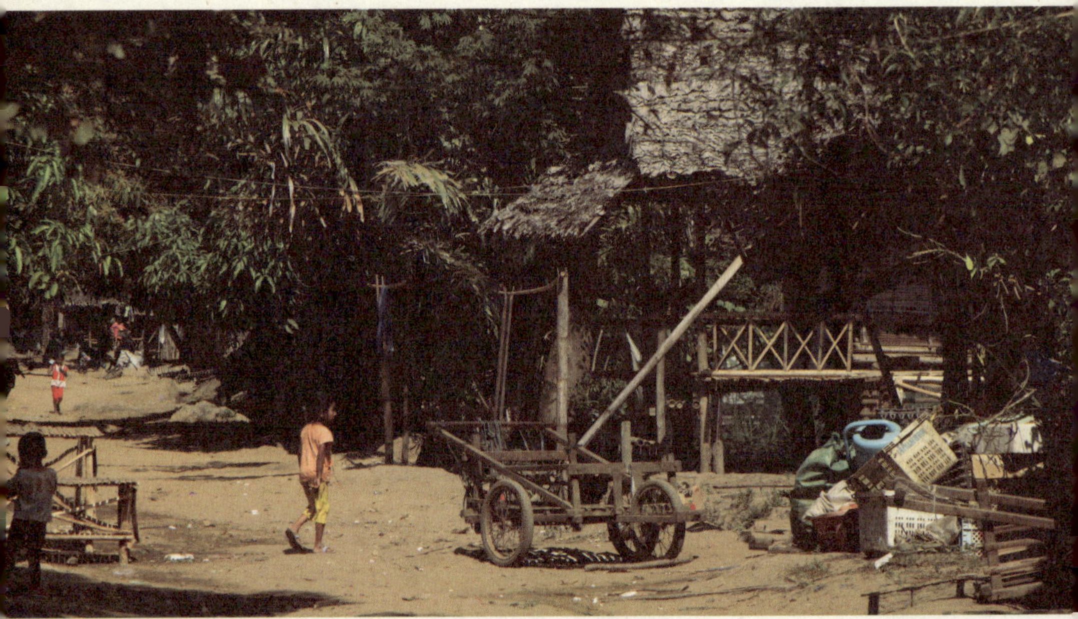

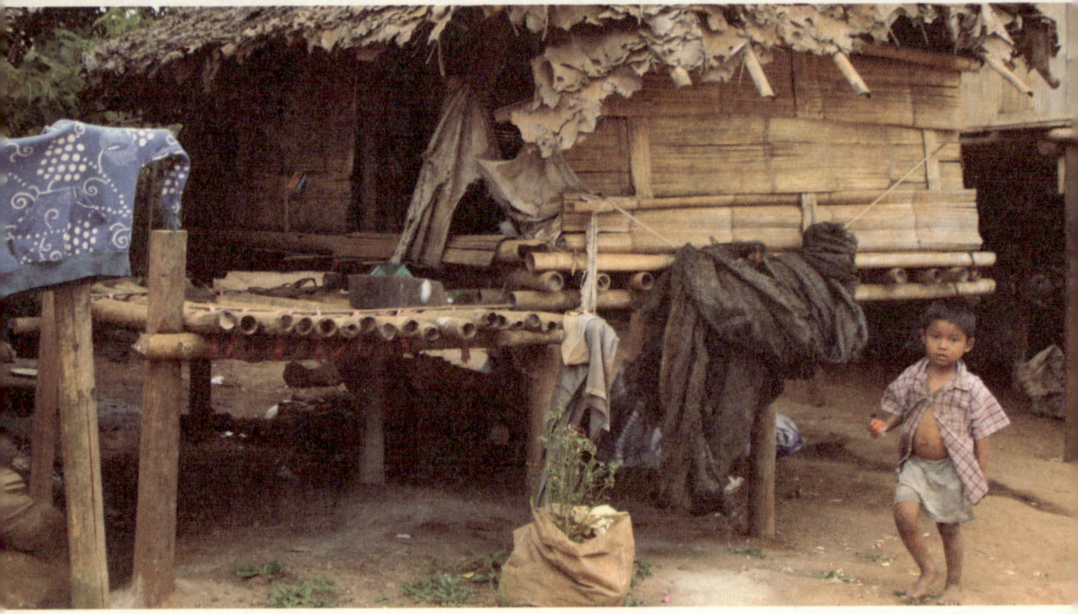

그 시간들을 지내오면서 자랑스러운 일과 부끄럽기 짝이 없는 일들이 늘 공존해 왔습니다. 눈부신 경제성장 속의 정경유착이 그렇고, 교통 통신의 비약적인 발전과 정신문화의 피폐상이 그렇고, 답도 없고 끝도 없는 북한과의 관계가 그렇습니다.

미얀마 국민들에게 우리보다 훨씬 긴 시간의 군부 독재를 넘어 자유민주주의로 가는 길이 어떤 방식으로 열리게 될지는 누구도 장담할 수 없습니다. 내 나라의 경우와 좀 달랐으면 좋겠습니다. 우리가 겪은 시행착오를 그들은 좀 덜 겪기를 바라는 겁니다.

미얀마 민주주의의 심벌인 아웅산 수치 여사도 오랜 가택연금에서 풀려 활동을 재개하면서 한국의 민주화 과정을 들며 '비슷한 경험'이라고 이야기합니다. 그리고 대화를 통한 문제 해결을 불변의 노선으로 정하고 세계인을 향한 '홍보'와 현 군부 '설득' 등 다양한 방법을 통해 민주주의 실현을 모색하고 있습니다.

이러한 분위기 속에서도 미얀마 국경 지역에서는 여전히 무장투쟁을 하는 조직들이 있고 총으로 맞서는 군대와의 충돌이 불가피하여 가끔 총격전이 벌어지기도 합니다. 그 총성이 주민들을 공포로 몰아넣어 목숨 걸고 국경을 넘어 캠프를 찾게 하는 원인이 됩니다.

그와는 별개로, 이미 형성된 난민수용소의 생활상은 열악하기 그지없습니다. 태국 정부에서는 전기나 상하수도 등 생활기반시설을 배려하지 않습니다. 그러한 배려는 미얀마와의 외교마찰을 불러올 것이기 때문입니다. 결국 누포캠프와 인근의 캠프들은 국제사회의 원조와 지원에 의해 생계를 이어갈 수밖에 없습니다.

캠프가 설립될 당시에는 생계의 위협으로부터 자유롭지 못했던 것이 사실이지만, 시간이 지나면서 차츰 삶의 양상이 정착되고 그 나름대로의 문화가 형성되었습니다. 일주일에 세 번씩 장이 서고 캠프 안에 상가가 들어서기도 했습니다. 학교가 설립되고 학교에 대한 NGO와 선교단체의 지원도 들어오고 있습니다. 마을 사람들은 인근의 태국인 소유 농장에 가서 일을 하고 일당을 받아오기도 합니다.

생존율 50%의 위협적인 상황을 무릅쓰고 국경을 넘은 사람들, 이제는 고국으로 돌아가면 감옥행이 되고 마는 사람들, 그래서 누구도 미얀마로 돌아갈 생각을 하지 않는 사람들의 마을은 자체적인 질서와 치안을 유지하며 가난한 나날을 보내고 있습니다. 그들이 가난한 것은 물질의 문제이지 정신의 문제는 아니어서 캠프는 오래전 서울의 달동네들처럼 빈궁의 터전에 평온이 깃들어 있습니다.

캠프 안에서는 어떤 범죄도 일어나지 않습니다. 어떤 불상사가 발생하면 그것을 빌미로 캠프가 해체될 수도 있다는 것을 난민들 스스로가 잘 알기 때문입니다. 그래서 생활필수품을 파는 가게는 있어도 술을 내놓고 파는 곳은 없습니다. 서로 가진 것이 없으므로 남의 것에 신경 쓸 이유도 없습니다. 서로 배가 고프기 때문에 남의 살림살이를 들여다볼 필요가 없기 때문입니다. 그렇다고 캠프 안의 분위기가 초상집처럼 우울하지는 않습니다. 스스로 자유를 찾아온 사람들이기에 제한적인 자유일지라도 최대한 누리고자 하는 겁니다. 자신이 선택한 운명과 초라한 현실의 평화로운 타협입니다.

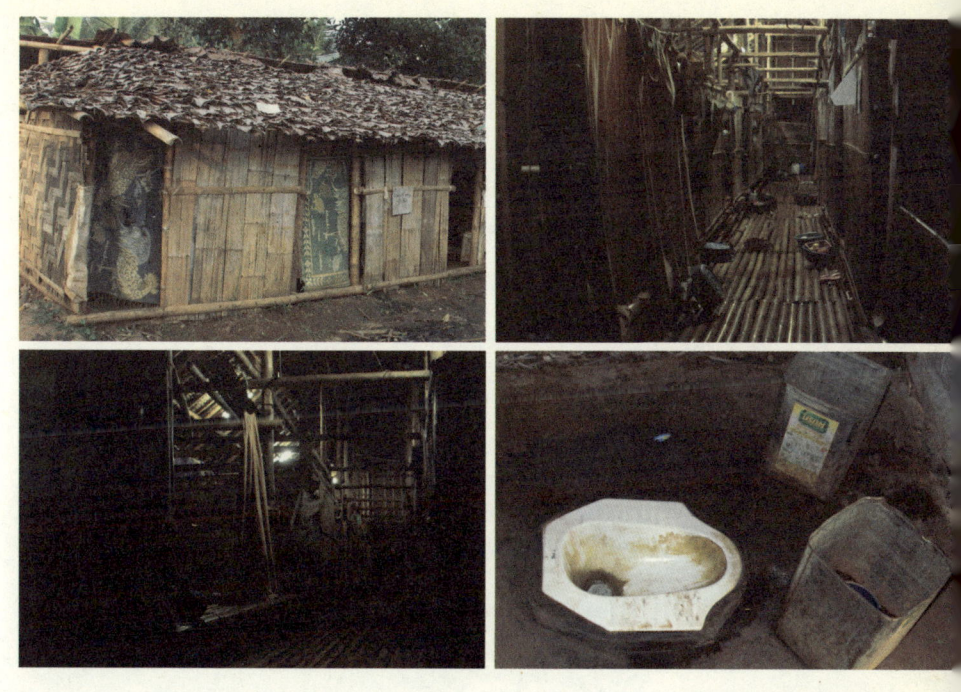

△ 불교중학교 고아기숙사의 세면장 ▷기숙사 복도
▽ 허물어진 기숙사 내부 ▷화장실 모습

가난의 흔적과 밝은 표정의 대비

다시 닭울음소리가 요란하고 개들도 컹컹 짖어 댑니다. 나는 지금 누포캠프 안의 불교중학교 Buddhist Mission Middle School(No 2) 고아 숙소에 누워 있습니다. 허기진 아이들의 잠꼬대를 들으며 뒤척이다가 긴 시간의 여독에 못 이겨 잠에 떨어졌지만 가까이서 들리는 닭울음소리에 잠을 깬 것입니다. 여기까지 온 여정이 파노라마처럼 스쳐 갑니다.

인천공항에서 비행기를 타고 5시간30분 만에 방콕 수안나품 공항 Suvarnabhumi Airport에 도착, 택시를 타고 머칫 Morchit 시외버스터미널로 이동, 거기서 밤 9시 20분에 출발하는 메솟 Mae Sot행 2층 버스를 타고 밤새 달려 새벽 5시 30분 메솟에 도착, 메솟에서 트럭을 개조한 버스를 타고 움팡 UmPhang이라는 곳까지 5시간 이동, 움팡에서 반누포까지 2시간 소요, 길은 좋을 리가 없어서 해발 1000m 안팎의 산능선 길만 100km, 현지인들도 꾸웩꾸웩 멀미를 해 대는 험한 길 245km. 그렇게 20시간 이상 이동해 이곳까지 왔습니다.

그런 길에 온몸을 맡기고 바람처럼 구름처럼 이 마을에 스며든 나는 누구인가? 무엇을 목적으로 이곳에 와 있는가? 2008년부터 이곳 사람들에게 한국에서 모금한 교

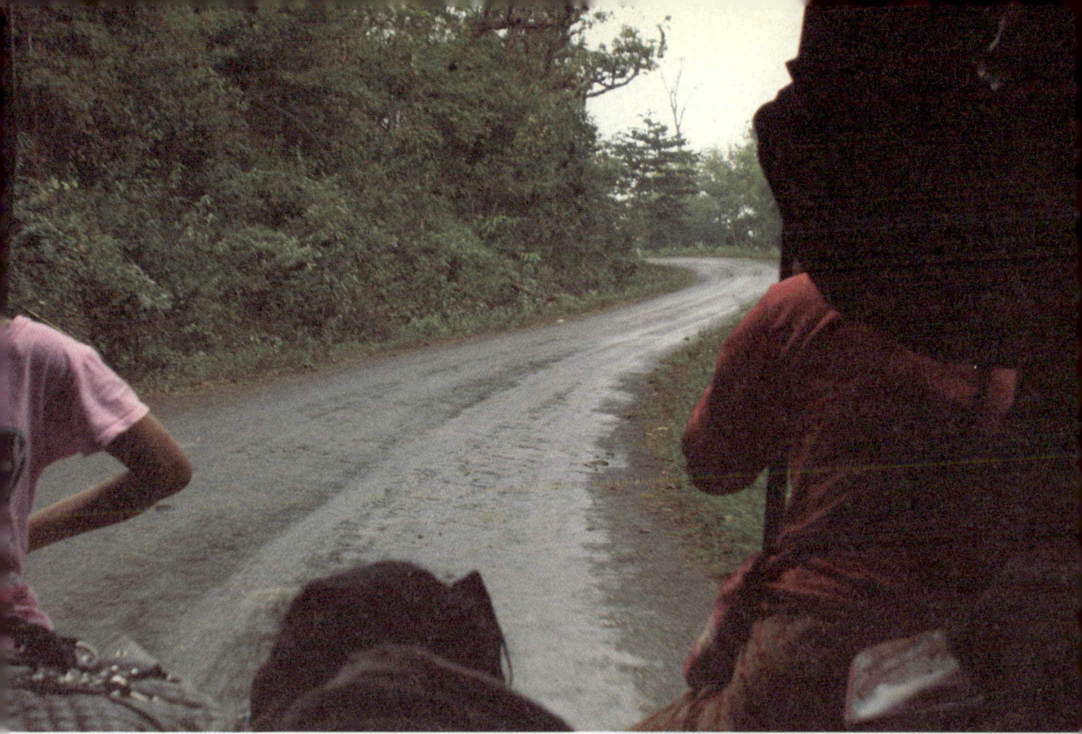

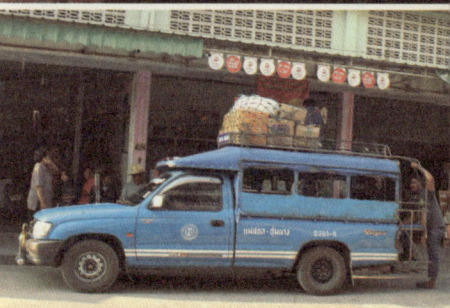

한국 - 방콕 - 메솟 - 옴팡을 거쳐
누포캠프까지 20시간을 달려갔다.

MPHANG-TAK TRANSPORT CO.,LTD.
SHUTTLE BUS SERVICE BETWEEN
MAESOT DISTRICT AND UMPHANG DISTRICT
EVERY ONE HOUR BETWEEN 7:30 AM TO
3:30 PM
SHUTTLE FEE : 120 BAHT / PERSON
MAESOT TO UMPHANG : 165 km.
: 4 HOUR.

Keep your value belonging
with yourself and before
getting off the coach please
check all your stuff.

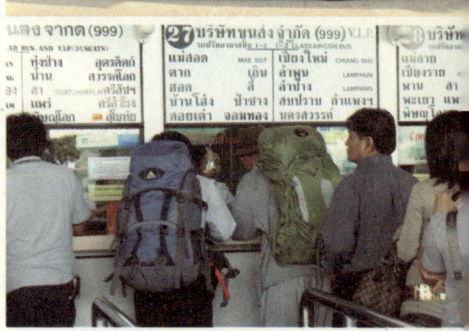

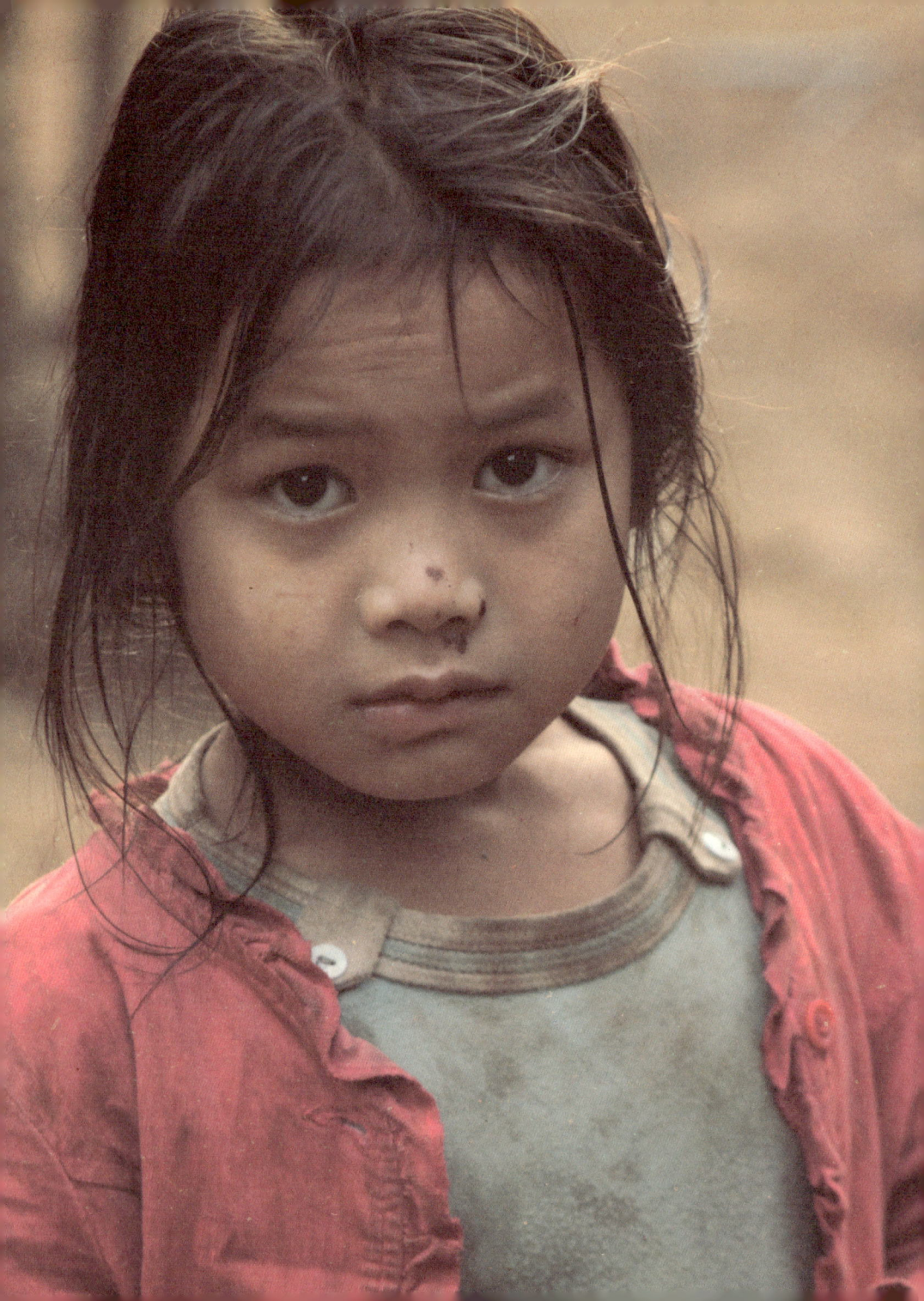

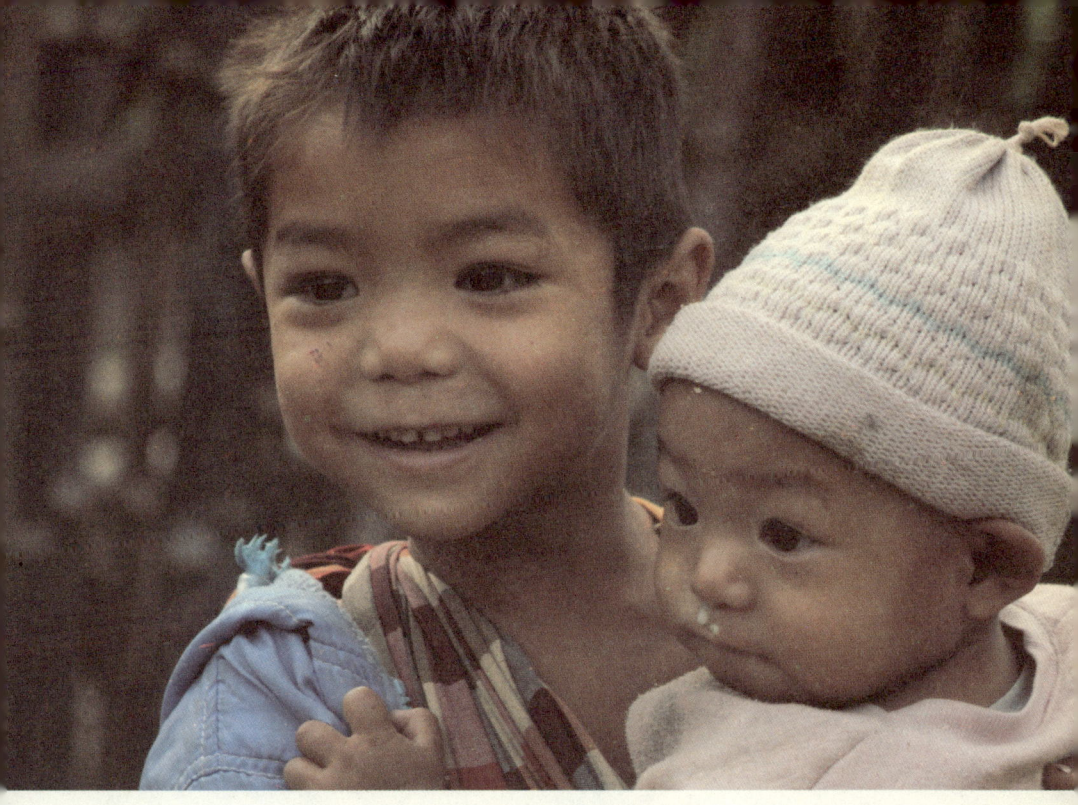

육지원금을 전달해 온 영봉 스님을 따라왔습니다. 이들의 생활상을 취재하겠다는 것이 개인적인 목적이었지만, 어떤 목적을 가지고 왔다는 사실이 부질없게 느껴집니다. 목적을 던져 버리고 그저 보이는 대로 보고 들리는 대로 듣고 느껴지는 대로 느끼고 돌아가야 한다는 생각입니다.

이제 잠이 다 깼으니 일어나야 하겠지만 아직 밖은 캄캄합니다. 옆에 누운 이승현 시인도 잠에서 깨어 뒤척이고 있습니다.

"나가 볼까요?"

"아직 어두운데, 좀 더 있다가 움직이지. 애들도 자고 있으니."

닭이 울고 개가 짖는 마을. 철조망이 둘러쳐져 있고 누구도 그 밖으로 나갈 수 없는 마을. 그래도 사람들의 표정은 하나같이 밝았습니다. 골목마다 찌들어 있는 가난의 흔적들과는 상관없이, 지저분한 하수구와 엉성한 대나무집 그리고 꾀죄죄한 아이들의 몸뚱이와도 상관없이 사람들의 표정은 밝았습니다. 그 밝은 표정은 이 마을에 들어서기 전에 가졌던 생각을 와르르 무너뜨리기에 충분했습니다. 수용소라는 말이 주는 공포와 결핍의 이미지는 생각보다 강하지 않았고 그나마 사람들의 밝은 표정이 '여기도 사람 사는 곳'임을 강하게 어필하고 있었던 겁니다.

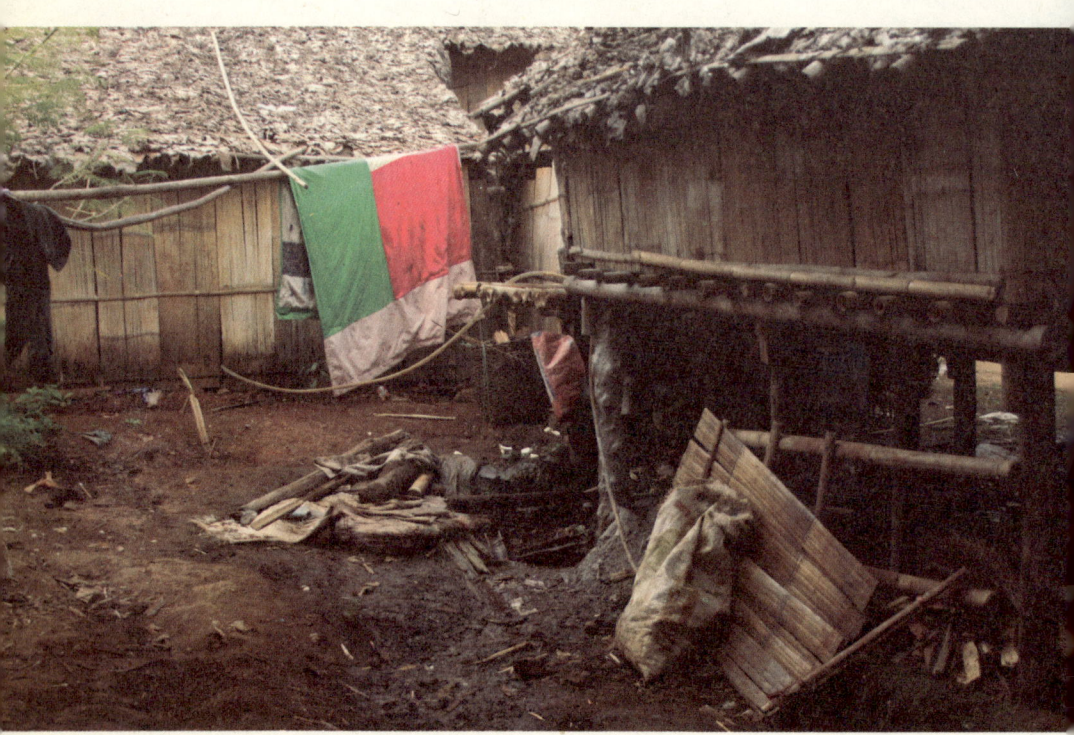

낡고 위험한 기숙사 시설. 대나무로 지은 집은 수명이 4년에 불과하다.

근처의 사원에서 독경소리가 들립니다. 시계를 보니 새벽 5시 30분입니다. 겨울이라 아직 밖은 캄캄합니다. 일정한 음률을 가진 독경소리는 새날을 밝히는 그윽한 암호로 퍼져 나가며 새벽하늘의 어둠을 훠이훠이 밀어냅니다. 귀를 바짝 기울여 보지만 무슨 경전인지 알아들을 수는 없습니다.

언젠가 속리산 법주사에서 새벽 예불의 장중함에 전율을 느꼈던 기억을 더듬다가 몸을 일으킵니다. 아이들이 일어나 밥을 짓는 소리가 들리고 마당 쓰는 소리도 들립니다. 어둠의 두께가 조금씩 얇아지기 시작합니다.

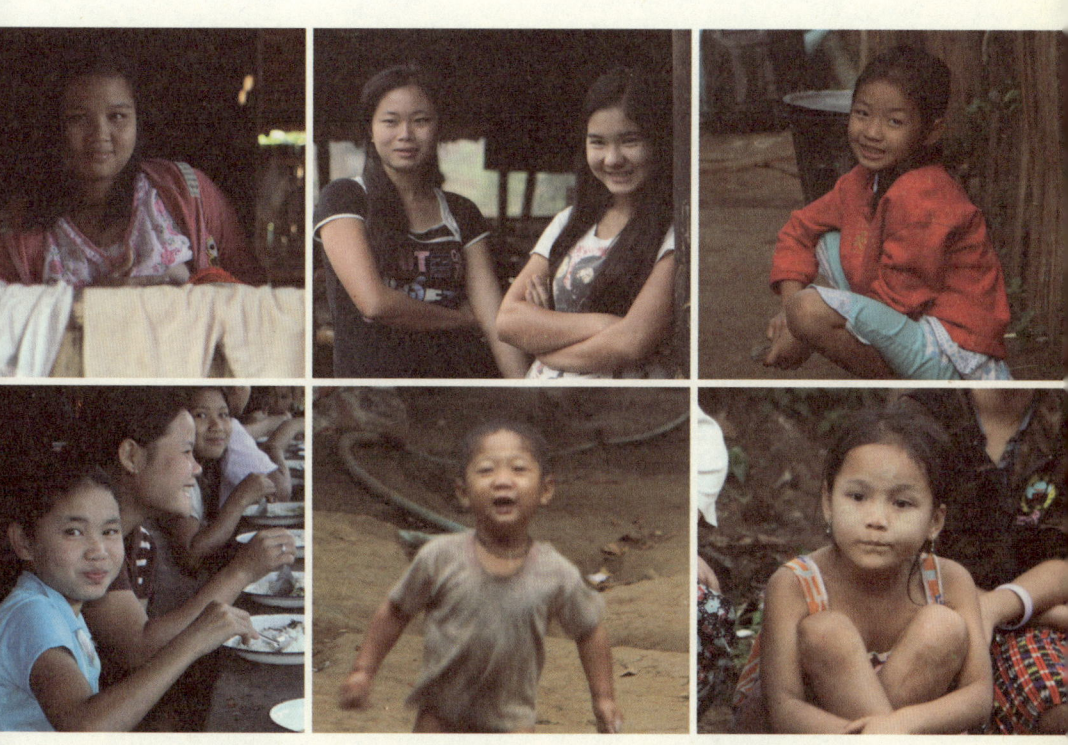

열악한 시설에서도 미소만은 맑고 밝은 아이들을 보면 '희망'은 끝내 버릴 수 없는 것임을 깨닫게 된다.

그립고 그리운 어른의 손길

"Good morning, teacher."

다 큰 녀석들이 쑥스러운 듯 인사를 던지고 후다닥 지나가 버립니다. 우리가 묵은 방은 기숙사 복도의 입구에 있어 출입하는 아이들이 다 보입니다. 말이 방이지 문짝이 없으니까요. 어린 동생들은 아직 꿈나라에서 돌아오지 않았지만 형과 누나들은 잠을 털고 일어나 아궁이에 불을 지피고 야채를 씻고 마당을 씁니다. 이 아이들은 모두 부모가 없습니다. 100여 명이 남녀 숙소에 나뉘어 살고 있는데 그들 나름대로 생활규율이 잘 잡혀 있습니다.

나는 어제 저녁을 이들과 함께 먹었습니다. 이들의 부엌은 단순합니다. 대나무를 엮어 만든 식탁이 두 개 놓여 있고 가운데에 불을 때는 아궁이가 있는데 아궁이 위로는 솥이 세 개 일렬로 놓여 있습니다. 맨 앞의 솥이 가장 큰데 거기는 물이 가득하고 위로 다섯 개의 찜기를 포개어 쌀을 넣고 커다란 뚜껑을 덮어 찌도록 되어 있습니다. 수증기를 이용한 다중 찜통 시스템입니다. 그 뒤로는 국을 끓이는 작은 솥이 놓여 아궁이 불길을 최대한 이용합니다.

고아기숙사의 부엌에는 세 개의 솥이 한 아궁이에 연결되어 있다.
밥을 찌고 국을 끓이는 시설 외에는 아무것도 없다.

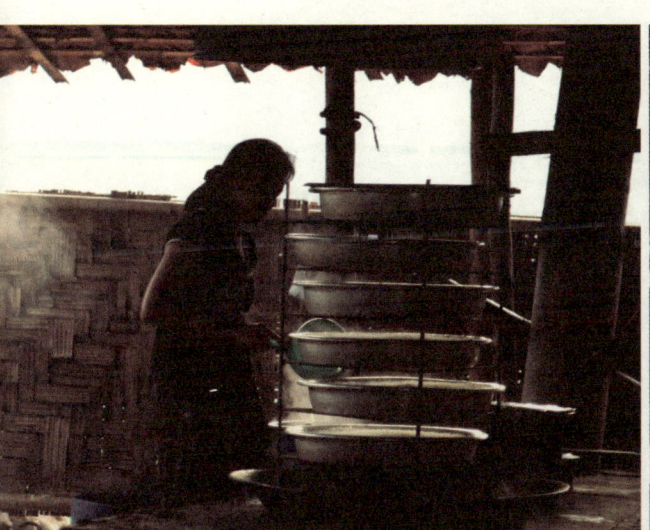

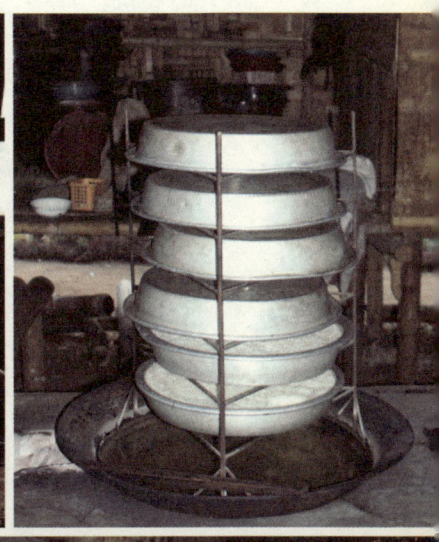

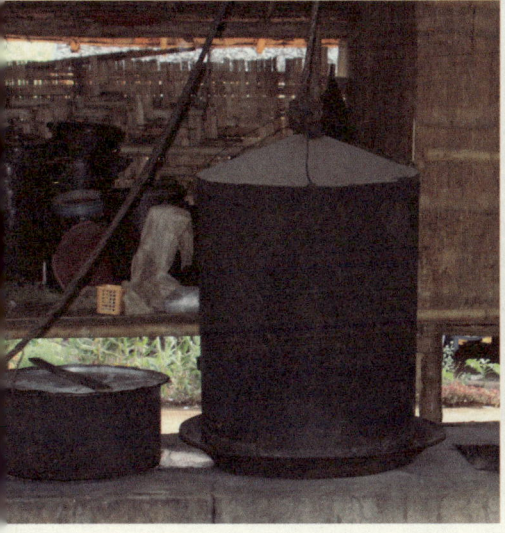

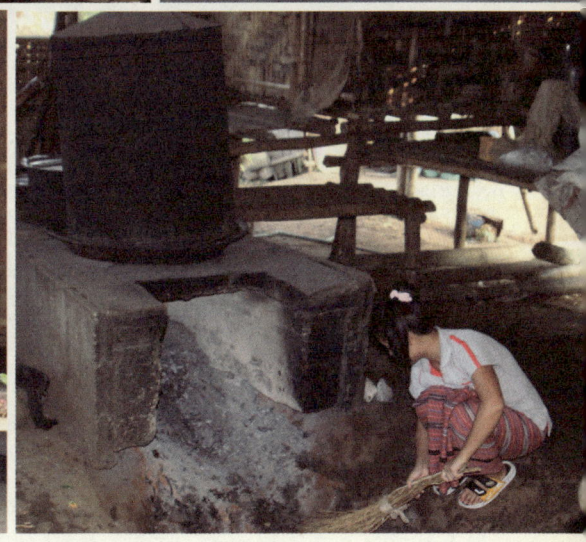

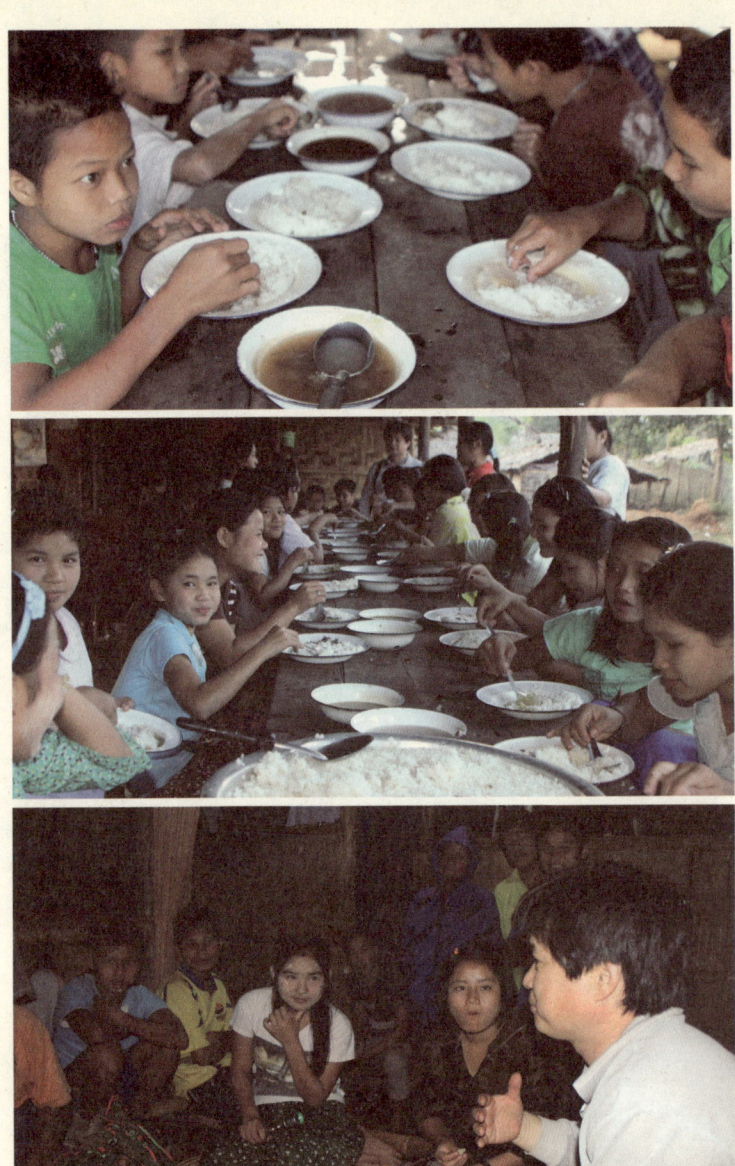

아이들의 식사는 밥과 국 한 그릇이 전부. 그나마 하루에 두 끼뿐이다.
그러나 함께 이야기를 나누는 모습은 밝고 진지하다.

식사는 간단합니다. 밥 한 접시에 야채와 멸치를 넣어 끓인 국물 한 국자가 전부입니다. 어떤 아이는 숟가락을 사용하고 어떤 아이는 손으로 먹습니다. 여러 지방에서 온 아이들인지라 각자 자란 환경에서 배운 대로 먹는 것입니다. 물론 나는 숟가락을 달라고 했습니다.

밥을 먹고 어둠이 내리는 식당에 앉아 아이들과 얘기를 나눴습니다. 나의 영어도 짧고 아이들의 영어도 짧지만 촛불 너머로 보이는 눈과 눈의 신호기 대화를 가능하게 합니다. 아이들과의 대화에서 명심해야 할 것은 그들의 가족이나 고향에 대해 묻지 않는다는 것입니다. 그 여린 가슴에 묻어 둔 아픔을 상기시키지 말아야 하기 때문입니다.

온몸에서 아이들의 손길이 느껴집니다. 나를 둘러싸고 앉은 아이들이 자꾸만 내 몸을 만졌습니다. 어깨를 만지고, 등을 만지고, 손을 잡는 녀석에, 허벅지를 꾹꾹 눌러대는 놈도 있었습니다. 나도 녀석들의 어깨를 만져 주고 머리를 쓰다듬어 주고 등을 두드려 주었습니다. 여자아이도 그렇게 스킨십을 나누는 데서 예외가 아니었습니다.

어른의 손길이 이렇게 그리웠구나 하는 생각이 들어 코끝이 시큰거렸지만 아이들에게 노래를 시키고 박수를 치면서 애써 웃음을 만들어 내야 했습니다. 나도 예쁜 노래 한 곡쯤은 부를 수 있었는데 저희들끼리 킥킥거리며 순서를 정해 노래를 부르는 통에 기회를 얻지 못했습니다.

한창 나이에 하루 두 끼?

"너는 무슨 공부가 재밌어?"

"공부요? 다 재미있어요."

그렇게 재미있게 공부하지만 이곳의 학교는 미얀마로부터도 태국으로부터도 공식 교육기관으로 인정을 받지 못합니다. 언젠가 나라 사정이 좋아져서 고향으로 돌아가게 되면 '까막눈'으로 살 수는 없으므로, 언젠가 이 캠프를 벗어나게 되면 좀 더 넓은 세상으로 나아가 더 많은 것을 보고 느낄 수 있다는 희망이 있으므로 '졸업장'과는 상관없이 열심히 공부하는 것입니다.

내년이면 고등학교 3학년이 되어 입시전쟁을 치르게 될 큰아들이 생각났습니다. 사교육 부담이 크다느니 작다느니, 공교육이 무너지느니 어쩌느니, 학력평가 일제고사를 치르느니 마느니, 전교조가 어쩌고저쩌고, 대학입시제도가 이러쿵저러쿵, 말도 많고 탈도 많은 내 나라의 교육현실도 떠올려 봅니다. 제도권의 욕망과 제도권에서 이탈된 욕구의 간격이 아득하기만 합니다. 지금쯤 기말고사를 치르느라 고생하고 있을 내 아들에 대해 이야기하니 아이들의 반응은 의외입니다.

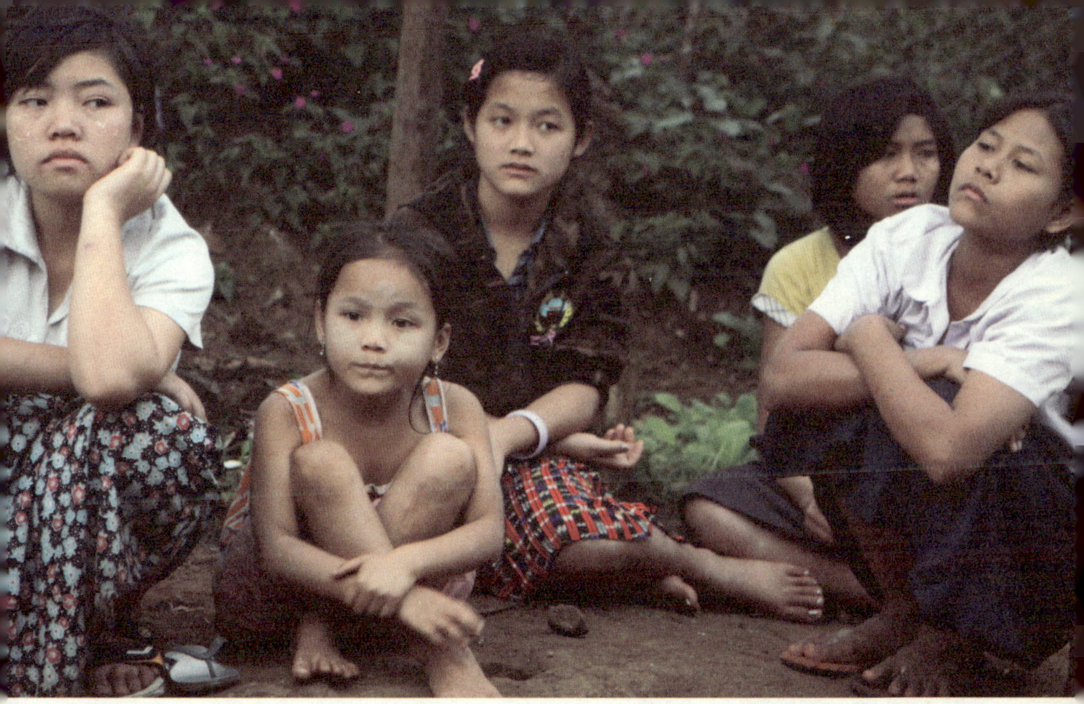

저녁밥이 없는 저녁 무렵 불교중학교 고아기숙사 학생들이 사감 선생님으로부터 감기예방 교육을 받는 모습.
의료시설이 절대부족한 이들에게는 감기도 '중병'이다.

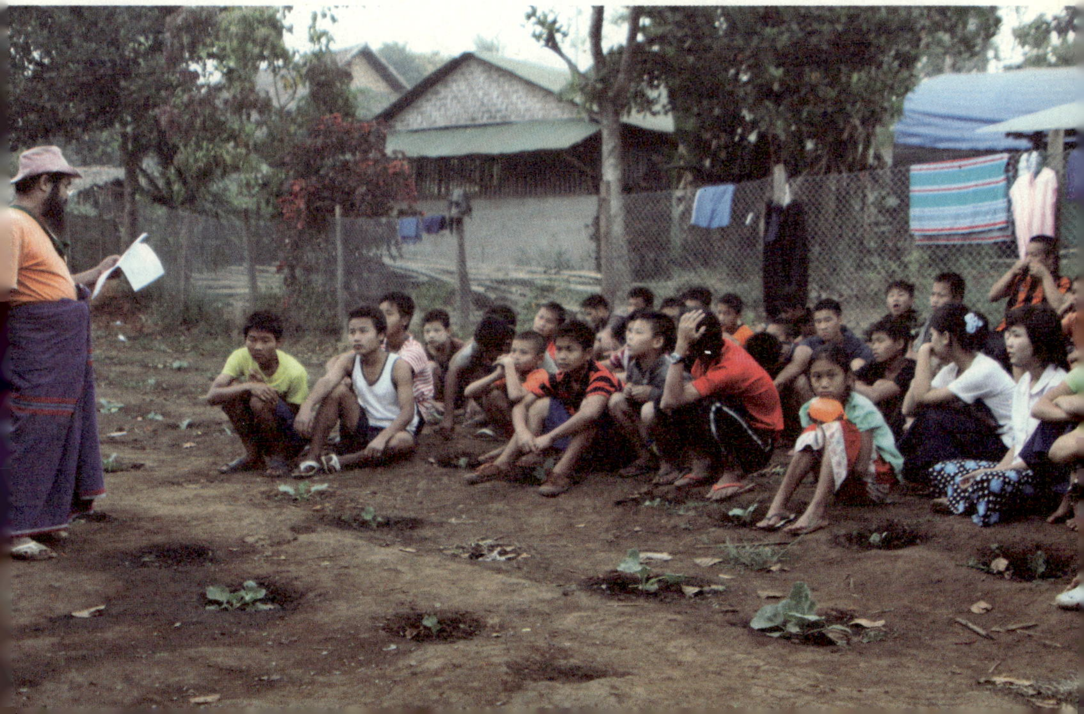

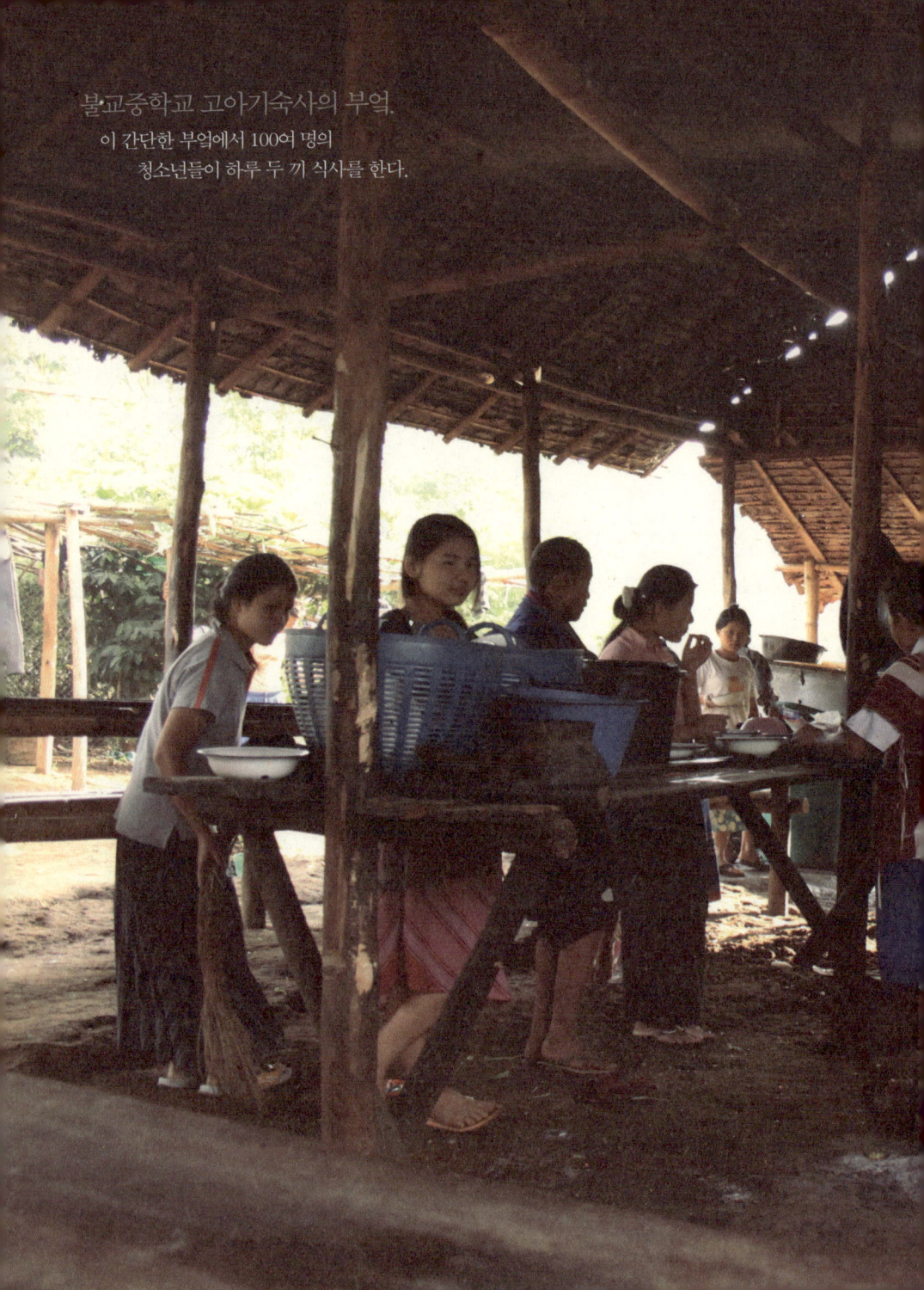

불교중학교 고아기숙사의 부엌.
이 간단한 부엌에서 100여 명의
청소년들이 하루 두 끼 식사를 한다.

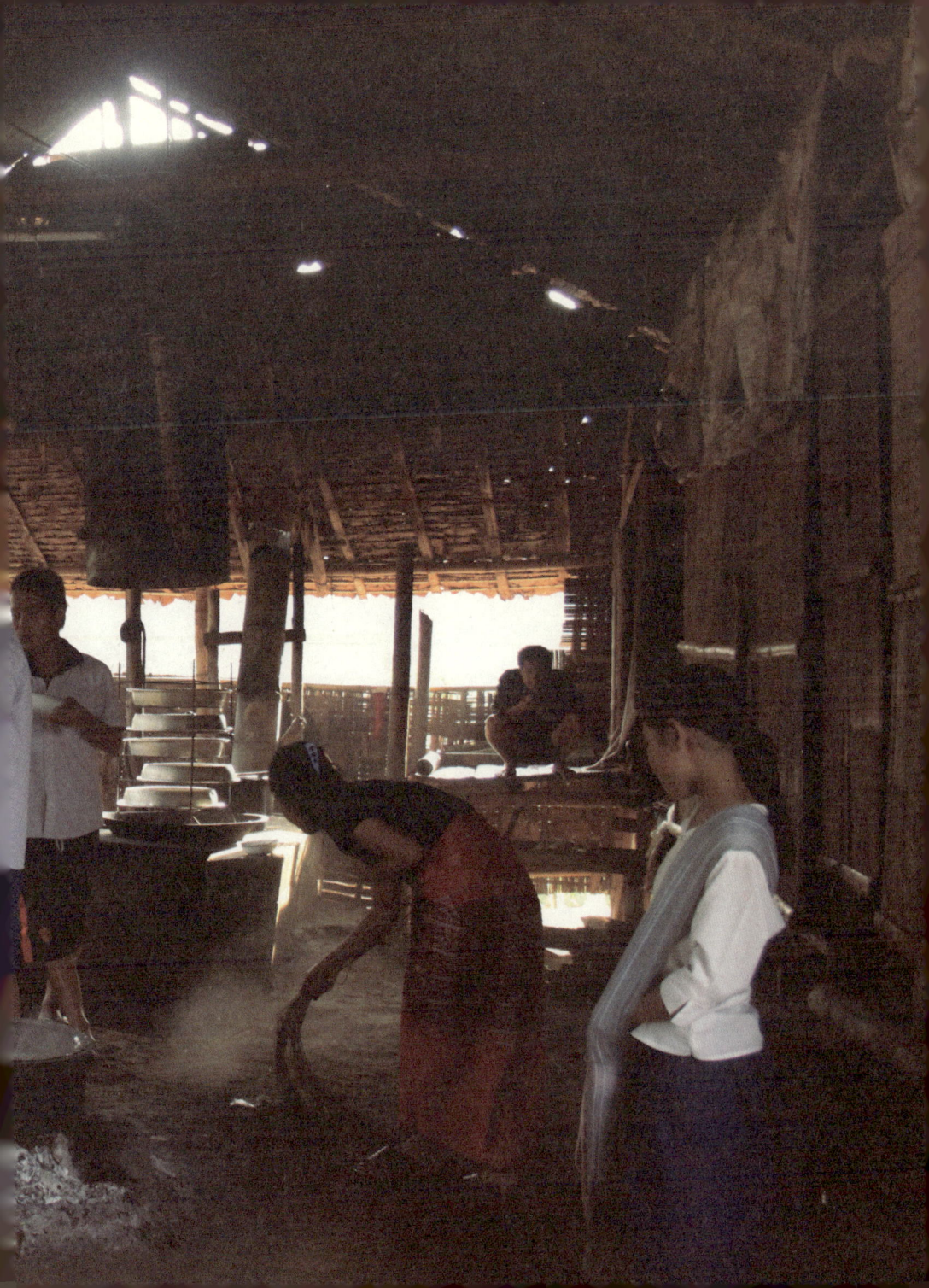

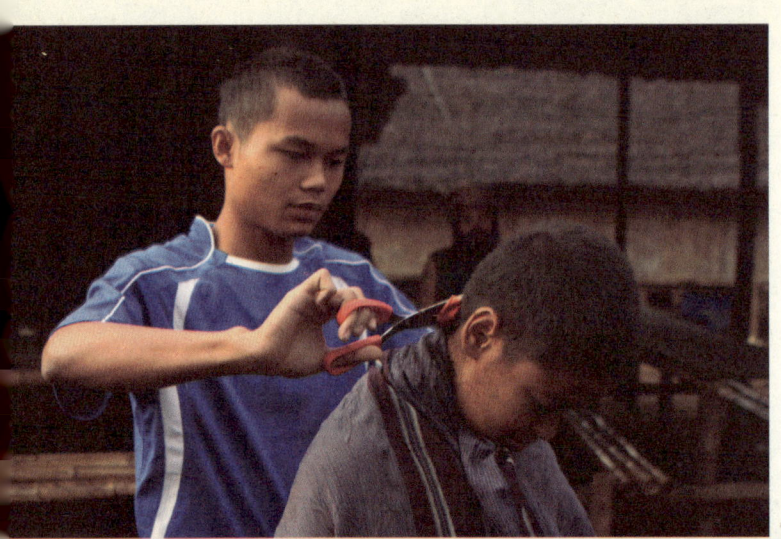

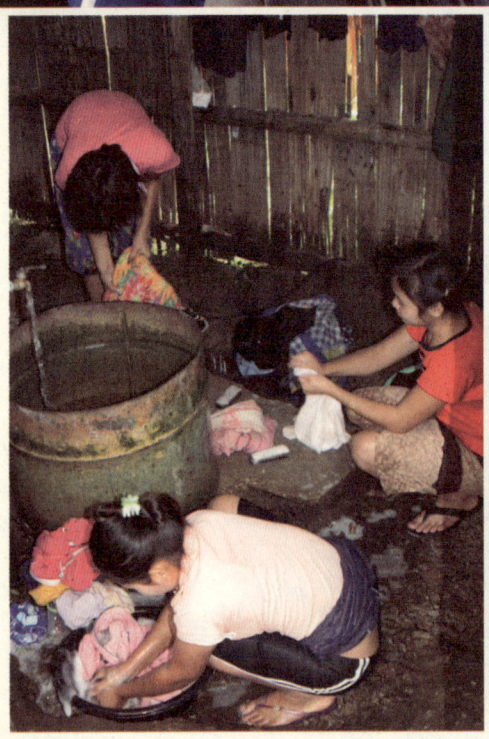

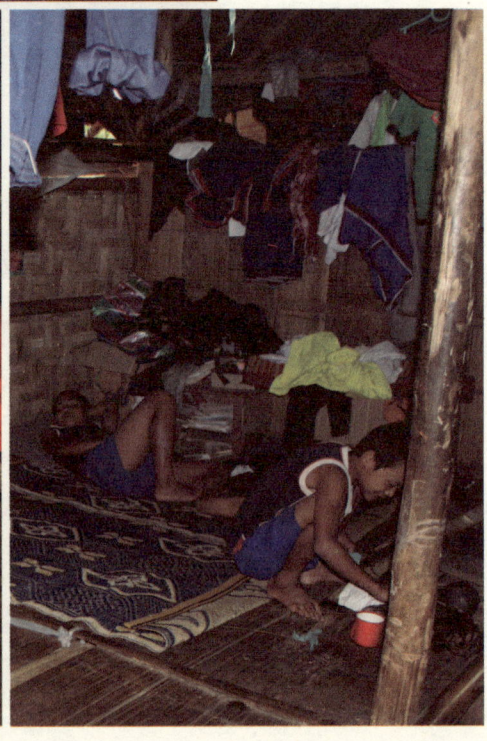

"공부 많이 하는 거, 좋은 거 아닌가요?"

아, 이 아이들의 사는 모습을 한국의 학부모들이 본다면 어떨까? 이 아이들의 생각을 한국의 중고등학생들이 듣는다면 어떨까? 아이들과 대화를 하면서 자꾸만 나의 생각이 내 가정과 내 나라로 달려가는 것을 막을 수 없었습니다. 자상한 가장도 아니고 열렬한 애국자도 아니면서 말입니다.

한 아이에게 200바트를 주어 과자를 사 오게 했습니다. 200바트면 8000원쯤 되는 돈인데 제법 많은 과자를 사 왔습니다. 그러나 과자는 금방 동이 나 버렸습니다. 옆에 앉은 아이가 내 입에 비스킷 하나를 넣어 주지 않았다면 나는 한 개도 먹지 못했을 겁니다. 아니 먹을 용기조차 없었습니다.

이곳의 아이들은 하루에 두 끼밖에 먹지 않는다고 했습니다. 유엔난민기구와 구호단체들의 구호품을 배급하는 기준이 하루 두 끼입니다. 아무리 그래도 열 살에서 열아홉 살까지의 청소년들이 묵고 있는 기숙사에서 하루 두 끼라니! 간식이나 특식은 고사하고 하루 세 끼 밥이 보장되지 않는다니! 통탄을 해도 어쩔 수 없는 현실입니다. 무슨 수를 써서라도 이 아이들에게 하루 세 끼 밥은 줄 수 있게 하리라 다짐해 보지만 아이들에게 약속할 수 있는 것은 아무것도 없었습니다.

어느새 바깥은 분주합니다. 세수하는 아이, 아침식사 하시라고 부르는 아이, 바람 빠진 공으로 축구를 하는 아이들, 머리를 말리느라 아궁이 앞에 앉은 아이들, 화장실 앞에서 순서를 기다리는 아이들, 채소밭에 물을 주는 아이. 모든 아이들이 이른 아침의 분주한 기숙사 풍경을 만들어 내고 있습니다. 그 그림 속에서 나그네들은 슬쩍 빠져나옵니다. 오늘은 아침시장이 열리는 날입니다.

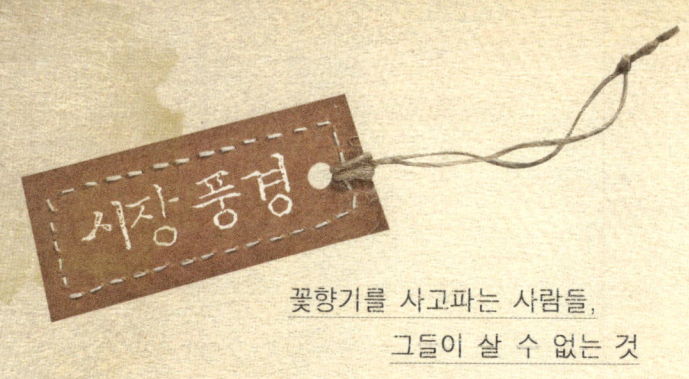

시장 풍경

꽃향기를 사고파는 사람들,
그들이 살 수 없는 것

해 뜨기 전에 눈뜨는 시장

누포캠프에서는 월요일과 수요일 그리고 금요일에 장이 섭니다. 해가 뜨기 전에 시장이 먼저 눈을 뜹니다. 캠프로 들어가는 유일한 문인 정문으로부터 마을 안쪽으로 곧게 뻗은 도로가 장터입니다. 폭 4m 남짓의 이 중앙로를 따라 야채와 과일, 생선과 육류, 의복과 곡물을 내놓은 난전이 즐비하게 섭니다. 인근의 태국 사람들이 트럭에 상품을 싣고 와 난전을 치지만 얼굴에 땟물이 줄줄 흐르는 아이가 야채나 댓잎에 찐 찹쌀밥, 도넛 등을 내놓고 팔기도 합니다.

살 것도 팔 것도 없는 나그네에게 시장이란 한낱 구경거리에 불과하겠지만 캠프 사람들에게 아침시장은 생존을 위해 중요한 통로입니다. 원시사회나 첨단시대나 시장의 본래적 기능은 다를 것이 없습니다. 물물교환을 근간으로 재화가 교류되는 곳이란 점에서 누포캠프의 시장도 다를 것은 없습니다.

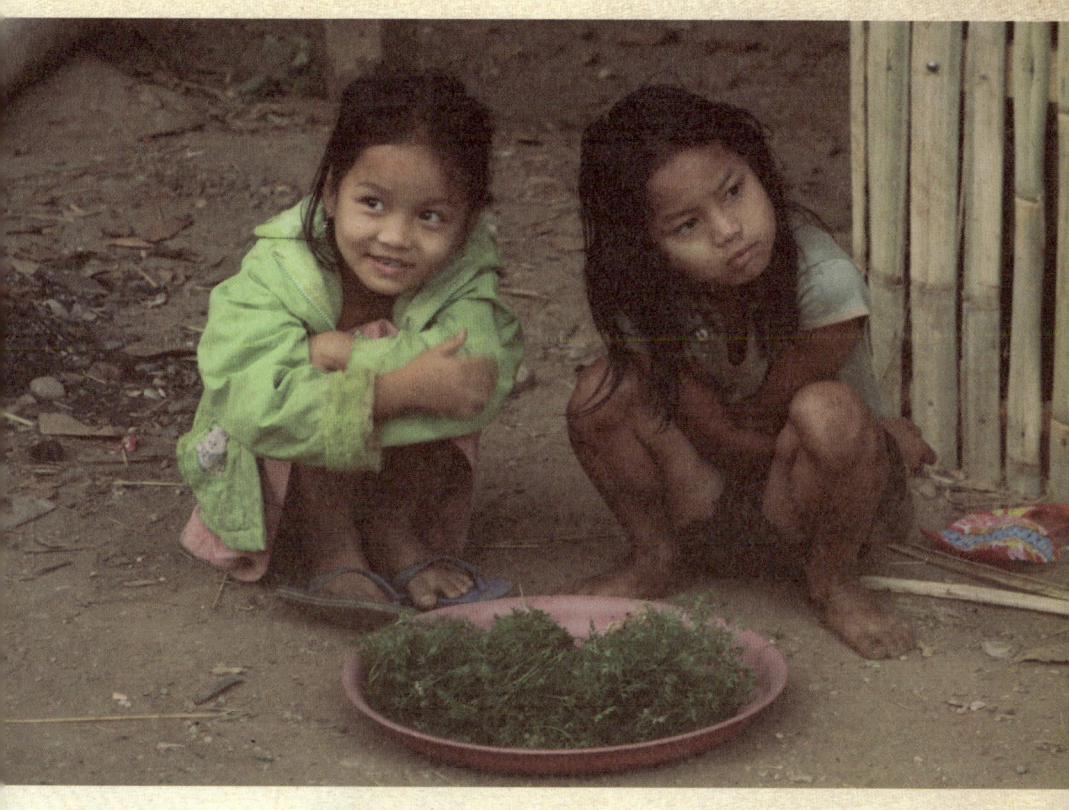

인근 들판에서 뜯어 온 나물을 팔려고 새벽잠을 깨어 나온 아이들.
이걸 다 팔아도 한국돈 1000원이 안 된다.

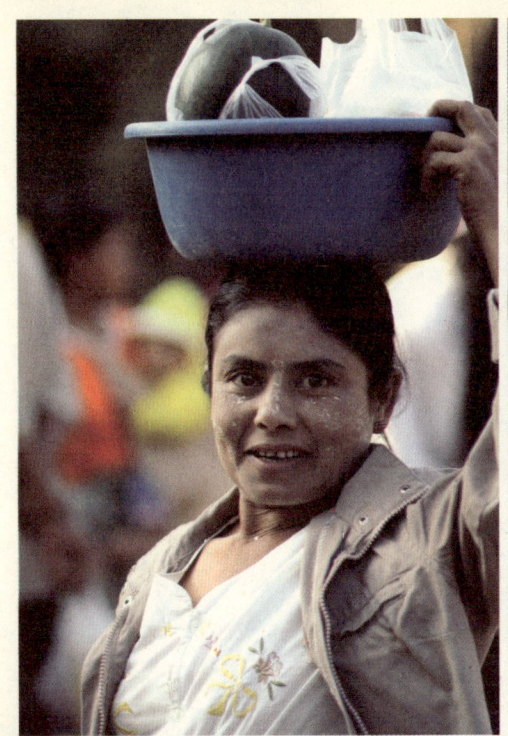

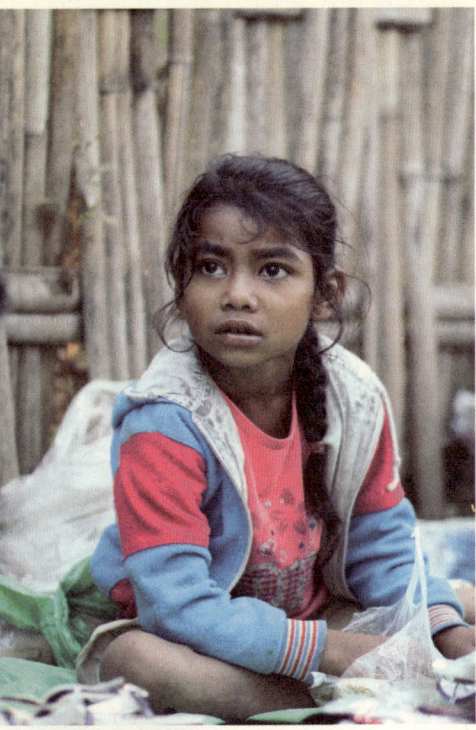

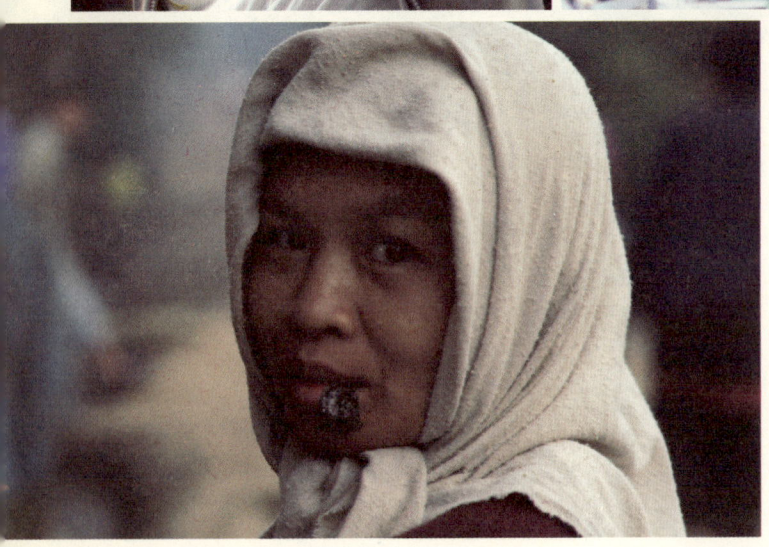

46

그러나 누포캠프의 시장을 둘러보는 일이 특별한 환경이 주는 부담감으로부터 자유로울 수는 없습니다. 제한적인 공간 속에서 살아가는 사람들에게 이틀마다 다가오는 시장경제의 한계는 사고파는 행위 이상의 의미를 갖기 때문입니다. 그것 또한 이곳 아침시장의 매력이라 할 수 있을지 모르겠지만.

천천히 시장을 둘러봅니다. 장터 구경은 정문 쪽에서부터 시작합니다. 비교적 터가 너른 이곳에서는 육류와 생선, 곡식들을 팔고 있습니다. 모두 인근 도시에서 트럭에 싣고 온 물건들이니 상인도 당연히 인근 도시 사람들입니다. 캠프 안에서 돼지도 키우고 닭도 기르지만 그 가축들로 자급자족할 정도는 아닙니다. 도시에서 이틀에 한 번 들어오는 이 상인들이 캠프 사람들에게 바깥세상의 냄새를 맡게 하는 유일한 통로인 셈입니다.

고기와 생선 파는 난전을 살펴봅니다. 캠프 사람들은 아주 적은 양의 고기를 사고, 생선도 한두 마리 살 뿐입니다. 더운 날씨에 냉장고가 없는 곳에서 먹을거리를 많이 살 필요는 없습니다. 그래서 장도 이틀마다 서는 겁니다.

곡물을 펼쳐 놓은 난전은 많지 않습니다. 캠프 안에서 국제구호단체들이 배급하는 곡물을 받기 때문에 시장에는 잡곡류가 조금 나와 있을 뿐입니다. 대신 고구마와 마가 자주 눈에 들어옵니다. 마의 경우 자연산 산마인데 가격은 매우 헐합니다. 1kg에 한국 돈으로 2000원이 채 안 되니까요. 한국에서는 자연산이라면 무조건 가격이 비싸고 재배용과 수입품이 그 뒤를 잇지만, 이곳은 자연산이 가장 쌉니다. 산에서 캐 온 것이니까요.

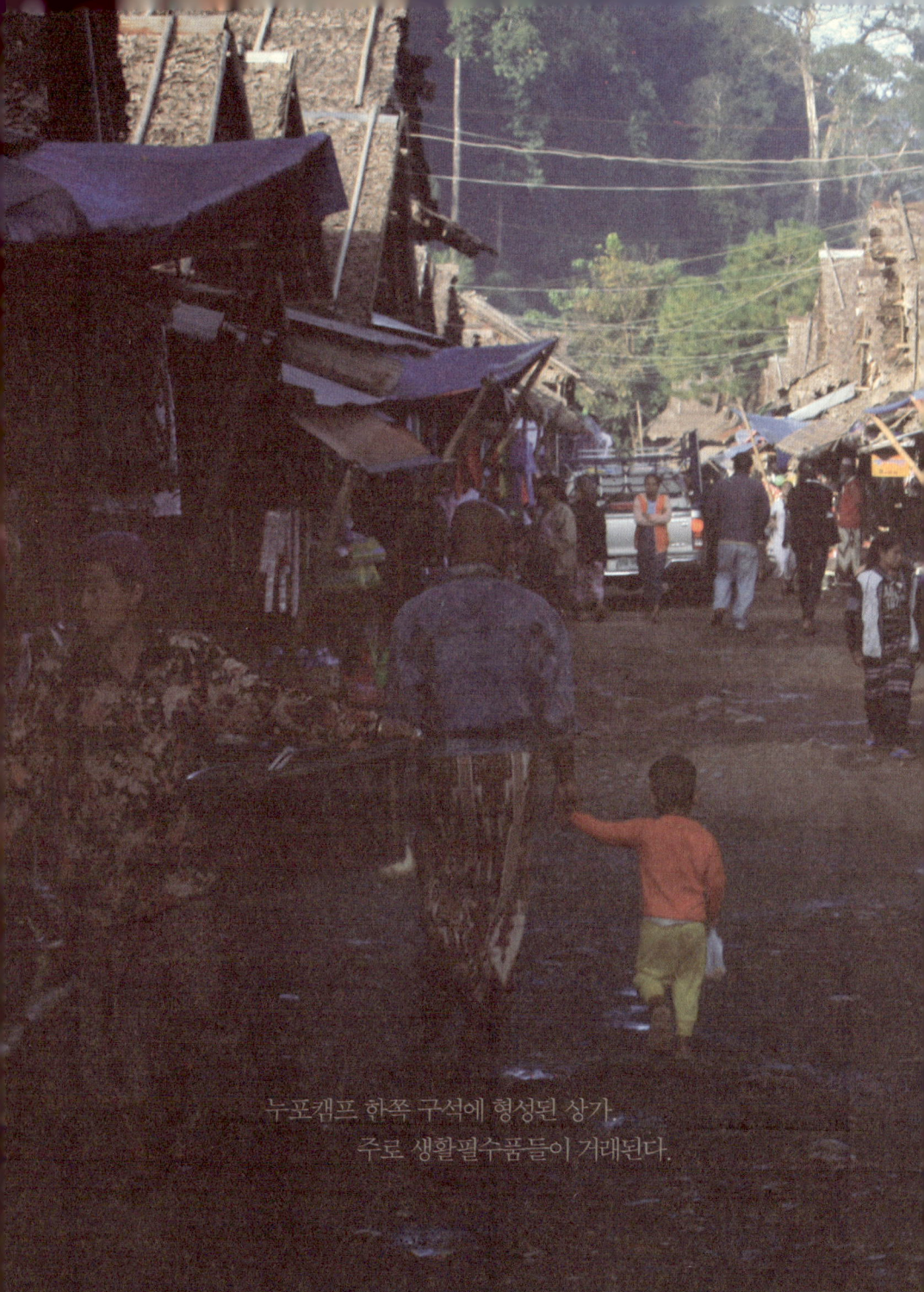

누포캠프 한쪽 구석에 형성된 상가.
주로 생활필수품들이 거래된다.

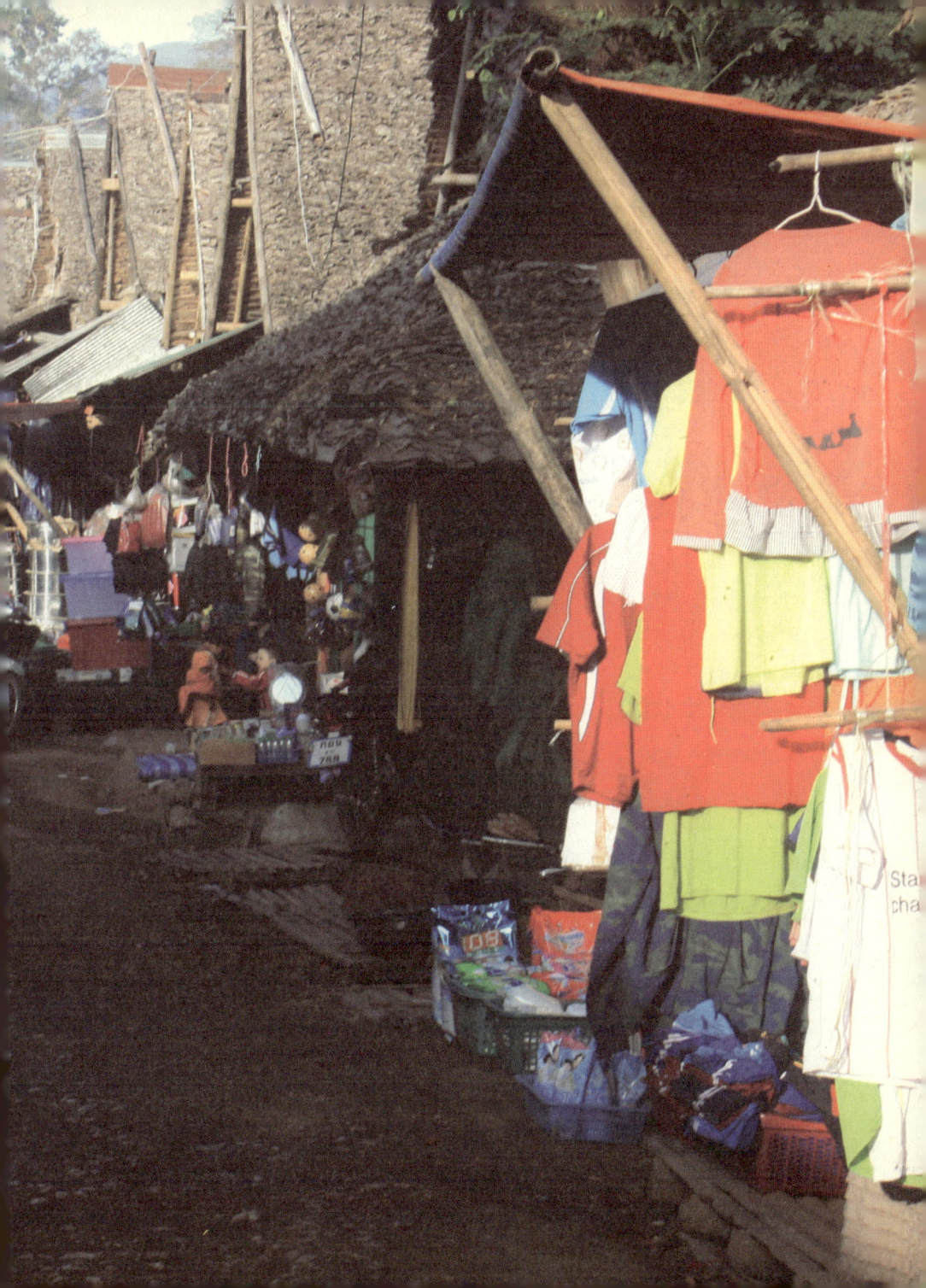

꽃을 파는 사람과 사는 사람

이 많은 난전 가운데 딱 한 곳, 꽃 파는 곳이 있습니다. 전포에는 장미와 안개꽃, 국화 종류의 꽃이 수북 쌓여 있습니다. 먹고 살기도 힘든데 누가 꽃을 사겠나 싶지만, 삽니다. 많은 여인들이 꽃에 코를 갖다 대고 향기를 맡기도 하고 꽃다발을 이리저리 살펴보면서 싱싱한 것을 골라냅니다.

물질적인 가난을 정신적인 충만으로 견디려는 것은 인간이 갖는 본능일 것입니다. 이곳 사람들에게 꽃은 지금의 가난을 잊게 하는 자연의 선물일 것입니다. 골목을 다니다 보면, 울타리 아래에 꽃밭을 가꾸는 집이 의외로 많습니다. 채소를 심은 텃밭 가장자리에 몇 그루의 장미가 심어져 있는 풍경도 자주 보게 됩니다. 채소가 육신의 생존을 위한 자구책이라면 장미는 정신적 생존을 위한 경건한 주술행위일지도 모릅니다.

시장에서 꽃을 사 가는 여인들은 아름답습니다. 그들의 가정에 은은하게 맴돌고 있을 꽃향기는 꽃만의 향기가 아니라 보다 나은 날들을 희구하는 염원의 향기일 것입니다. 이들이 사고파는 꽃, 그 향기 너머에 이들이 사고 싶어도 사지 못하는 민주주의에 대한 꿈이 아른거립니다.

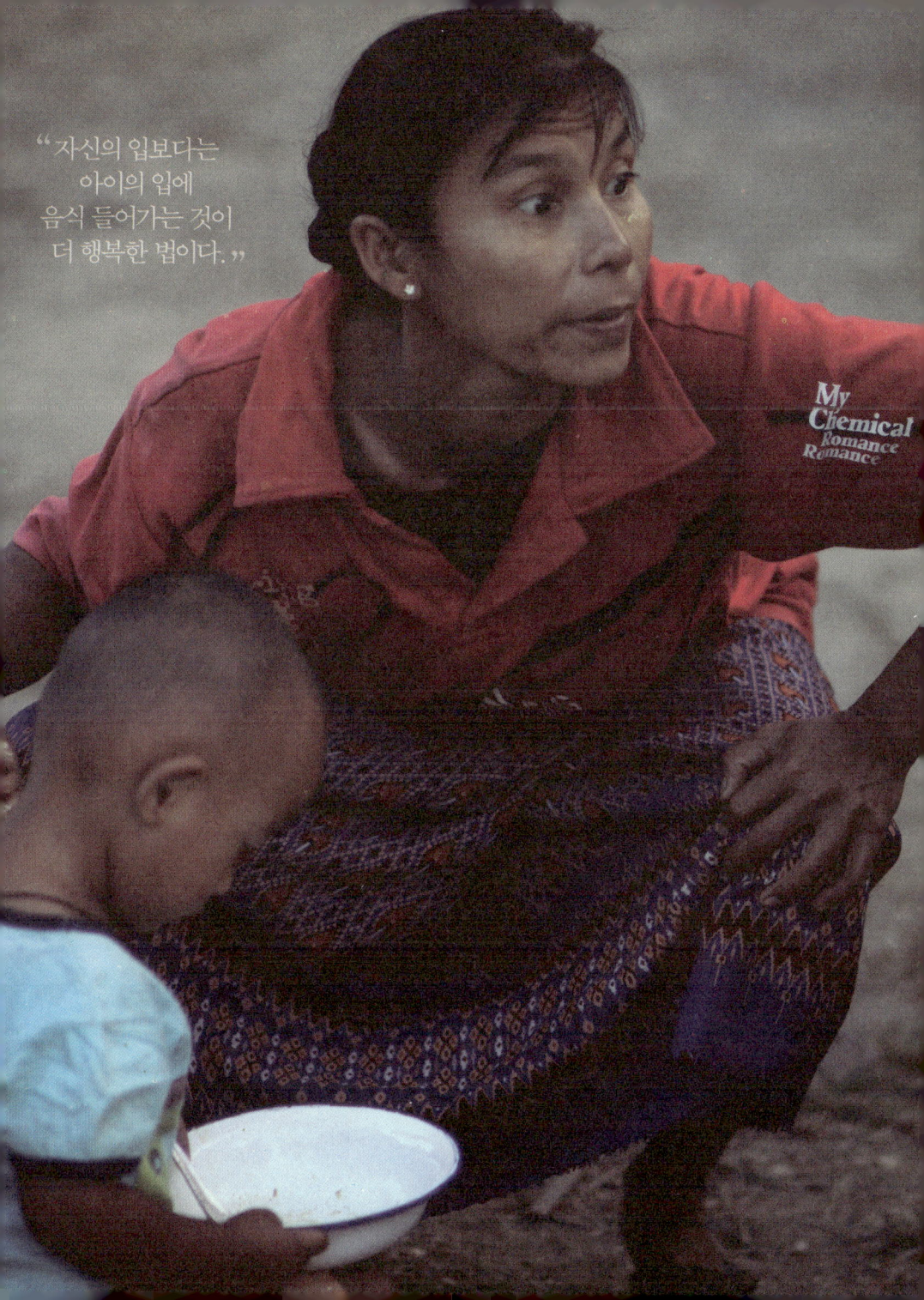

"자신의 입보다는
아이의 입에
음식 들어가는 것이
더 행복한 법이다."

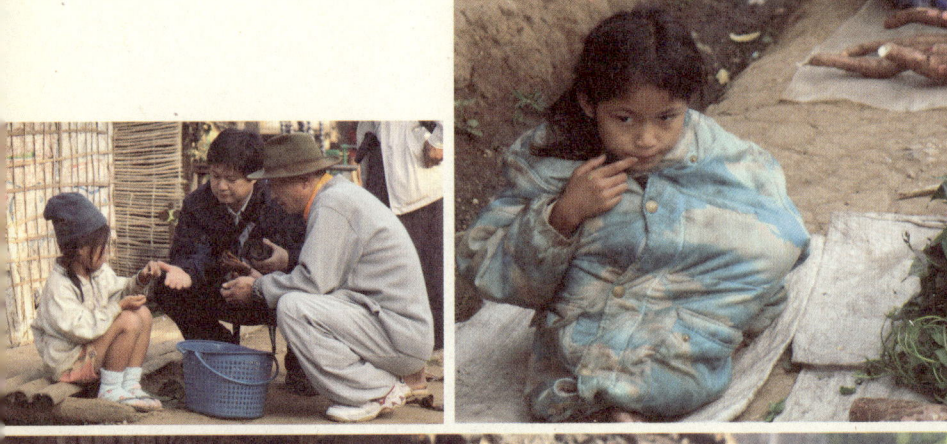

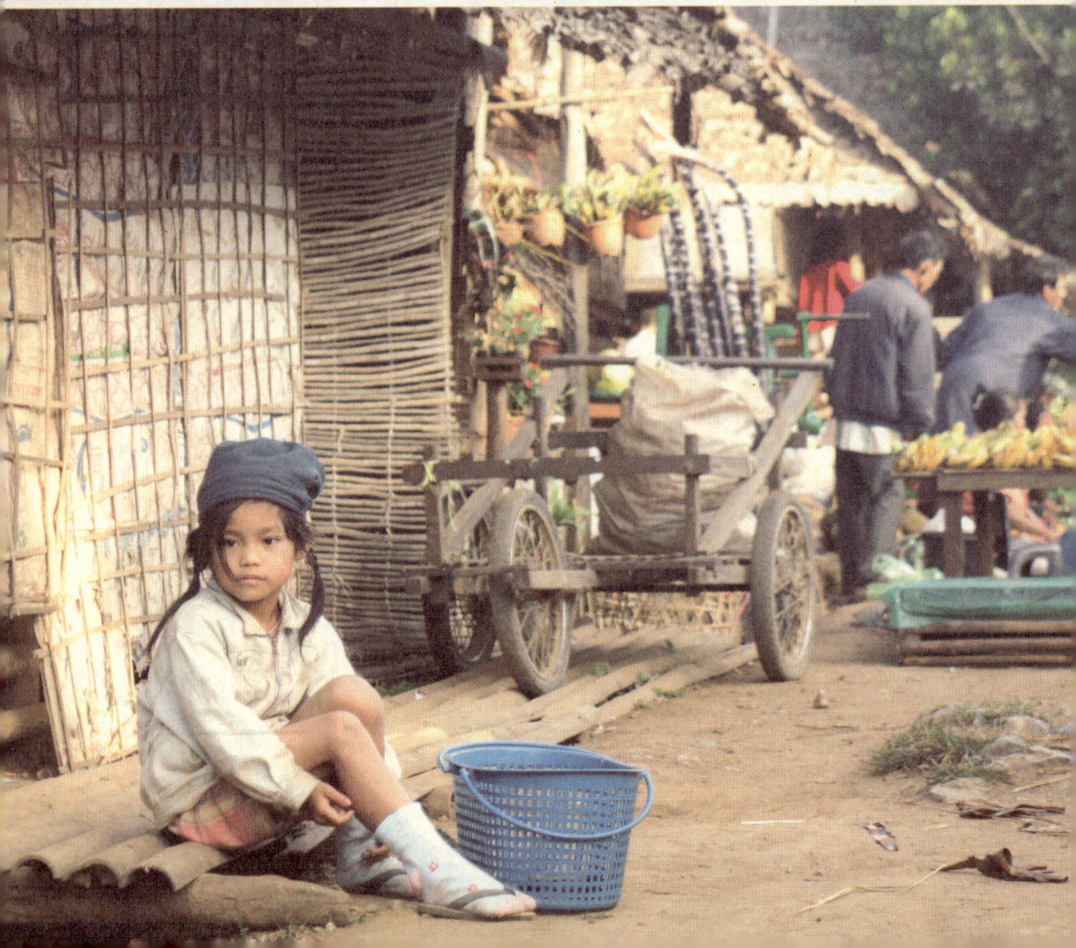

한 아이가 쭈그리고 앉아 있고 그 앞에 광주리가 하나 놓여 있습니다. 광주리 속
에는 댓잎으로 싼 찹쌀밥이 담겨 있습니다. 하나에 1바트, 40원쯤 되는 돈입니다.

"네가 만들었니?"

이방인의 질문에 눈만 깜빡거리며 대답을 하지 않습니다. 영어를 알아듣지 못하
기 때문일 겁니다. 그리고 굳이 누가 만들었는지를 묻는 이유도 이해하지 못할 것입
니다.

누포캠프에는 부모 없이 형제나 남매들만 사는 아이들이 더러 있습니다. 이곳으
로 오는 도중에 부모들이 사망한 경우도 있고 부모들이 차라리 안전한 곳에 가서
살라고 아이들만 보낸 경우도 있다고 합니다. 그 아이들에게는 돈을 벌 길이 없습
니다. 그래서 인근 들판이나 야산으로 몰래 가서 마를 캐거나 죽순을 따기도 하고
산나물을 캐기도 합니다. 그게 약간의 돈이 되어 아이들은 군것질이라도 할 수 있습
니다.

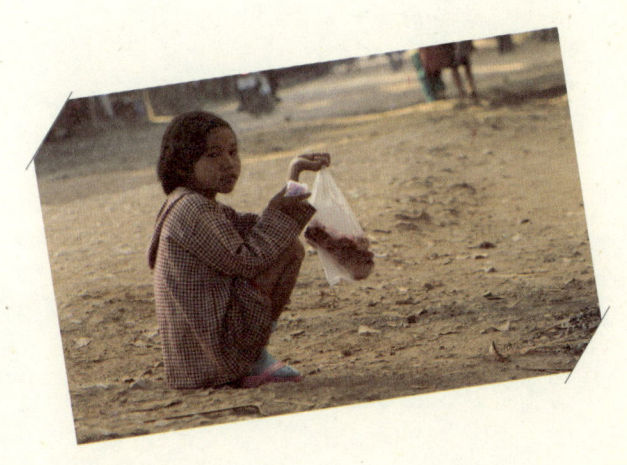

찹쌀밥 5개를 사고 10바트를 줍니다. 거스름돈을 받지 않자 찹쌀밥 5개를 더 줍니다. 계산은 정확하게 하자는 뜻입니다. 녀석이 기특하기도 하지만, 엄연한 거래의 질서를 무시하고 푼수 없는 동정심을 내비친 나 자신이 부끄러워집니다.

찐 옥수수나 야채 무더기를 앞에 놓고 앉은 아이 몇이 더 보입니다. 땟물 흐르는 얼굴엔 표정이 없습니다. 어른들처럼 이것 좀 사 가라고 소리치지도 않습니다. 어른들의 전포와 어른들의 거래 사이에 들꽃처럼 조그맣게 웅크리고 앉아 있는 아이들의 모습. 어쩌면 이 아이들의 장래에 대해 누구 하나 관심을 가지는 이가 없는 것은 아닐까 하는 생각이 들어 가슴이 아립니다. 갖다 놓은 야채라 해 봐야 다 팔아도 우리 돈으로 쳐서 5000원어치도 안 될 것들이지만 그것을 파는 일이 아이들에게는 둘도 없이 중요한 생계일 것입니다.

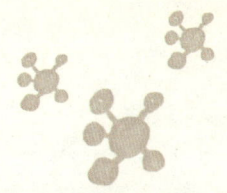

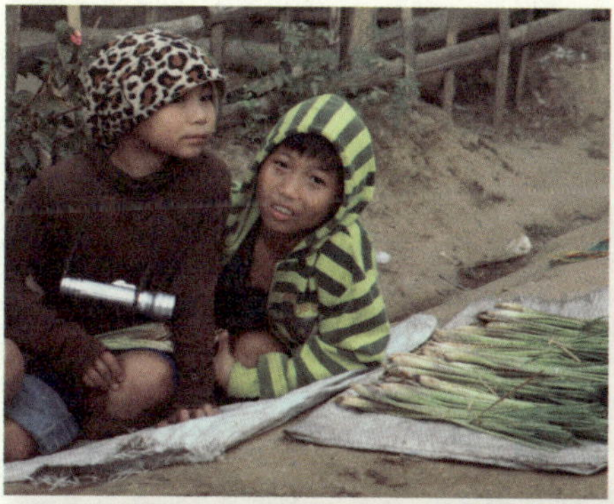

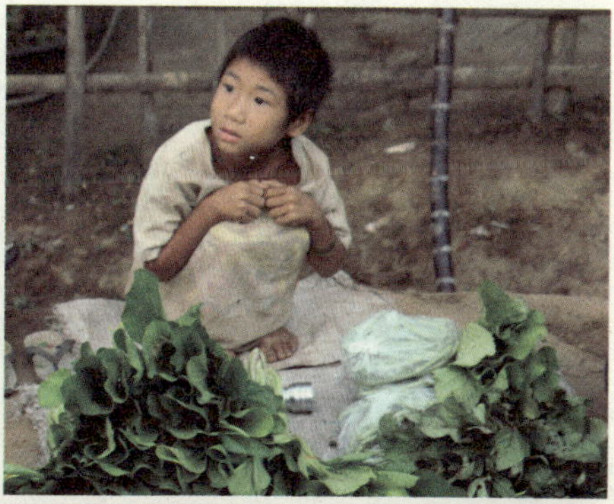

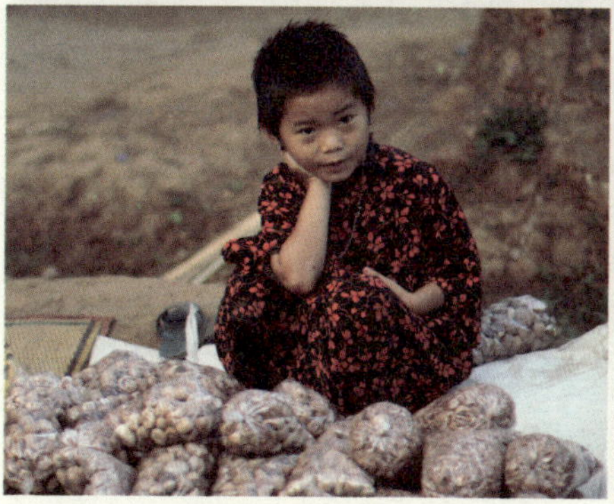

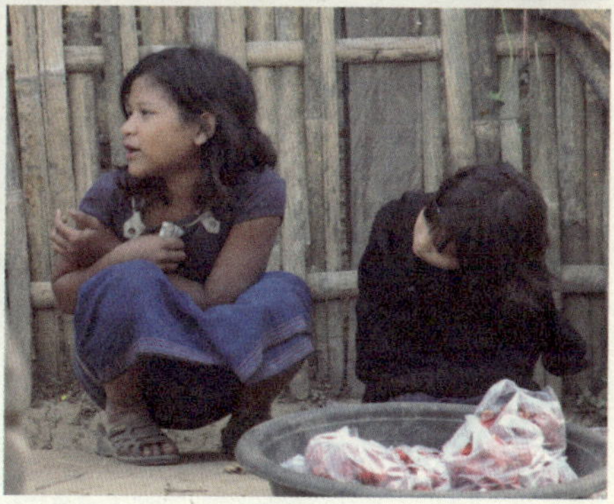

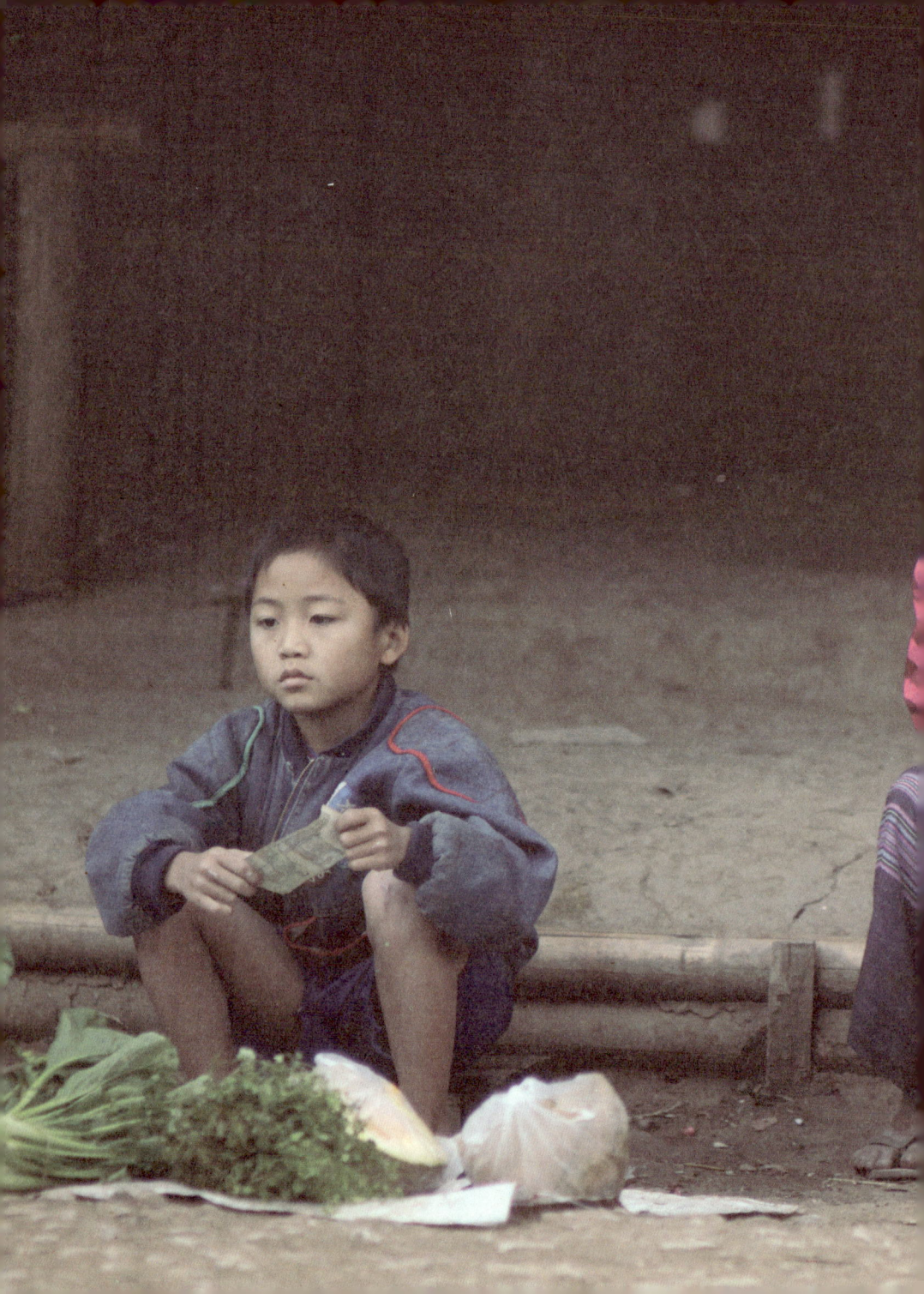

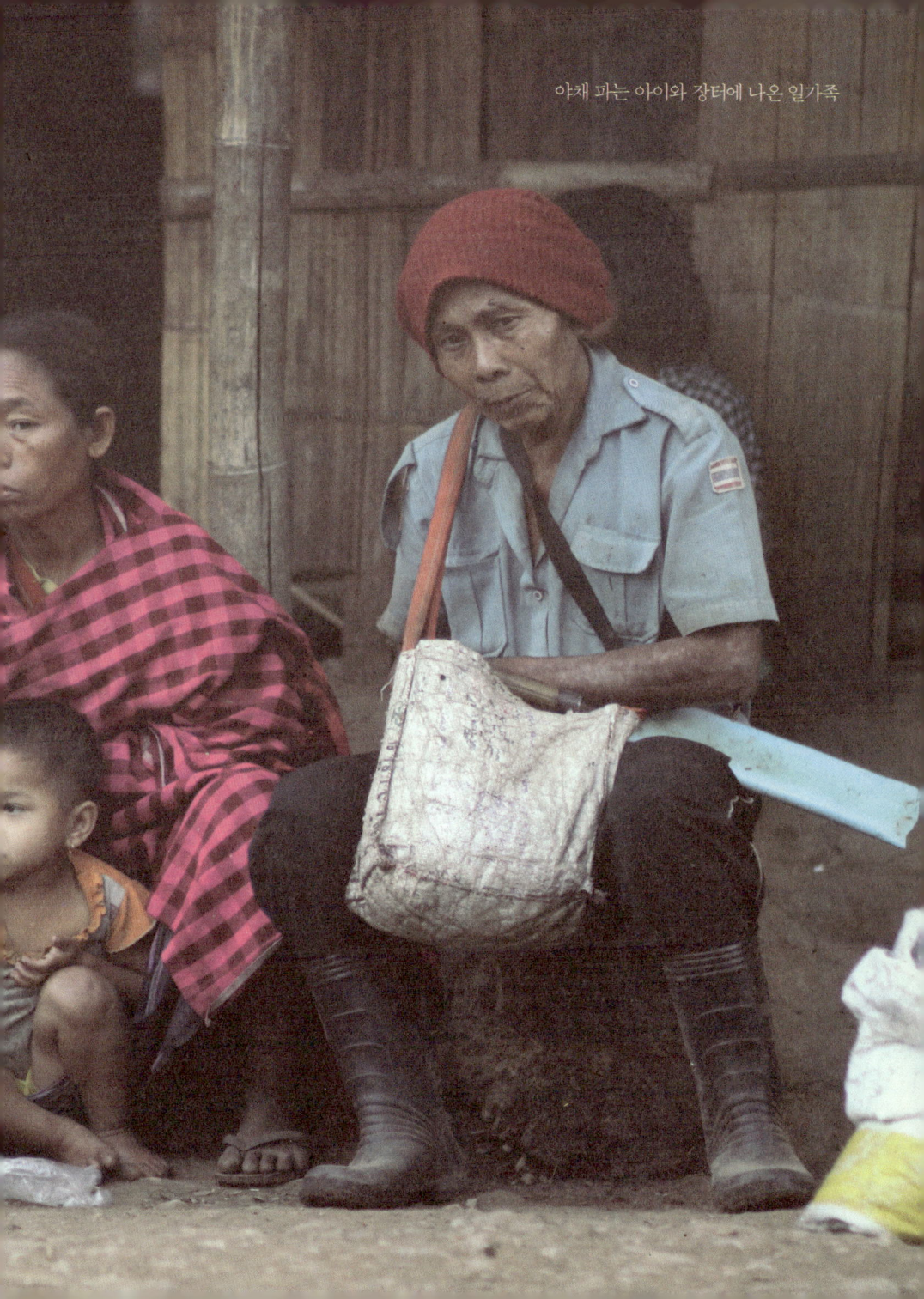
야채 파는 아이와 장터에 나온 일가족

팬티 한 장에 800원

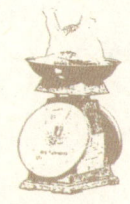

시장의 중간쯤에는 DVD를 파는 난전이 있습니다. 태국의 가요스타들이 낸 음반이 대부분입니다. 캠프에는 전기가 들어오지 않지만 자체적으로 발전기를 돌려 충전 배터리를 이용해 불을 밝히고 음향기기를 사용하기도 합니다. DVD플레이어나 노트북 컴퓨터를 쓰는 집도 더러 있습니다. 어느 골목에는 인터넷을 하거나 국제전화를 할 수 있는 가게도 있습니다. 낮에 어른들이 모여 영화를 보는 집도 더러 있습니다. 이렇게 전기를 기반으로 하여 생활상이 바뀌는 것은 근래 들어 형성된 풍경이라 합니다. 우리에게 전기는 물과 공기처럼 흔하고 당연한 생활의 조건입니다. 그러나 누포캠프에서는 전기를 소중하게 관리하고 아껴 써야 합니다.

시장의 활기는 아침공기만큼이나 신선합니다. 대개 아는 얼굴이고 특별히 새로운 물건이 들어오지도 않지만 주변 농장에서 일하고 받은 일당을 먹을거리로 바꾸는 것은 살아 있는 자신을 확인하는 일이기도 할 것입니다. 아침시장에서는 코코넛과 망고, 바나나 등의 열대과일과 고구마, 호박, 양배추, 오이, 달걀, 오리알 등이 많이 팔리고 있습니다.

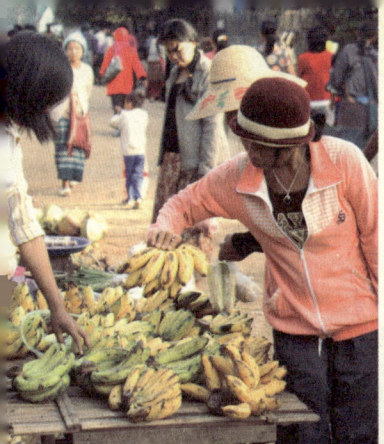
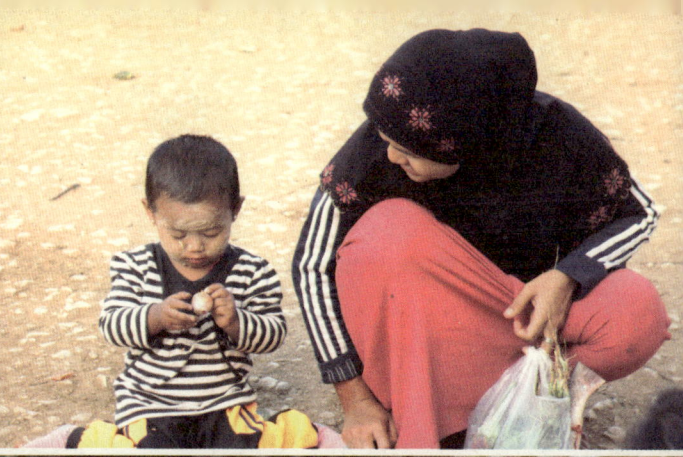

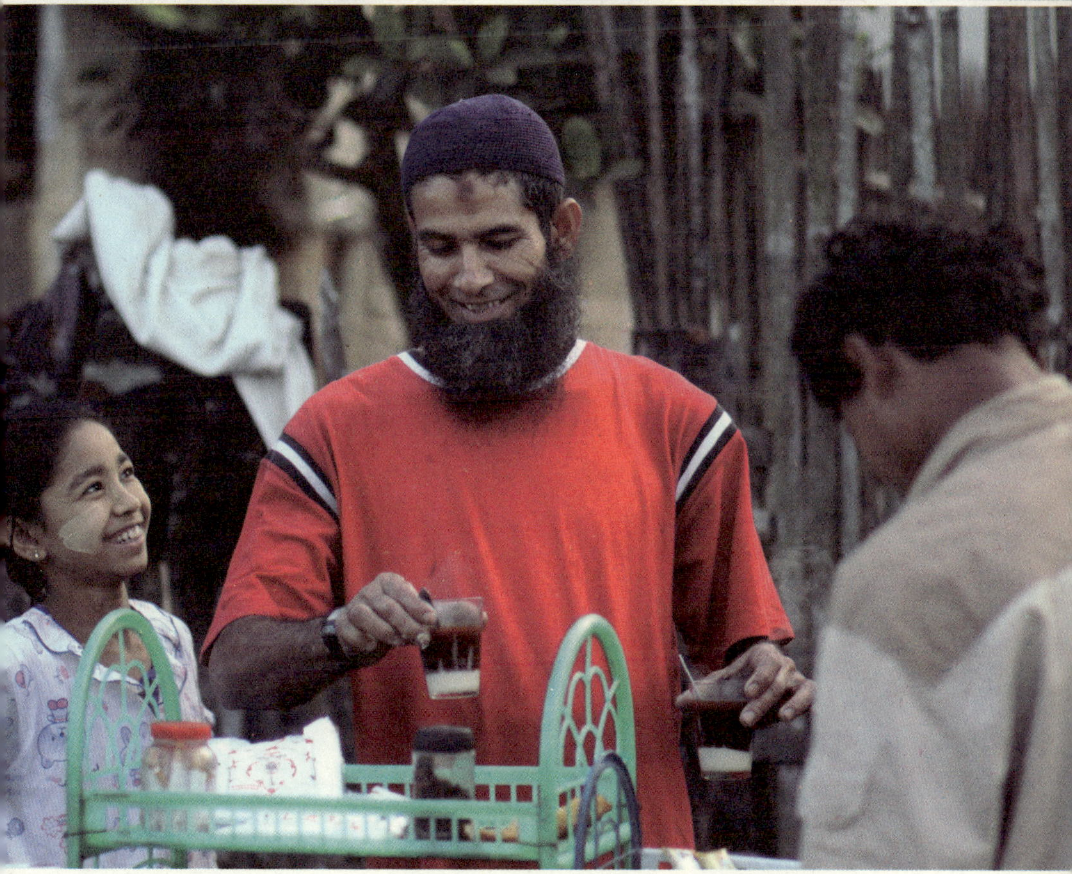

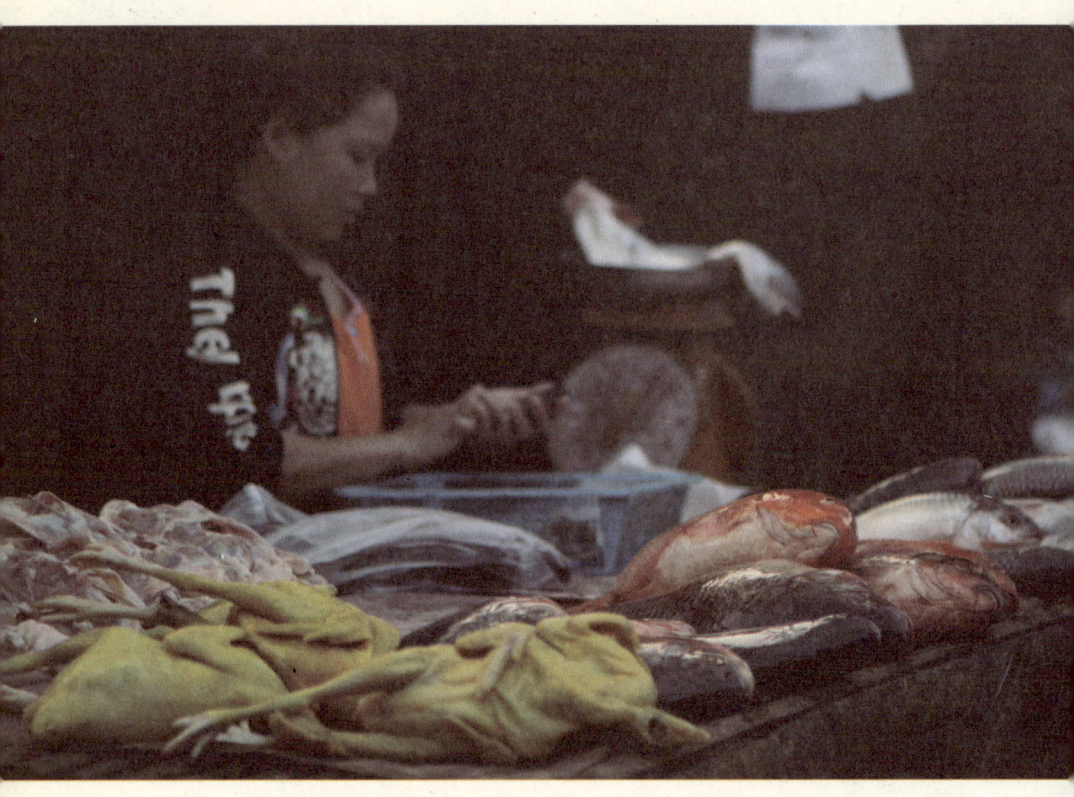

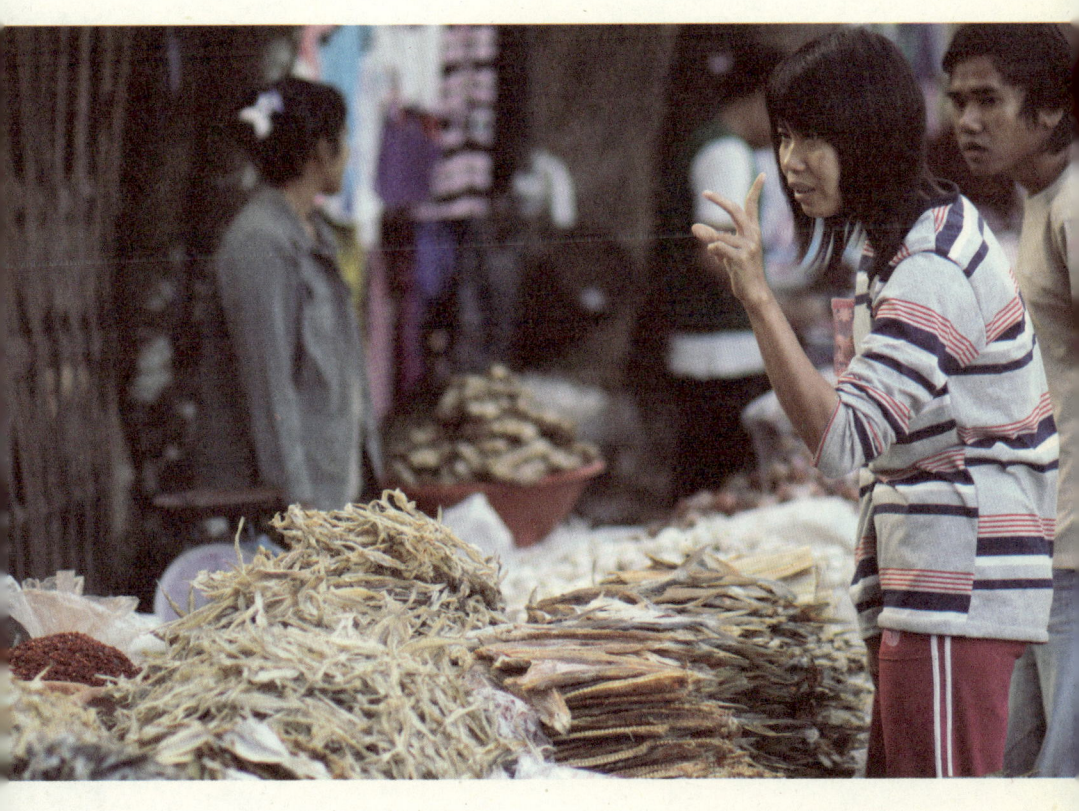

깊은 정글 속의 캠프지만
아침시장에서는
태국 상인들이 가지고 오는
생선과 건어물을 만날 수 있다.

장터에서는 뭐니 뭐니 해도 즉석에서 먹는 음식이 제격입니다. 이 아침 시장에도 국수를 파는 집이 있습니다. 삶아 온 국수를 내놓고 국물을 끓이는 여인은 손님들의 주문에 맞춰 국수 그릇에 양념을 넣어 줍니다. 앉아서 국수를 먹는 사람들의 뒷모습은 서울의 재래시장에서 순댓국을 먹는 사람들의 그것과 다르지 않습니다.

시장의 안쪽 끄트머리에는 옷을 파는 난전이 여러 곳 서 있습니다. 멍석을 깔고 그 위에 수북이 쌓아둔 옷들을 고르느라 여인들의 손길이 분주합니다. 좌판 위에는 속옷과 어린이옷들이 진열되어 있고 옷걸이에는 좀 고급스러워 보이는 옷이 걸려 있기도 합니다. 여성 속옷을 펼쳐 놓은 난전에는 젊은 여인들이 모여 있습니다. 팬티 한 장의 가격이 19바트라 쓰여 있고 브래지어는 29바트입니다. 1바트를 40원으로 치면 각각 800원과 1200원가량 되는 돈입니다.

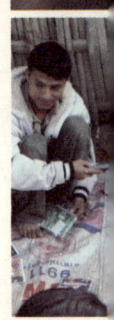

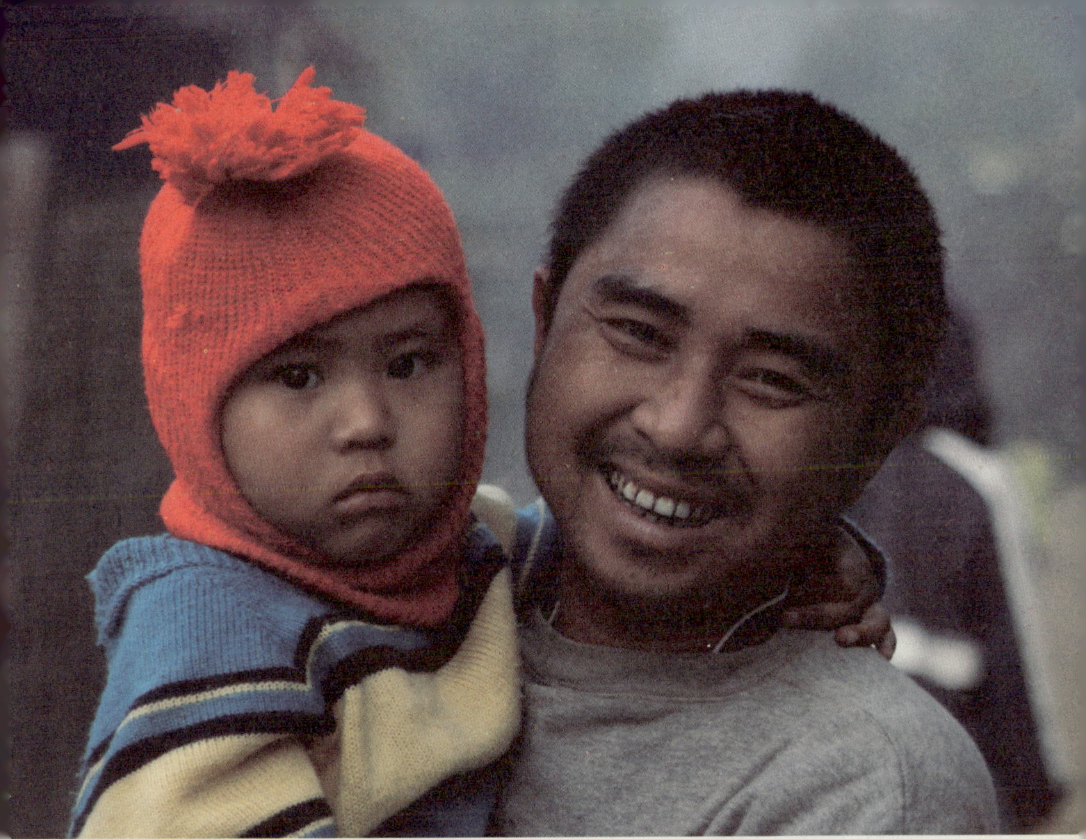

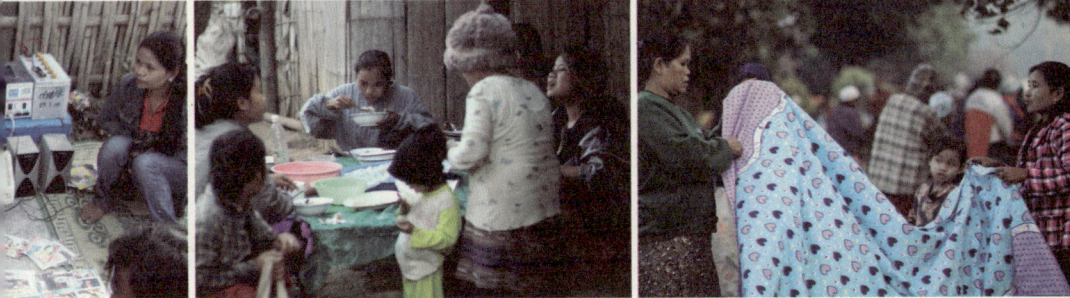

△ 장터에서 만난 선량한 눈매의 부자　▽ DVD음반·국수·이불을 파는 곳

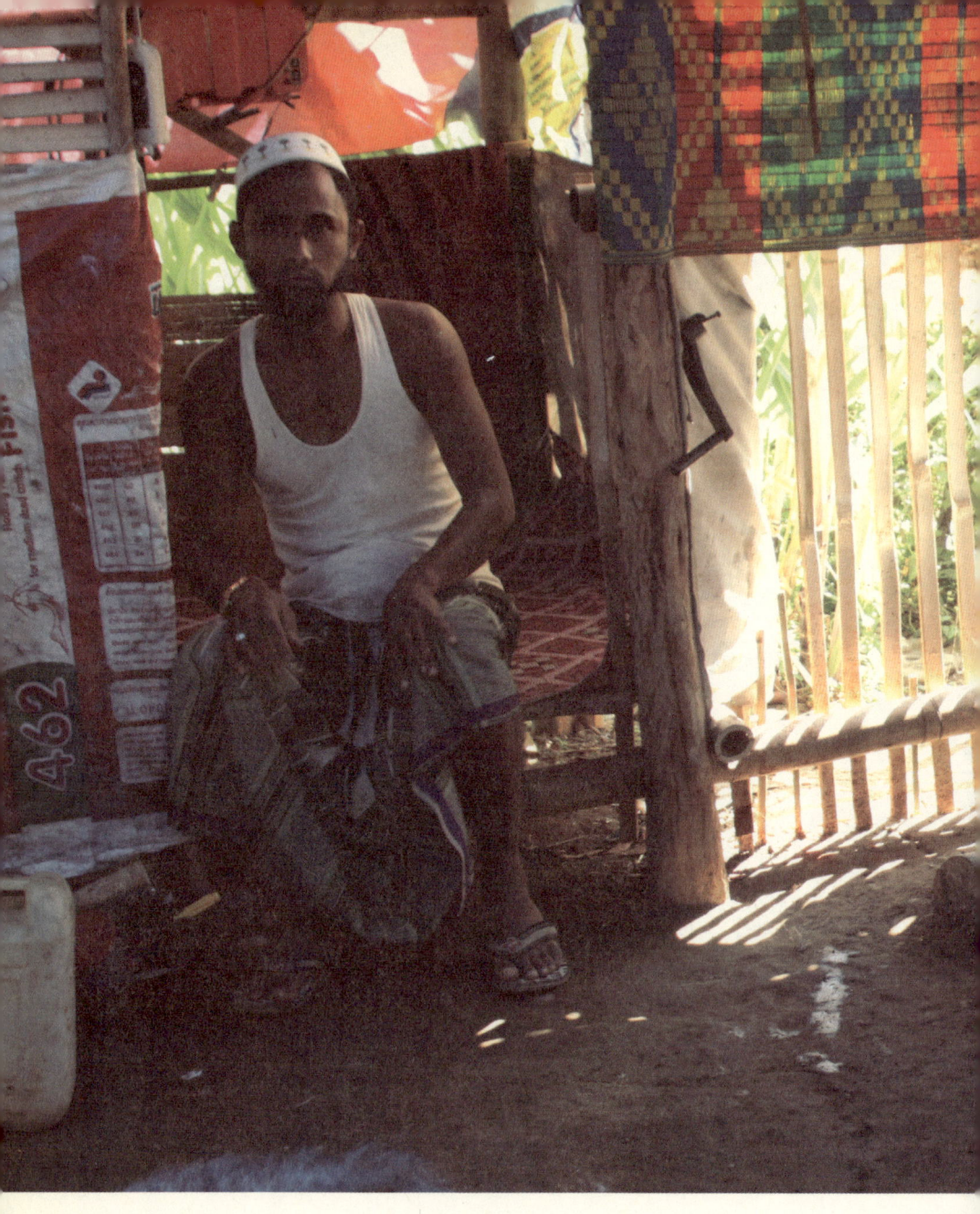

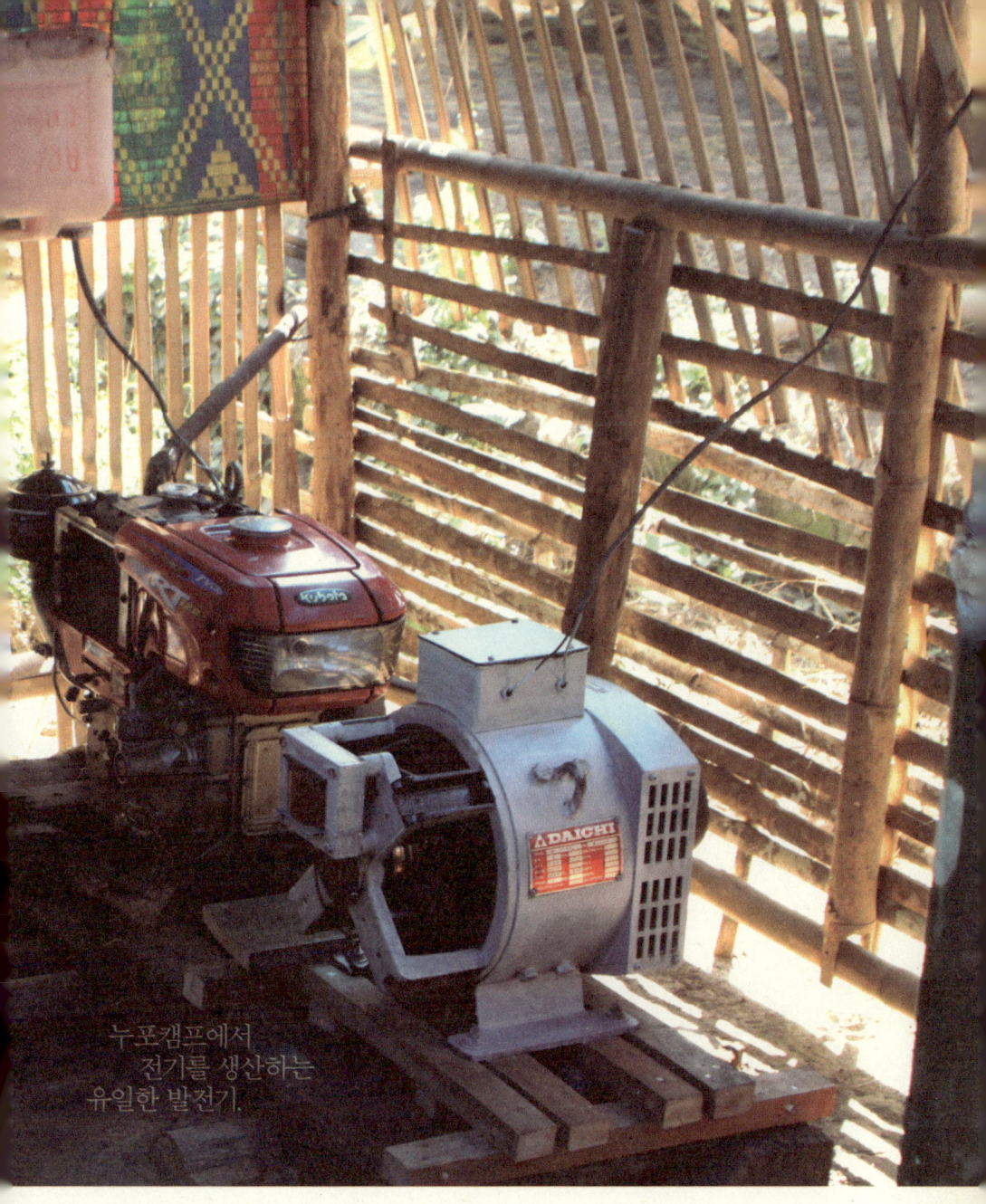

누포캠프에서
전기를 생산하는
유일한 발전기.

65

바깥세상을 만나는 유일한 통로

먹을 것과 입을 것들을 살 수 있는 아침시장. 인근 도시의 물자가 들어오는 유일한 시간. 그 시간을 따라 들어오는 것은 물건만이 아니어서 세상 돌아가는 사정도 상인들의 입을 통해 조금씩 듣게 됩니다. 세상의 변화에 따라 상인들이 가져오는 물건이 조금씩 바뀌게 되고 그 흐름을 따라 캠프에 사는 사람들도 철조망 밖의 사람들과 다를 것 없는 사람의 길을 가게 됩니다.

누포캠프의 아침시장에 서서 사람이 살아가는 최소한의 조건이 무엇인가를 생각합니다. 아이들이 파는 푸성귀와 찰밥 덩어리, 인근 도시에서 들어오는 의류와 DVD, 육류와 꽃. 이것들이 없다면, 이것들이 유통되는 이 아침시장이 없다면, 캠프에 사는 사람들은 어떻게 살아갈까? 이런 생각이 얼마나 부질없는 것인지는 잘 알고 있습니다. 어떤 형태로든 시장이 만들어지고 물자가 교환되고 공급되는 일은 끊어지지 않을 것입니다. 이곳도 사람이 사는 곳이니까요.

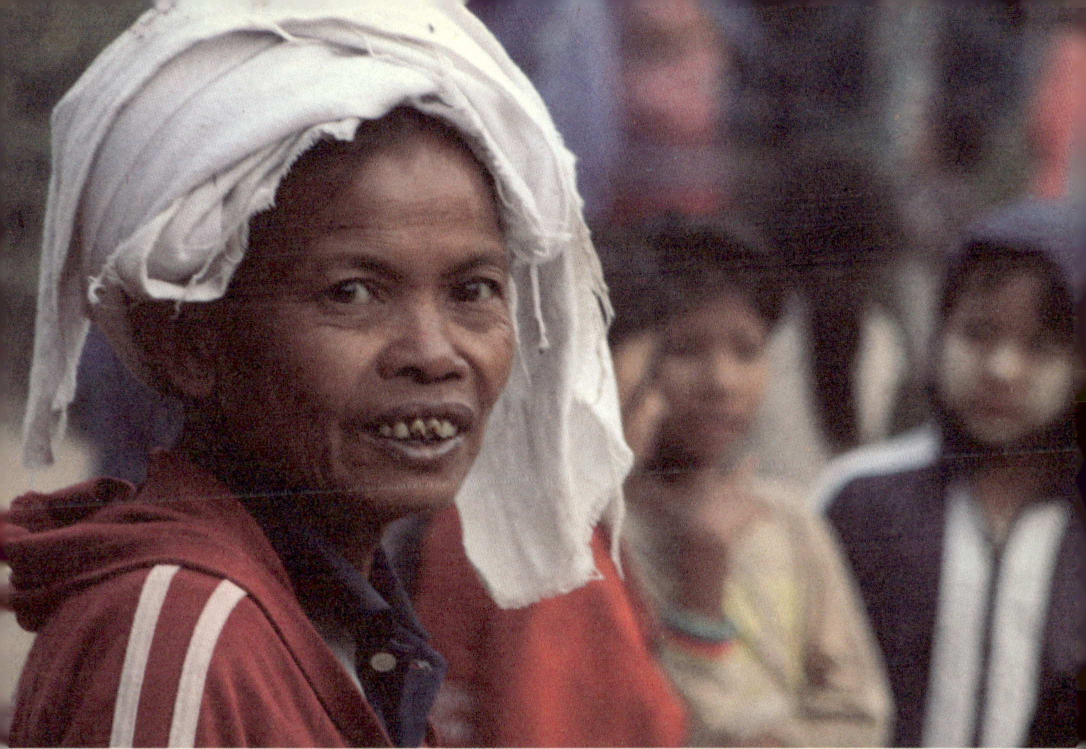
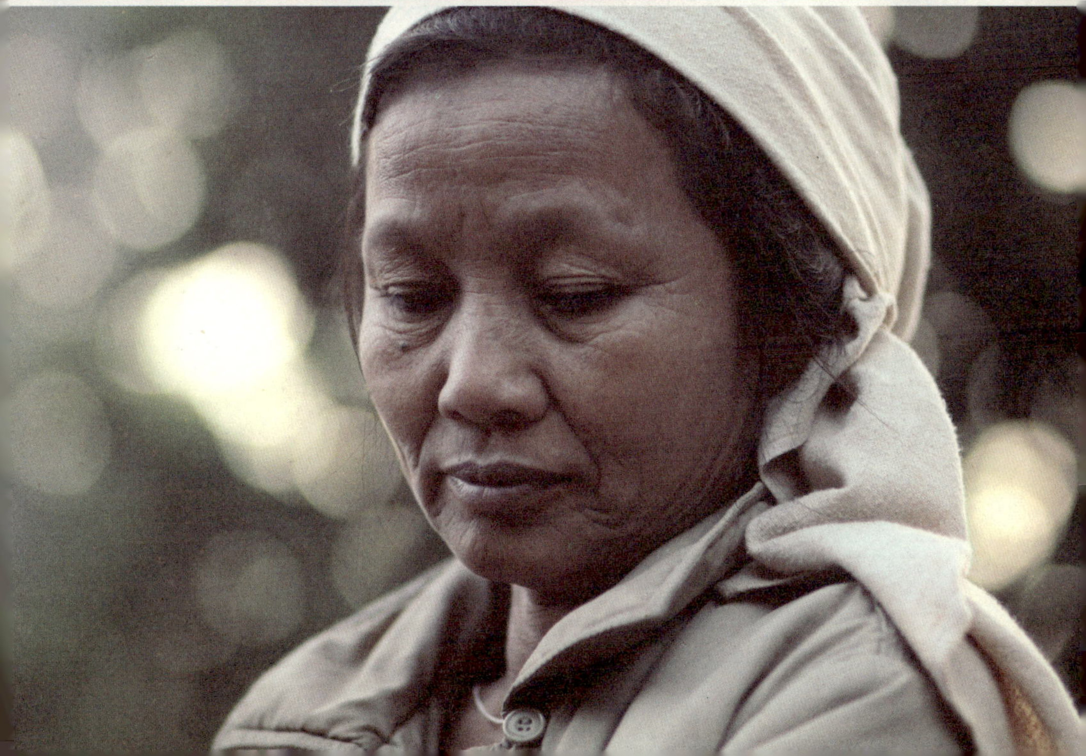

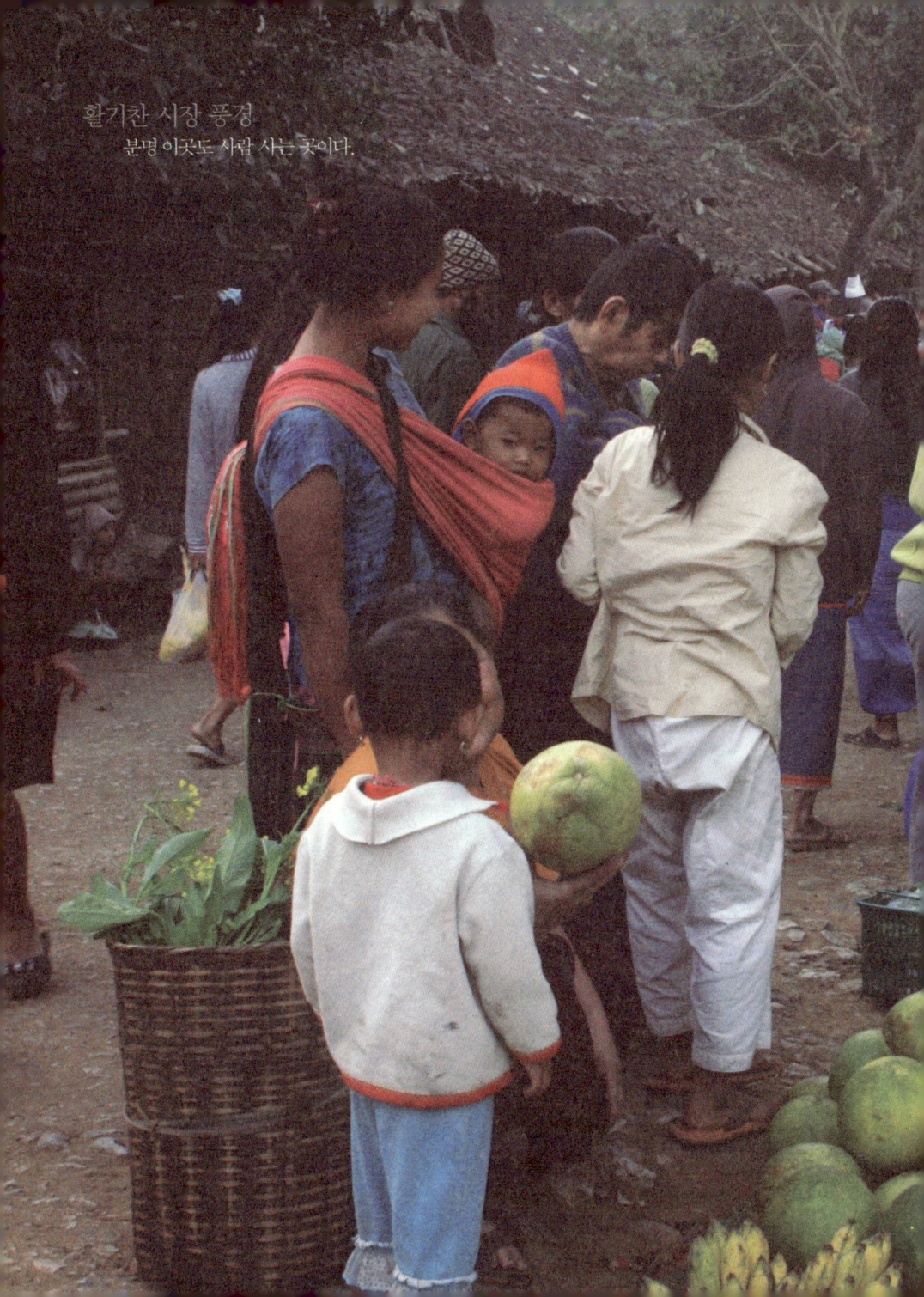

활기찬 시장 풍경
분명 이곳도 사람 사는 곳이다.

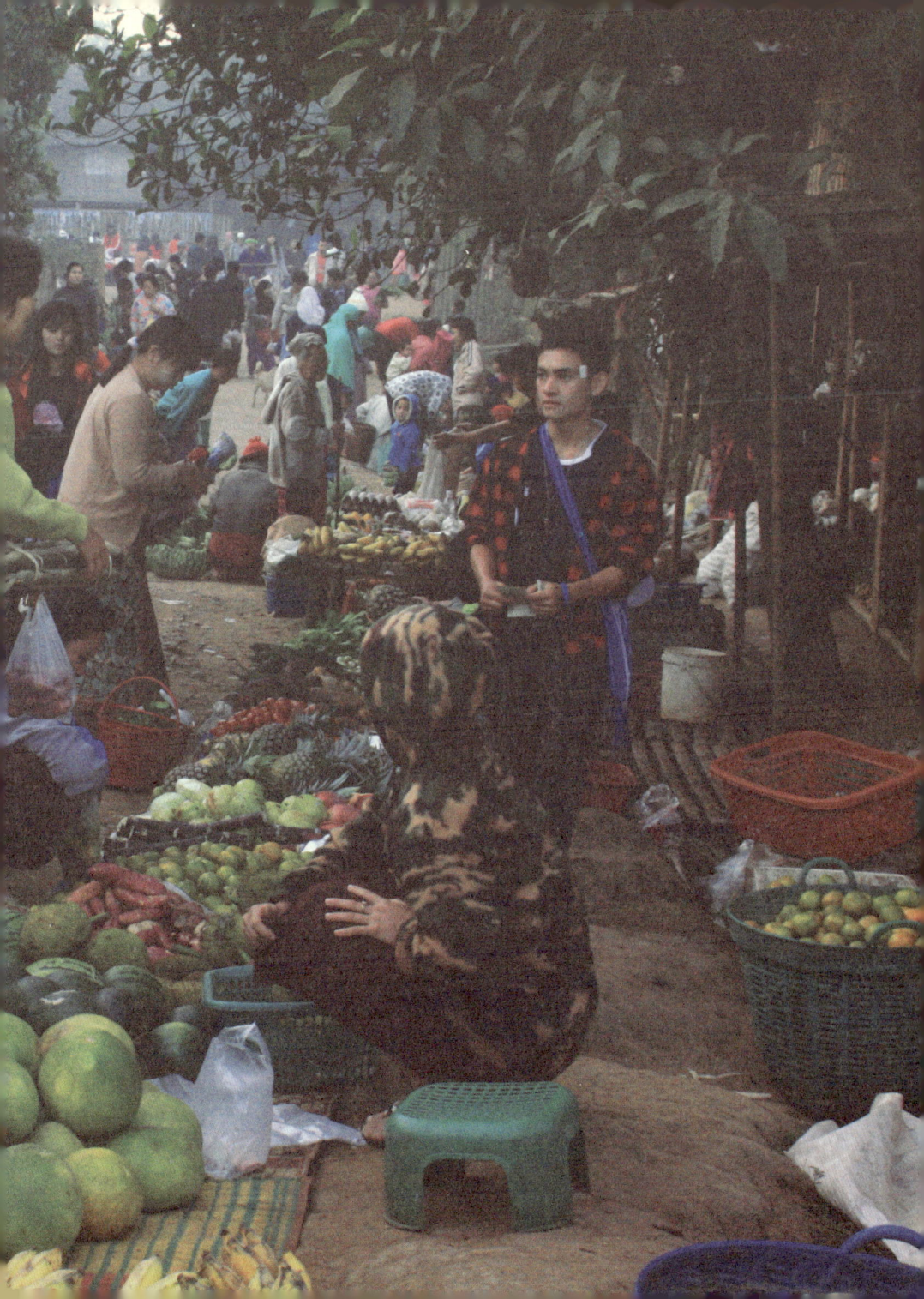

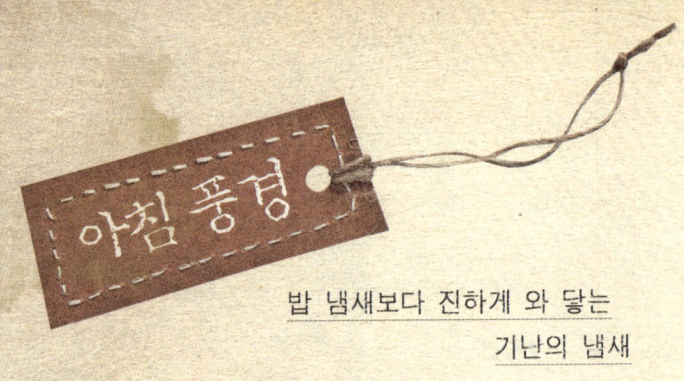

밥 냄새보다 진하게 와 닿는
기난의 냄새

모닥불에 언 몸 녹이는 가족들

사원에서 들리는 독경소리가 누포캠프의 새벽을 엽니다. 아직 별들이 총총하고 바람이 차가운 시간. 그러나 독경소리를 누워서 듣고 있을 수는 없습니다. 이제 시나브로 어둠이 물러나고 새날이 시작될 것입니다. 어제와 똑같은 하루가 열리는 것이 아니라 어제보다는 좀 더 행복하기를 염원하는, 고국으로부터 보다 희망적인 소식이 날아오기를 고대하는 그런 날이 열리는 것입니다.

캠프 사람들은 아침 일찍 일어납니다. 독경소리가 하늘을 흔들고 닭이 울고 개가 짖으며 어둠을 물리치는 동안 캠프 사람들은 잠자리를 털고 일어나 차가운 새벽바람에 오그라든 몸을 폅니다.

70

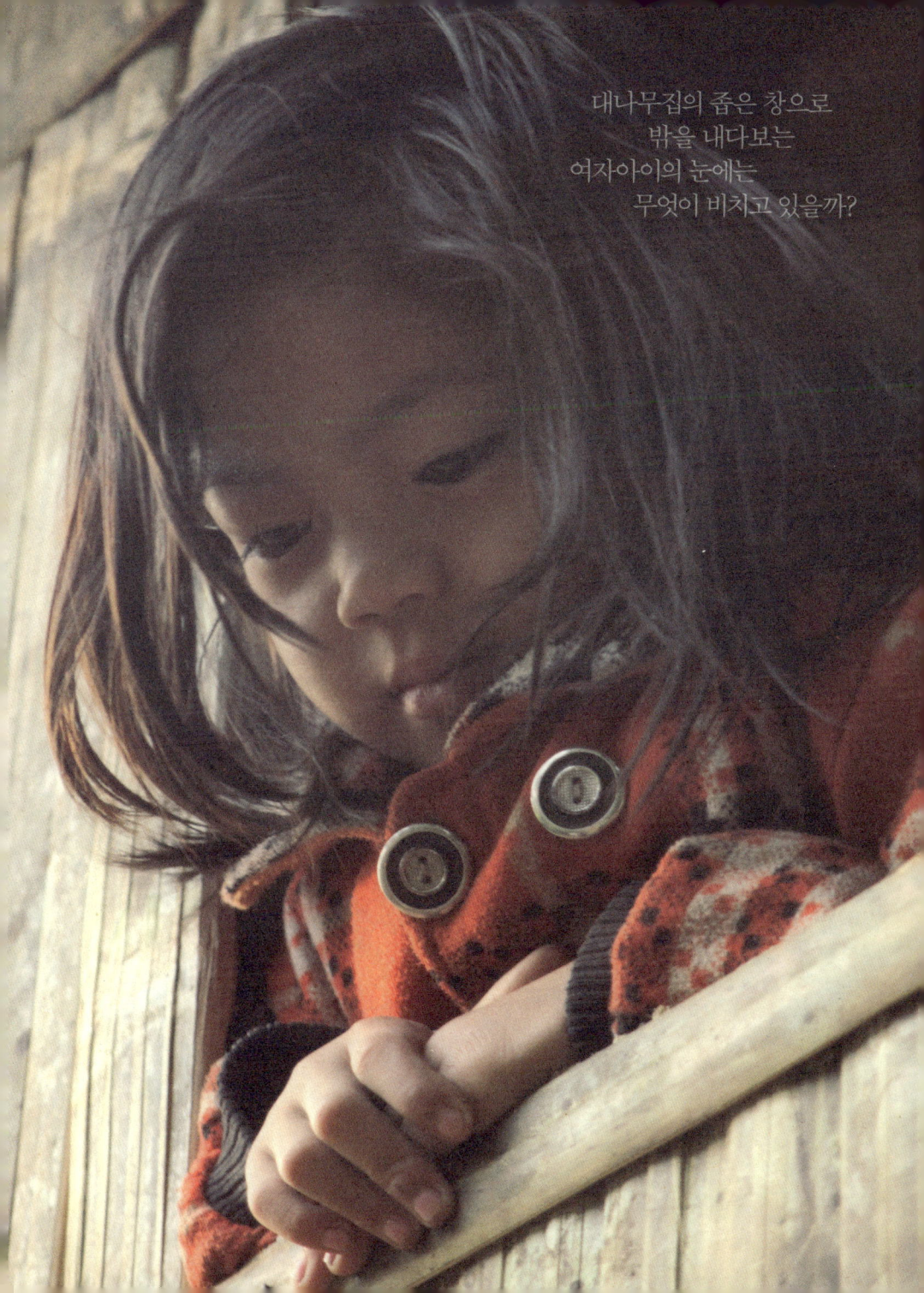

대나무집의 좁은 창으로
밖을 내다보는
여자아이의 눈에는
무엇이 비치고 있을까?

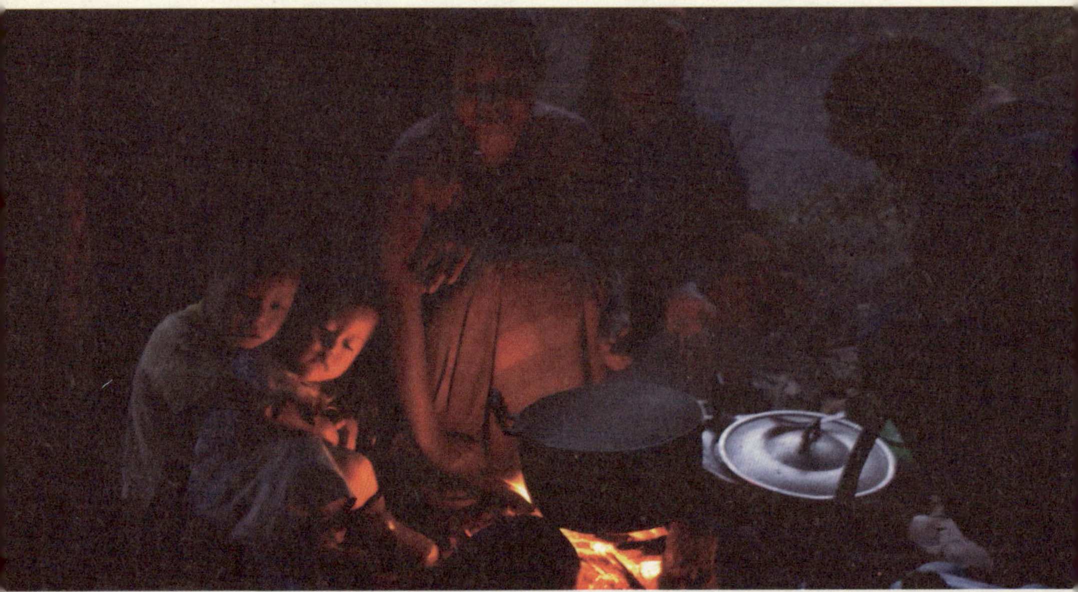

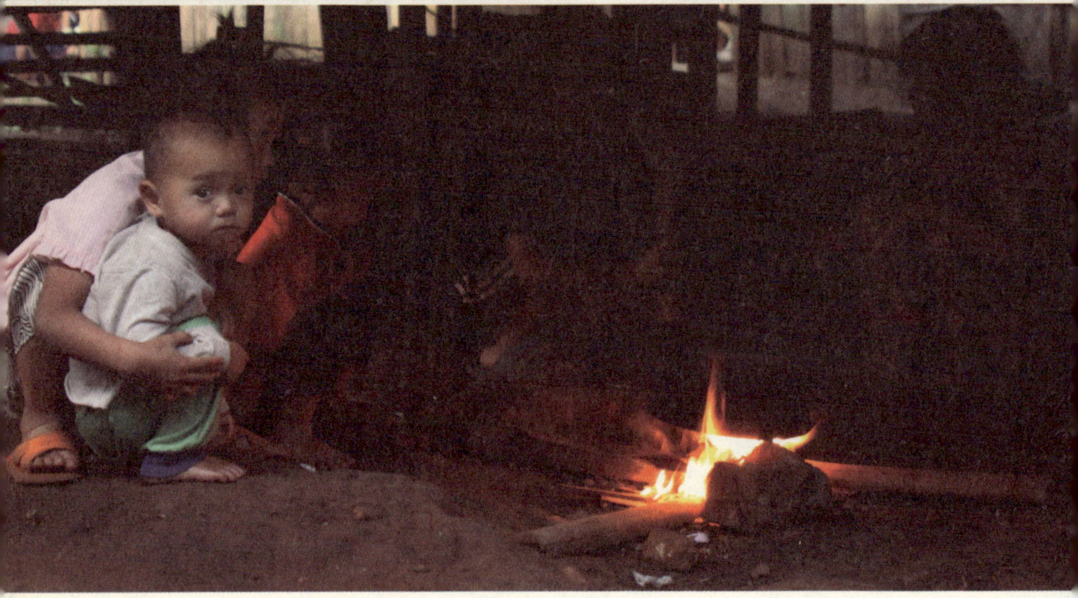

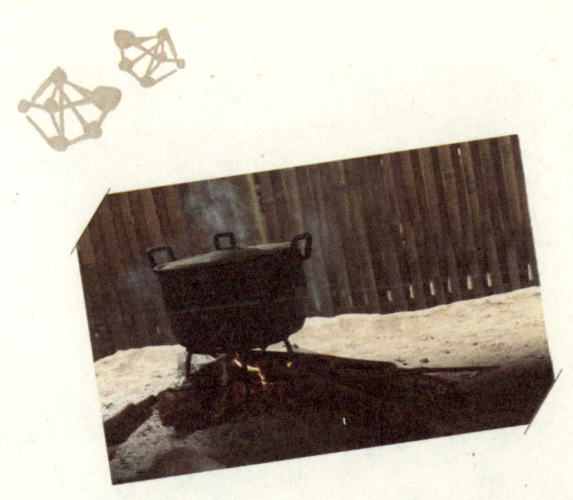

　아직 발밑에 얇은 어둠이 밟히는 시간이지만 옷을 챙겨 입고 골목으로 나갑니다. 캠프의 아침 풍경에서 가장 먼저 다가오는 것은 매캐한 연기입니다. 집집마나 모닥불을 피우고 있습니다. 이 새벽에 모닥불이라니. 우리에게 모닥불은 낭만과 휴식의 이미지가 묻어 있지만 캠프 사람들에게 모닥불은 생존을 위한 최소한의 열기입니다. 구멍이 숭숭 뚫린 대나무집에서 밤새 추위에 떨던 몸을 녹이는 보일러이고 아침에 먹을 음식을 조리하는 레인지입니다. 가족들이 모여 앉아 서로의 허기진 눈망울을 들여다보면서도 사랑스러운 이야기꽃이 피는 화롯불이기도 합니다. 캠프 사람들이 아침에 피우는 모닥불은 하루의 삶을 충전하는 배터리인 셈입니다.

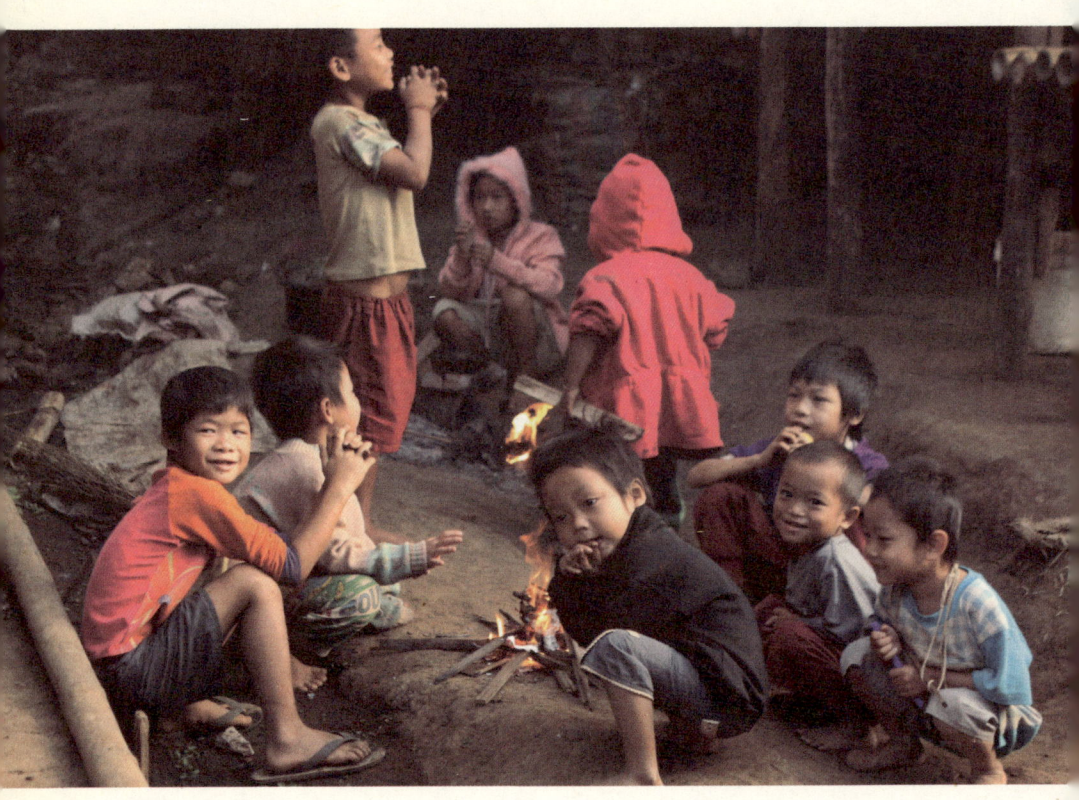

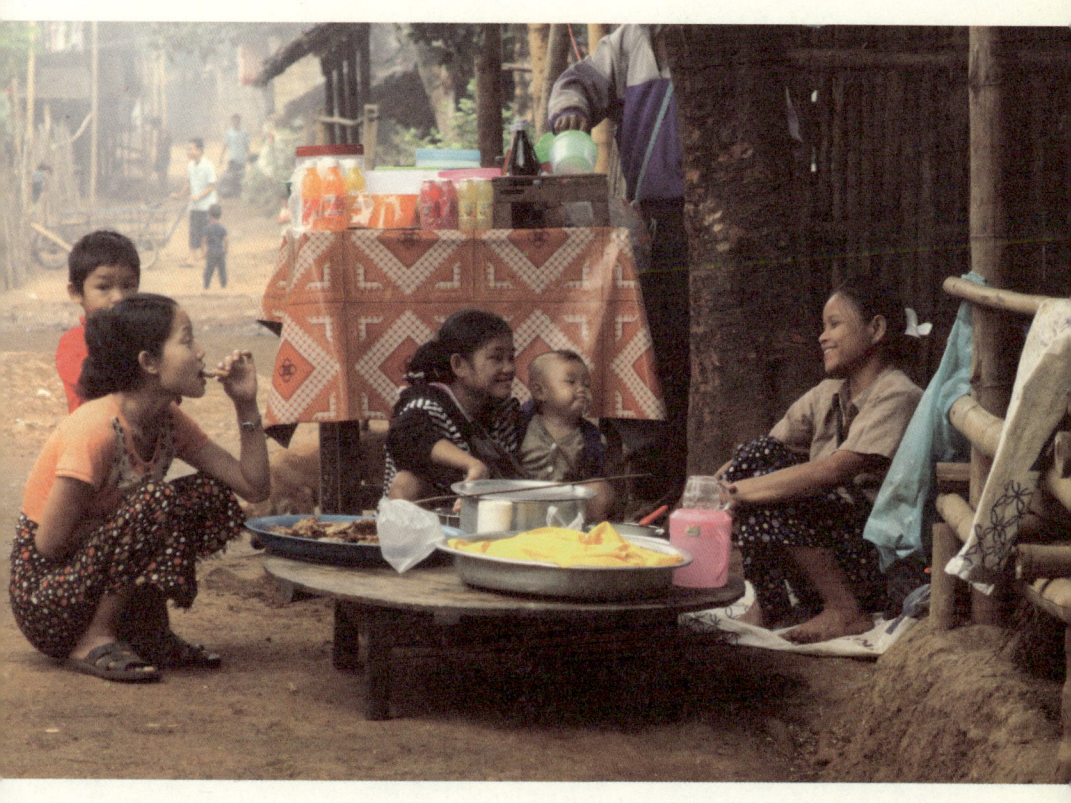

"추위 때문에 아침 일찍 일어나는가 봐요."

"저녁에 일찍 잠자리에 드니까 새벽에 깰 수밖에 없지 않을까?"

"그래서 골목마다 조무래기들이 많은가요? 기찻길 옆 오막살이처럼."

이방인의 짐작이라는 것은 그들의 삶을 자신의 생각대로 재단하는 '몰상식'일 뿐입니다. 그래도 골목마다 엇비슷하게 펼쳐지는 아침 풍경은 많은 것을 짐작하게 하고 많은 것을 상상하게 합니다.

거의 모든 집에서 마른 대나무 졸가리를 태우는데, 불길이 높이 솟구치지 않아 안전하기 때문인가 봅니다. 그들이 모닥불을 피우는 곳은 이층으로 된 대나무집의 아래층이어서 불을 잘못 관리하면 큰 화재로 이어집니다. 모든 집이 바싹 마른 대나무를 엮어서 지었고 지붕 역시 바삭바삭한 떡갈나무 잎을 엮은 것이어서 화재가 나면 걷잡을 수 없는 재앙으로 이어질 수밖에 없는 그런 아찔한 구조입니다. 소화기는 꿈도 못 꾸고, 수도파이프도 모자라 수도꼭지 하나에 대여섯 집이 의존해 있습니다. 그래서 불길이 높지 않은 마른 대나무 졸가리를 쓰고 한꺼번에 많이 태우지 않습니다. 불길을 조절하는 지혜를 어린아이들도 습득하고 있습니다.

그렇게 불이 피어오르는 동안 두세 집이나 대여섯 집이 함께 쓰는 수돗가에서 쌀과 야채를 씻던 여인들이 냄비를 들고 옵니다. 쌀과 야채를 함께 넣어 끓이는 그 식사의 이름을 차마 물어볼 수 없습니다. 밥이면 어떻고 죽이면 어쩌겠습니까? 그런 식사 한두 끼로 하루를 살아가는 그들은 다이어트를 이유로 아침을 굶는 사람들을 어떻게 생각할까? 엉뚱한 망상에 사로잡히는 나의 불손을 책망하며 어느 가족 곁으로 다가가 곁불을 쬡니다.

"잘 잤니?"

엄마 품에 안긴 아이의 눈망울 속에서도 모닥불이 타오르고 있습니다. 배시시 웃어 주는 아기의 얼굴도 해쓱한 엄마의 얼굴도 그 곁에 앉아 있는 쪼글쪼글한 할머니의 얼굴도 모두 성스러워 보입니다. 불 앞에 앉은 사람의 얼굴은 무언가 경건한 분위기를 풍깁니다. 남편이 아침식사를 담은 냄비를 가져와 불 위에 올리고 나를 흘깃 내려다봅니다. '뭐 하는 놈이기에 아침부터 남의 집 마당에 들어와 내 마누라 옆에 바싹 앉아 있냐?'는 눈치입니다.

"How are you?"

그러나 사내는 대꾸가 없습니다. 성큼성큼 뒤란으로 가서 채소밭에 물을 뿌립니다. 아무도 말을 하지 않습니다. 아침식사가 끓어오르는 그 모닥불 앞의 고요가 하루를 여는 신성한 의식인 것만 같습니다.

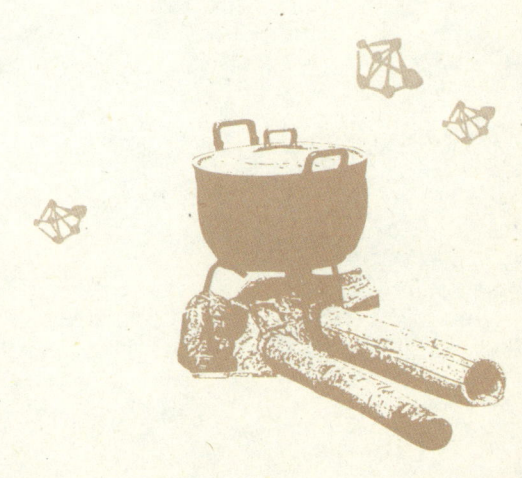

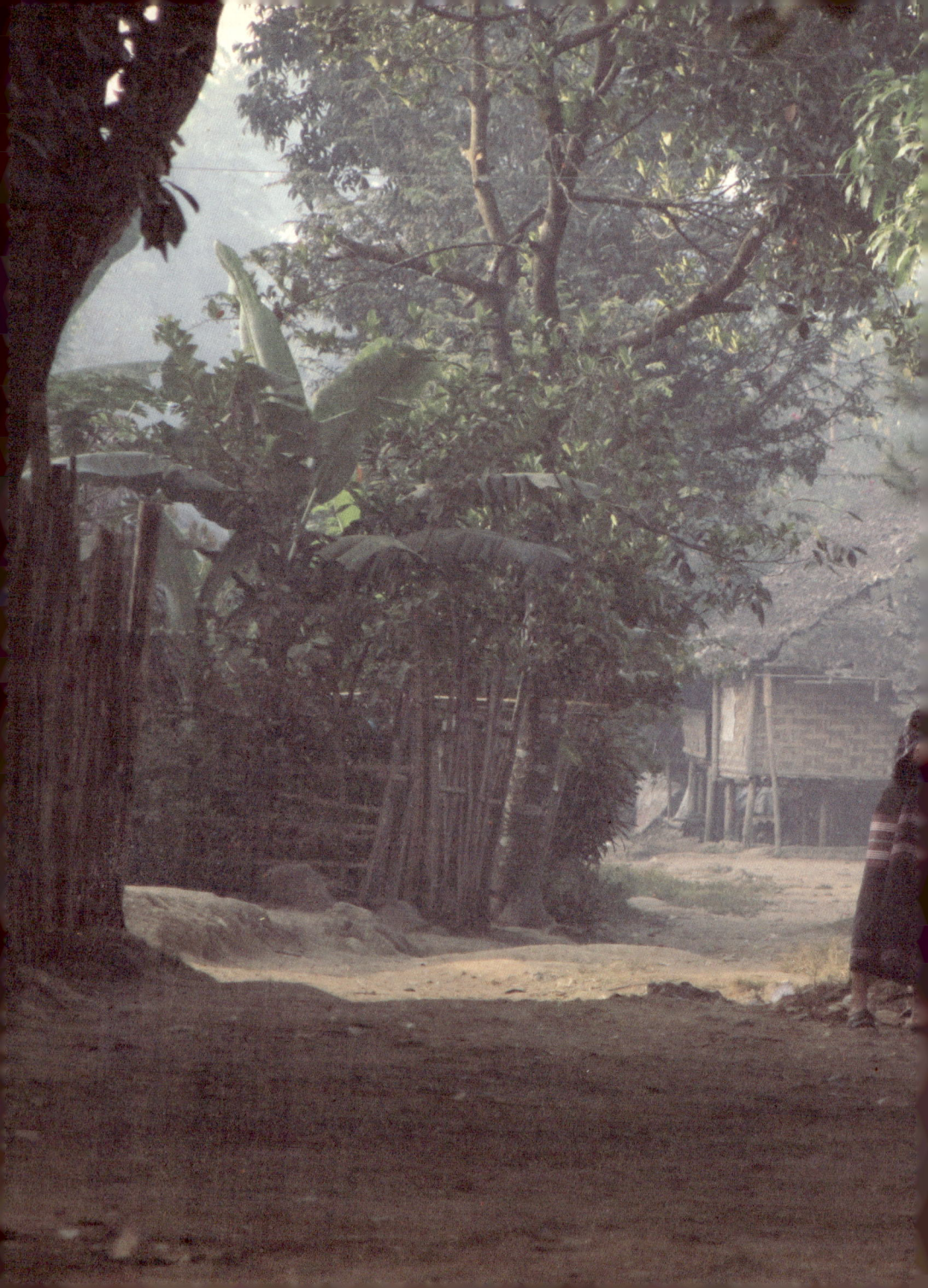

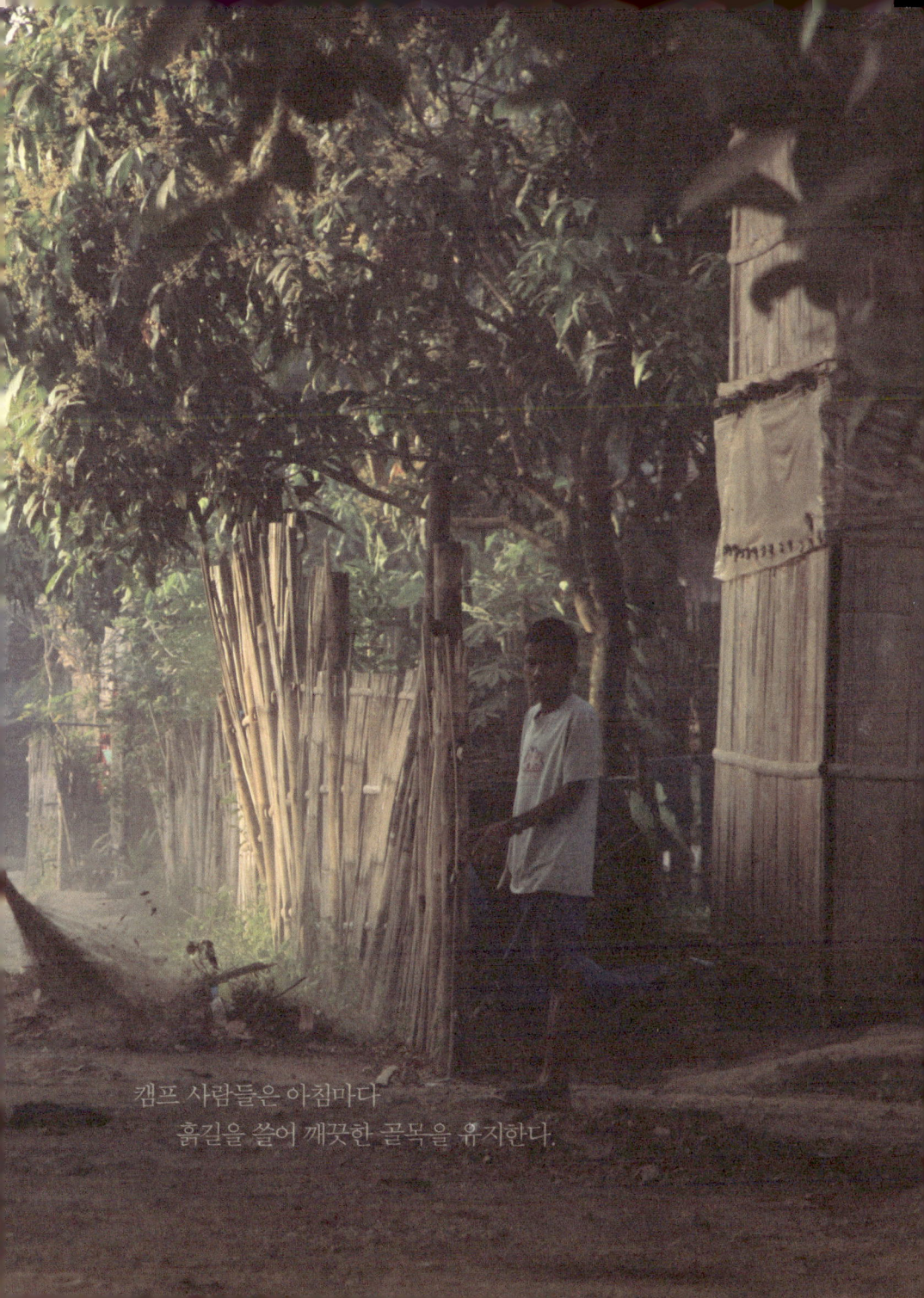

캠프 사람들은 아침마다
흙길을 쓸어 깨끗한 골목을 유지한다.

꽃이 주는 행복, 꽃에 대한 맹세

여명이 밝아 오기 전에 모닥불이 먼저 피어나는 마을. 매캐한 연기 주변에 모여 몸을 녹이고 아침을 끓이는 동안 사원에서 들리던 독경소리는 이미 멈추었습니다. 골목에는 비질하는 소리가 가득합니다. 젊은 처녀들이 마당도 되고 골목도 되는 집 앞에 물을 뿌리고 열심히 비질을 하고 있습니다. 황토가 단단하게 다져진 골목에서는 새날의 싱싱한 시간이 모락모락 피어오르는 것 같습니다.

나는 지금 마을의 중앙에 해당되는 긴 골목길을 천천히 걸어가고 있습니다. 두 평 남짓한 구멍가게의 문이 열리고 국수를 삶아 팔거나 옥수수와 찰떡을 쪄 놓고 파는 가게들도 문을 엽니다. 이미 훤하게 날이 밝은 골목은 새로 개봉하는 영화의 첫 상영처럼 신선합니다.

12월이지만 이곳의 한낮 기온은 27도에서 29도 정도입니다. 그래서 길가에 꽃이 피어 있고 텃밭에서는 채소가 자라고 있습니다. 일부러 화단을 만들어 꽃을 가꾸는 집도 자주 눈에 들어옵니다.

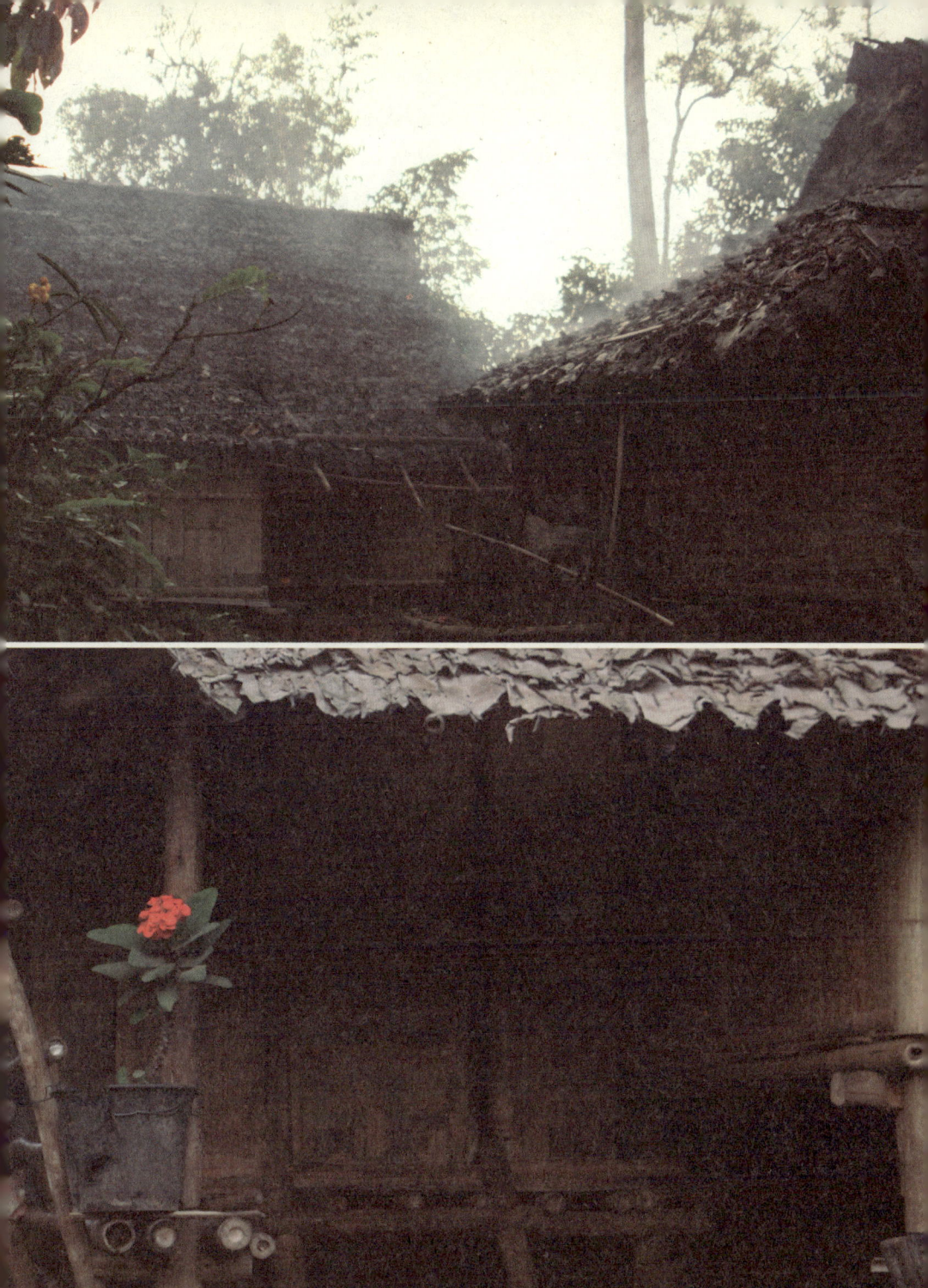

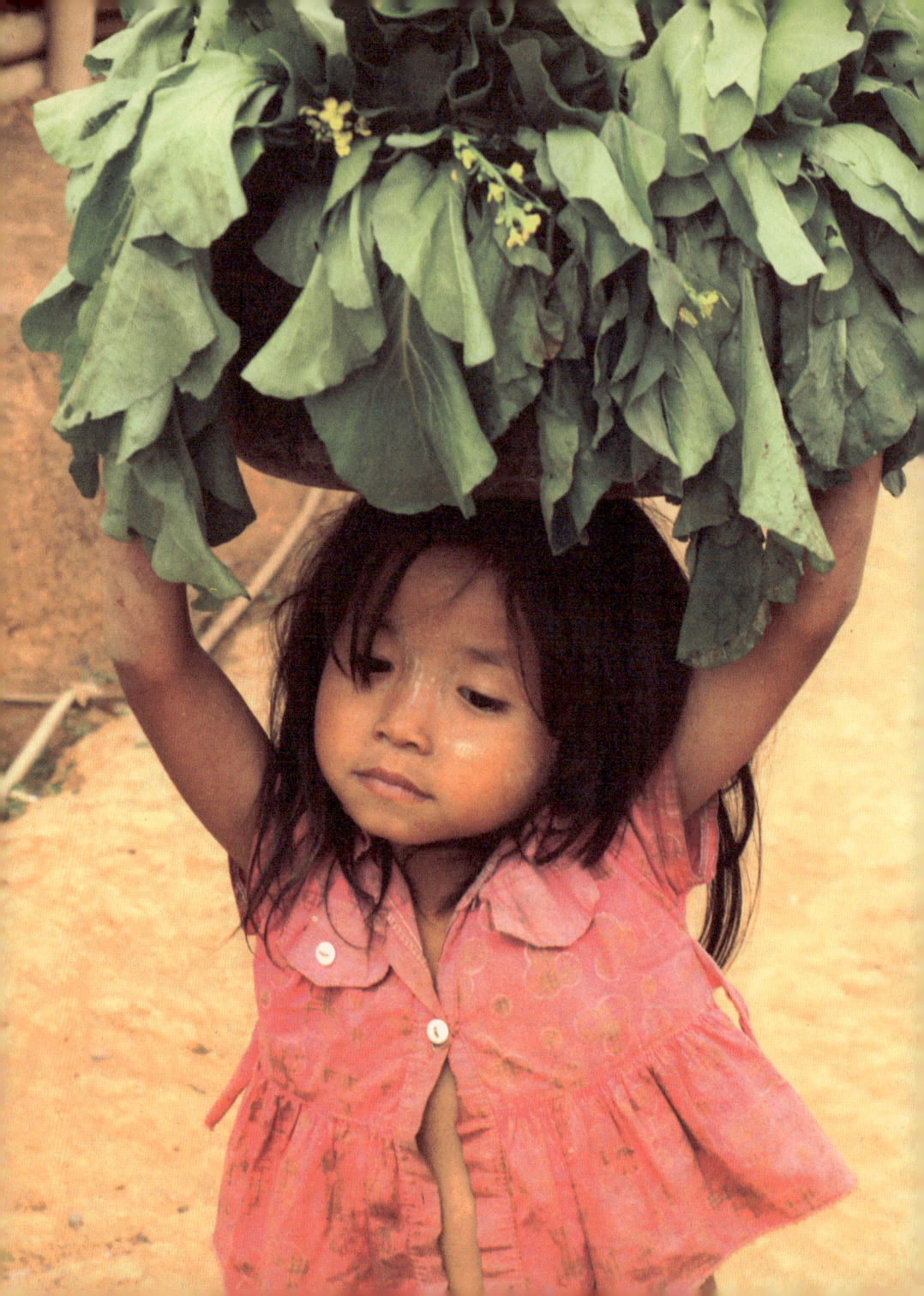

아침시장에서 꽃 파는 난전을 보고 과연 꽃이 팔릴까 하는 의구심을 품었습니다. 하루하루의 먹을거리를 걱정하는 동네에서 꽃을 살 사람이 있겠느냐는 나의 단순한 생각이 한없이 부끄러웠던 것은 장이 파할 무렵 가지고 온 꽃을 거의 다 팔고 전포를 정리하는 모습을 볼 때였습니다.

아침 풍경 속에서 화단을 잘 가꾼 집을 들여다봅니다. 둘레에는 장미가 피어 있고 안쪽으로는 국화 종류의 꽃들이 풍성합니다. 분위기가 안 어울리지만, 남의 집 화단을 들여다보면서 나는 상념에 사로잡힙니다.

'이 마을의 꽃은 꽃이 아니다. 색과 향으로 사람을 행복하게 하는 대상으로서의 꽃이 아니다. 행복의 참맛을 아는 사람들의 마음으로부터 가꿔지는, 희망의 향기와 꿈의 색으로 피어난 은근하고도 중요한 메시지다. 이 마을에서의 꽃은 신의 메시지이고 자성의 드러남이고 자아의 표현이다. 꽃이 부처이고 보살이고 아라한이어서 꽃을 가꾸는 사람도 부처이고 보살이고 아라한이다. 나의 시도 이래야 할 텐데. 시류에 영합하고 감상에 물들어 언어를 조작하고 이성을 마비시키는 글을 시랍시고 마구 써 대지는 않았던가? 덜 마른 빨래를 입고 새 옷이라고 우기는 식의 시만 써 오지 않았던가? 이 마을의 꽃이 가장 아름답고 경건한 시인 줄 알았다면 이 마을의 꽃과 같은 시를 써야 하겠지……'

배고픈 돼지야 미안하다

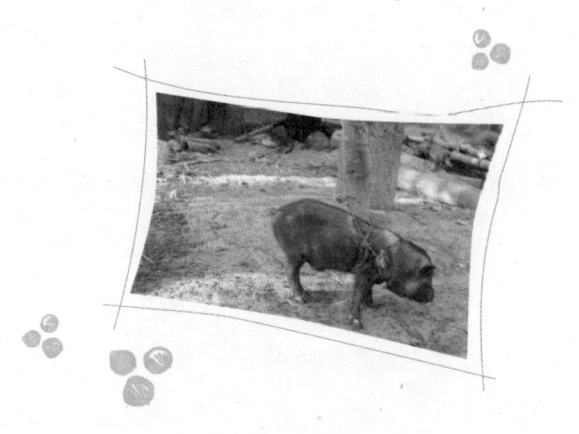

　좁은 골목으로 접어듭니다. 이미 정갈하게 비질이 되어 있고 유리 없는 창틀 밖으로 얼굴을 내밀고 아침 댓바람에 나타난 이방인을 내려다보는 눈길이 깊고 깊습니다. 어느 집은 식어 가는 모닥불 가에서 식사를 합니다. 가운데 앉은 젊은 엄마는 아기에게 젖을 물린 채 밥을 먹고 있습니다. 외간 남자의 시선에도 아랑곳없이. 얼핏 봤지만 아기 엄마의 가슴은 몹시 빈약해 보였습니다. 황급히 눈길을 거두어 뒤란으로 돌아갑니다. 돼지우리가 몇 개 붙어 있고 배고픈 돼지들이 인기척을 느끼고서는 꿀꿀거리며 몸을 흔들어 댑니다.

　"어이쿠, 미안하다. 밥 주러 온 사람이 아니다."

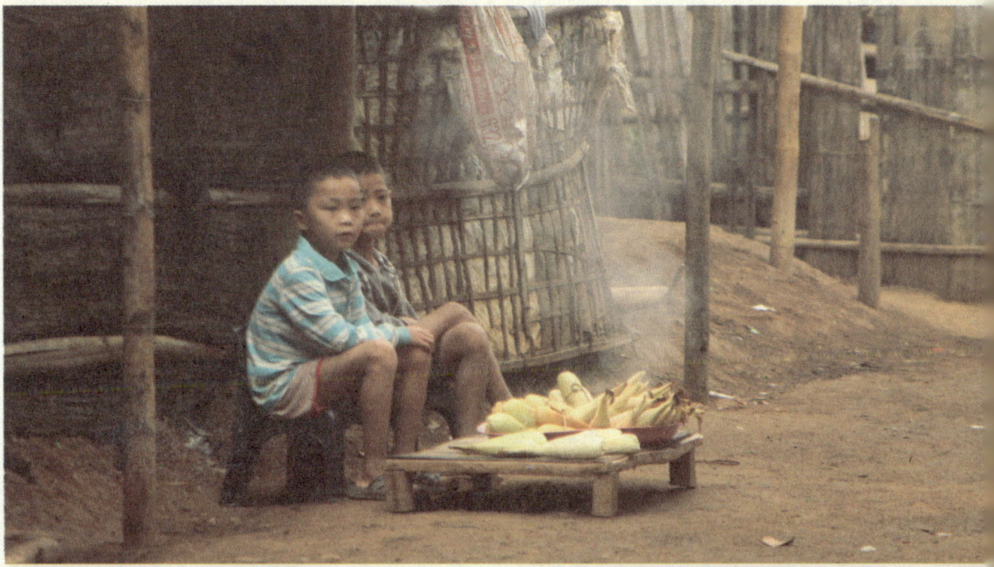

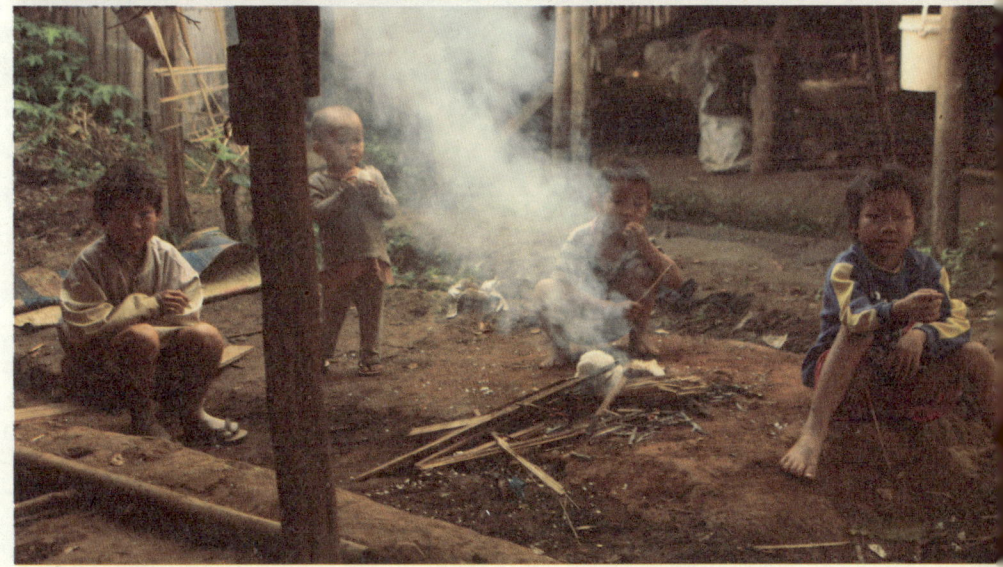

△ 장터가 아닌 골목길에서 옥수수를 파는 아이들
▽ 불장난을 하는 꼬마들

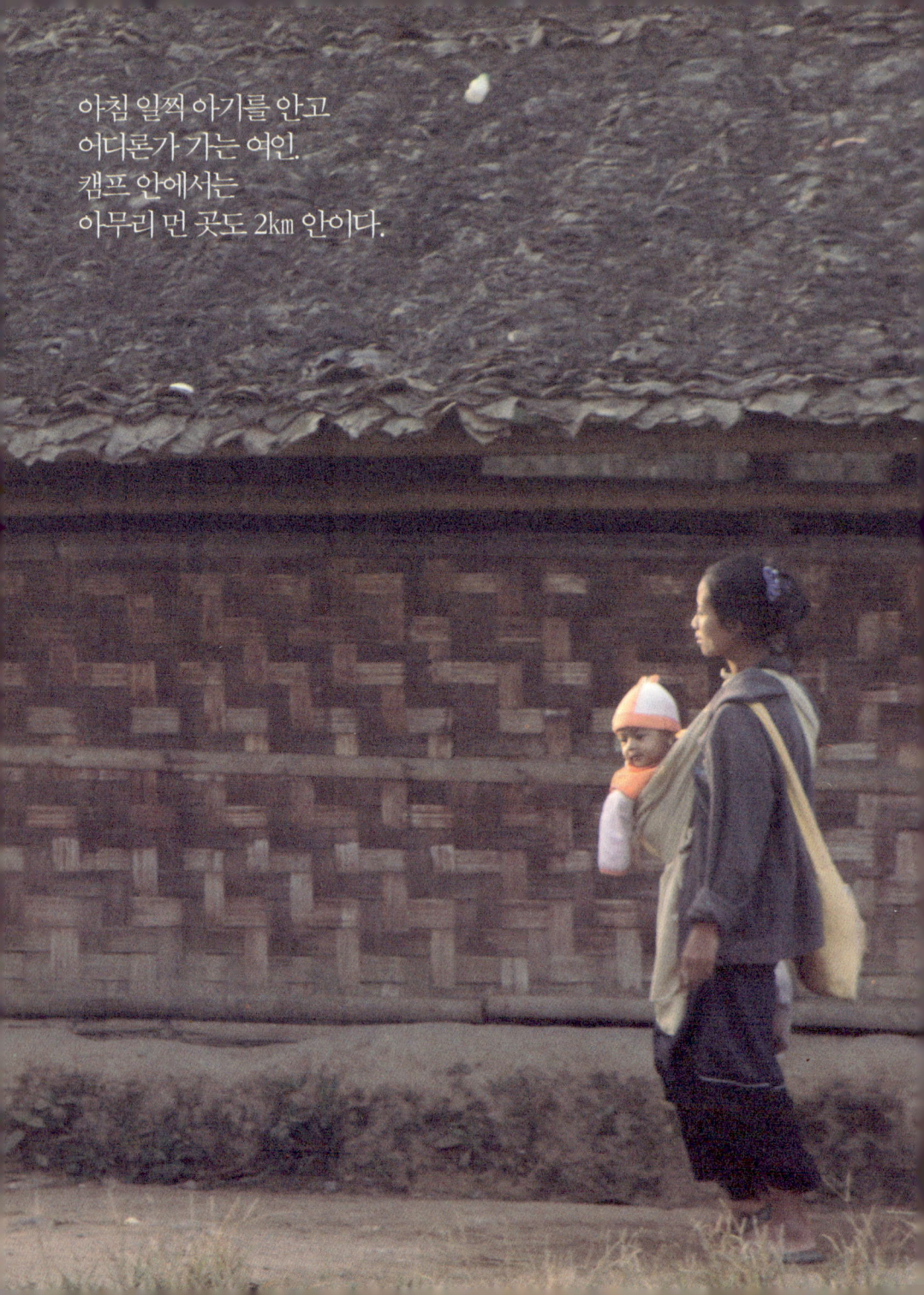

아침 일찍 아기를 안고
어디론가 가는 여인.
캠프 안에서는
아무리 먼 곳도 2㎞ 안이다.

녀석들은 한국말을 처음 들어서 이해하지 못하는지 우리 속을 돌아다니며 꿀꿀거리기만 합니다. 밤새 주린 배를 빨리 채워 달라는 것이겠지만 손에는 카메라밖에 든 것이 없습니다. 돼지의 주인도 살림이 넉넉지 못하니 죽통을 가득 채워 주는 날은 거의 없을 것으로 짐작됩니다. 가끔 음식물 수거함에 음식쓰레기를 버리며 "이래서 나는 지옥 갈 거야"라고 말하던 아내를 떠올립니다. "그렇다고 아파트에서 돼지를 기를 수도 없잖아" 하던 나의 농담이 이곳에서는 몹시도 절절한 현실입니다. 배가 고파 꿀꿀대는 돼지 앞에서 맹세를 합니다. 집에 돌아가면 음식쓰레기 생산을 최대한 억제하겠다고.

닭들은 대개 놓아 기릅니다. 발로 땅을 파헤치면서 뭔가를 찍어 먹는 닭들을 이 캠프의 어느 곳에서든 만날 수 있습니다. 어슬렁거리며 돌아다니는 개도 자주 만납니다. 작은 애완견도 있고 우리나라의 누렁이처럼 생긴 놈들도 있습니다. 닭과 돼지를 기르는 이유는 간단합니다. 때가 되면 잡아먹기 위해서입니다. 어릴 적 내가 살던 산골마을도 그랬습니다. 집집마다 돼지를 기르고 닭을 쳤습니다. 닭은 손님접대용이었고 돼지는 잔치용이었습니다. 농사를 위해 기르는 소는 사람 다음으로 중요한 존재였고요. 더러 개를 길러 보신용으로 애호하는 집도 있었지만, 그 얘기는 하지 않겠습니다. 이 캠프에서 어슬렁거리는 개들의 최후를 누구에게도 물어보지 않은 것과 같은 이유입니다.

철조망을 벗어날 수 없는 사람들에게는 철조망 속이 그들의 세상입니다. 노선버스가 없고 지하철이 없어도, 20분만 걸으면 마을의 끝이 나오고 마는 좁은 공간일지라도, 그 면적이 중요한 것이 아니고 그 속에서 살아가는 사람들의 마음이 중요합니다. 그들은 무한한 자유를 갈구하며 이 캠프에 들어왔습니다. 아무도 그들의 마음을 가둘 수는 없습니다. 지금 그들의 몸은 캠프 안에 있지만, 더러 풍문으로 듣는 국경지역의 무력충돌과 인명피해 소식에 먹먹한 가슴을 쓸어내리기는 하겠지만, 마음만은 철조망을 벗어나 무한의 공간으로 확장되고 있습니다. 더 이상 공포가 없는 곳이라면, 그곳이 아무리 좁아도 마음은 무한하게 넓은 세상을 살아갈 수 있다는 것을 그들은 잘 알고 있는 것입니다. 그래서 누포캠프의 아침은 늘 싱싱하고 새롭습니다. 그 아침 골목에서 가난할수록 꽃을 만지는 손길이 그윽하다는 것을 배웁니다.

날이 환하게 밝았습니다. 몇 개의 골목을 에돌며 울도 담도 없는 남의 집을 기웃거리고 길가의 꽃이나 풀을 만져 보고 지나가는 사람들의 얼굴을 빤히 들여다보는 동안 날이 완전히 밝았고 골목에는 제법 많은 사람들이 오고 갑니다. 가방을 메고 학교 가는 아이들도, 허리에 아기를 둘러안고 나온 아주머니나 초로의 할매들도, 오토바이를 타고 달리는 젊은이들도, 새날의 햇살 속에서 싱싱하게만 보입니다.

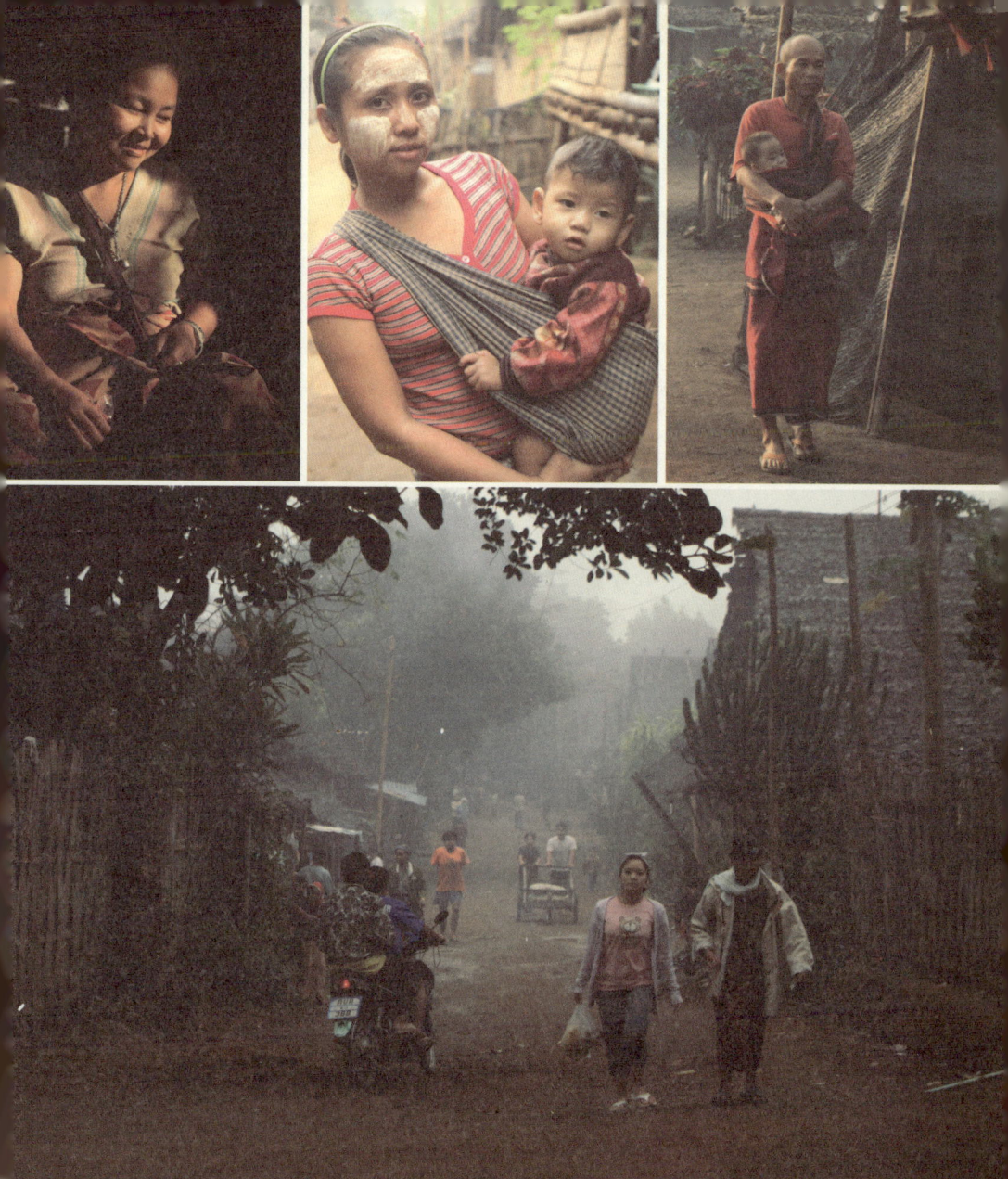

캠프에서 만난 대개의 여인들은 아이를 안았거나
손에 뭔가를 들고 있다.

캠프의 미래는 '걱정' 그 자체

사람들로 가득 찬 골목에서 문득 지난밤에 완타Wan Tha 씨와 나눈 대화가 떠오릅니다. 완타 씨는 다소 심각한 표정을 지으며 말했습니다.

"이 캠프는 지금 포화 상태입니다. 면적에 비해 너무 많은 사람들이 살고 있습니다."

지금 이 캠프 안에 새로 집을 지을 공간은 없습니다. 빈 집이 있는 것도 아닙니다. 그러나 아이들이 태어나고 청소년들이 자라 어른이 됩니다. 캠프 안에서 사귀고 결혼하는 일이 늘어납니다. 캠프 밖을 나갈 수 없는 사람들이 안에서 식구를 늘려 가고 성장하면서 인구과밀을 불러오는 겁니다.

완타 씨는 이러한 현상이 장기화될 경우를 걱정하고 있는 것입니다. 캠프의 전체 인구에서 청소년과 어린이들이 차지하는 비율이 상당히 높습니다. 안전하고 공부할 수 있는 곳을 찾아 아이들만 국경을 넘은 경우가 많기 때문입니다.

지난 13년 동안 캠프에 적응하며 그들 나름대로 의식주를 해결하는 경제구조와 문화를 다져 왔다면 앞으로의 시간들은 어떻게 다가올 것인가? 이 문제를 해결하는 것은 심각한 과제가 아닐 수 없습니다. 캠프의 미래는 '걱정' 그 자체입니다. 완타 씨가 자신의 의견을 내놓았습니다.

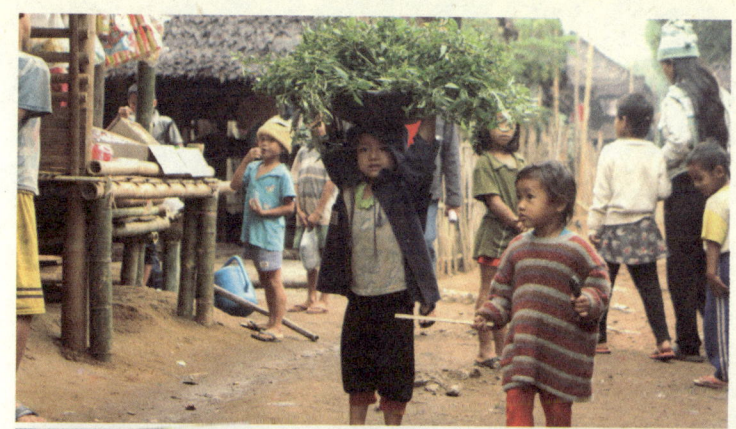

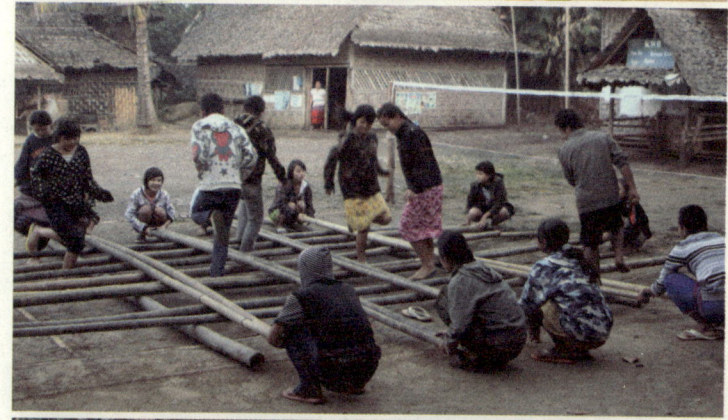

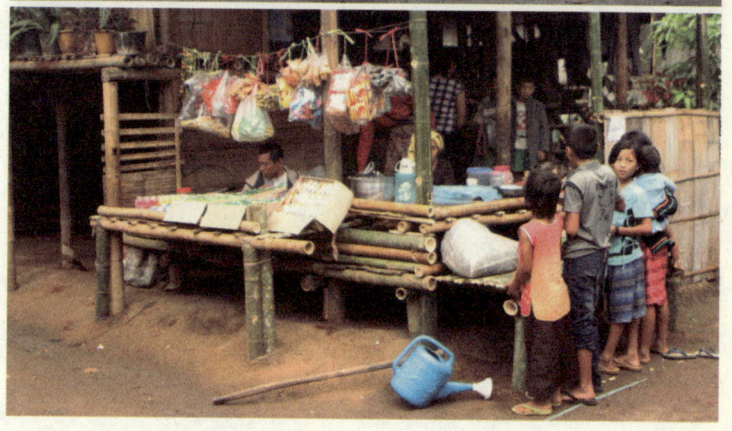

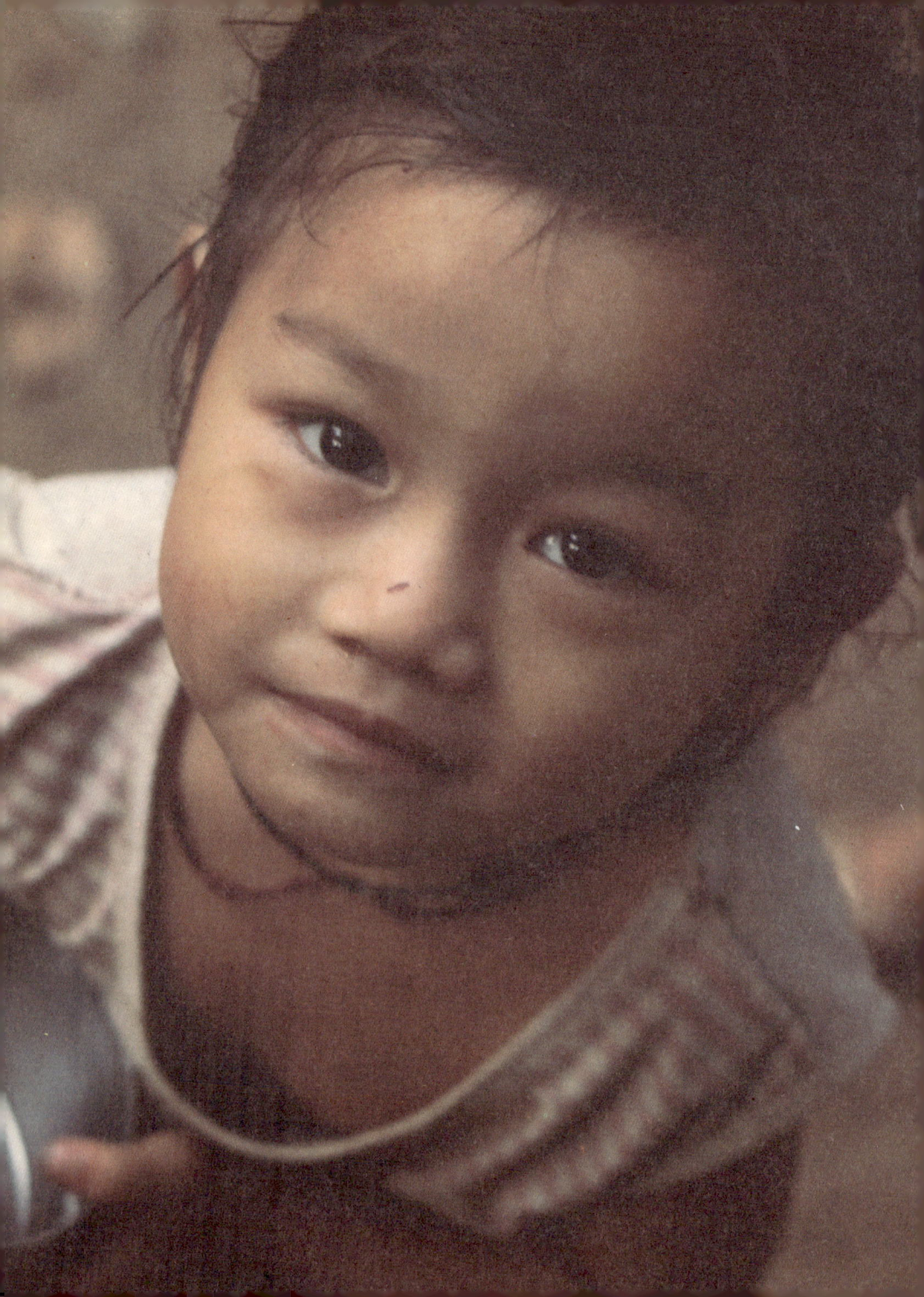

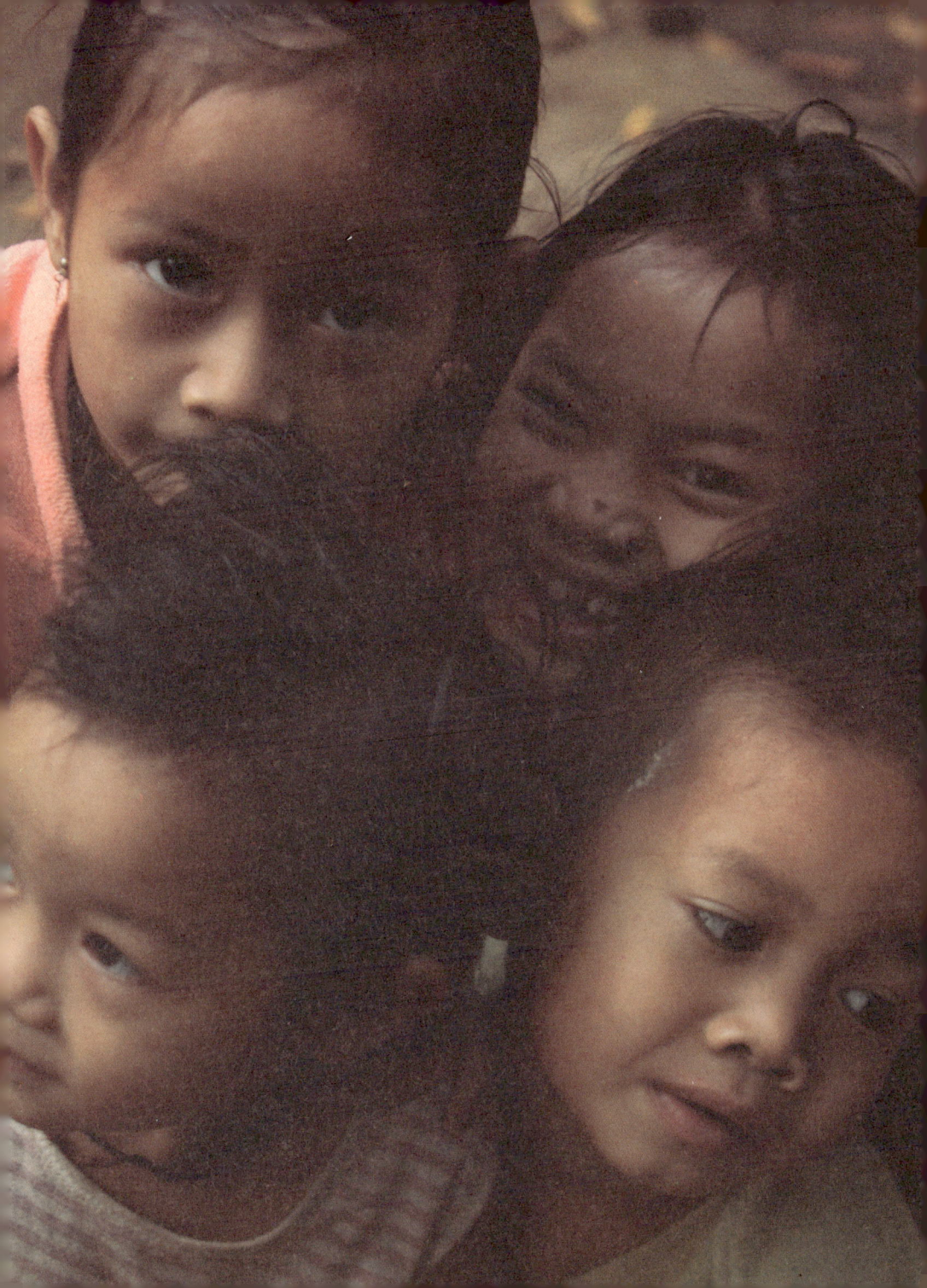

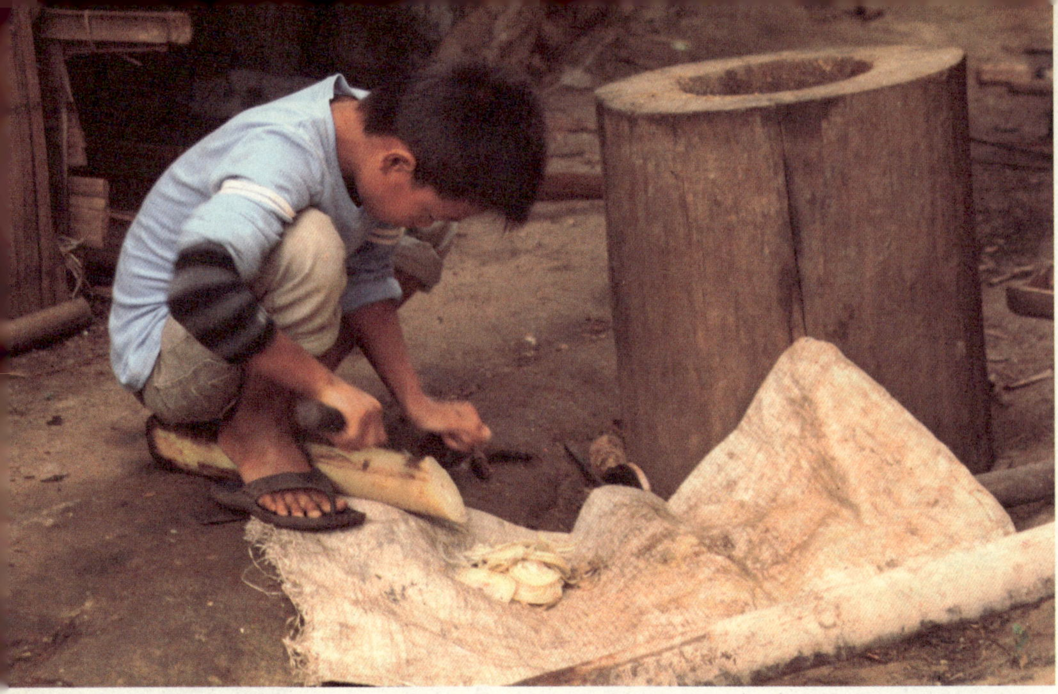

△이른 아침 굵은 죽순을 얇게 저미는 어린이. 오늘 아침은 죽순 저민 것을 곡식과 함께 끓여 먹을 것이다.

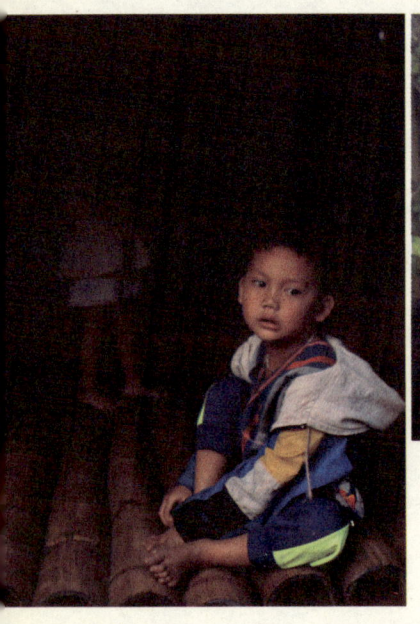

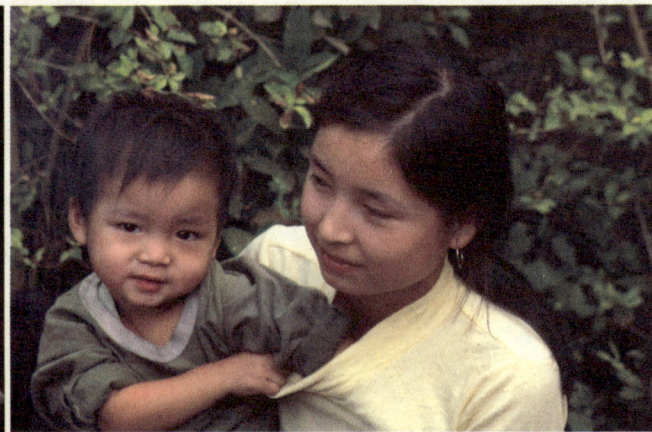

누포캠프의
아이들에게
보장된 미래는 없다.

"인근에 새로운 캠프를 만드는 수밖에 없습니다."

말은 쉬워도 매우 어려운 문제입니다. 유엔난민기구의 적극적인 추진 없이는 불가능한 일입니다. 난민은 난민일 뿐이므로 그들이 새로운 캠프를 건설할 수는 없습니다. 태국 정부가 용납하지 않을 것이기 때문입니다.

"그게 어디 쉬운 일인가요?"

"그렇다고 이 캠프 속에서 어떻게 할 방법도 없는 걸요."

가장 좋은 일은 그들의 고국이 정치적 변화를 가져오는 것입니다. 물론 군부가 물러난다고 모든 게 해결되는 것도 아닙니다. 135개나 되는 종족 간의 이해관계도 풀어야 하고 기존의 난민들에 대한 정부 차원의 대책도 만들어져야 합니다. 이러한 과제들이 해결되기까지 적지 않은 시간이 필요하므로 완타 씨는 누포캠프의 장래를 심각하게 염려하는 겁니다.

200원짜리 국수로 아침 때우기

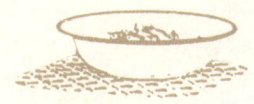

　배가 고프다는 생각이 든 것은 국수를 파는 노파의 난전 앞에서입니다. 돼지국물에 강한 레몬맛을 내는 레모니아와 야채를 넣어 주는 국수 한 그릇이 5바트. 좀 느끼하고 불어터진 면발이 아침식사로는 꽝이지만, 노파와 눈이 마주쳐 버린 바람에 좌판에 털썩 앉아 버립니다. 200원짜리 국수로 아침을 해결하게 됐습니다.

　"송."

　태국말로 둘에 해당하는 말이 '송'입니다. 혼자 두 그릇? 노파의 눈이 깊은 주름 안쪽에서 그렇게 묻습니다.

　"예, '송'이라니까요."

　손가락으로 V자를 만들어 둘을 표시해 보이는 동안, 골목 풍경을 렌즈에 담기 바쁘던 이승현 시인이 나타납니다. 노파는 엷은 웃음을 지으며 국수를 말아 줍니다. 이승현 시인이 오도송을 토해 냅니다.

　"내가 골목을 찍는 건지, 골목이 나를 찍는 건지……."

며칠을 걸어서 누포캠프에 왔지만,
고국에 돌아가 눈감을 수 있을지 미래를
장담할 수 없는 노부부는
내일보다 오늘을 살기에 바쁩니다.

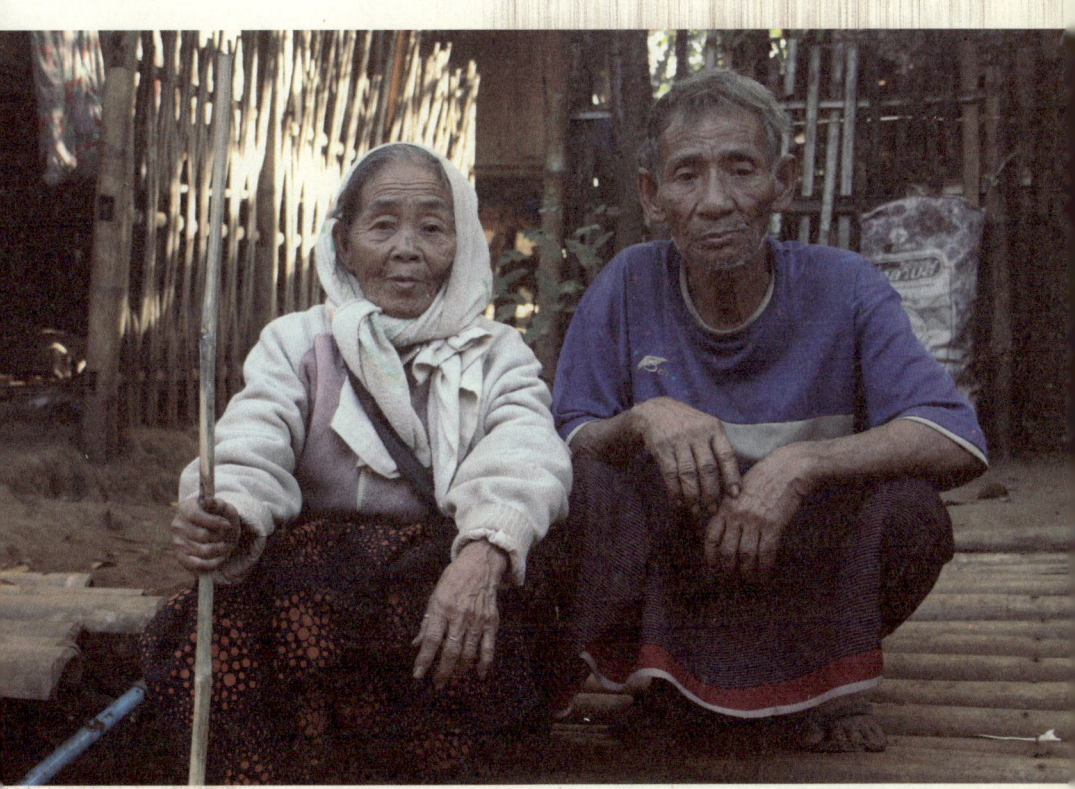

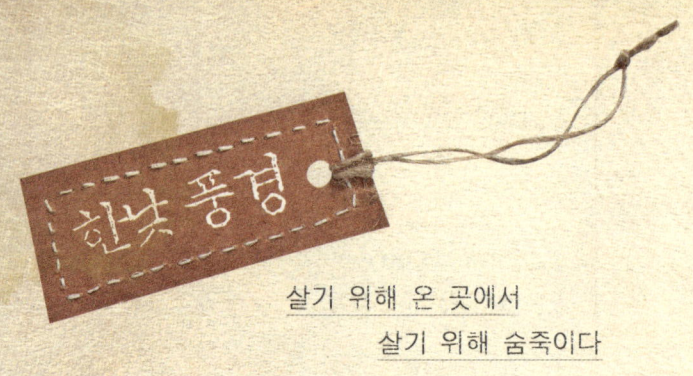

살기 위해 온 곳에서
살기 위해 숨죽이다

국경과 검문소 그리고 정글

오토바이 한 대가 흙먼지를 일으키며 달려갑니다. 그림 속처럼 고요한 길을 오토바이 한 대가 흔들어 놓지만 금세 본래의 모습으로 돌아갑니다. 12월이지만 한낮의 기온은 27도에서 29도 정도이니 한국의 여름 날씨입니다. 천천히 다녀도 햇살 아래서는 땀이 배어납니다.

오토바이는 캠프 정문에서 안쪽으로 달려갔습니다. 캠프의 정문은 태국 군인이 지키고 있지만, 가까운 곳을 드나드는 것은 허용됩니다. 그 가까운 곳이라고 하는 데까지 거리가 1㎞도 안 되긴 하지만 말입니다. 캠프 정문 앞의 국도 오른쪽으로 500m쯤 되는 곳에 옷가지를 파는 점포가 하나 있고 왼쪽에 오토바이나 자전거 등을 고치는 수리점이 하나 있습니다. 그 옆에 식당도 하나 있지만 캠프 사람보다는 마을 사람들이 자주 이용한다고 들었습니다.

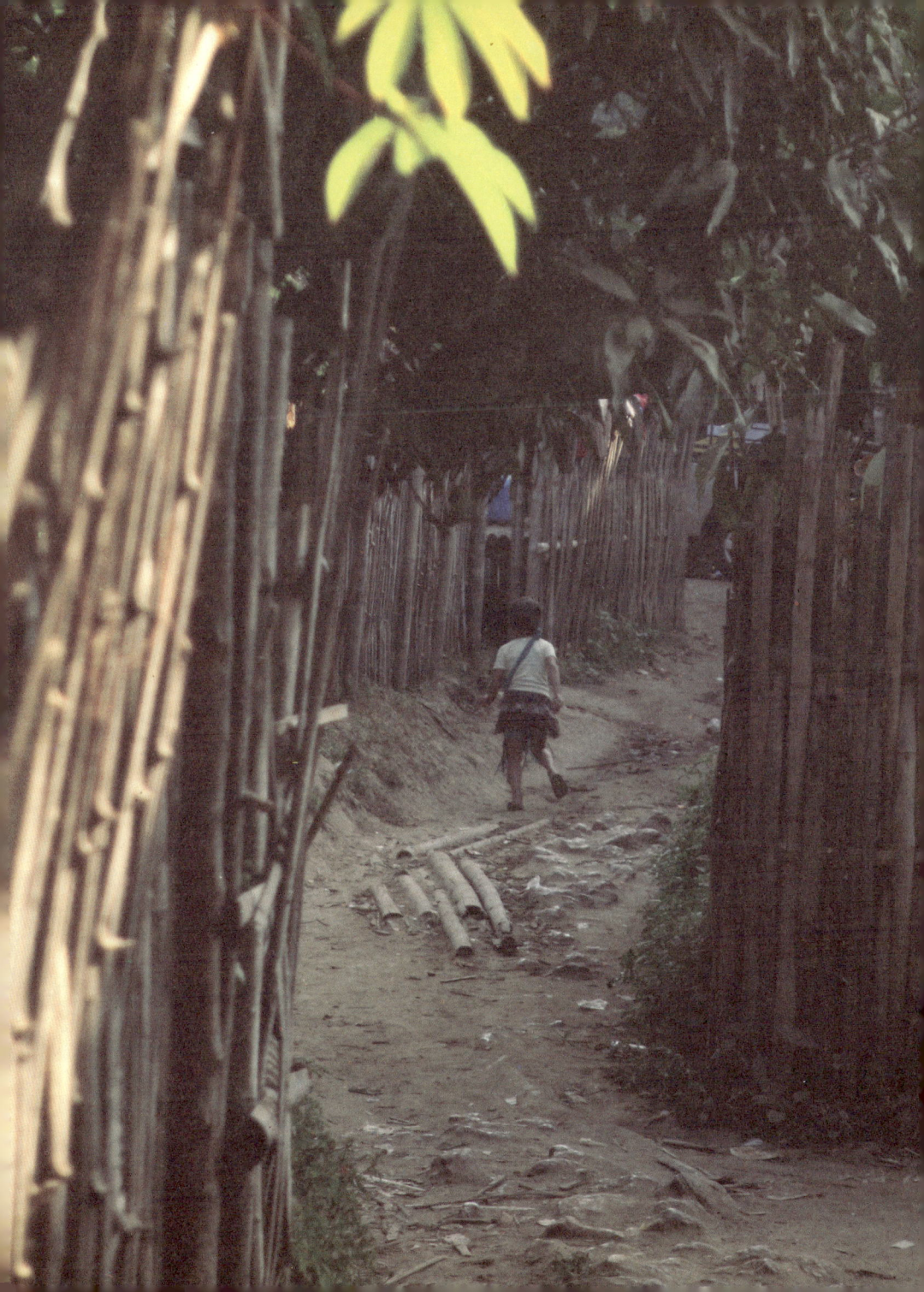

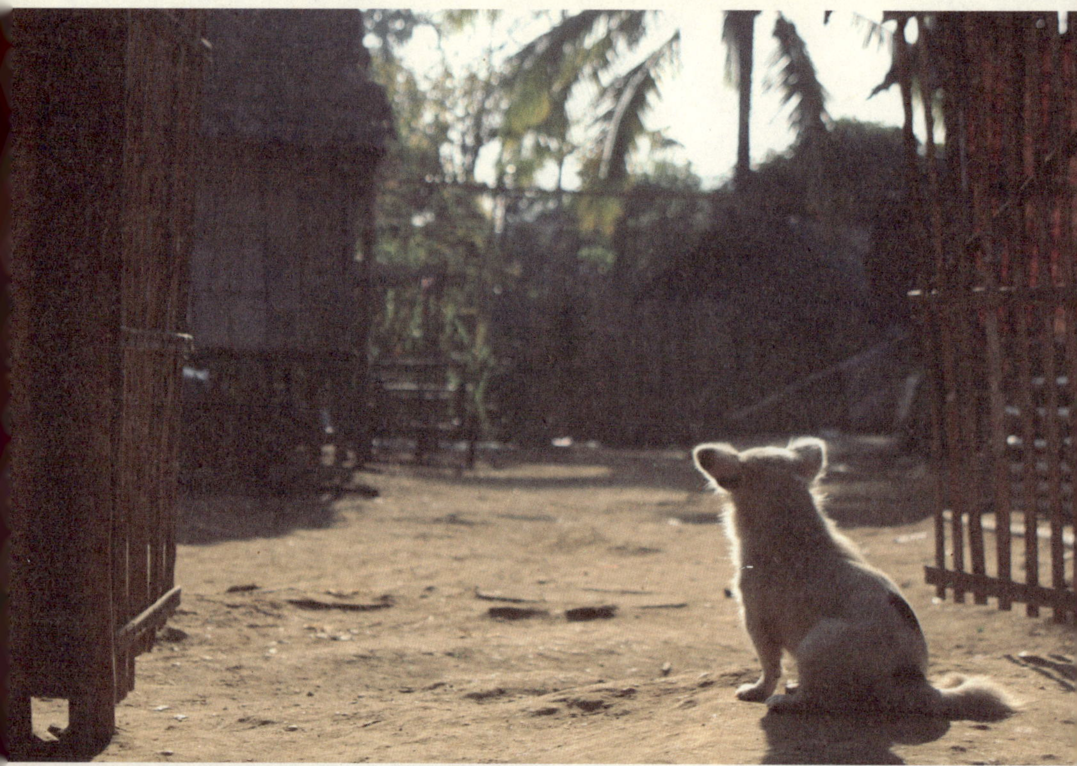

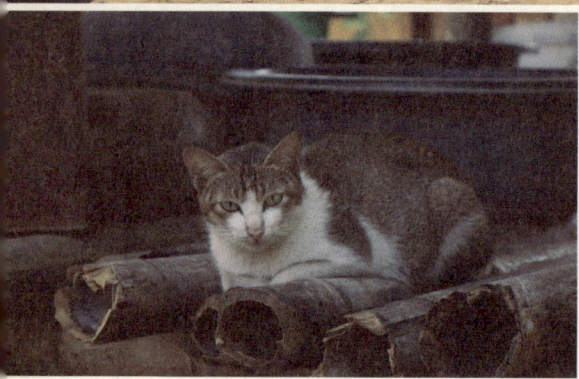
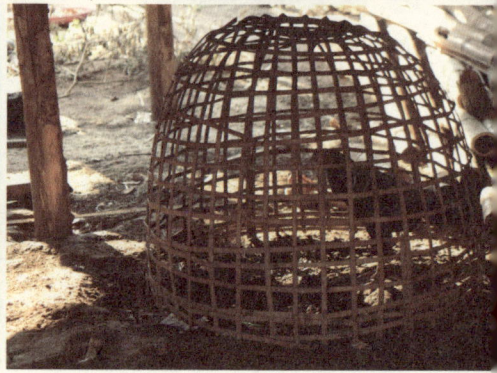

그곳까지가 캠프 사람들이 정문을 지키는 군인에게 꾸벅 눈인사를 하고 오갈 수 있는 범위입니다. 식당과 오토바이 수리점을 지나면 곧바로 초소가 있고 국경수비대 군인들이 검문을 합니다. 그 검문소가 태국으로 가는 유일한 관문이고 주변은 정글입니다. 그곳에서 가장 가까운 도시 옴팡까지는 노선버스로 2시간 거리(85㎞)이고 몇 개의 검문소를 더 만나게 됩니다.

캠프 정문 앞의 국도 왼쪽 길은 반누포 마을로 가는 길인데 그 길은 미얀마의 국경으로도 이어집니다. 그러니까 미얀마 방향으로 갈수록 검문은 강화되고 정글은 험합니다. 멀리 솟구쳐 오른 산이 보이는데 그 산 너머가 미얀마 땅입니다. 물론 그곳도 무성한 정글이고, 정글을 통과하는 데 꼬박 이틀 이상을 걸어야 한다고 합니다.

캠프 사람들에게 국경은 넘어온 이상 넘어갈 수 없는 선입니다. 넘어가기도 힘들지만 고향으로 돌아가서 정상적으로 살기는 더 어렵습니다. 물론 돌아가고 싶은 마음 자체가 없으니 걱정할 일도 아닙니다. 태국 내륙으로 가는 길에 있는 검문소 역시 목숨을 걸지 않으면 접근조차 못할 존재입니다. 이 아득한 정글 속에서 길은 더 이상 삶을 허락하는 길이 아니라는 뜻입니다. 오직 캠프 안의 허락된 공간이 자유를 허락할 뿐입니다.

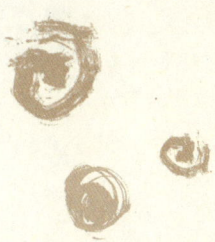

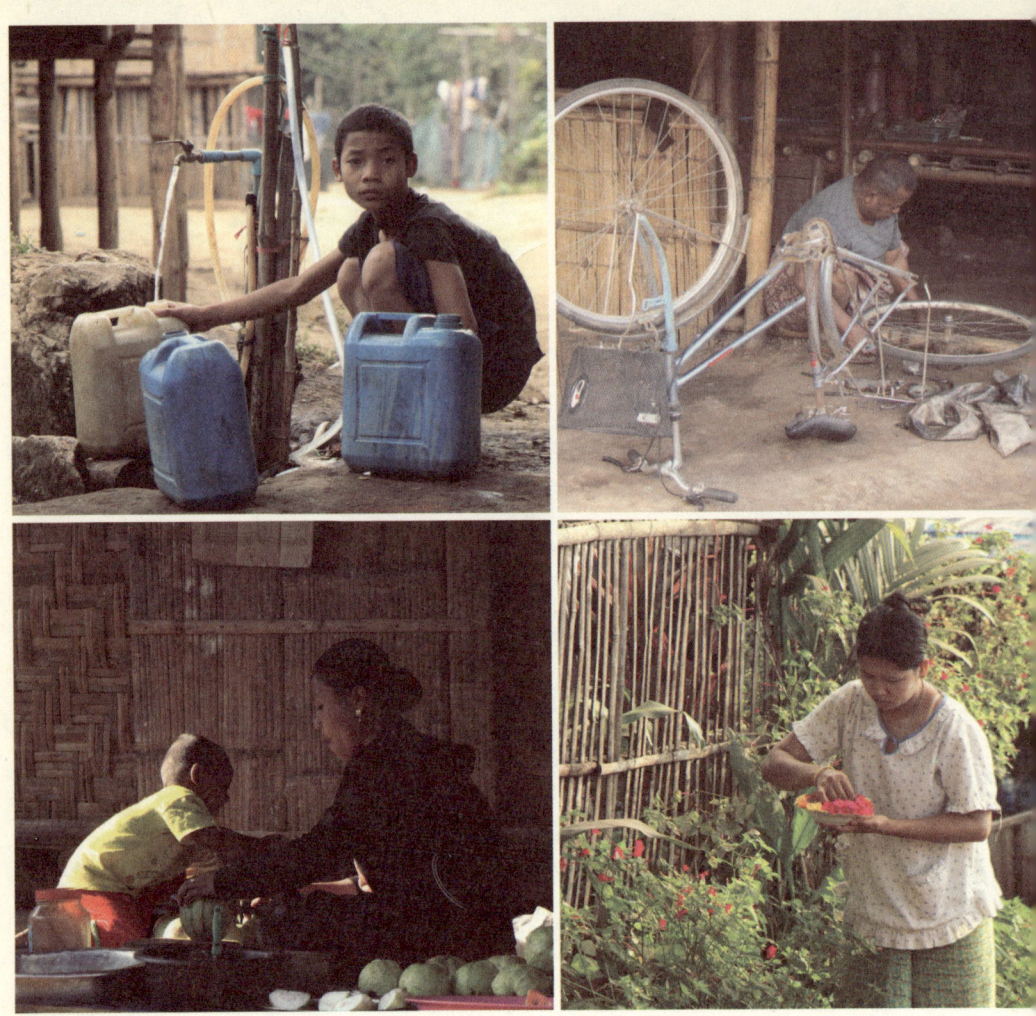

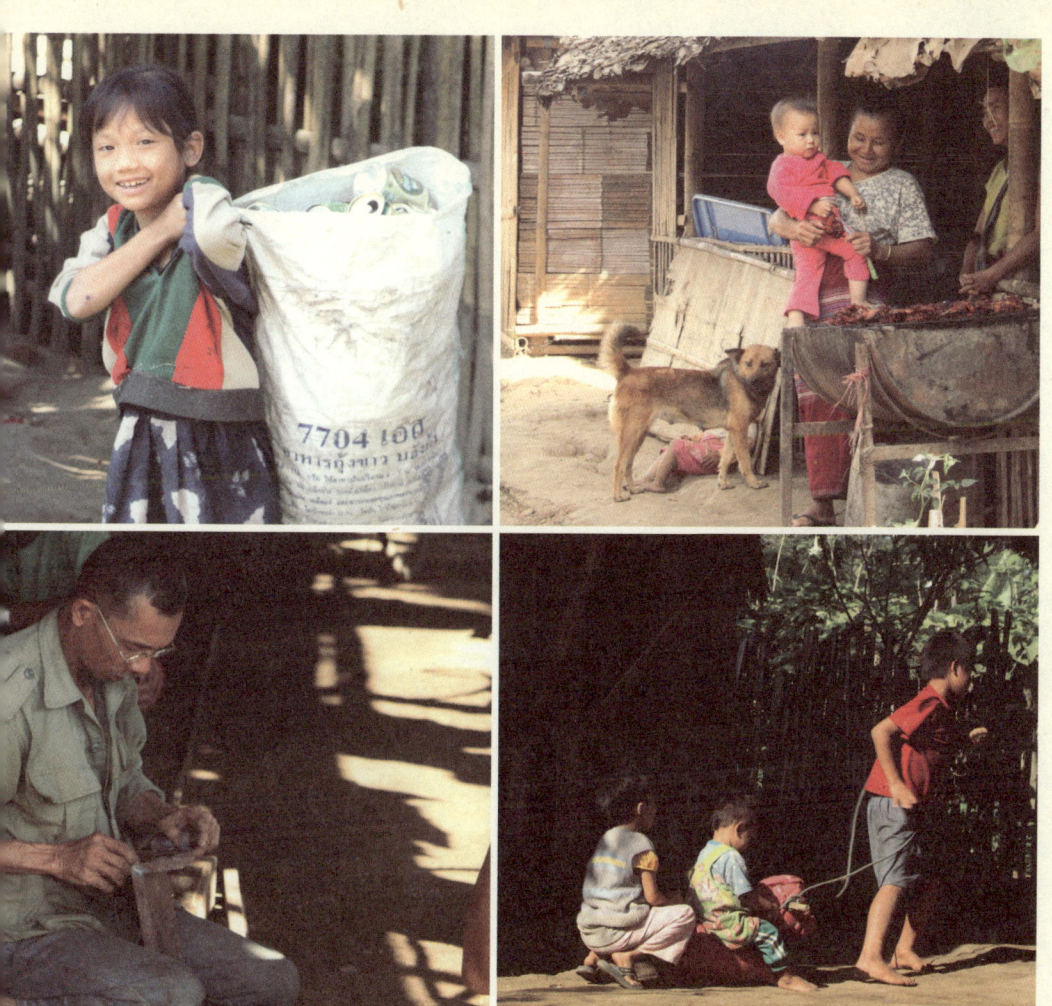

누포캠프 사람들은 눈 뜨고 있는 동안은 부지런히 움직인다.
바쁠 일도 없지만 늘 움직이며 뭔가를 하고 있다.

나가 봐야 별거 없지?

누포캠프의 낮 시간은 고요합니다. 천천히 걸어서 정문 앞에 이르렀습니다. 구릿빛 피부의 군인에게 인사를 합니다. 그도 엷은 웃음으로 화답해 줍니다. 이곳에 들어올 때 "Korean?" 하며 얼른 문을 열어 주던 그 사람입니다. 정문에는 긴 막대를 가로질러 빗장으로 삼고 있는데, 초소 쪽이 약간 위로 들려 있습니다. 그 아래를 통과해 포장된 국도까지 가 봅니다. 먼저 오른쪽으로 걸어 다리가 있는 곳에 이릅니다.

다리 아래 계곡은 제법 물이 많습니다. 홀딱 벗은 사내아이 셋과 옷을 입은 계집아이 하나가 멱을 감고 있습니다. 한참 동안 서서 아이들의 물놀이를 지켜봅니다. 어쩌면 노는 모양새가 나의 어릴 적과 저렇게 똑같을 수 있을까? 둑에서 물을 향해 뛰어 들어가는 폼이나 물에서 솟구쳐 뒤로 한 바퀴 도는 것이나 내 고향 개울에서 했던 것 그대로입니다. 개구리헤엄을 치고, 잠수 오래 하기 내기를 하고, 배를 하늘로 향하고 물에 둥둥 떠서 송장놀이를 하는 것도 똑같습니다. 다른 것이 있다면 나는 어릴 때 가시내들과 함께 멱을 감은 기억이 없는데 이 아이들은 까르르거리며 함께 물놀이를 하고 있다는 겁니다.

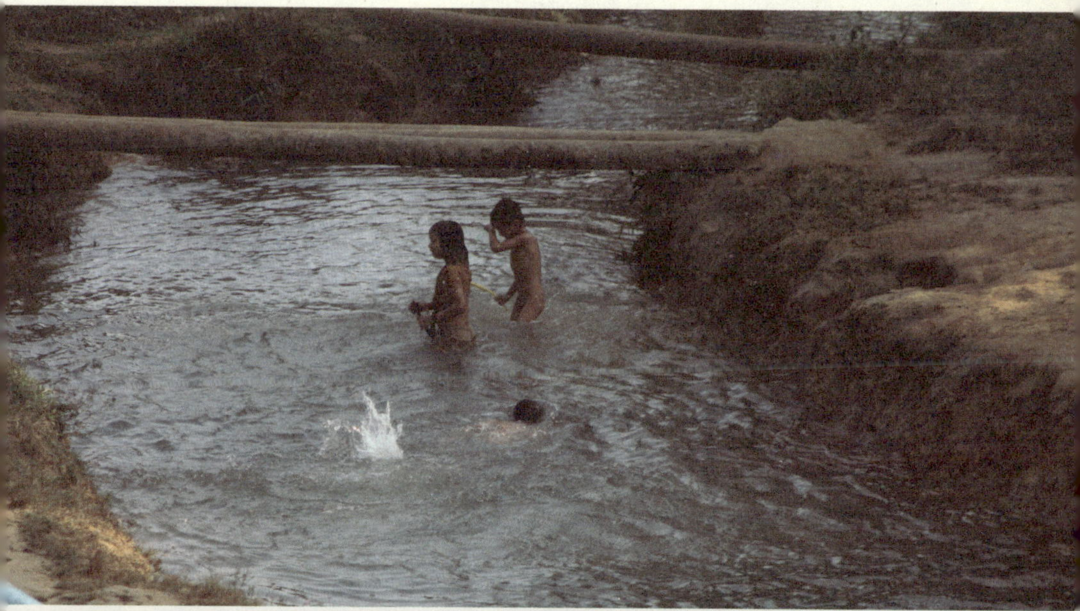

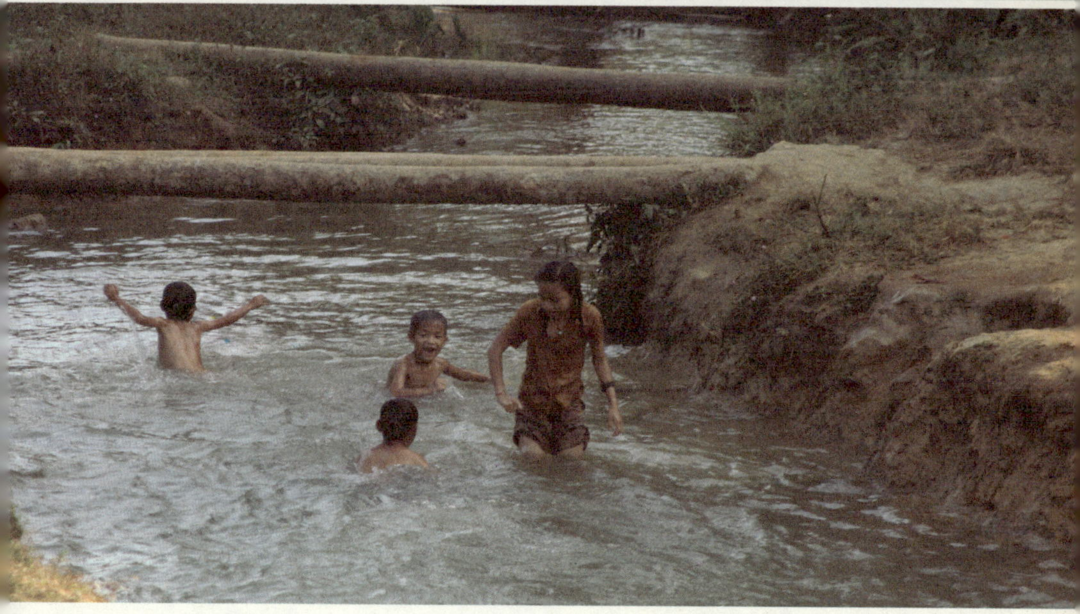

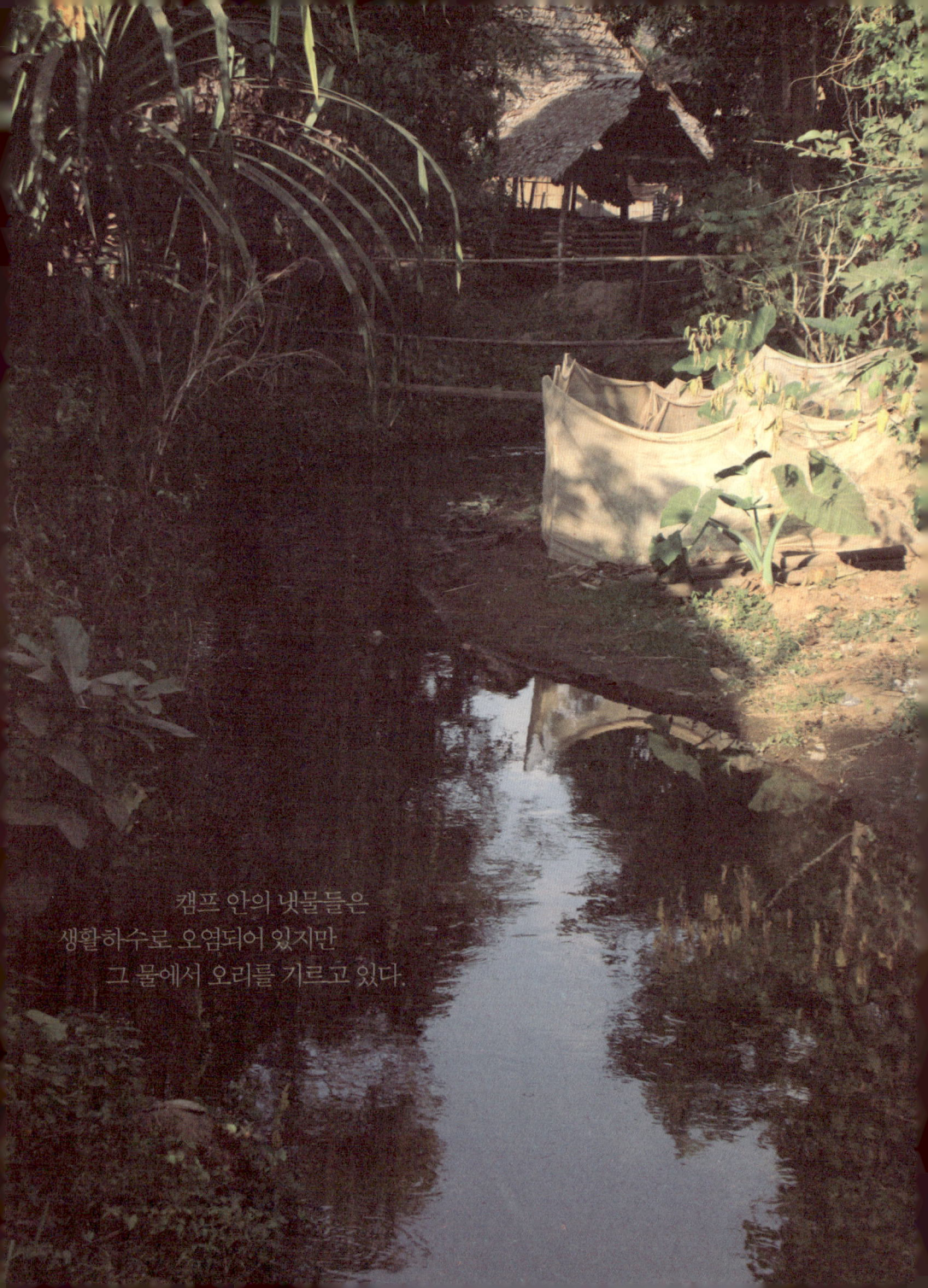

캠프 안의 냇물들은
생활하수로 오염되어 있지만
그 물에서 오리를 기르고 있다.

"우리도 뛰어들어 볼까?"

렌즈를 통해 아이들을 보던 이승현 시인도 더위와 어릴 적 추억이 몸을 물속으로 던지라고 충동질하는가 봅니다.

"애들 신나게 노는데 물 흐리지 맙시다."

발길을 돌려 다시 캠프 정문 앞을 지나 서쪽으로 걷습니다.

"저 산 너머가 미얀마라던데요?"

"가까워 보여도 10㎞는 더 된다더군. 그 너머 정글도 엄청나고."

"그러게요. 그걸 다 헤치고 온 사람들의 마을에 우리가 와 있으니 이것도 보통 인연은 아닌 것 같아요."

마을 쪽으로 사원이 두 개 있고 길 건너에는 가게가 몇 개 이어져 있습니다. 캠프 사람들을 고객으로 하는 가게가 의외로 많으니 캠프에서 도는 돈이 상당할 것 같지만 그조차도 '다람쥐 쳇바퀴'꼴을 벗어나지 못할 것입니다. 마을이 끝나는 곳에서 발길을 돌려 다시 정문에 도착합니다. '나가 봐야 별거 없지?' 그렇게 말하는 듯한 초소의 군인에게 눈인사를 하고 캠프 안으로 들어갑니다.

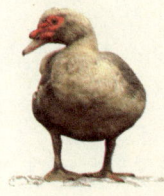

방치된 오폐수, 대책도 없다

초소가 있는 정문에서 오른쪽으로는 치안사무실이 이어지고 사원이 하나 있습니다. 그 반대편은 가게들이 이어집니다. 식료품 가게와 식당들입니다. 한낮의 식당은 텅 비어 있고 가게를 찾는 사람도 없습니다. 식당 아낙은 부엌에서 설거지를 하고 있고 가게의 평상에서는 중년의 두 아줌마가 크게 웃으며 수다를 떨고 있습니다.

오른쪽 골목으로 들어가 봅니다. 정적이 감도는 골목을 도둑놈처럼 조용조용 걸어갑니다. 대나무를 세우고 엮어 지은 집은 울도 담도 없지만 안쪽이 매우 어둑합니다. 그 침침한 곳에서 아이들이 얼굴을 내밀고 이방인을 구경합니다.

"내가 너를 구경하는 건지 네가 나를 구경하는 건지 모르겠지만, 아무튼 반갑다. 안녕? How are you?"

한국말도 영어도 알아들을 리 없는 녀석들이 키득거리며 기둥에 붙어 섭니다. 어린놈은 고추가 다 보입니다.

다닥다닥 붙은 대나무집 사이로 길이 있고 길옆으로 하수가 흐르는 통로가 그대로 드러나 있습니다. 그 하수로가 모여 폭이 3~5m쯤 되는 개울을 이루는데 캠프 밖을 향합니다. 하수관을 묻으면 생활오폐수 흐름도 빠르고 지하로 스며들 염려도

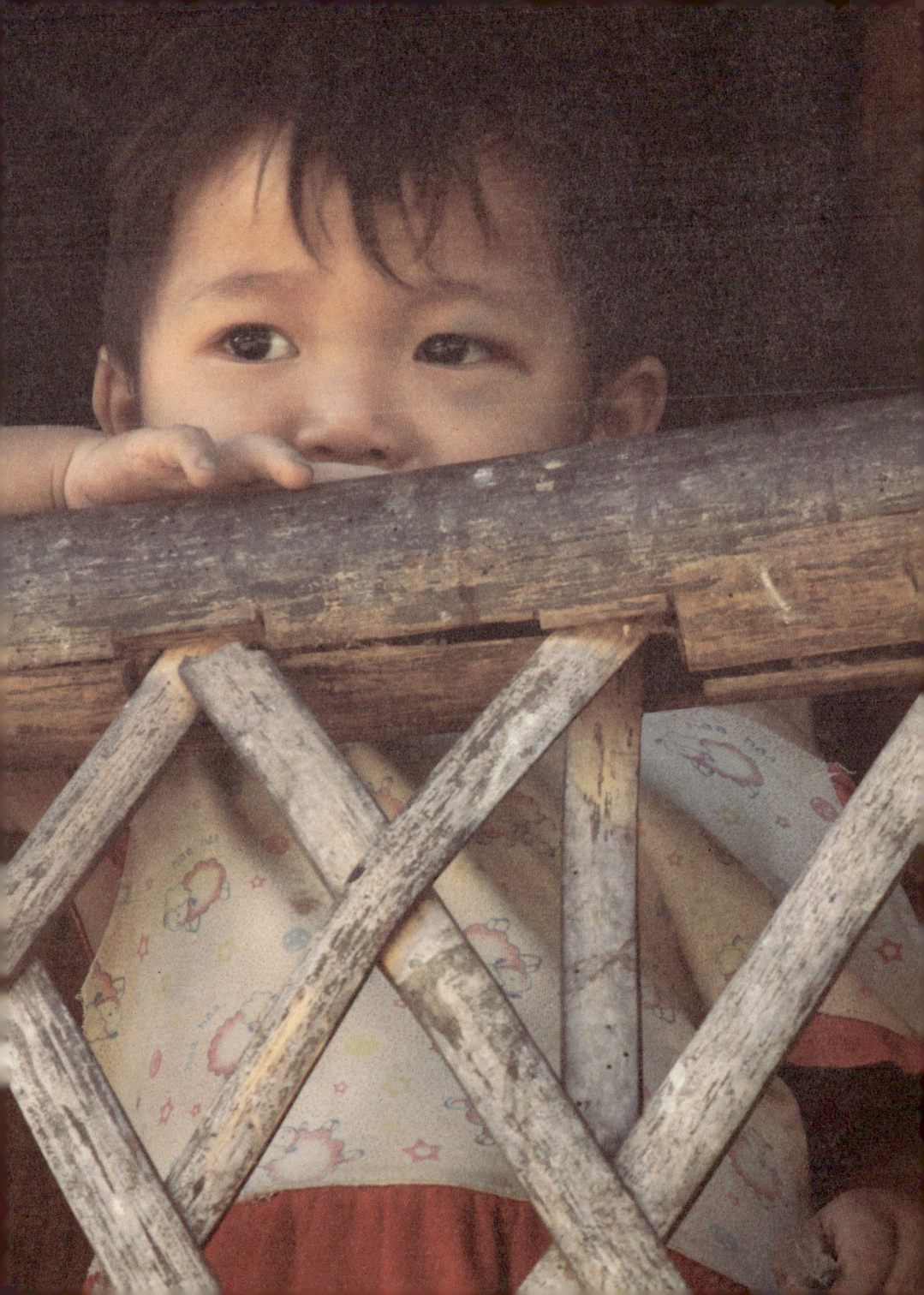

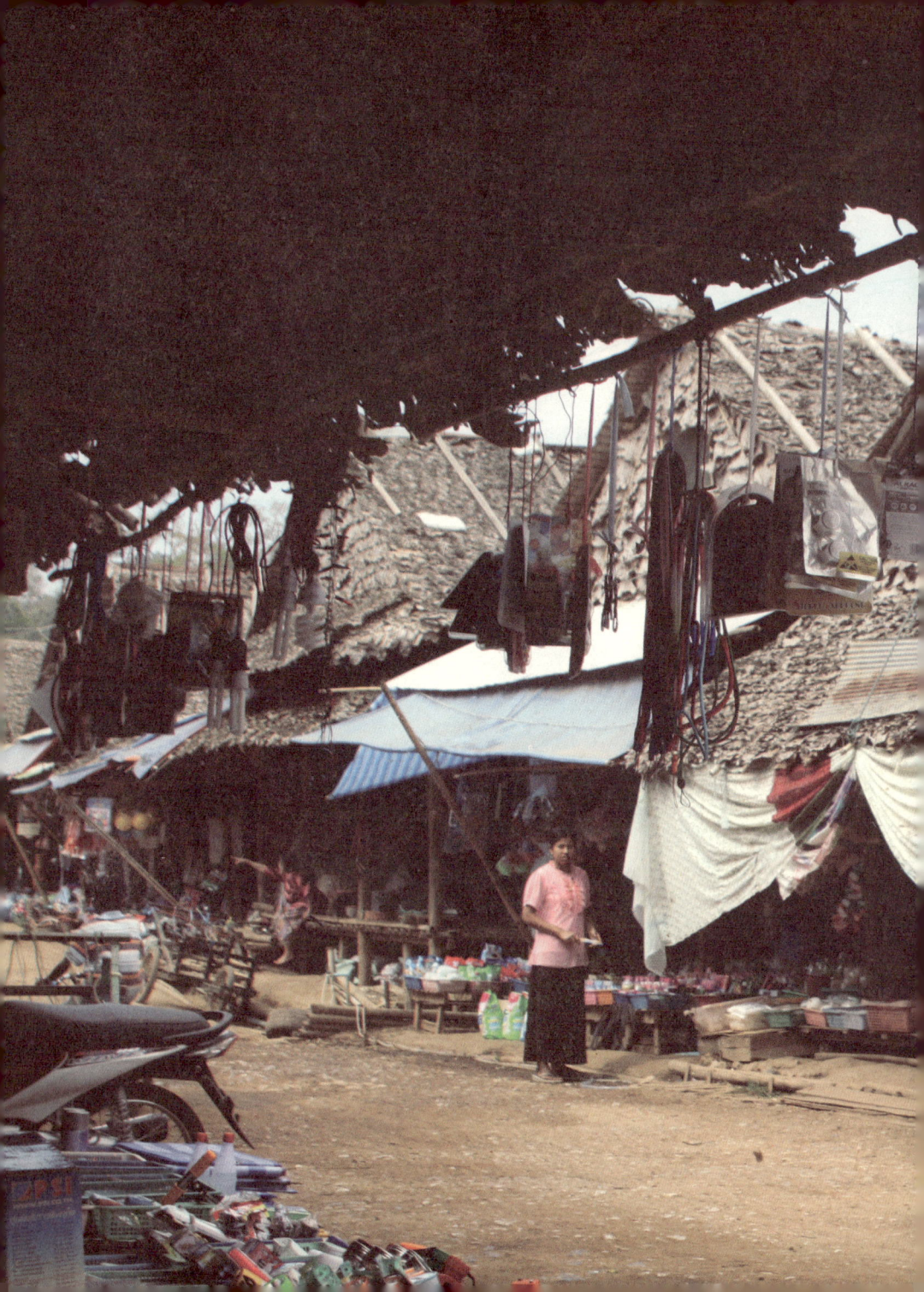

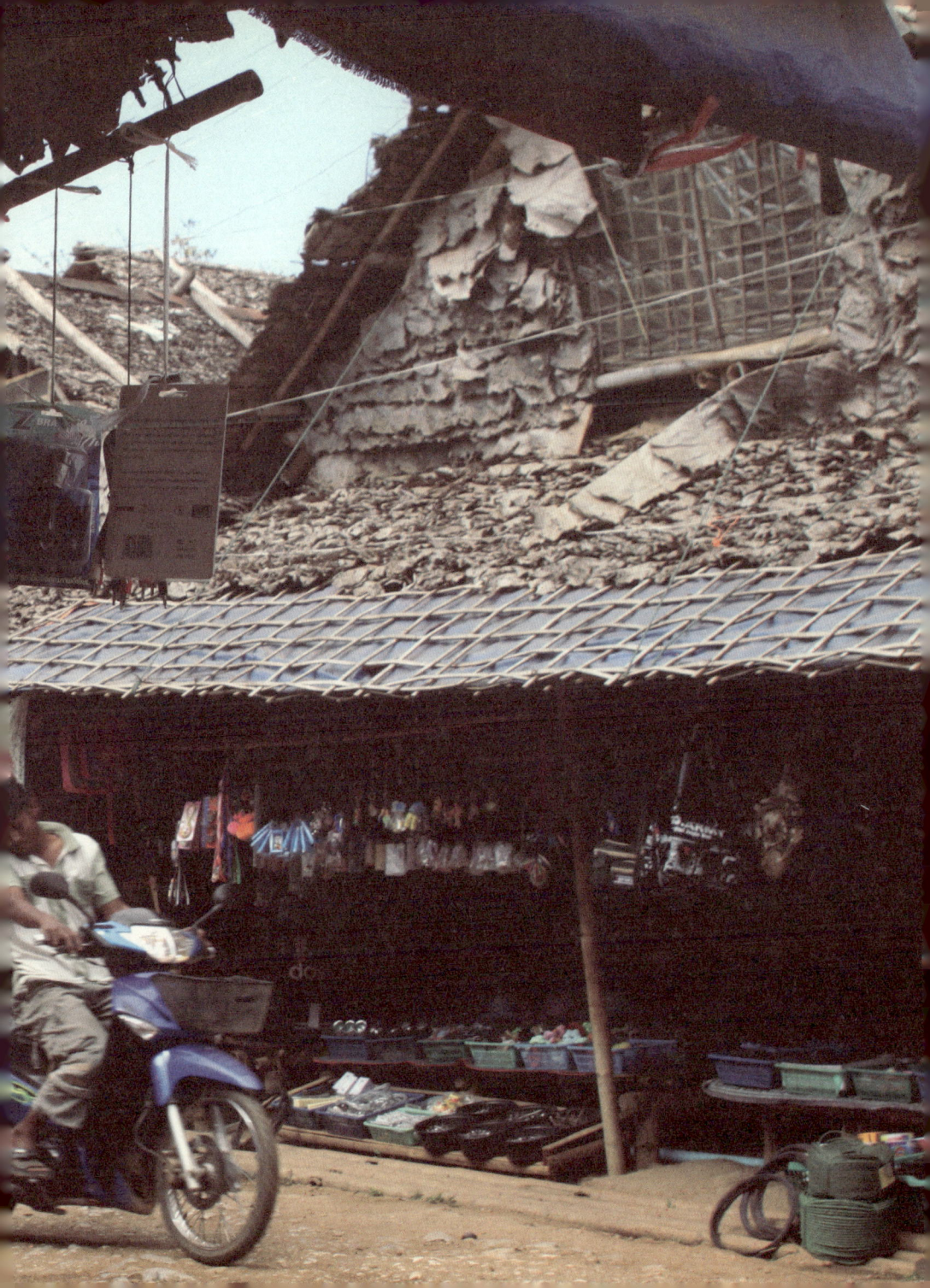

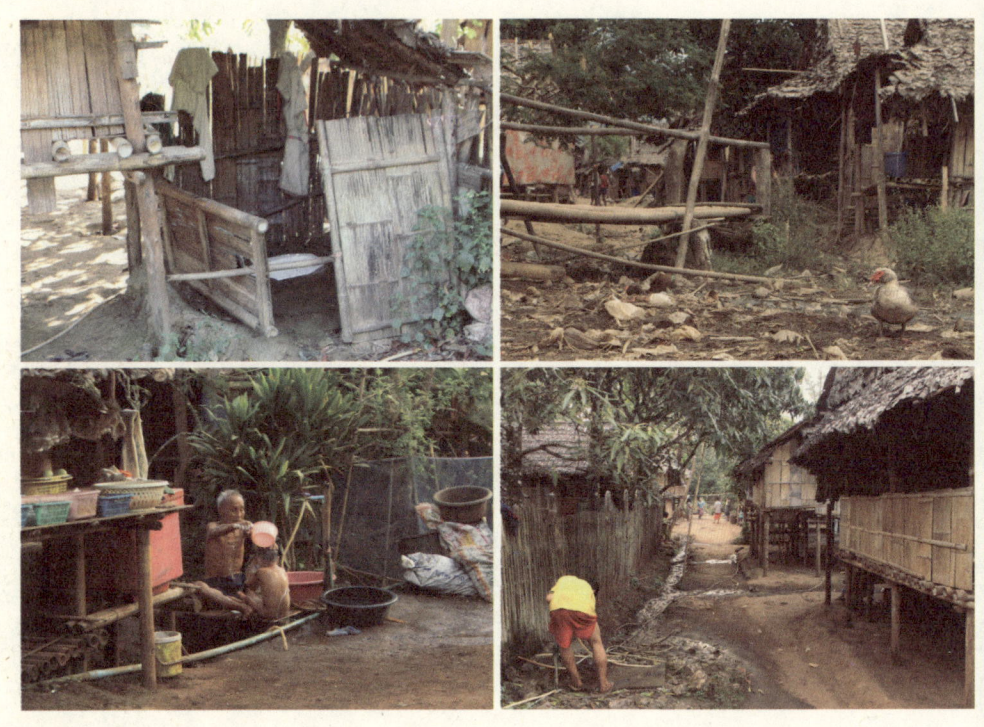

집 주변은 생활하수가 흐르고
그 속에서 오리가 자라고
어른들은 아이를 씻긴다.

없겠지만 이 캠프에서는 하수시설이 그대로 노출되어 있습니다. 새마을운동을 할 수도 없고 하수로정비사업을 추진할 기관도 없으니 있는 그대로 살 수밖에 없다는 결론인가 봅니다.

검은 선글라스를 쓴 초로의 신사 한 분을 만납니다. 굳이 신사라고 하는 이유는 그가 매우 점잖은 몸짓과 어조로 말을 걸어 왔고 친절하게 대화를 나눴기 때문입니다.

"어디서 오셨나요?"

"한국Korea에서 왔습니다."

"남쪽인가요, 북쪽인가요?"

헐, 남·북을 묻다니. 그러나 그들이 한국을 남과 북, 둘로 인식하고 있다는 것을 내가 몰랐을 뿐입니다.

"남한입니다."

"한국, 문제없나요? 최근에 충돌이 있었다던데."

허걱, 연평도 포격 사건을 알고 있구나! 그들도 라디오를 듣고, 그들도 세계정세에 많은 관심을 갖고 있으며 본능적으로 미얀마 정세에 촉각을 곤두세우고 있음을 내가 몰랐을 뿐입니다.

"큰 문제는 없었습니다."

젠장. 이렇게밖에 답할 수 없겠지. 그리고 얼른 화제를 돌립니다.

"이 개천(하수로)이 매우 더러운데."

"아, 그거 참 큰일이에요. 지금은 건기라 이 정도지만 우기에는 날마다 물이 넘치고 거기 생활하수가 섞여 흘러요. 땅으로 스며들기도 하고요. 여름철엔 아주 심각해요. 병에 걸릴까 모두 조심하고 두려워하지요."

역시 그랬습니다. 오폐수가 지하로 흘러들고 그 지하수를 펌프로 퍼 마시다가 최근에야 좀 떨어진 곳에 상수원을 만들고 파이프로 상수도를 공급하는 정도입니다. 골목에서는 더러 펌프로 물을 퍼 올리는 모습을 볼 수 있습니다.

지하수를 오염시키는 데는 화장실도 한몫 거들고 있습니다. 캠프 사람들이 사용하는 화장실은 물바가지로 대변을 씻어 내리는 구조입니다. 그 물로 뒤를 씻는 풍습도 동남아 여러 나라와 같습니다. 그다지 깊이 파지 않으므로 화장실은 자주 차게 됩니다. 그러면 그걸 퍼내는 게 아니라(퍼내 봤자 버릴 곳도 없지만) 그대로 매립해 버린다고 합니다. 그 옆에 새로 구덩이를 파고 새 화장실을 만드는데, 반드시 시멘트로 벽을 친다고 하지만 믿어지지 않는 설명입니다.

용량이 차 버린 화장실은 그냥 매립하여 자연스럽게 땅으로 스며들고 공중으로 증발하도록 하는 겁니다. 정화조는 구경도 할 수 없는 곳이니 어쩔 수 없나 봅니다.

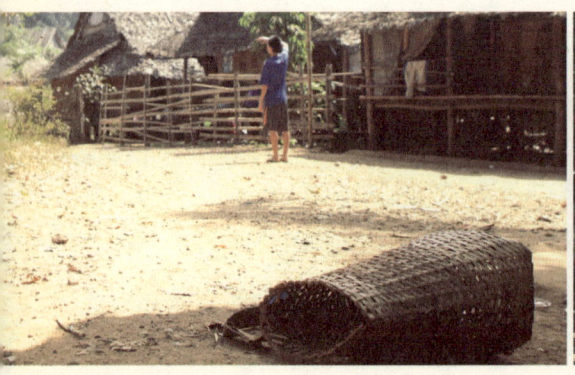
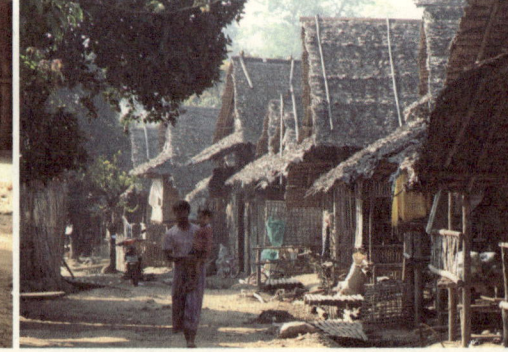

지하수 오염은 생활하수로가 관로로 정비되고 화장실 구조가 정화조라도 묻는 시스템으로 개선되지 않는 한 피할 방법이 없을 것 같습니다.

위험하긴 대나무집도 마찬가지입니다. 땅으로부터 150㎝ 이상의 높이에 방을 만들긴 했지만 대나무 사이 틈새가 넓고 벽에도 구멍이 숭숭 뚫려 있습니다. 떡갈나무 잎을 촘촘하게 엮어 이은 지붕은 바람이 세게 불면 휙 날아가 버릴 듯합니다. 태풍이 없고 기온이 높아 그런 구조의 가옥이 고안된 것이겠지만, 나작다닥 붙은 그 집들은 언제나 화재로부터의 위험에 노출되어 있을 수밖에 없습니다.

대나무집 이외의 가옥을 지을 수는 없는가? 물론 불가능한 것은 아닙니다. 하지만 이곳 사람들에게는 시멘트나 원목을 이용해 집을 지을 만큼의 경제적 여유가 없습니다. 그보다 더 근원적인 문제는 이들이 난민이라는 이유입니다. 태국 정부는 유엔난민협약에 가입하지 않았고 이들의 난민지위를 인정하지 않습니다. 그래서 거주는 묵인하지만 영구적인 집을 짓는 것은 허용하지 않습니다. 캠프에 사는 사람들로서는 태국의 정책을 무시할 수 없습니다.

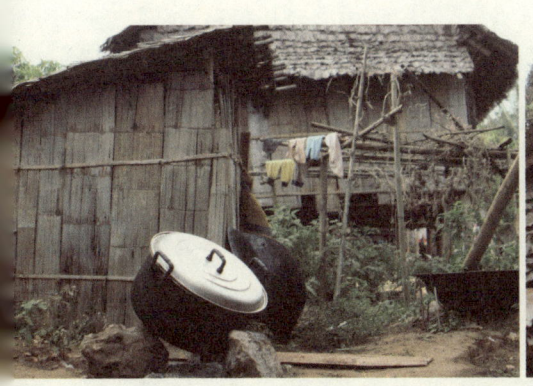
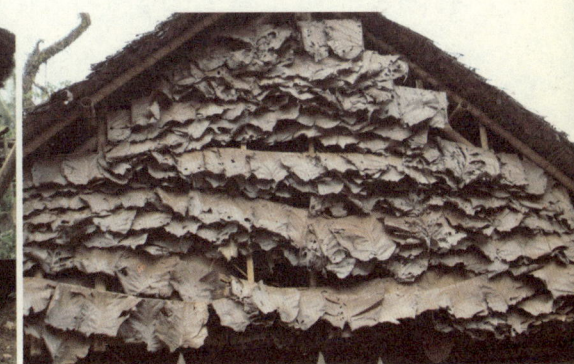

감출 것도 드러낼 것도 없는 골목 풍경

고요한 골목길을 걸으며 캠프 사람들의 삶을 엿보는 일은 이렇게 가슴 아픕니다. 문명의 세상이 어떤가를 몰라서가 아니라 그 세상에서 안전하고 편리한 시설들을 가져올 수 없어서 불편한 대로 위험한 대로 그대로 살 수밖에 없는 사람들의 골목인 것입니다.

두 시간이 넘도록 좁은 골목들을 헤집고 다닙니다. 어느 골목이나 그 풍경이 그 풍경입니다. 비슷한 가옥구조에 비슷한 냄새입니다. 어둑한 집 안에서는 노파들이 낮잠을 자고, 아이들은 사탕수수대를 씹고 있습니다. 텃밭에서 자라는 채소들의 키가 고만고만하고 빨래를 널어 둔 모습도 비슷합니다.

감출 것 없고 드러낼 것 없는 골목과 집들의 풍경을 향해 카메라를 들이대는 이방인이 새로운 풍경일 뿐입니다. 사진을 찍는 곳으로 아이들이 몰려오고 카메라를 들이대면 쑥스러워하면서도 얼굴을 피하지 않는 녀석들이 어느 골목에나 있습니다.

학교가 있는 골목 저쪽에서 여학생들이 우르르 몰려옵니다. 순간적으로 골목에 생기가 넘칩니다. 캠프 안에는 고등학교가 2개, 중학교가 2개, 초등학교가 5개 있으며, 8세 미만의 어린이를 돌보는 보육원도 5개 있습니다. 보육교사를 양성하는

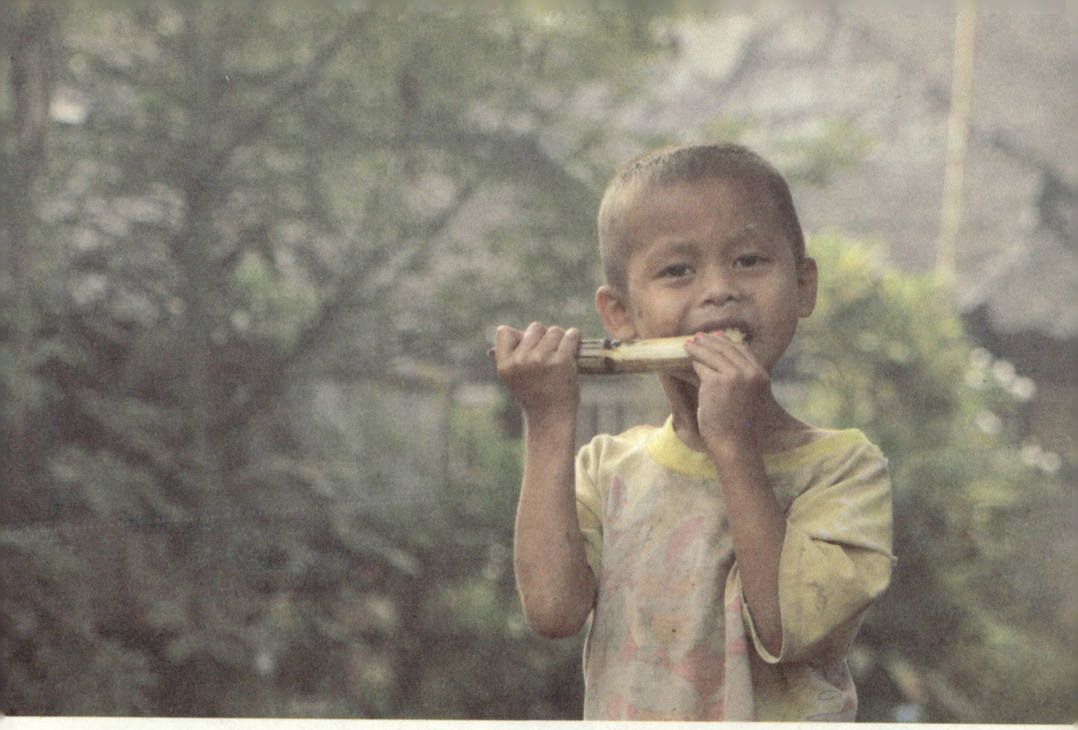

△ 사탕수수대를 씹는 아이 ▽ 골목길로 나온 형제는 늘 심심하다.

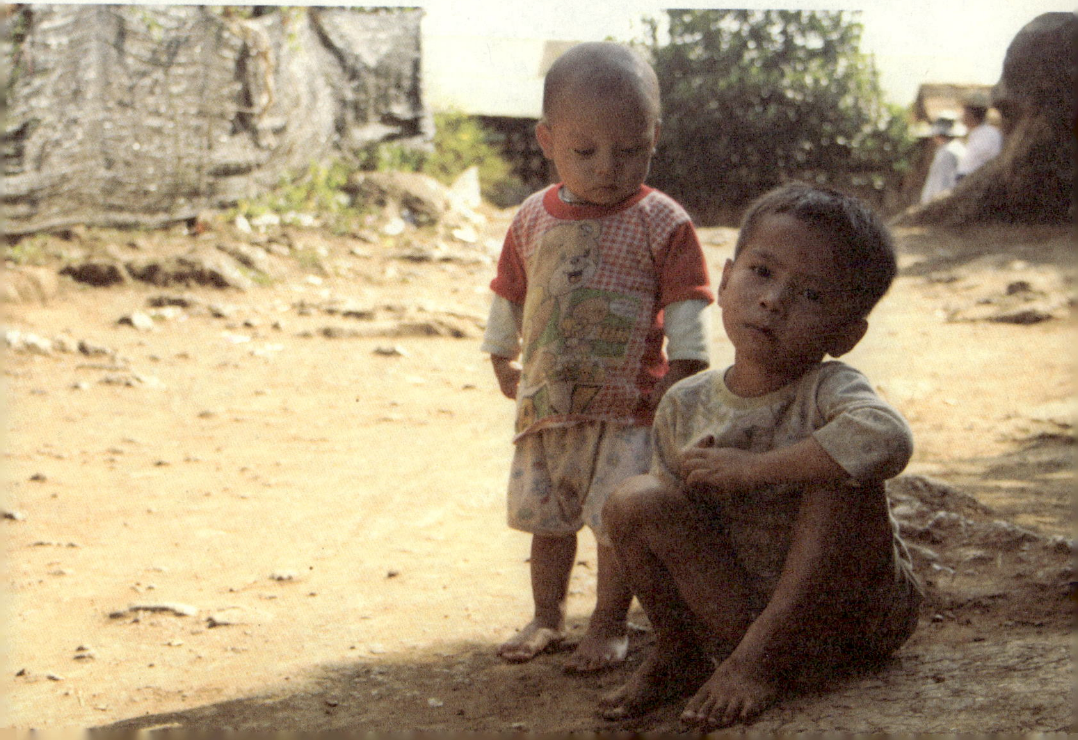

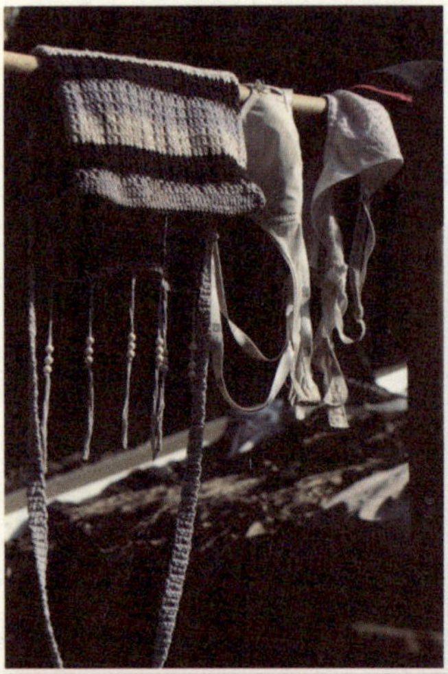

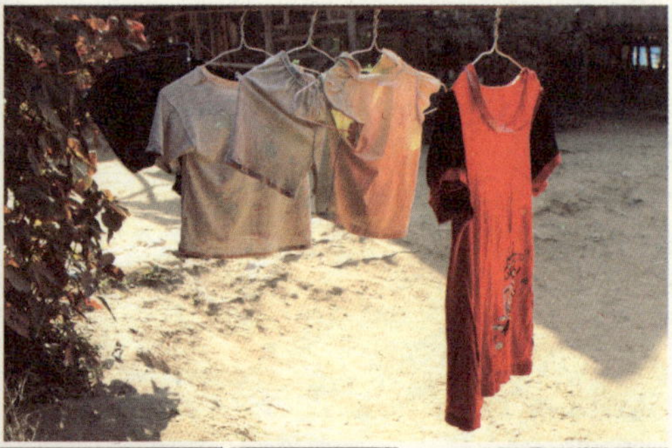

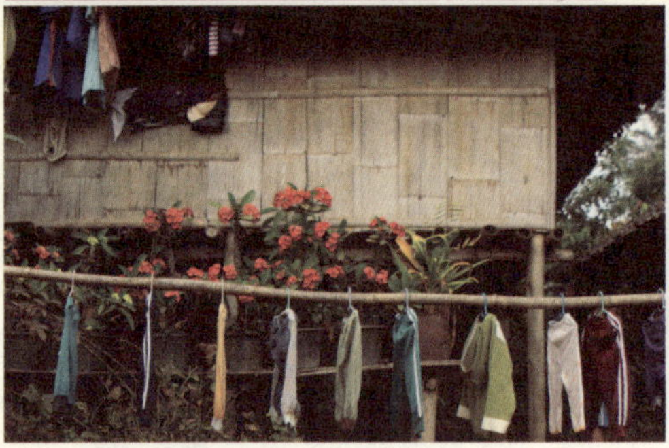

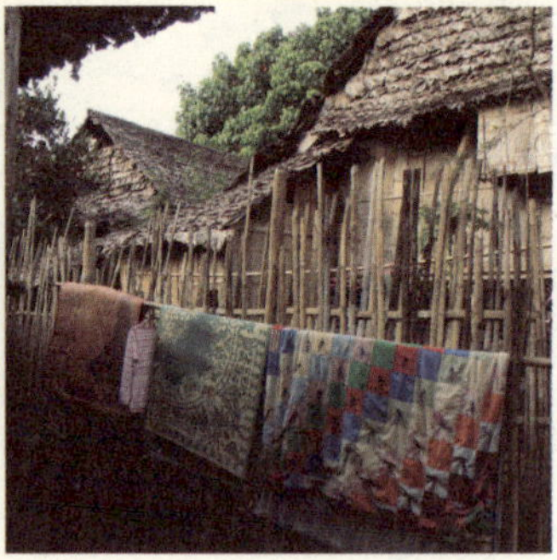

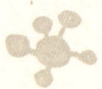

학교도 있지만 제대로 운영되지 못한다고 합니다. 그러나 이런 구별이 그다지 의미가 없는 것은, 모두가 국가적으로 공인을 받을 수 없는 교육기관이고, 학제나 취학 연령도 일정치 않기 때문입니다.

불교중학교에 열일곱 살에서 열아홉 살 되는 아이들이 있는 것이 그 예입니다. 고아인 그 아이들은 불교중학교 기숙사에 살아야 하기에 불교중학교에서 상급반으로 편성되어 고등학교 수준의 공부를 합니다. 캠프 안의 학교들은 저마다의 방식대로 커리큘럼을 만들고 형편에 맞추어 학생들을 수용하는 구조를 정착시키고 있는 것입니다.

골목을 가득 채우며 재잘대던 여학생들이 지나가자 다시 골목은 정적 속으로 빠져듭니다. 썩은 개울물 속으로 목을 들이미는 오리들의 헛수고가 애처로운 한낮입니다. 몇 개의 골목을 더 둘러보고 나니 동서쪽 끝에 형성된 상가구역까지 왔습니다. 이 캠프에서 가장 번화한 '명동길'입니다. 이틀에 한 번 서는 아침시장이 냉장고가 없는 캠프에 신선한 먹을거리를 공급하는 곳이라면 이 상가 골목은 옷가게와 철물점, 식당과 오디오가게, 약국과 신발가게, 그릇과 잡화들을 파는 가게로 구성되어 언제든지 생필품을 구할 수 있는 곳입니다.

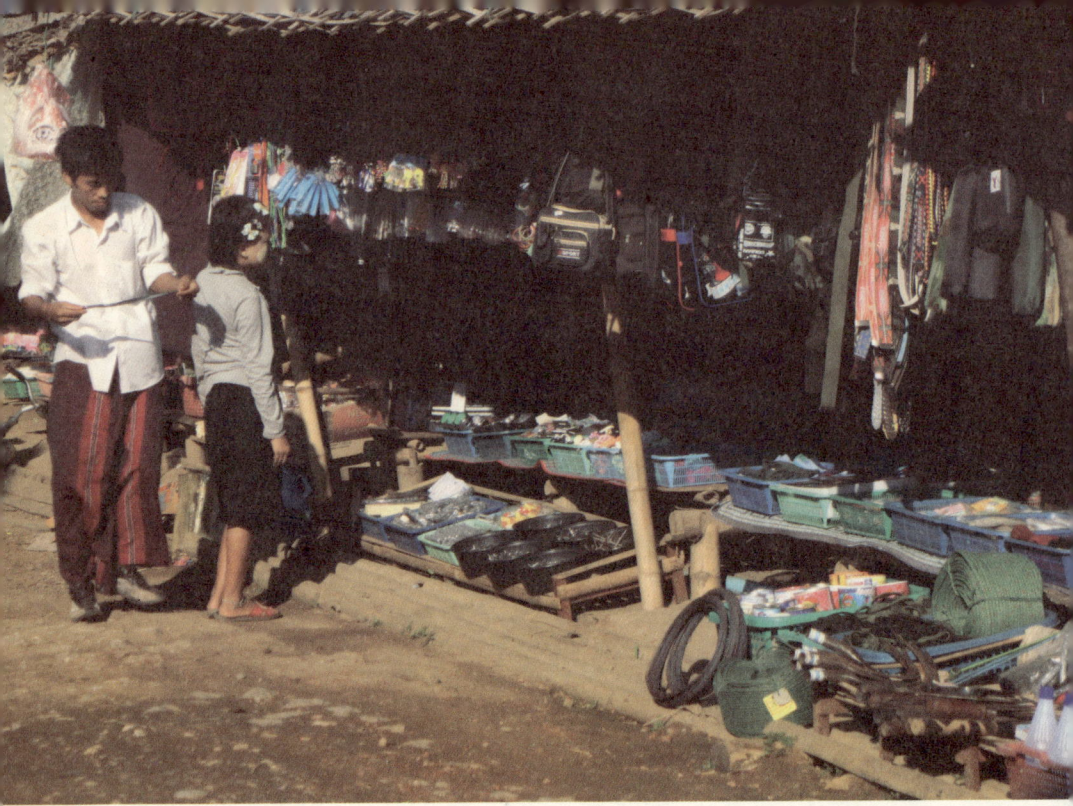

　폭이 5m가량 되는 길을 중심으로 양쪽에 가게가 잇대어 문을 열고 있습니다. 상가 골목의 길이는 150m 정도입니다.

　"목마른데 음료수 한 잔 어때요?"

　"값이 궁금해서라도 한 잔 마시고 싶네."

　우리 돈 1000원이 안 되는 금액으로 두 사람이 시원한 콜라와 환타를 사 마십니다. 얼음을 깨서 컵에 담아 주지만, 그냥 음료수만 마십니다. 시원한 캔맥주가 그립지만 팔지 않으니 살 수 없습니다.

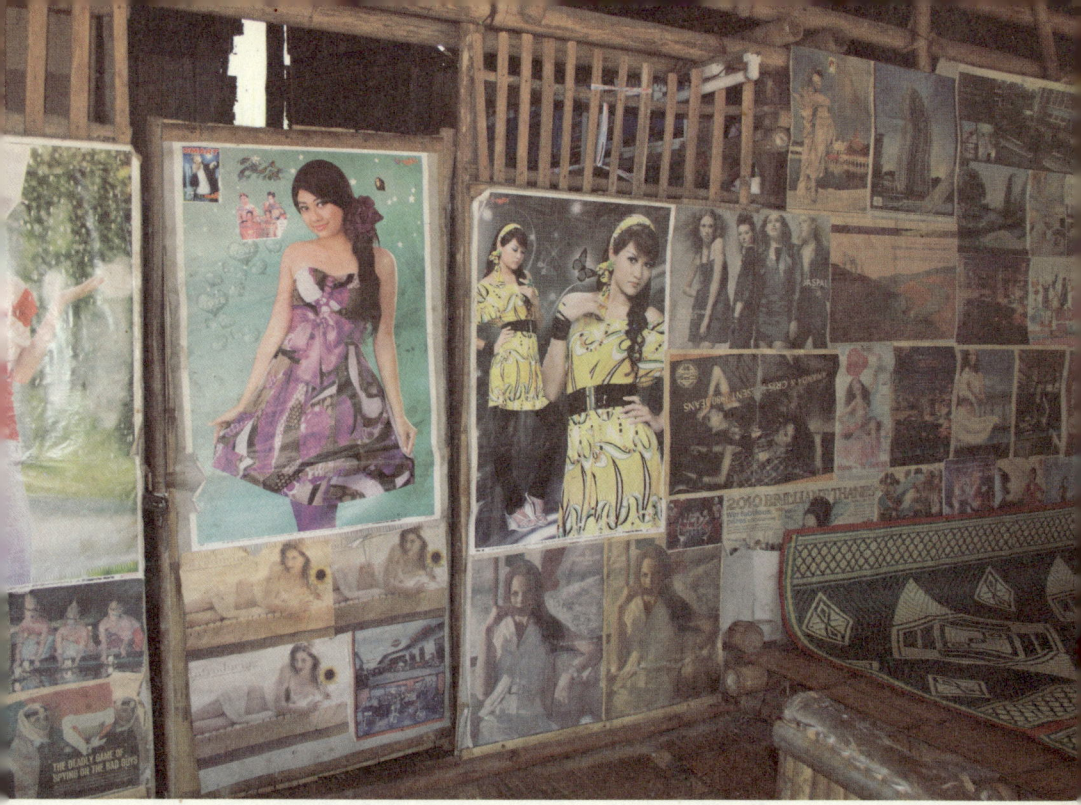

"사진 많이 찍었나요?"

상가 길에서 조금 전의 그 선글라스 낀 신사를 다시 만납니다.

"네, 더워서 이제 쉬려고요."

그는 아까 하려다 못한 말인 듯 한마디를 남기고 갑니다.

"이곳은 분명 특별한 곳이지만, 특별하다는 생각만으로 이곳을 봐서는 안 됩니다."

그가 던진 화두를 어떻게 풀어야 할지 난감한 한낮, 등에서 땀이 흘러내립니다.

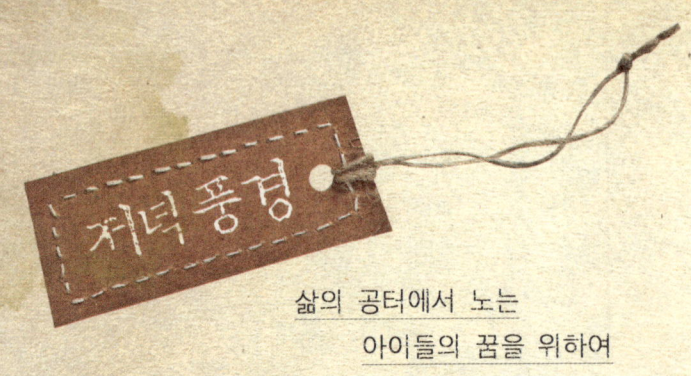

삶의 공터에서 노는
아이들의 꿈을 위하여

애들이 혼 빠지게 노는 공터

노는 데 정신이 팔리면 시간 가는 줄 모르는 것은 애나 어른이나 다를 것
이 없습니다. 산 그림자가 마을을 덮고 들에 갔던 아버지가 소를 몰고 돌아
오시는 것도 모르고 정신없이 놀다 보면 나를 부르는 어머니의 목소리가 들
립니다. 그게 어디 나만의 일이었겠습니까? 상재, 영하, 상호, 동환이 할 것
없이 이름을 부르는 어머니들의 목소리가 마을 어귀까지 울려 퍼지고 나서
야 산골 마을은 하루를 마무리하곤 했습니다.

나는 지금 그렇게 어머니가 아이들을 불러들이기 직전의 골목에 서 있습니
다. 해가 뉘엿뉘엿 이곳 사람들의 고국 쪽으로 넘어가는 시간입니다. 누포캠
프의 중심도로를 기준으로 오른쪽, 그러니까 태국 내륙 방향의 마을입니다.

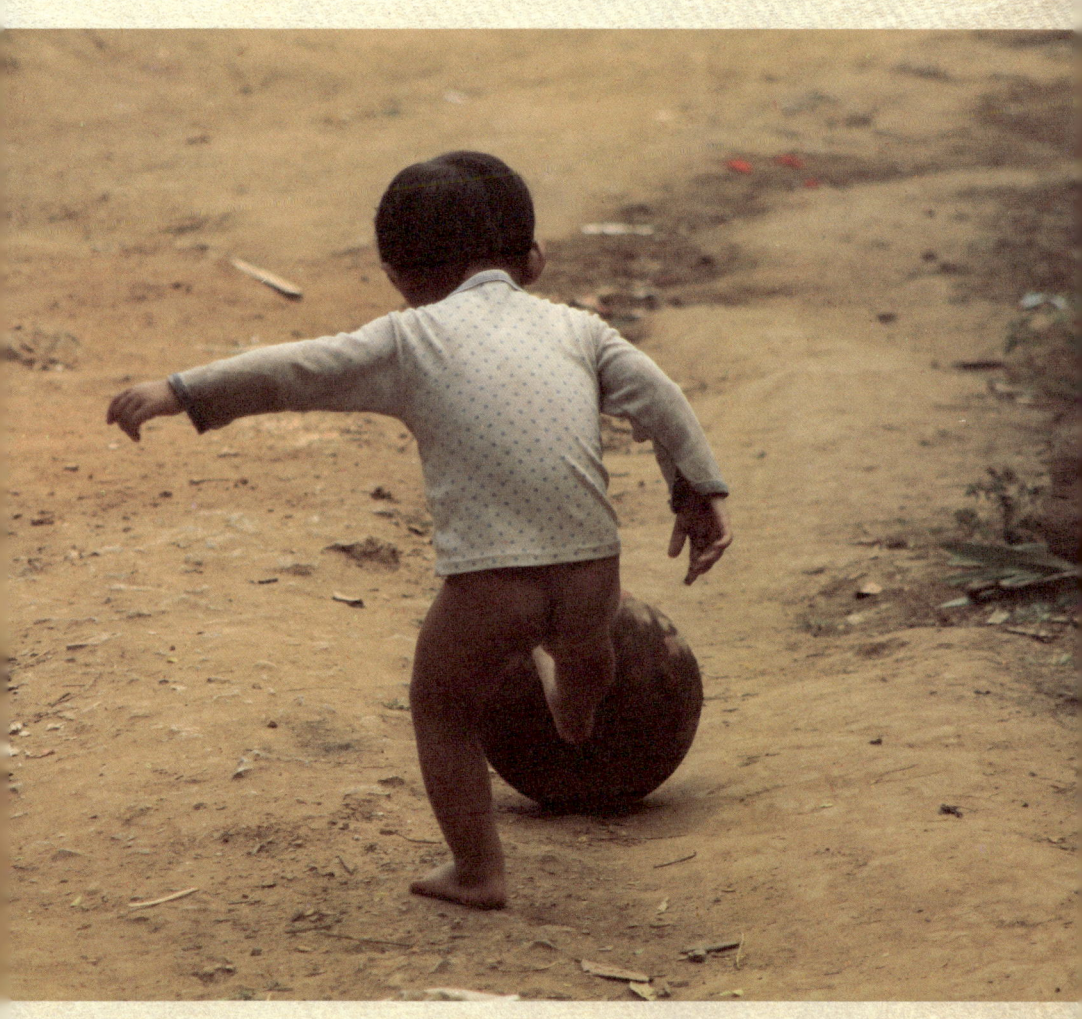

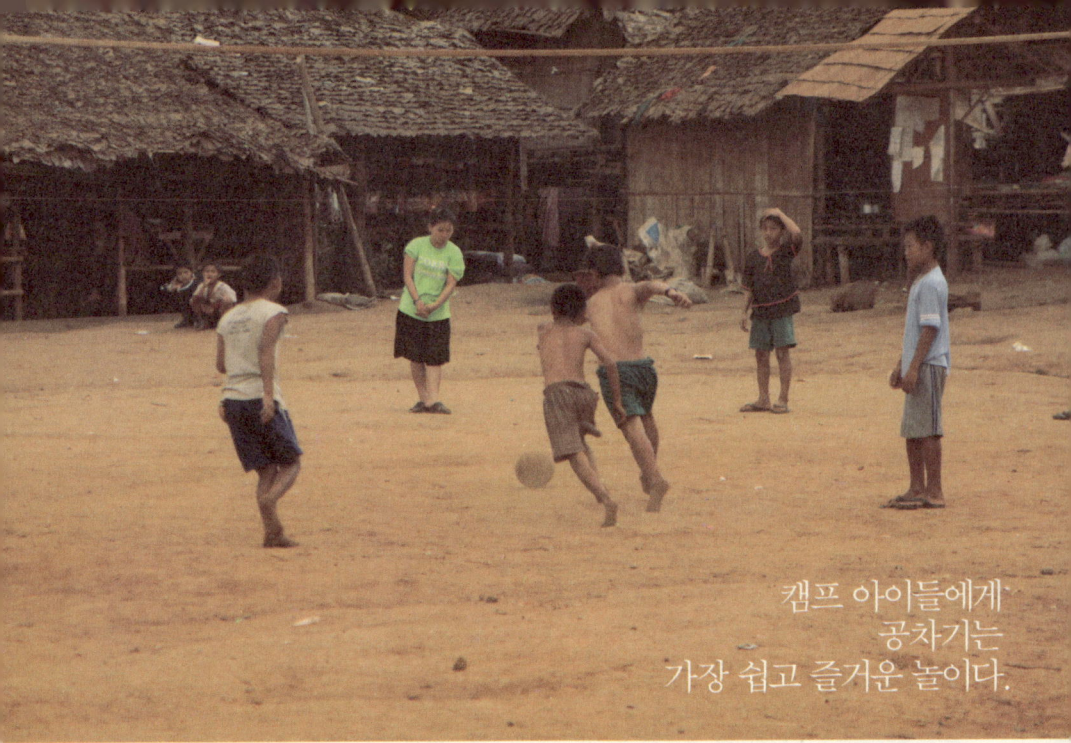

캠프 아이들에게
공차기는
가장 쉽고 즐거운 놀이다.

캠프는 전체적으로 길을 따라 16개의 섹션으로 나뉘어 분류되고 있는데 이곳 사람들에게는 섹션별 구획이 익숙하겠지만 이방인에게 섹션은 별 의미가 없습니다. 한 바퀴 휘 돌면 그 마을이 그 마을인데 굳이 7번 구역, 8번 구역을 나눠 인식할 필요가 없는 것입니다.

나는 지금 캠프의 동쪽 마을 한복판에 만들어진 공터에 서 있습니다. 600여 평 되어 보이는 이 공터에는 배구코트가 있고 학교운동장의 조회대 같은 시설도 있습니다. 그러니까 인근 작은 학교들이 공동으로 쓰는 운동장이고 마을 꼬맹이들이 모여 해가 빠지도록 놀다가 어머니가 길게 이름을 부르면 놀던 공과 흙덩이를 팽개치고 가 버리는 그런 공간입니다.

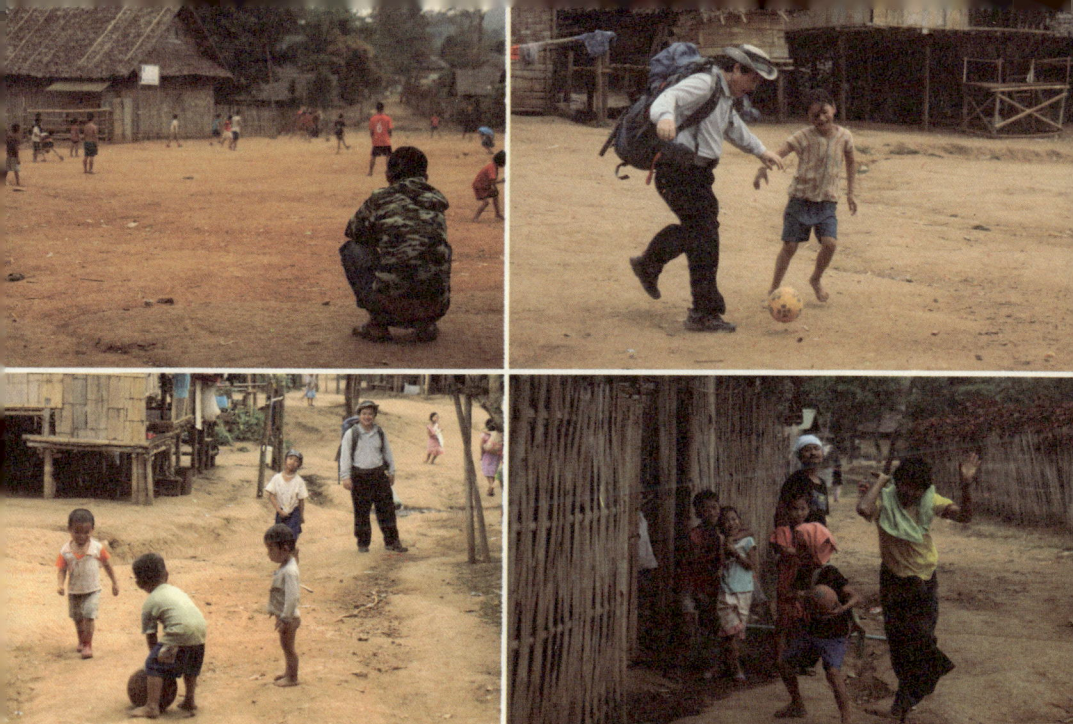

　　지금 이 공터에서는 30여 명의 아이들이 혼 빠지게 놀고 있습니다. 땀에 전 몸으로 바람 빠진 공을 차는 사내아이들이 있고, 배구코트에서는 치마를 입은 가시내들이 키보다 훨씬 높은 네트 너머로 공을 넘깁니다. 땅을 파는 아이들, 사탕수수대를 씹어 뱉는 아이, 동생을 업고 나와 이리저리 돌아다니는 아이가 보입니다. 사실 나도 조금 전 아이들 틈에 끼어 공 뺏기 놀이를 했습니다. 등에 배낭을 메고 꼬마들과 공을 다투는 내 모습이 얼마나 어설픈지 잘 알지만 녀석들이 졸졸 따라 주어 신나게 놀았습니다.

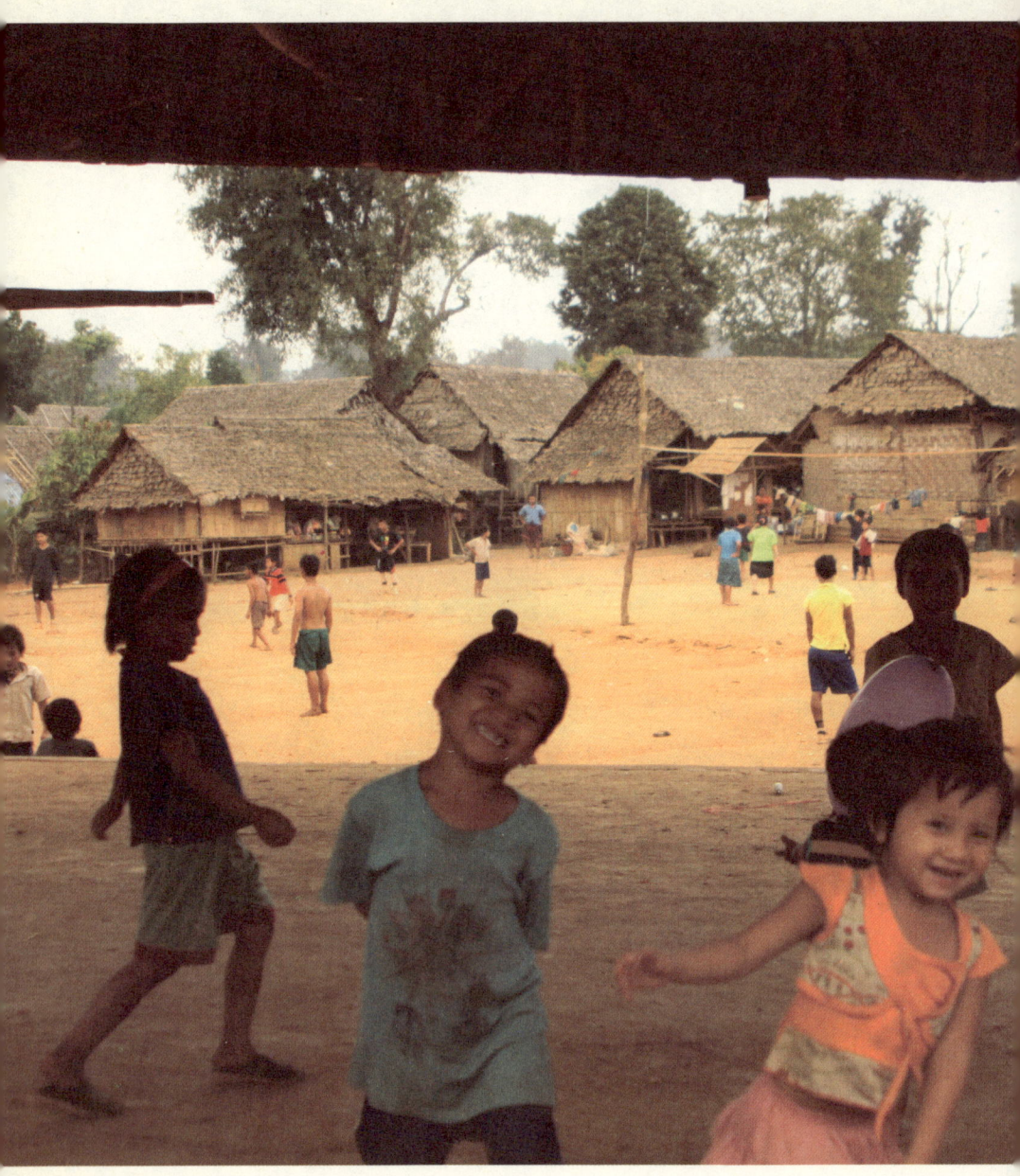

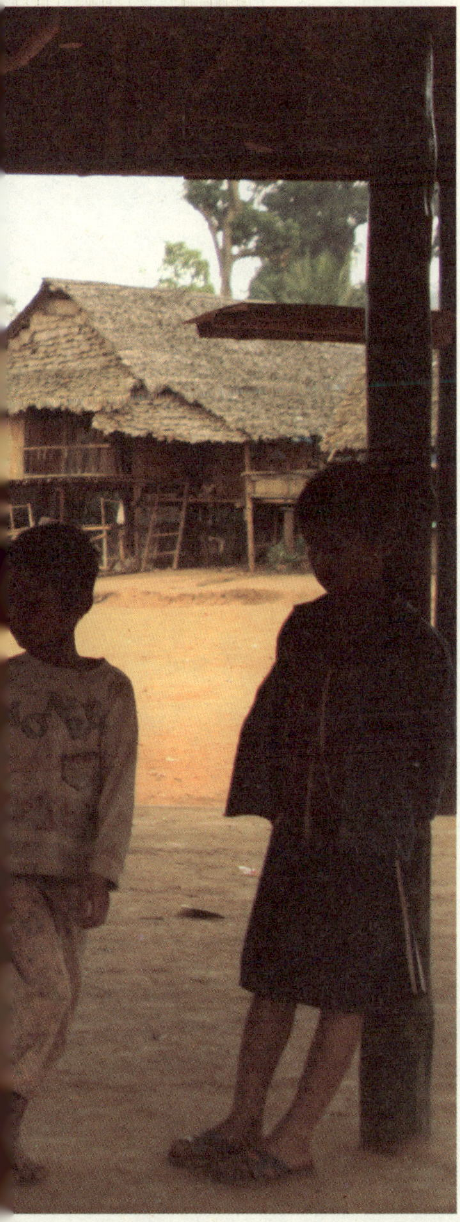

공터는 지금 소란스럽기 짝이 없습니다.
까르르까르르 숨넘어가는 웃음이 있고, 공
을 패스하라고 질러 내는 숨 가쁜 소리가
있고, 저쪽 구석에서 네댓 명의 소녀들이 둥
글게 서서 부르는 노랫소리가 있습니다.
아이들이 노는 모습을 물끄러미 바라보는
노인도 서넛 있습니다. 키가 좀 큰 녀석이
걷어찬 공이 어느 지붕 위를 강타해 바싹
마른 떡갈나무잎이 으스러져 바람에 날립
니다. 그래도 누구 하나 뭐라 하지 않습니
다. 아이들은 더 신명나게 공을 찹니다.

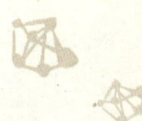

무질서 속 공존의 질서

Mother and Baby Centre
Lata's and Shirley Supporting From
Kidz in Kampz
NuPho Camp June 2, 200

신도시로 이사 갔을 때, 잘 만들어 놓은 놀이터에 노는 아이들이 없는 것이 신기했던 적이 있습니다. 각종 시설과 안전장치까지 완벽하게 갖춘 놀이터임에도 나와서 뛰노는 아이들이 없는 것은, 거기서 놀 만한 나이가 되면 이미 학원을 서너 개 다니거나 돈 주고 운동을 배우러 다니기 때문입니다.

놀이터는 노는 곳이기도 하지만 또래들과 어울려 노는 동안 무한한 창의력이 발산되고 사회성이 성숙되는 공간이기도 합니다. 그런 놀이터는 할 일 없는 애들이나 가는 곳이 되었고, 대부분의 아이들이 노는 것도, 운동도, 친구를 사귀는 것도 모두 제도권 학습의 범주에서 체득하는 곳이 대한민국입니다.

누포캠프의 아이들은 개울가에서 먹을 감으며 물과 친해지고, 흙바닥에서 바람 빠진 공을 차면서 축구를 배우고, 철봉에 매달려 오래버티기를 하면서 팔 힘을 기릅니다. 그렇게 노는 동안 서로의 가난과 예측할 수 없는 서로의 운명까지 공유하게 되겠지요. 함께 웃고 함께 떠들며 한정된 공간에서 매일 반복되는 놀이를 하지만 매일 새로운 재미를 찾아내는 것이 이곳의 아이들입니다.

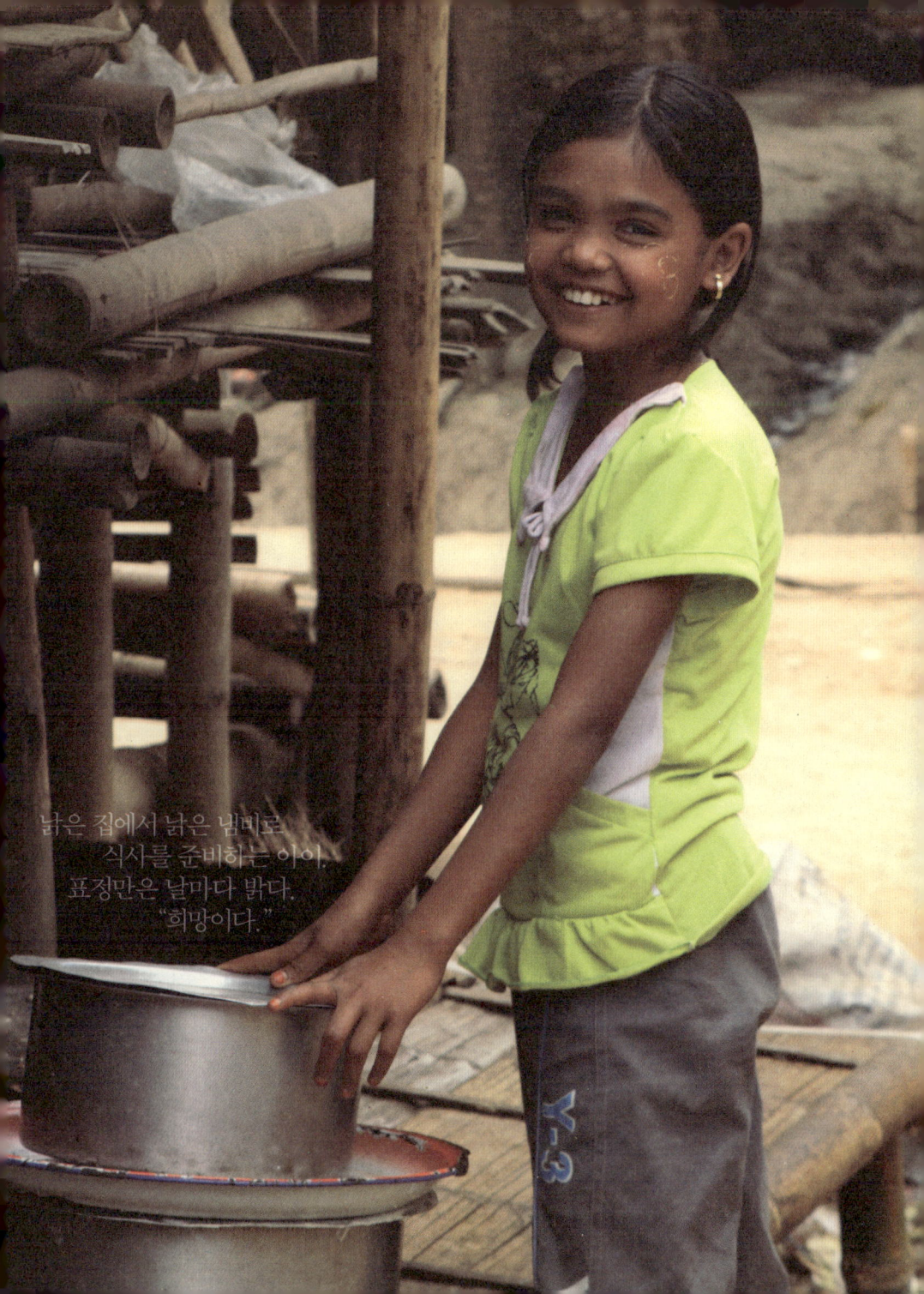

낡은 집에서 낡은 냄비로
식사를 준비하는 아이.
표정만은 날마다 밝다.
"희망이다."

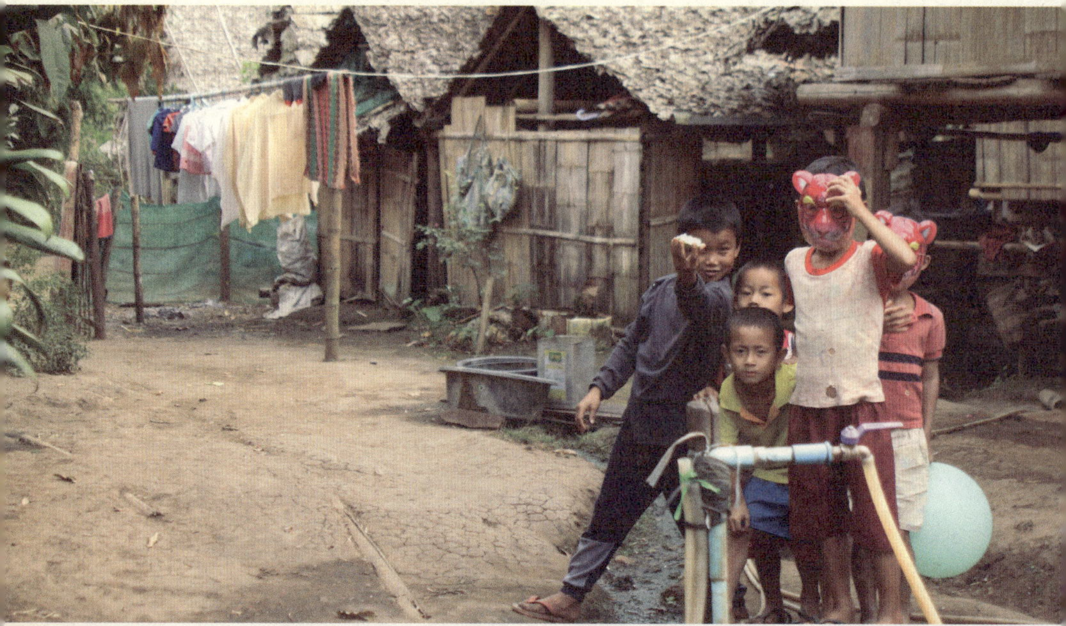

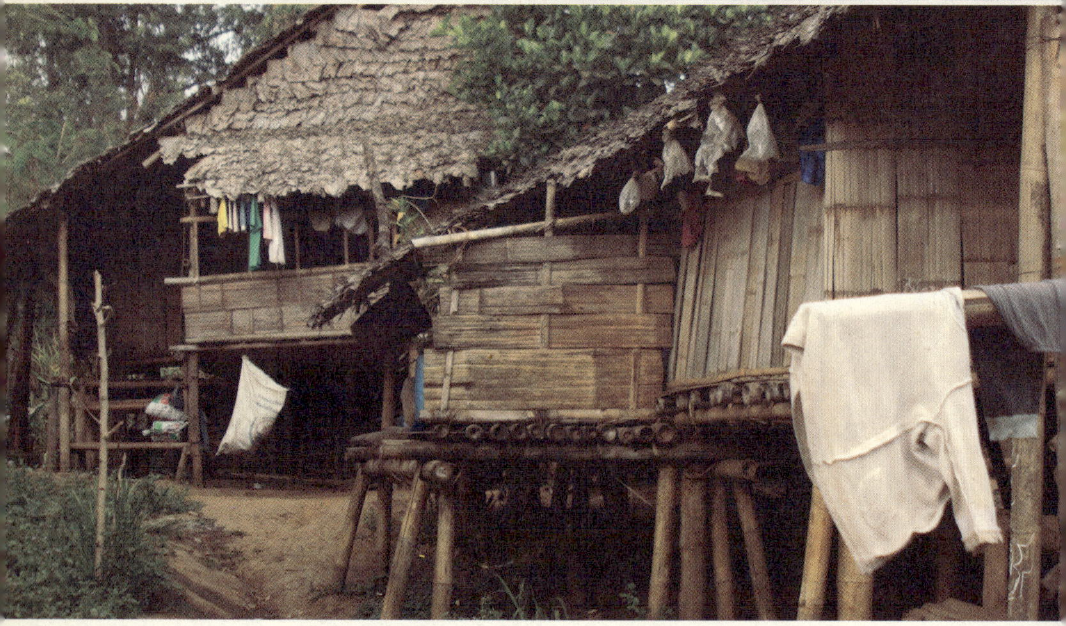

공터의 이쪽 끝과 저쪽 끝에 청년 둘이 서 있습니다. 그들은 축구공을 서로에게 차 주고 받는 운동을 하고 있습니다. 축구 유니폼을 입었는데 신발은 운동화입니다. 키는 그리 크지 않지만 허벅지와 종아리 근육이 매우 단단해 보입니다. 그들의 공이 대포알처럼 허공을 가르고 그 아래서 조무래기들이 낡은 운동화를 신거나 혹은 맨 발로 공을 찹니다. 지금 이 공터는 매우 무질서해 보이지만 가만 보면 그 속에 공존 의 질서가 정연하게 드리워져 있습니다.

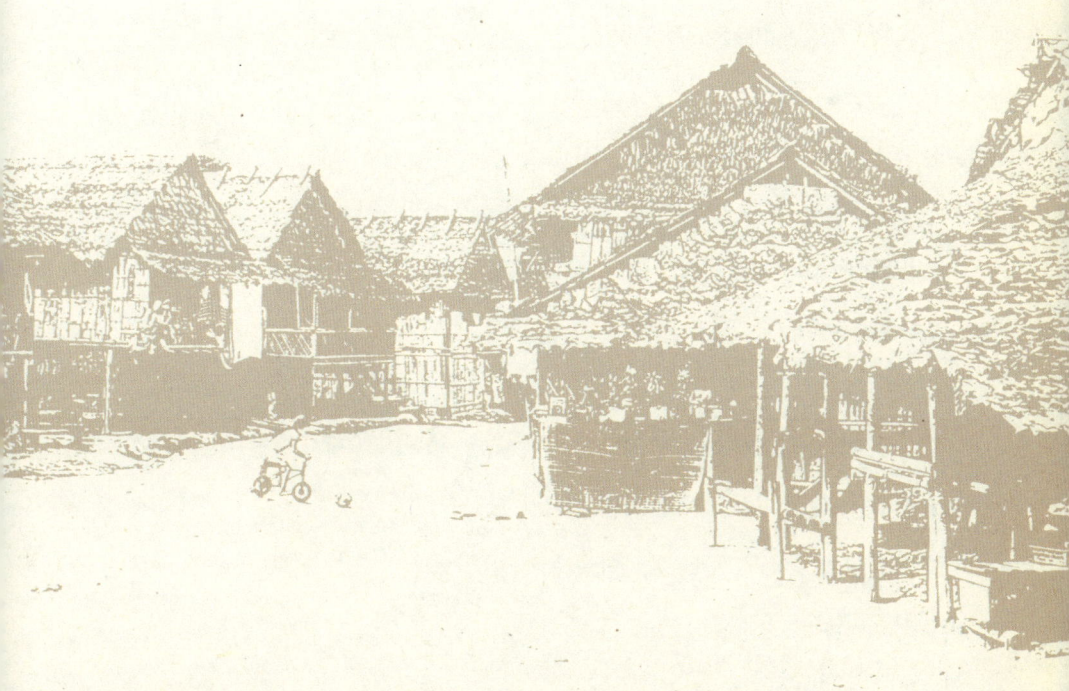

한국말로 인사하는 아가씨

나는 이 공터에 이르기 전에 골목들을 돌다가 곱살스러운 아가씨를 한 명 만났습니다. 이름은 포따와 Paw Tha Wah. 올해 열아홉 살인 그녀를 만난 것은 행운이었습니다. 그녀는 내가 한국사람이란 걸 눈치채고 뒤에서 먼저 한국말로 인사를 했습니다.

"안녕하세요?"

"어! 한국말을 하시네?"

"아주 조금요."

동글동글한 얼굴에 밝은 미소가 매력적인 포따와는 한국이 좋아 한국말을 배우려 했지만 기회가 많지 않았다고 했습니다. 기회가 오면 한국에 가서 살고 싶다는 말도 했습니다.

"집이 어디예요?"

사실, 나는 불교중학교의 고아원 기숙사나 숙소로 신세지고 있는 완타 씨 집 외에 캠프 사람들의 집 안에 들어갈 기회가 없었습니다. 한 가족이 사는 집 안의 분위기가 몹시 궁금하던 차에 상냥한 아가씨를 만났으니 좋은 기회다 싶어 '작업'에 들어갔던 겁니다.

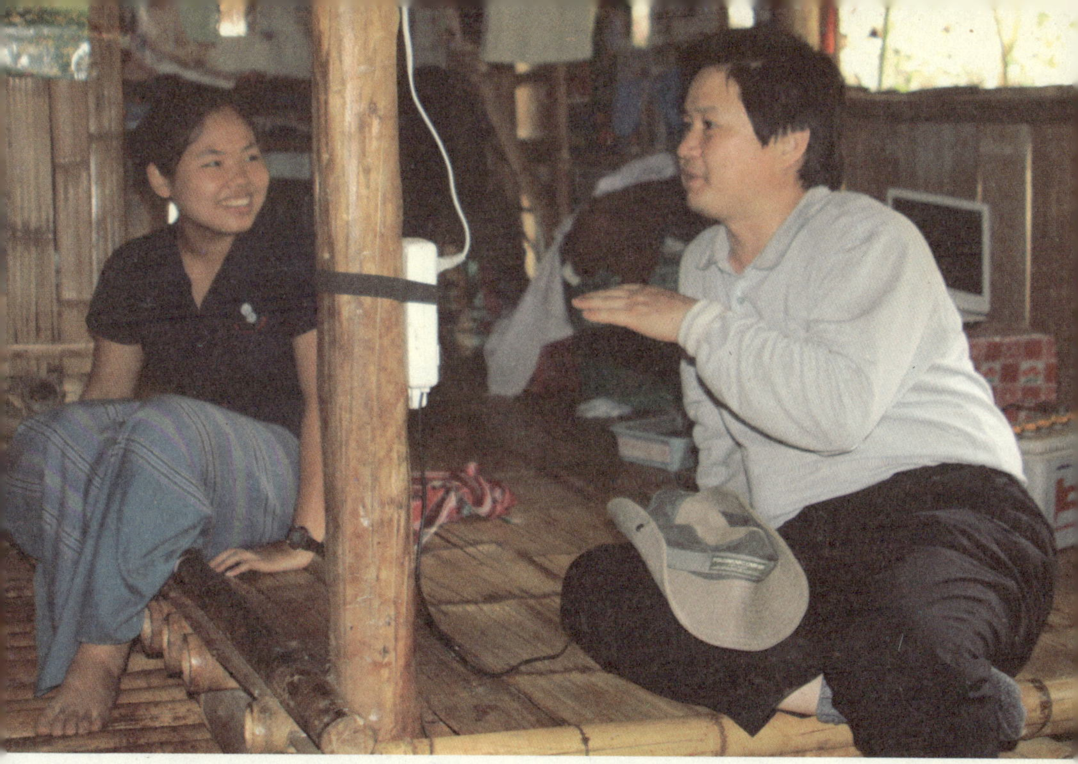

포따와의 집에서 그녀의 꿈에 대한 이야기를 들었다.

"바로 저 집입니다."

"좀 들어가도 될까요? 누가 계시나요?"

"들어가셔도 돼요."

집 안에는 포따와의 어머니가 있었는데, 50대 중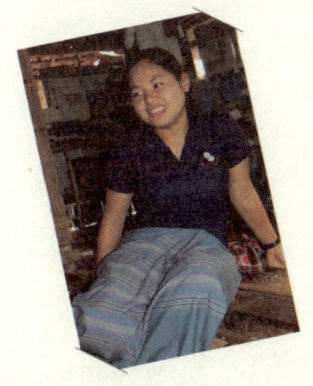
반으로 보이는 부인은 귀티가 나는 멋쟁이였습니다.
그녀와 부모님과 남동생 한 명, 그렇게 네 식구가 삽
니다. 남동생이 한 명 더 있는데 지금은 미국 뉴욕에
살고 있다고 했습니다. 둘러보니 방이 3개이고 거실

에는 앉은뱅이책상이 있고 그 위에는 DVD플레이어도 놓여 있었습니다. 벽에는 연예
인들의 브로마이드가 여러 장 붙어 있었습니다. 부엌에는 화덕이 하나 있고 냄비 두
개와 물이 담긴 양동이 등이 놓여 있었는데, 저녁을 준비하는지 화덕에는 숯불이 피
어 있고 냄비에서는 가늘게 김이 올라오고 있었습니다.

부모님이 거처한다는 안방은 들여다볼 수 없었지만 19세의 아가씨가 자는 방은
슬쩍 볼 수 있었습니다. 벽에 연예인 브로마이드가 붙어 있고 돗자리가 깔린 바닥에
는 책이 몇 권 놓여 있었습니다. 장롱 같은 것은 없고 한쪽에 옷이 개켜져 있는 정갈
한 방이었습니다. 그녀의 동생이 쓰는 방도 별다를 것이 없었습니다. 이 캠프에서 제
법 '있는 집'으로 여겨지는 이 아가씨의 집안 살림은 참으로 단출합니다. 대부분이

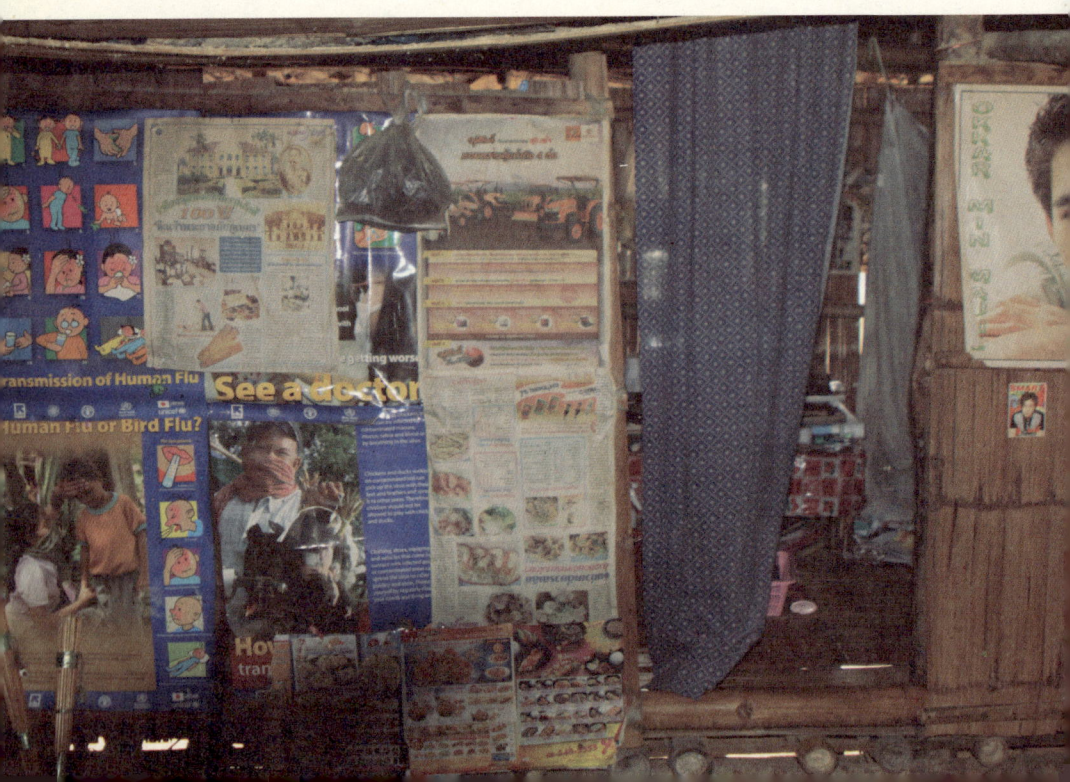

그런 정도의 살림살이라고 했습니다.

"이제 그만 가봐야겠네요."

포따와는 조금 아쉬운 표정을 보였습니다. 한국에 대한 많은 얘기를 듣고 싶어한다는 걸 눈치채지 못한 것은 아니지만, 마냥 눌러앉아 있을 수는 없는 노릇. 그녀는 언젠가 캠프를 벗어나게 되면 영어와 한국어 공부를 열심히 해서 유럽이나 한국을 꼭 가 보고 싶다고 했습니다. 무엇보다 한국에서 몇 년이라도 살 수 있길 바란다며 나의 이메일주소를 적어 달라고 했습니다. 인연이 어떻게 될지는 알 수 없지만 상냥한 아가씨의 청을 거절할 수도 없어 주소를 적어 주니 자신의 주소도 또박또박 적어 주었습니다.

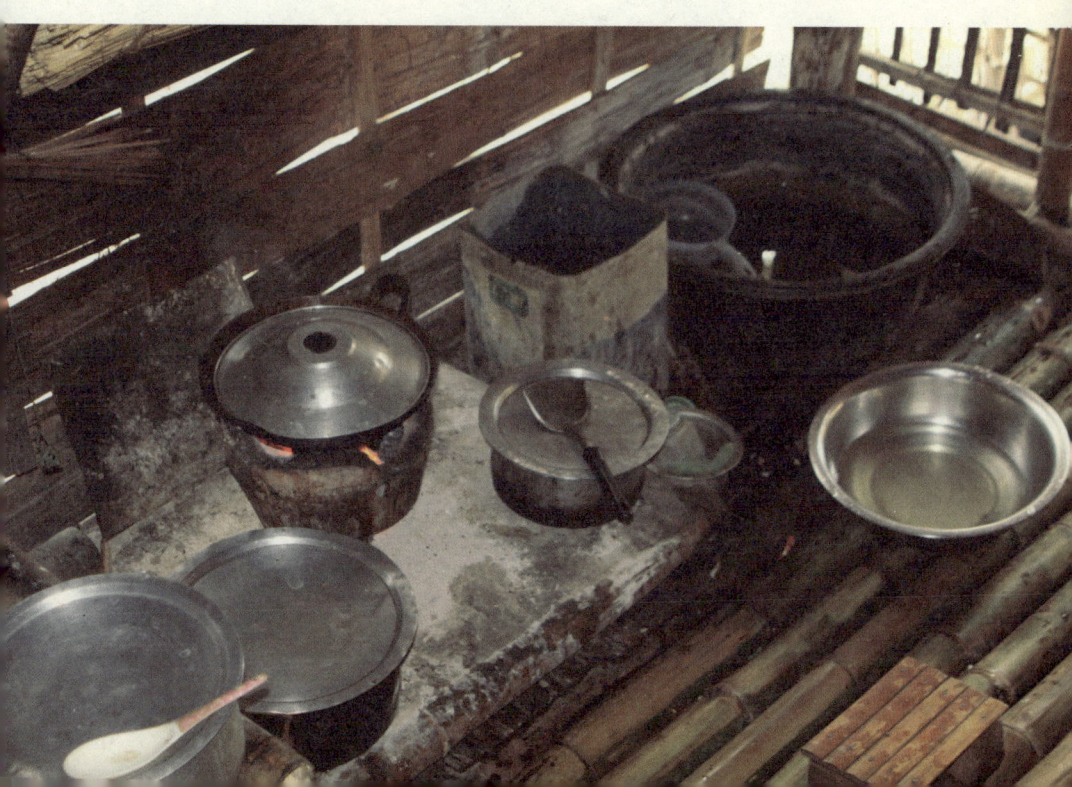

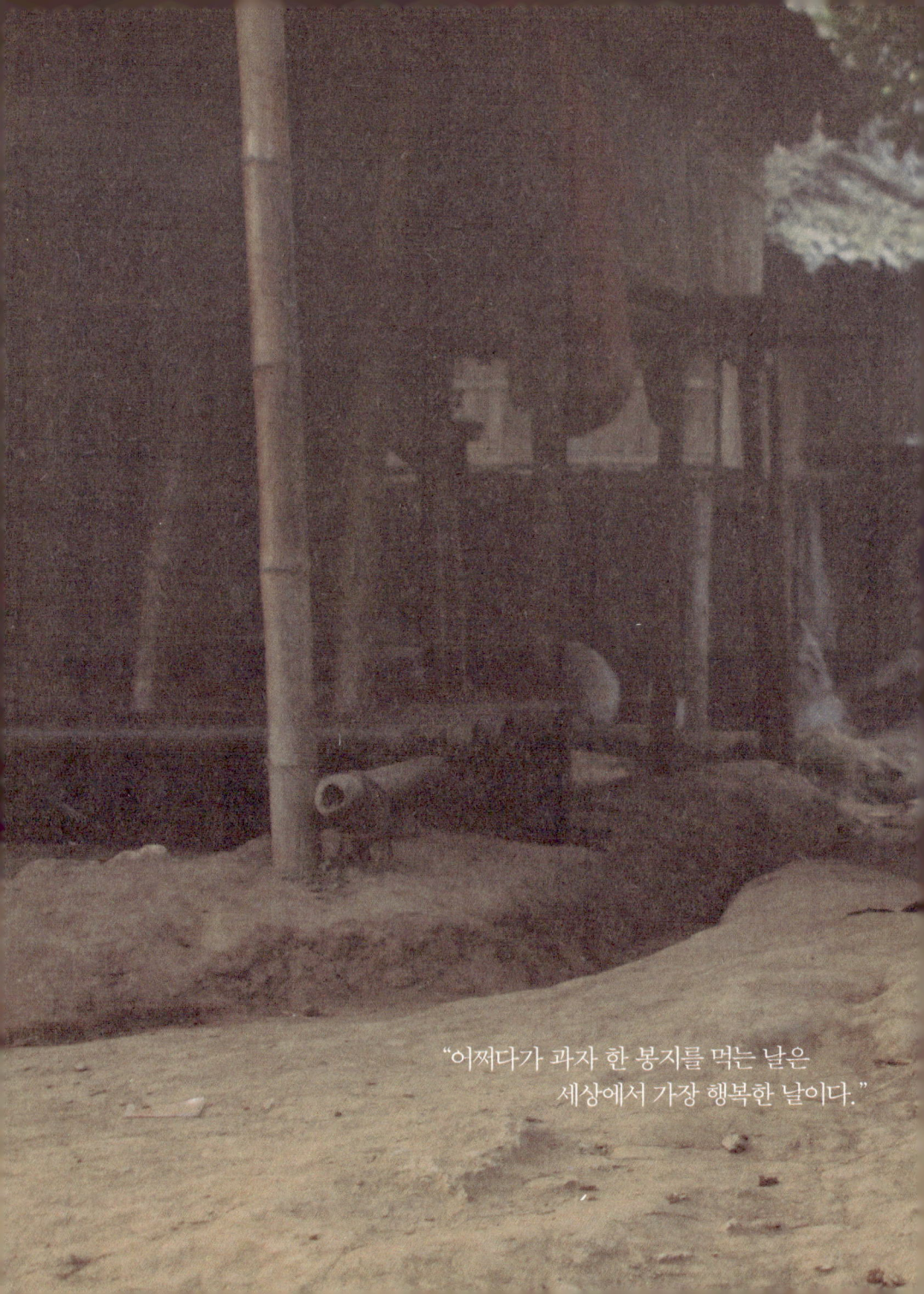

"어쩌다가 과자 한 봉지를 먹는 날은
세상에서 가장 행복한 날이다."

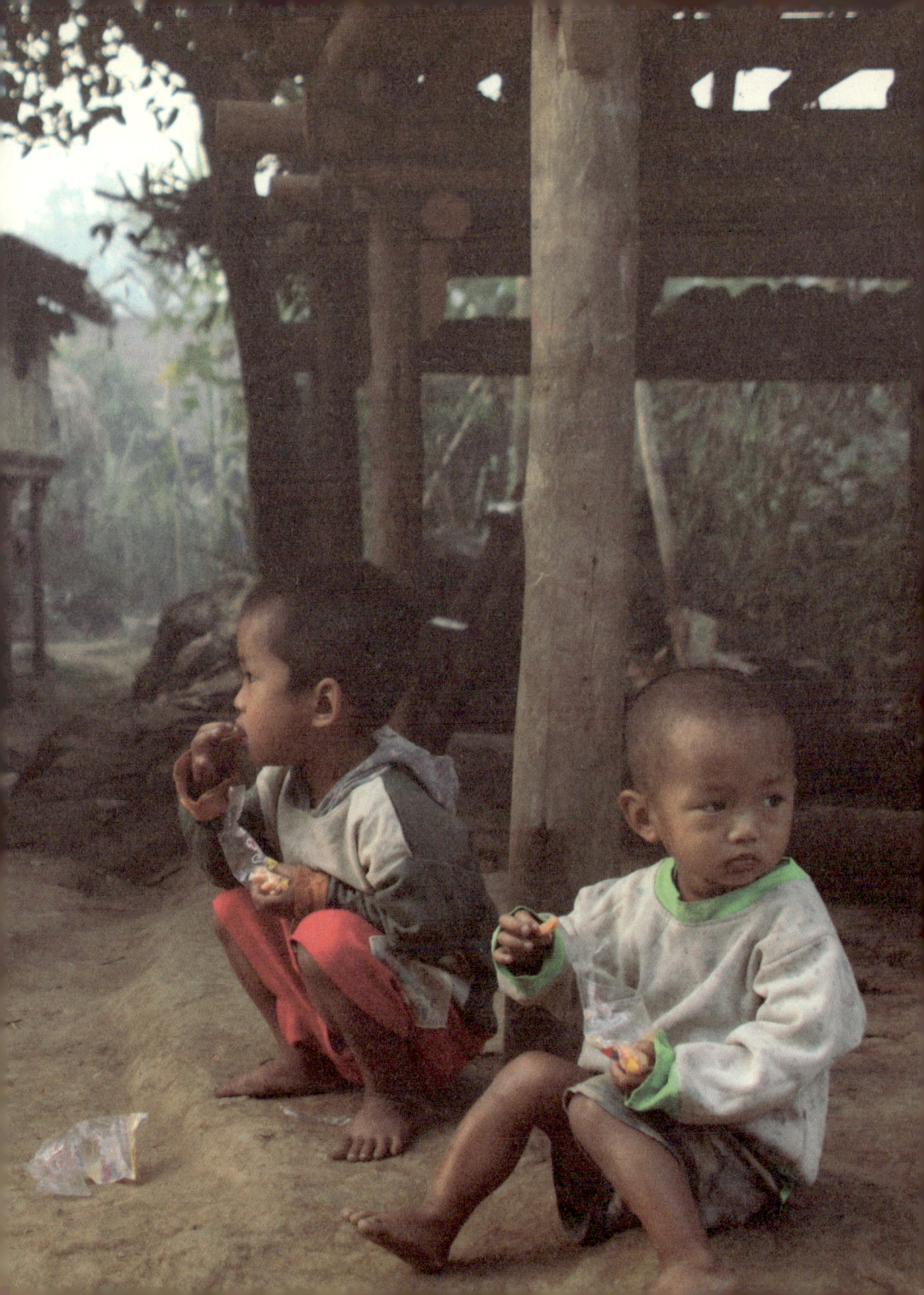

하루 4000원 벌고 싶은 야채장수

인사를 나누고 포따와의 집을 나와 골목길을 걷다가 리어카에 야채를 싣고 다니는 행상 한 명을 만났습니다. 서른 살쯤 되어 보이는 야채장수는 어디서 왔느냐고 물었고 우리는 "한국에서 왔다"고 답했습니다. 그는 매일 오후 1시부터 해질 무렵까지 동네를 돌며 야채를 팔고 있습니다. 야채들은 주로 메솟을 비롯한 인근 도시에서 차량으로 오는 것을 받아서 팝니다.

"상가도 있고 이틀마다 시장도 열리는데 장사가 되는가요?"

"될 때도 있고 안 될 때도 있어요."

"하루에 얼마나 버나요?"

"글쎄요. 잘 팔아야 한 100바트 남아요. 하하하."

하루 100바트 버는 날은 '운수 좋은 날'이라는 것인데, 그런 날이 그리 많지는 않다고 했습니다. 우리 돈 4000원이 하루 일당으로 감지덕지라는 야채장수는 선뜻 수박 한 통을 내밀었습니다.

"Oh! No, No!"

138

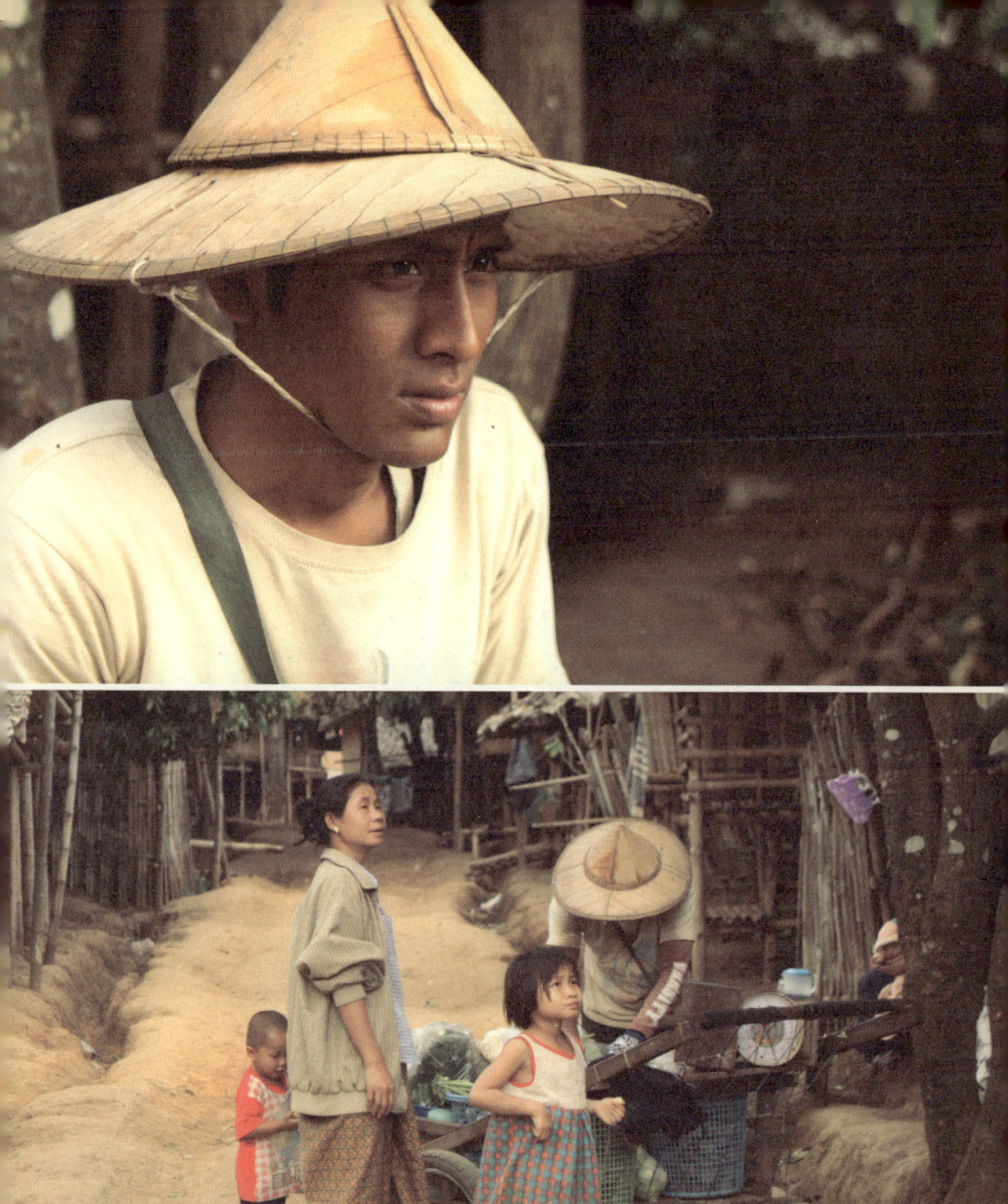

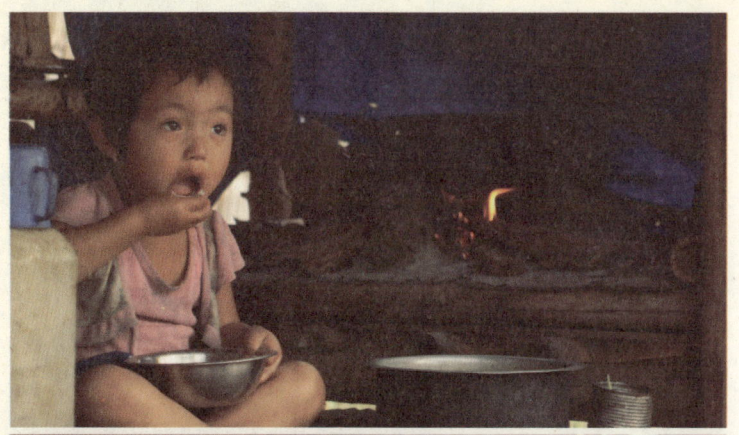

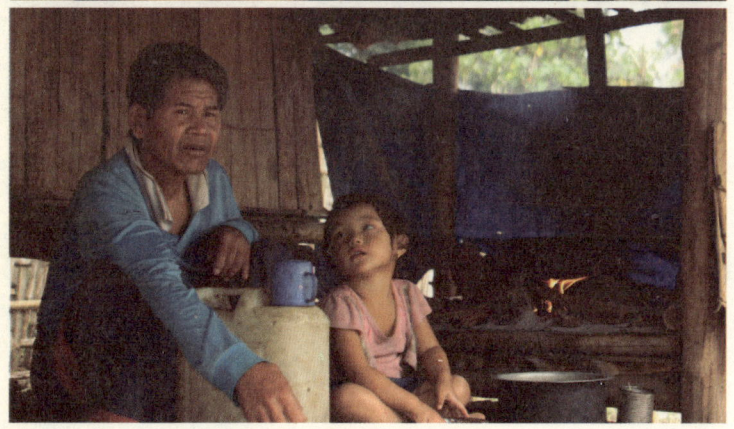

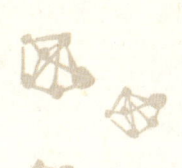

할아버지와 단둘이 사는 꼬마에게 한 끼 밥은 생명 그 자체이다.

안 받는다고 해도 한사코 떠안기는 수박 한 통. 그 구릿빛 얼굴의 환한 웃음에서 고향 동네의 후배를 보는 것 같았습니다. 결국 수박 두 통을 사고 40바트를 주니 고맙다며 머리를 긁적였습니다.

야채장수는 리어카를 끌고 내리막길로 내려가고 나는 오르막을 올라 골목 끝까지 갔습니다. 그리고 다시 옆으로 난 길을 따라 내려오면서 수돗가에서 물을 받는 아낙들과 눈인사를 나누고 까만 눈으로 쳐다보는 아이들의 머리를 쓰다듬어 주기도 했습니다.

해는 기울어 가는데 어느 집은 저녁을 끓이고 어느 집은 화덕에 불을 붙이지 않았습니다. 모퉁이를 돌다가 비교적 작은 집을 하나 만났습니다. 그 집 앞에서 발길이 멈춘 것은 너무나 낡은 그 집 출입구에서 네 살 정도 되어 보이는 아이가 혼자 앉아 손으로 밥을 먹고 있었기 때문입니다. 안쪽에는 비닐 막으로 가려진 부엌이 있고 대나무 졸가리를 태우는 화덕 위에서 뭔가 끓고 있었습니다.

잠시 후 뒤란에서 노인 한 분이 와서 아이에게 물을 주었습니다. 곧 쓰러질 듯한 집에 할아버지와 손자. 한눈에 두 식구의 내력이 읽힙니다. 아들 내외는 먼저 저세상으로 갔고 어린 손자 때문에 한 많은 세상 등질 수도 없어 이 캠프로 왔다는 노인. 이마의 깊은 주름이 아니어도 그 궁핍과 막막함이 느껴지고 남습니다. 수박 한 통을 드리고 합장하며 건강하시라고 인사를 하니 맨발로 따라오면서 손짓으로 고마움을 표현했습니다. 캠프의 중심 도로에서 멀어질수록 살아가는 모양새가 더 곤궁하다는 것을 느끼게 되었습니다.

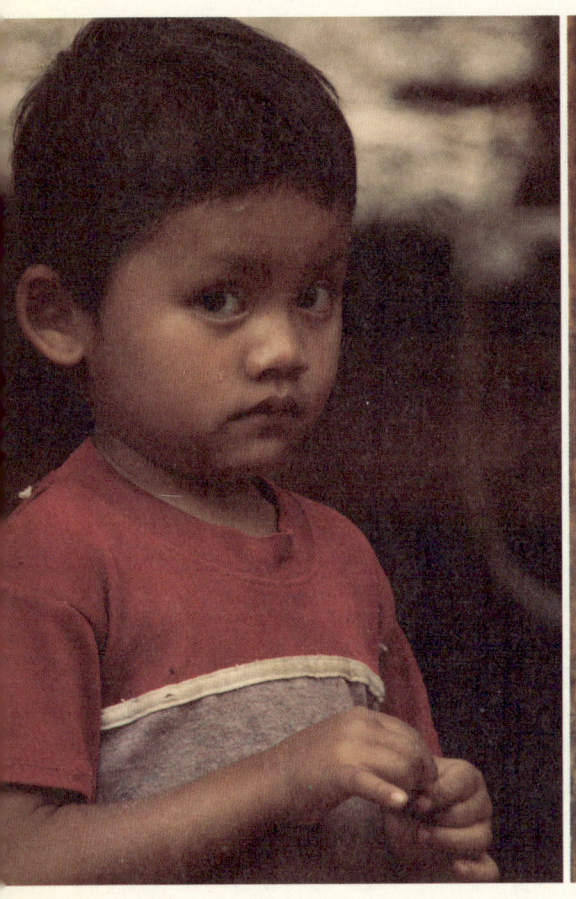
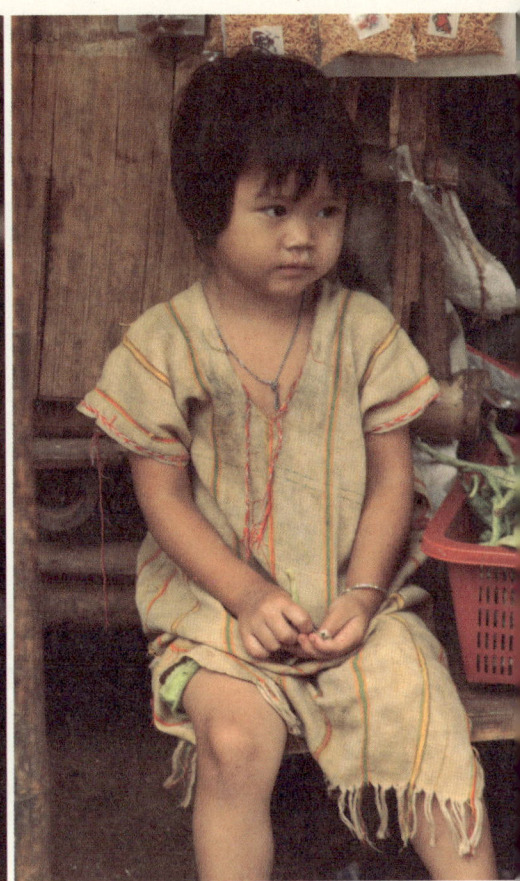

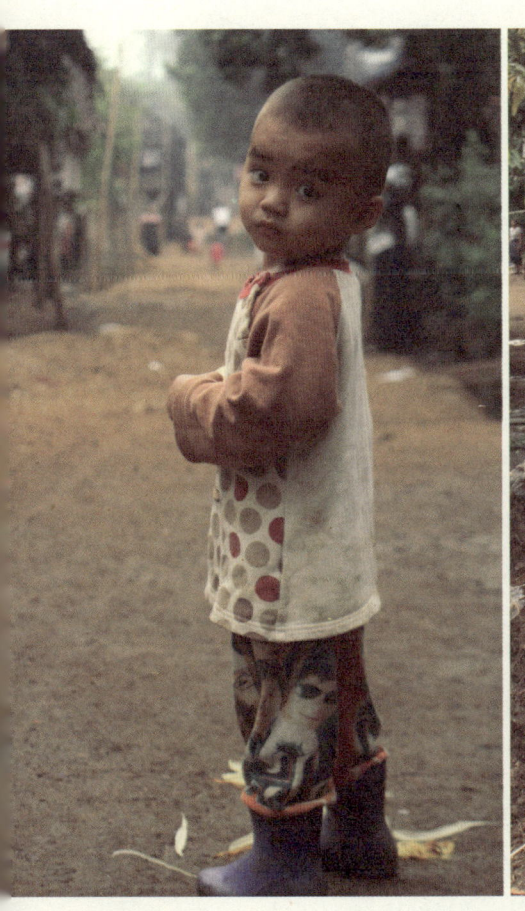
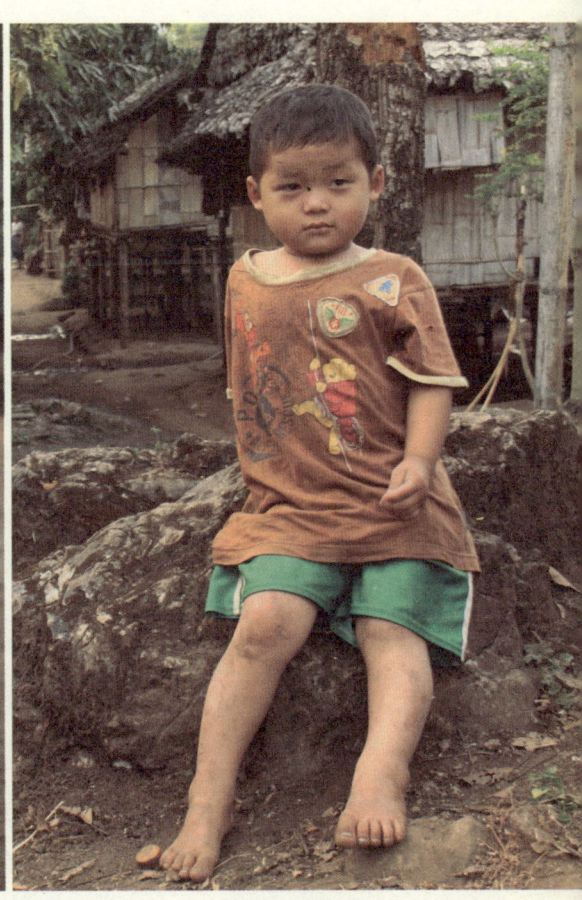

캠프 밖을 한 번도 나가지 못한 아이들은
언젠가 더 넓은 세상에서 살 수 있음을 믿고 있다.

가난한 마을의 오아시스

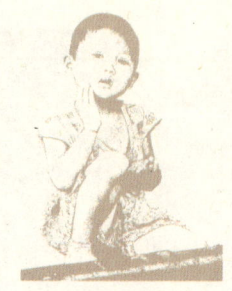

아이들이 시끌벅적 놀고 있는 공터. 이 공간의 의미를 생각해 봅니다. 모든 것이 부족하고 모든 것이 불편한 공간에 사는 사람들에게 이렇게 아이들이 맘껏 소리치며 뛰놀 수 있는 공간이 있다는 것은 사막 같은 삶의 한가운데서 출렁이는 오아시스가 아닐까요.

이제 아이들이 하나둘 집으로 돌아갑니다. 천천히 어둠이 내려앉는 공터에는 아이를 부르는 엄마의 목소리가 없습니다. 그런데, 누군가 나와 정신줄 놓고 노는 아들놈 귓불을 끌어당겨 집으로 가는 모습을 기대한 것은 아니지만, 아이들은 작전 중인 군인들처럼 순식간에 집으로 돌아가 버립니다. 너무 늦게까지 놀다가 부모에게 혼날까 봐 그랬나? 아닐 겁니다. 신나게 놀다가 어느 순간 배꼽시계가 일제히 귀가 시간을 알리자 후다닥 한 그릇의 밥을 향해 달려간 것일 겁니다. 그렇게 캠프에는 저녁 시간이 돌아오고 집집마다 배터리를 이용하는 희미한 전등이나 촛불을 밝힙니다. 하지만 그들이 밝히는 불빛보다 어둠의 두께가 훨씬 두껍습니다.

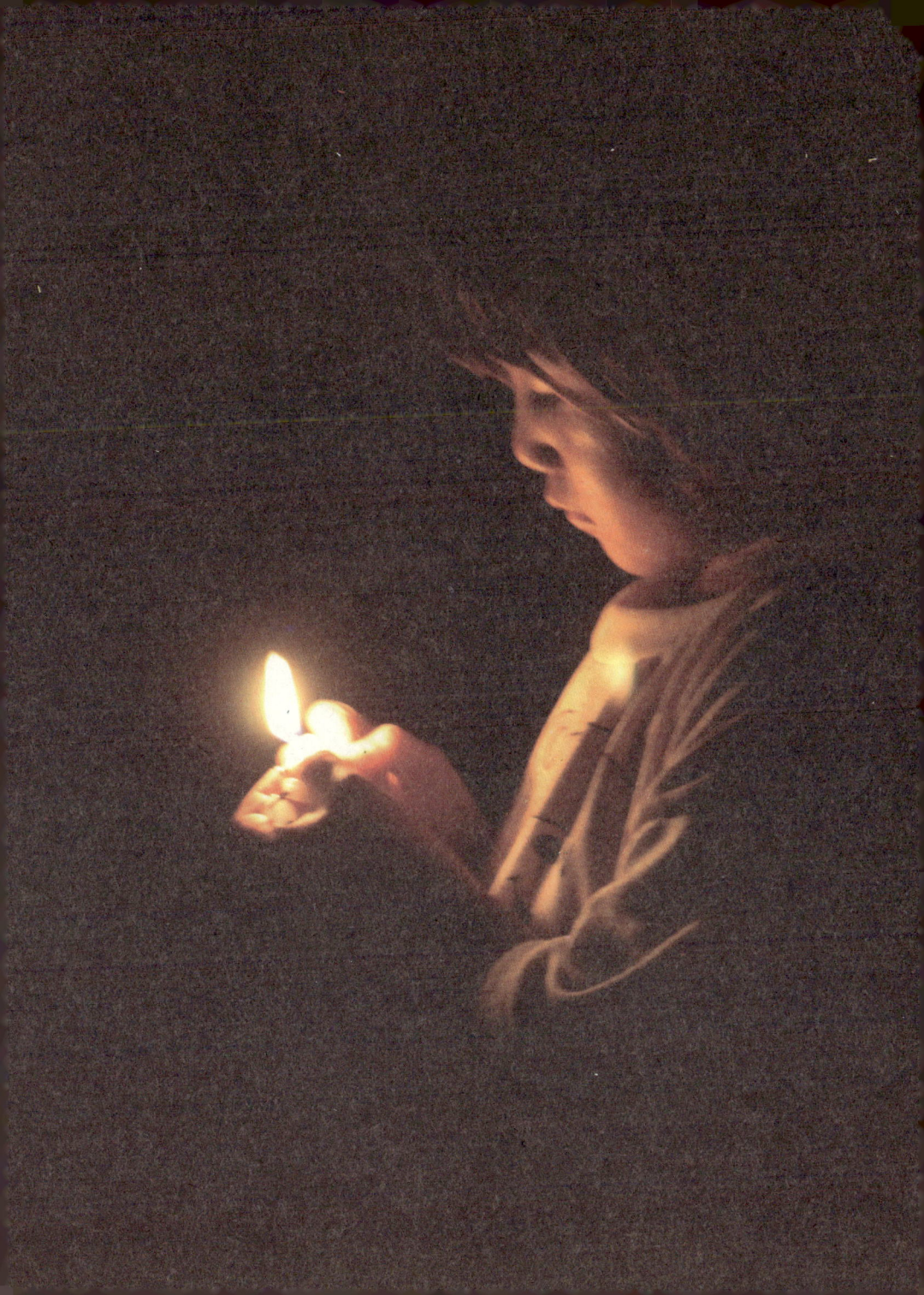

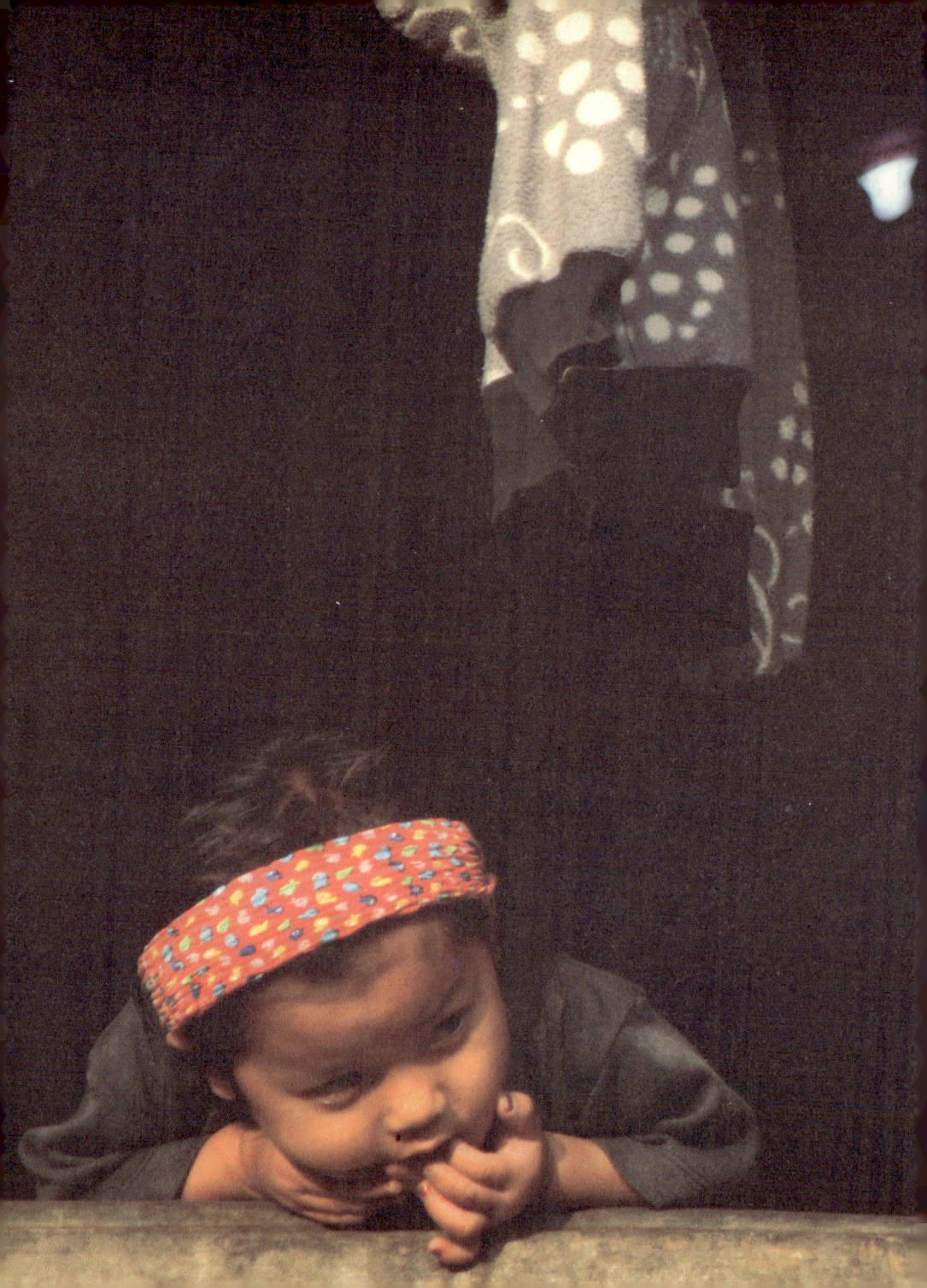

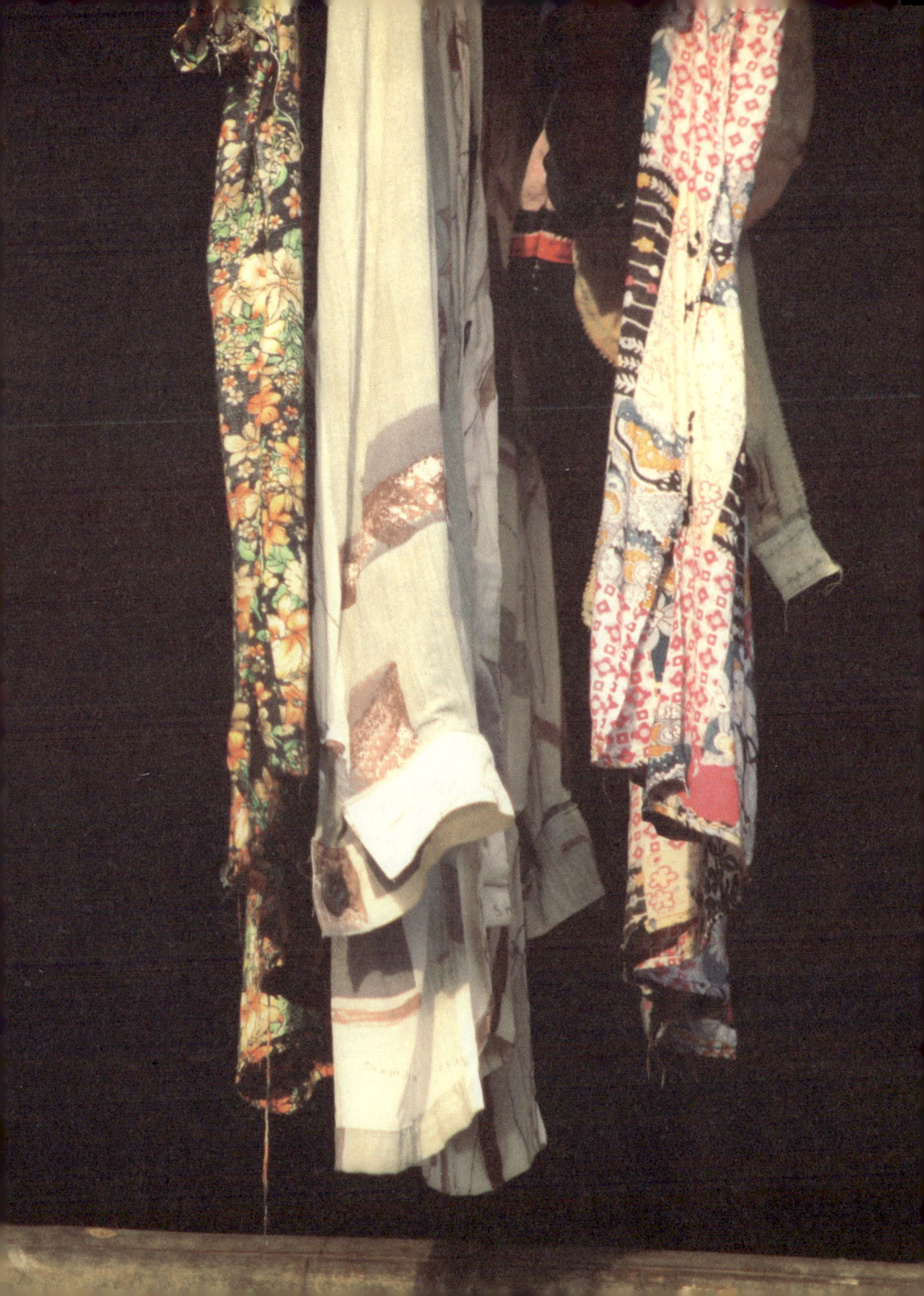

아이들이 다 돌아가 버린 공터에도 어둠이 내렸습니다. 그런데 아직도 아이들이 떠드는 소리가 남아 귀를 때립니다. 어쩌면 그 소리는 사시사철 무르팍이 깨져 있던 내 유년의 기억 속에서 솟구쳐 오르는지도 모르겠습니다. 어둑해진 골목길을 걸으며 장사익의 노래를 불러 봅니다.

삼식아, 아, 삼식아
아, 워디 갔다 이제 오는겨~
쟤 손 좀 봐요 새까만 게 까마귀가 보면
할아버지~ 하것어
빨리 들어가 손 씻고 밥 먹고 공부 좀 혀~
아, 나 못 살어~~~ 삼식아!

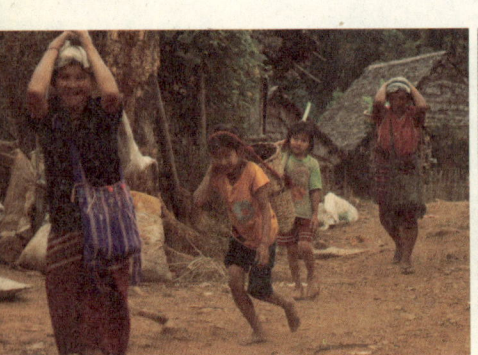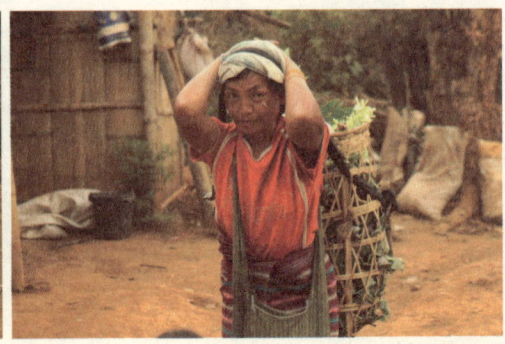

바구니 가득 짐을 담은 어른과 아이들. 표정이 밝다.

148

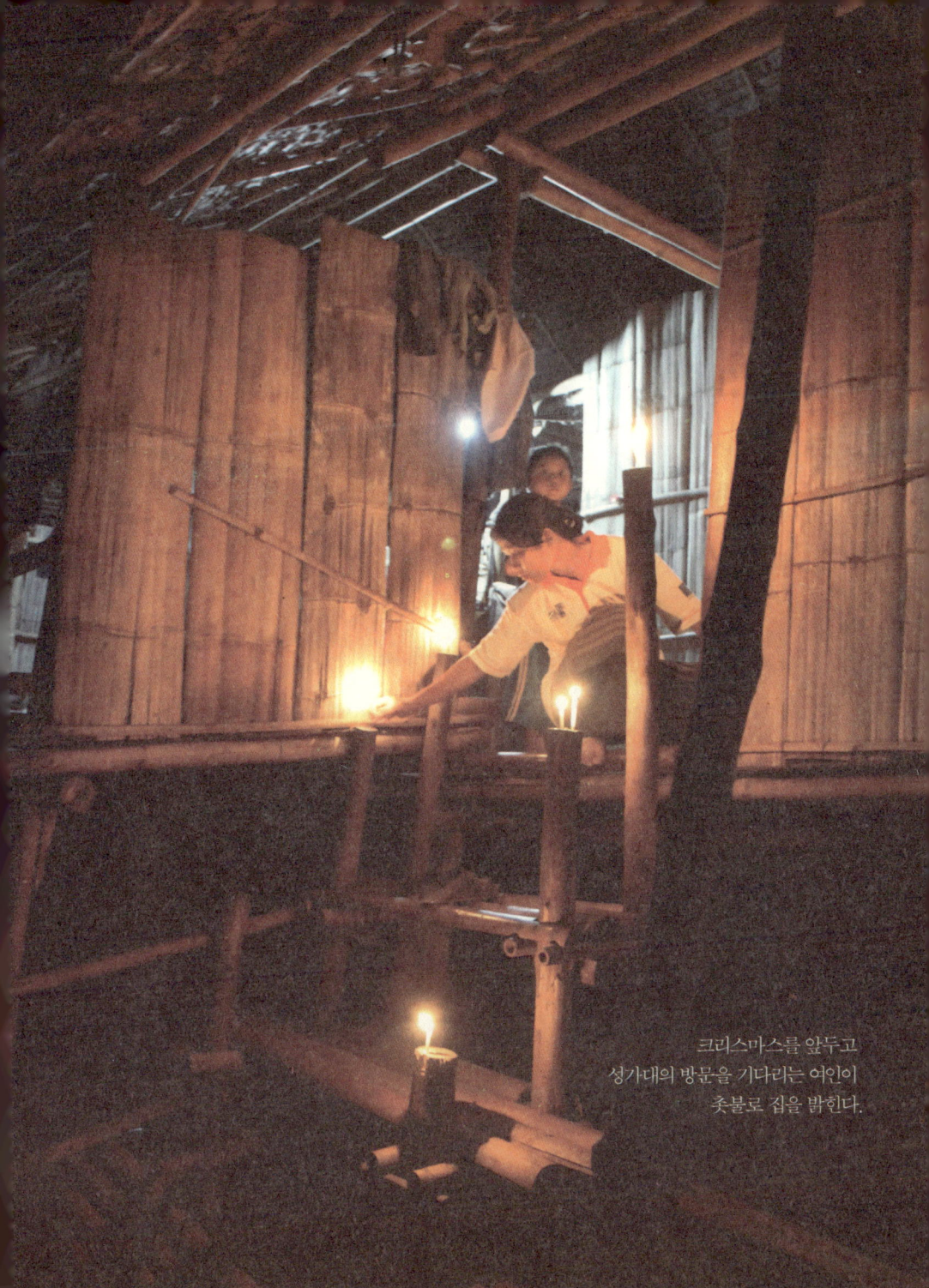

크리스마스를 앞두고
성가대의 방문을 기다리는 여인이
촛불로 집을 밝힌다.

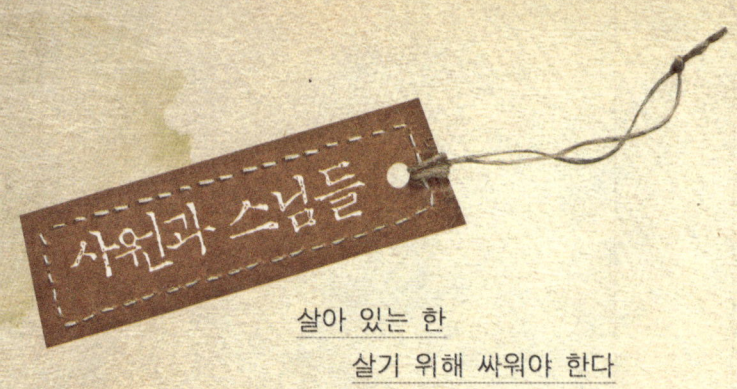

사원과 스님들

살아 있는 한
살기 위해 싸워야 한다

샤프란 혁명, 소리 없는 아우성

샤프란 saffron. 한국의 주부들에게 '샤프란'을 아느냐고 물으면 대부분 빨래할 때 쓰는 섬유유연제의 이름이라고 말할 것입니다. 더러 '샤프란'이 식물 이름이란 것을 아는 경우도 있을 것입니다.

미얀마에서 샤프란은, 스님을 상징하는 단어입니다. 스님들의 승복이 샤프란의 선황색鮮黃色이기 때문입니다. 실제는 그보다 더 진한 색이지만 말입니다. 2007년 9월 미얀마의 스님들이 군부 독재의 인권 탄압과 연료보조금 제도 폐지 등에 항거해 대규모 시위를 벌였고 그로 인해 수많은 스님들이 살상당하고 구금되거나 국외로 망명하는 사건이 발생했는데, 이를 '샤프란 혁명'이라고 합니다.

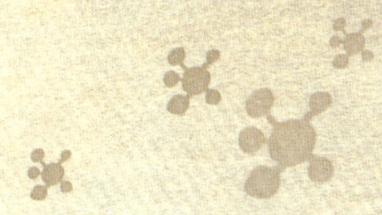

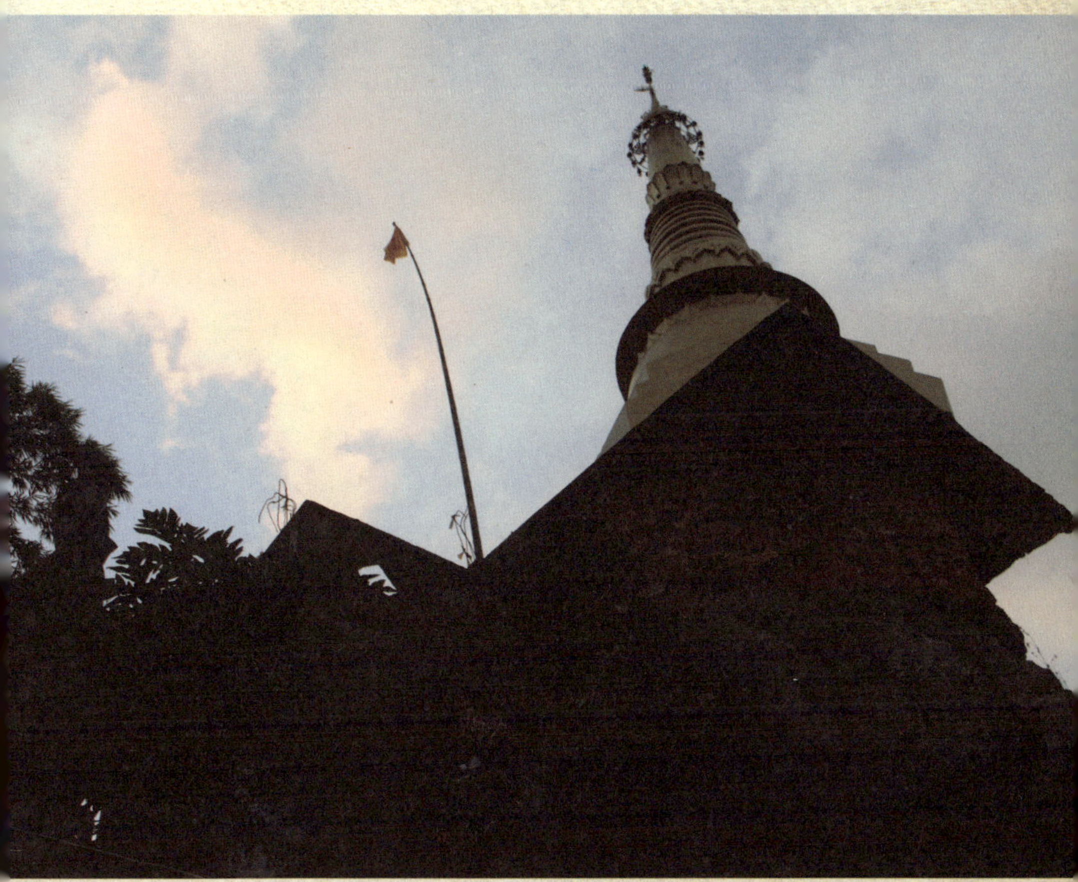

누포캠프 안쪽에 위치한 데마두카 사원

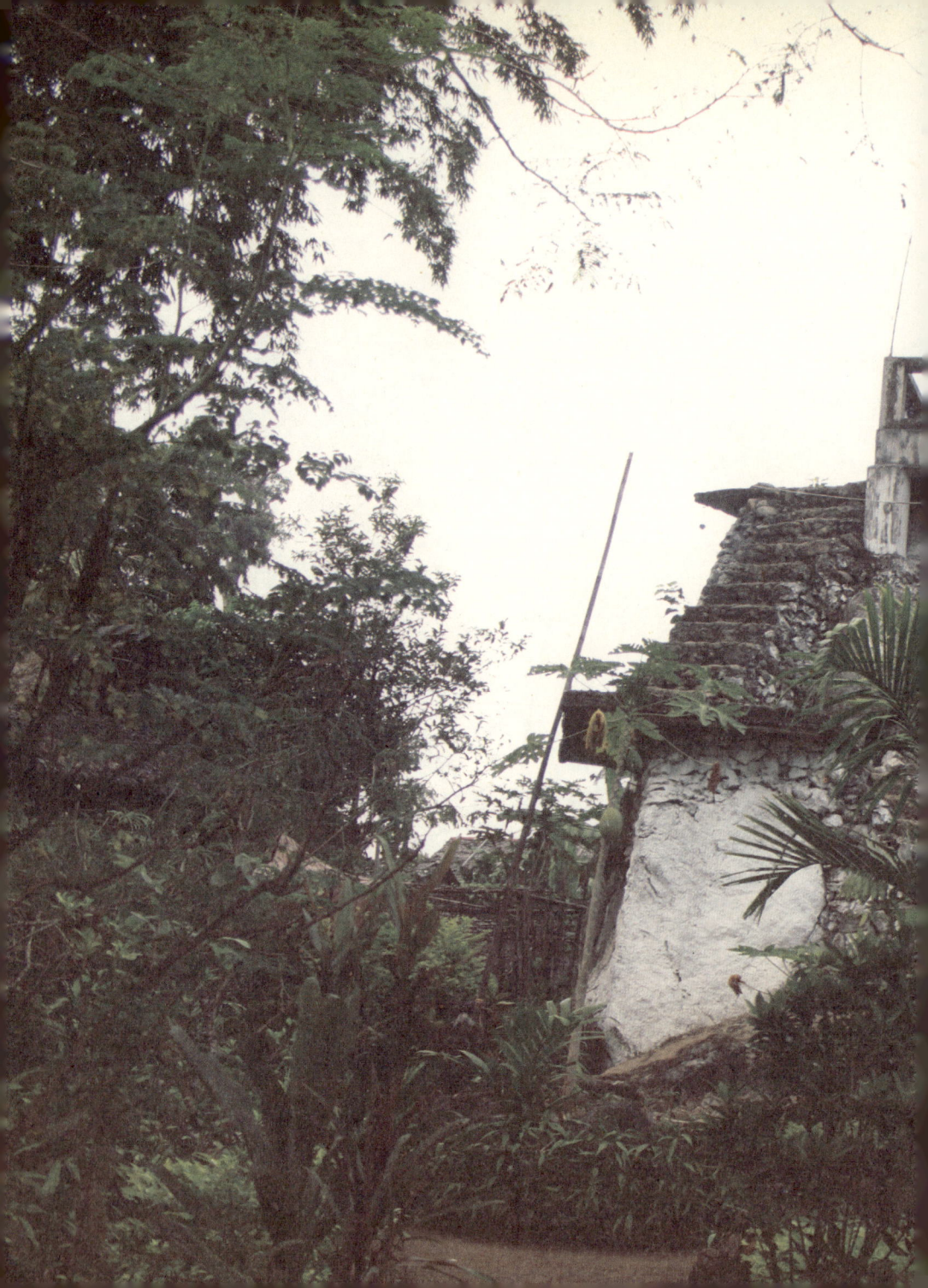

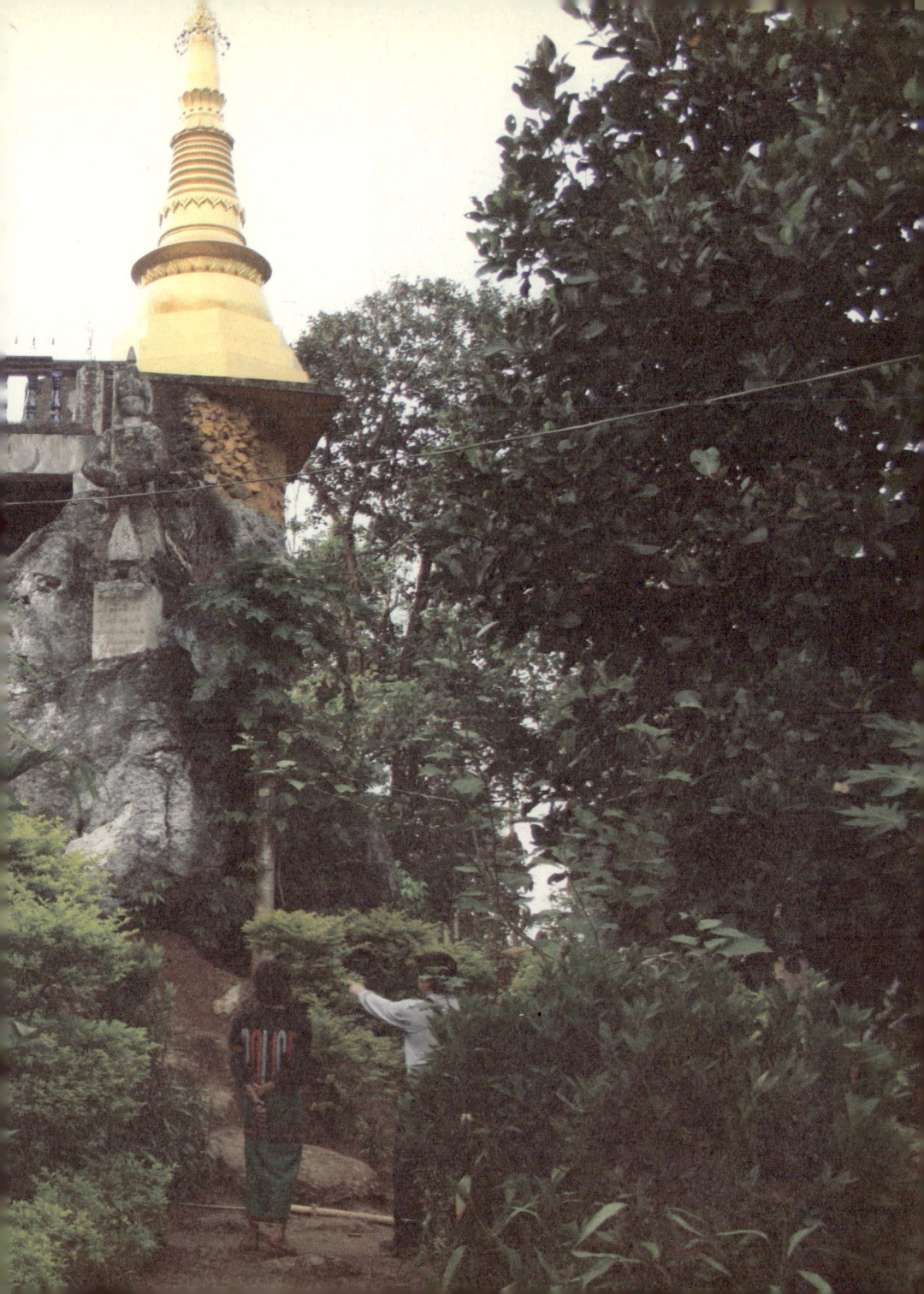

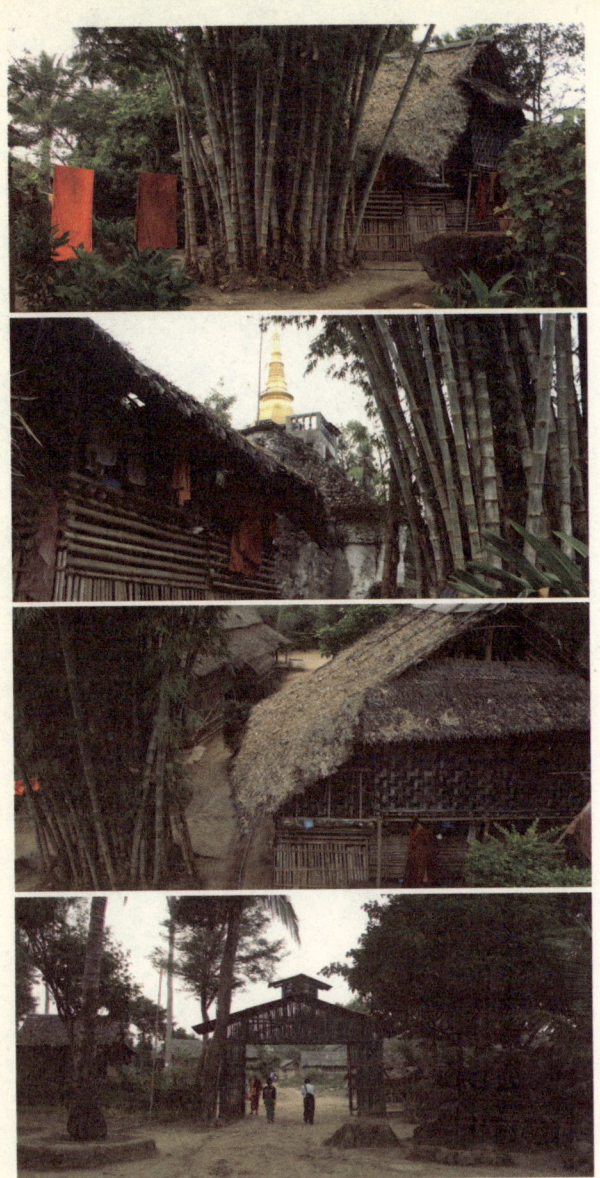

사원도 대나무로 지었다.
스님들은 명상과 경전공부를 하며 고아들을 돌보기도 한다.

샤프란 혁명은 미얀마에서 사회적으로 존경의 대상인 스님들이 대규모로 떨쳐 일어났다는 점에서 미얀마 불교계가 주도하는 민주화운동의 상징이 되었습니다. 그래서 불교계 스님들의 움직임은 감시의 대상이 되었고 군부에 대항하는 기미가 보이면 가차 없이 체포해 중형을 내리는 등 크고 작은 탄압이 이어지고 있습니다. 이런 일이 생기면 언론에서는 '제2의 샤프란 혁명'을 사전에 차단하기 위해 군부가 민감하게 받아들인다고 보도합니다.

누포캠프에는 7개의 사원이 있습니다. 사원마다 적게는 7명에서 많게는 20여 명의 스님들이 생활하고 있습니다. 캠프에 사는 스님은 모두 130여 명입니다. 새벽 5시 30분 하늘을 가득 채우는 독경소리가 어느 사원에서 나오는지는 알 수 없지만 한 사원에서 스피커를 통해 독경소리를 캠프에 전하는 것입니다.

7개의 사원에서 생활하는 스님들 가운데는 2007년 '샤프란 혁명'에서 시위를 주도하며 적극 가담했던 분도 있고 승단에 대한 탄압을 견디지 못하고 캠프로 들어온 분도 있습니다. 사원은 일반 사람들의 가옥과 다를 것 없이 대나무로 지어졌고 불상을 모시고 탱화를 모신 법당과 스님들의 수행과 생활 공간이 나누어져 있습니다.

아이들을 위한 학교가 필요해요

캠프의 서쪽 끝, 미얀마 국경으로 통하는 길 옆에 사원이 하나 있습니다. 절의 이름은 '붓다 타타나 예따 샤프란Buddha Tha Tana Yeiktha Saffron'입니다. 올해 77세인 우 뚜리아U Thuriya 노스님과 57세인 우 오바다U Aw Bar Tha 스님이 10여 명의 젊은 스님들과 함께 수행하는 곳입니다. 스님들의 이름 앞에 붙는 '우·U'는 존칭입니다.

사원으로 찾아갑니다. 캠프의 사원들에 대해서도 어떤 방법으로든 지원을 하기 위해서입니다. 검은 뿔테 안경을 쓰신 뚜리아 노스님이 영어를 하여 대화가 가능합니다.

"안녕하십니까? 저희는 한국의 시인이고 기행작가인데 이 캠프를 취재하고 도울 수 있는 길을 모색하고자 합니다."

"네, 그렇군요. 이곳의 사람들과 정황을 한국의 국민들에게 생생하게 전달해 주시기 바랍니다. 제발 부탁드립니다. 여기 계신 분이 이 절의 지도자(주지)인 오바다 스님입니다."

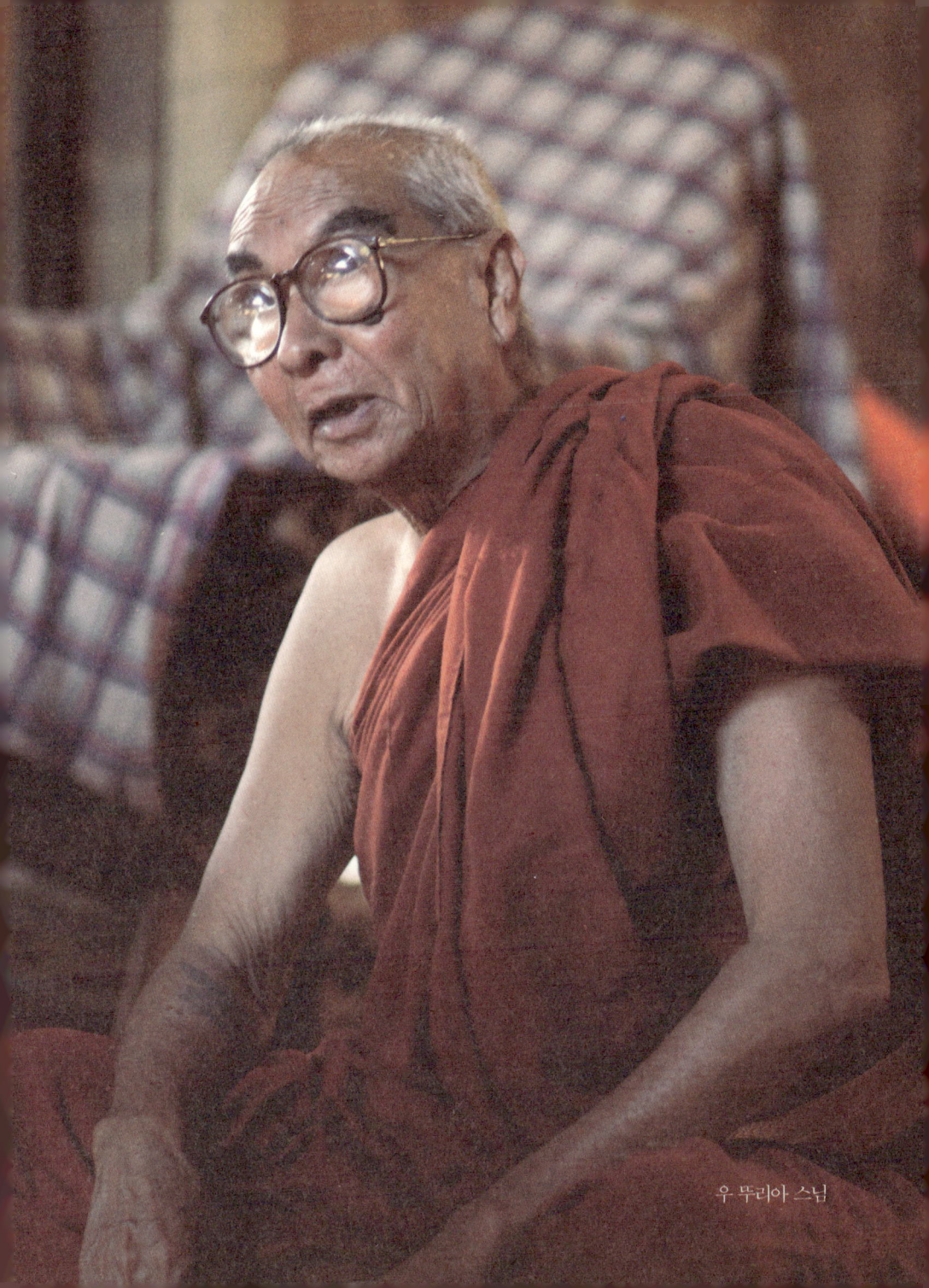

우 뚜리아 스님

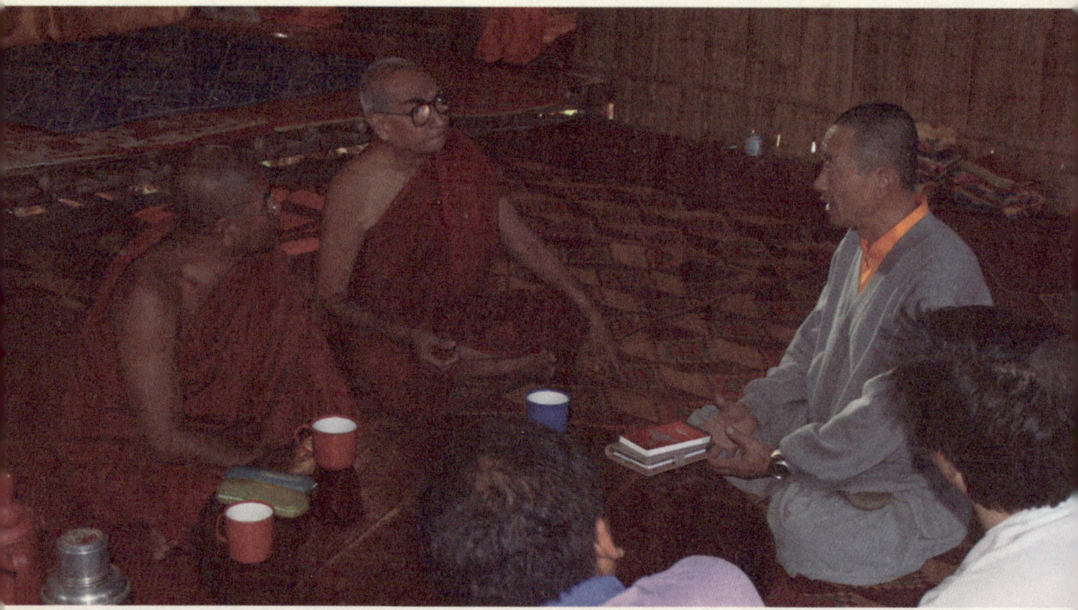

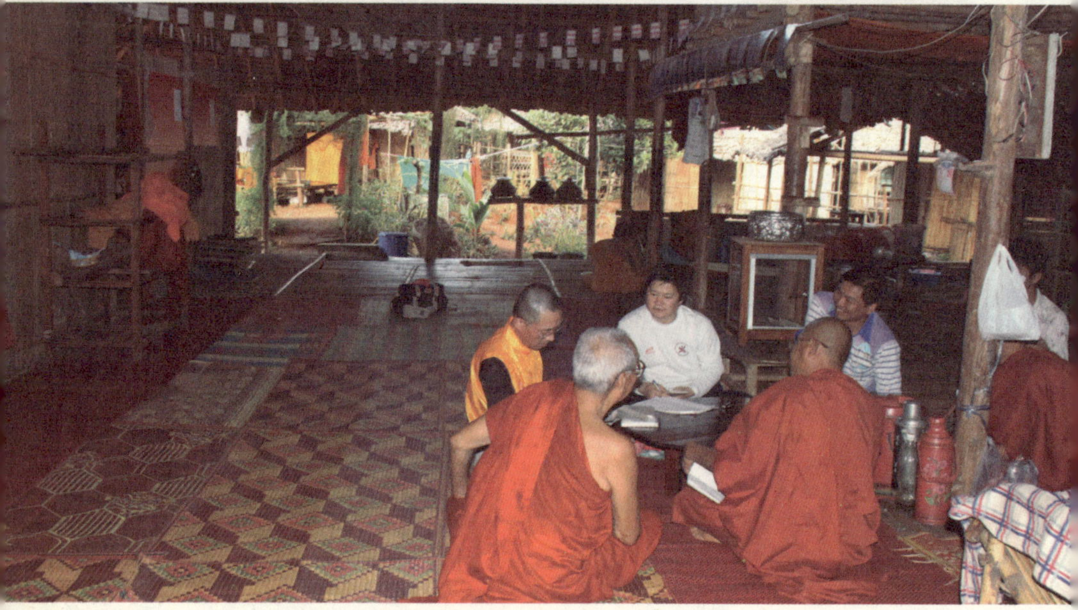

오바다 스님은 인상이 좀 강한 편입니다. 그 구릿빛 얼굴에서 풍기는 강한 이미지가 샤프란 혁명의 소리 없는 아우성을 닮았다는 것은 대화를 나누면서 알게 됩니다.

"찾아와 주셔서 감사합니다. 저는 스님이 된 지 17년 되었습니다. 이곳의 사원들은 어려움이 많습니다. 주민들의 어려움이 저러하니 우리도 감수하고 있고요. 우리가 주민들을 위해 뭔가 하려 해도 아무런 준비가 되어 있지 않아서 말입니다. 오히려 불자들이 조금씩 협조를 해서 이렇게 사원을 지을 수 있었습니다. 이제 저늘을 위해 일을 해야 하는데, 특별히 할 것이 없습니다. 난민촌에는 많은 문제가 있지만, 가장 시급한 것이 아이들 교육 문제입니다. 그래서 우리도 학교를 하나 짓고 싶습니다. 아이들에게 언어를 가르치고 불교를 가르치는 학교를요."

"그 원력이 이루어지도록, 한국의 불자들이 힘을 보태도록 저희가 나서 보겠습니다. 오바다 스님께서는 언제 이곳에 오셨는지요?"

스님은 자신의 지난날에 대한 질문을 받고 잠시 허공을 응시합니다. 법당에 침묵이 흐르는 짧은 시간, 오바다 스님이 가사를 고쳐 입으며 앉음새를 꼿꼿이 합니다.

"저는 2007년 12월, 이곳에 왔습니다. 아시겠지만 그해 9월 5일부터 미얀마에서는 많은 스님들이 시위에 참가했습니다. 10만 명 이상인 것으로 압니다. 당시 150여 명의 스님들이 총을 맞고 군화에 짓밟혀 죽었습니다. 3000명 이상이 감옥에 갇혔고 무수한 스님들이 국경을 넘어 태국과 인근 국가로 망명했습니다."

"스님도 그 시위에 동참하셨나요?"

"물론입니다. 여기를 좀 보세요."

스님은 머리를 숙여 뒤쪽을 보여주었습니다. 깊은 상처자국이 보였습니다.

"이 상처는 군인들이 소총 개머리판으로 찍어서 생긴 겁니다. 이 충격으로 지금도 잘 들리지 않습니다."

"시위에 참가한 이유는 무엇입니까?"

"큰 안목에서 볼 때 스님들의 시위는 군사정부가 너무나 많은 국민을, 너무나 많은 학생들을 죽였기 때문에 발생했습니다. 미얀마 국민들은 화가 많이 났고 스님들도 분노를 금할 수 없었습니다. 특히 스님들에 대한 모욕과 폭력행사를 묵과할 수 없었습니다. 그런 면에서 미얀마 국민들도 모두가 울분을 참지 못했지요."

오바다 스님은 떠올리기 싫은 악몽이어서인지 그때 상황을 개괄적으로 설명하고 지금 당장 필요한 것들이 너무 많다는 점을 강조합니다. '스님들에 대한 모욕과 폭력'이란 2007년 샤프란 혁명의 기폭제가 된 '포쿠코 승려 폭행 사건'을 말하는 것 같습니다.

그해 9월 5일 정부의 연료보조금제도 폐지 등에 항의하는 평화시위대를 군정은 무참히 짓밟았습니다. 스님들도 상당수 시위에 가담했고 폭력을 당했습니다. 3명의 스님이 군인들에게 붙잡혀 가서 폭행과 조롱을 당했는데, 소총 개머리판으로 무수히 맞고 승복이 다 벗겨진 채로 풀려났습니다.

전통적으로 존경과 예우의 대상이었던 스님에 대한 군정의 폭행과 모욕은 승단과 국민들의 분노를 폭발시키기에 충분했습니다. 이로 인해 많은 스님들이 시위에 뛰어들었고, 샤프란 혁명이라는 이름으로 명명되고 있는 것입니다.

"학교를 지어야 합니다. 어린이 교육에 사원이 앞장서야 합니다. 병원도 필요하지만 우선 학교를 통해 교육을 시키면서 아이들의 위생을 점검할 수 있고 병도 예방할수 있을 거라고 봅니다. 미래를 위해 아이들에게 컴퓨터도 가르쳐야 합니다. 이 사원 옆의 부지에 학교를 지을 수 있고, 이미 20여 명의 어린이들을 돌보고 있습니다. 이 사원을 지을 때 캠프에 사는 사람들이 정성을 모았기 때문에 학교 짓는 일에 다시 시주를 요구할 수는 없습니다. 다만 그들이 자발적으로 시주하는 것을 이렇게 모으고 있습니다."

그러고 보니 내가 앉은 자리 바로 뒤에 사각형의 아크릴 불전함이 하나 놓여 있고 그 바닥에 지폐 몇 장과 동전들이 들어 있습니다. 나는 지갑에서 20달러짜리 지폐한 장을 꺼내 접어서 넣고 합장을 합니다. 스님들의 원력이 이루어지시길……

오바다 스님의 우직한 풍모 속에 드리워진 고통의 시간을 생각합니다. 그 시간은 과거완료형이 아닙니다. 살아 있는 한 살기 위해 싸워야 하는 현재진행형일 뿐입니다. 샤프란 혁명의 현장에서 개머리판에 머리가 깨지는 고통을 당해야 했던 스님의 시간을 생각하다가 내 기억 속의 장면 하나를 떠올립니다. 최루탄 자욱한 교문 앞에서 스크럼을 짜고 '산 자여 따르라'를 목 놓아 부르던 친구들은 지금 어디서 무엇을 하고 있으려나.

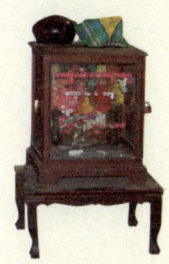

수행 전통 유지하며 돌아갈 날 기다려

캠프의 남쪽 끝에 위치한 또 하나의 사원으로 발길을 옮깁니다. 데 마 두카De ma Dhuka 사원입니다. 14명의 스님들이 수행하고 있는 곳입니다. 절 마당에 우뚝 솟은 바위가 있고 그 위에 탑이 하나 세워져 있습니다. 좁은 계단을 따라 올라가 보니 캠프의 집과 길들이 잘 보입니다. 법당에서 이 절의 살림을 총괄하는 우 캐마 사라U Kema Sara 스님에게 이 사원에 대해 듣습니다.

"데 마 두카는 1997년 누포캠프가 설립될 때 함께 세워졌습니다. 당시에는 아주 작은 규모였지만 점차 스님들이 늘어나고 집도 더 지었습니다. 무엇보다 지난해 영봉 스님이 전해준 한국 불자들의 지원금에 크게 힘입어 새로운 법당을 지었습니다. 매우 감사드립니다. 한국 불자들에게 꼭 전해 주시기 바랍니다."

정중히 합장을 하고 사의를 표한 캐마 사라 스님이 사원의 하루 일과를 소개합니다.

"우리는 새벽 4시에 일어나서 청소와 세수를 하고 곧바로 기도와 명상에 들어갑니다. 1시간쯤 명상한 뒤 아침식사를 하는데 죽을 끓여 먹는 경우가 많습니다. 오전 9시경에 각자 운동을 하고 공부도 합니다. 그리고 정오 이전에 먹는 것을 모두 마치

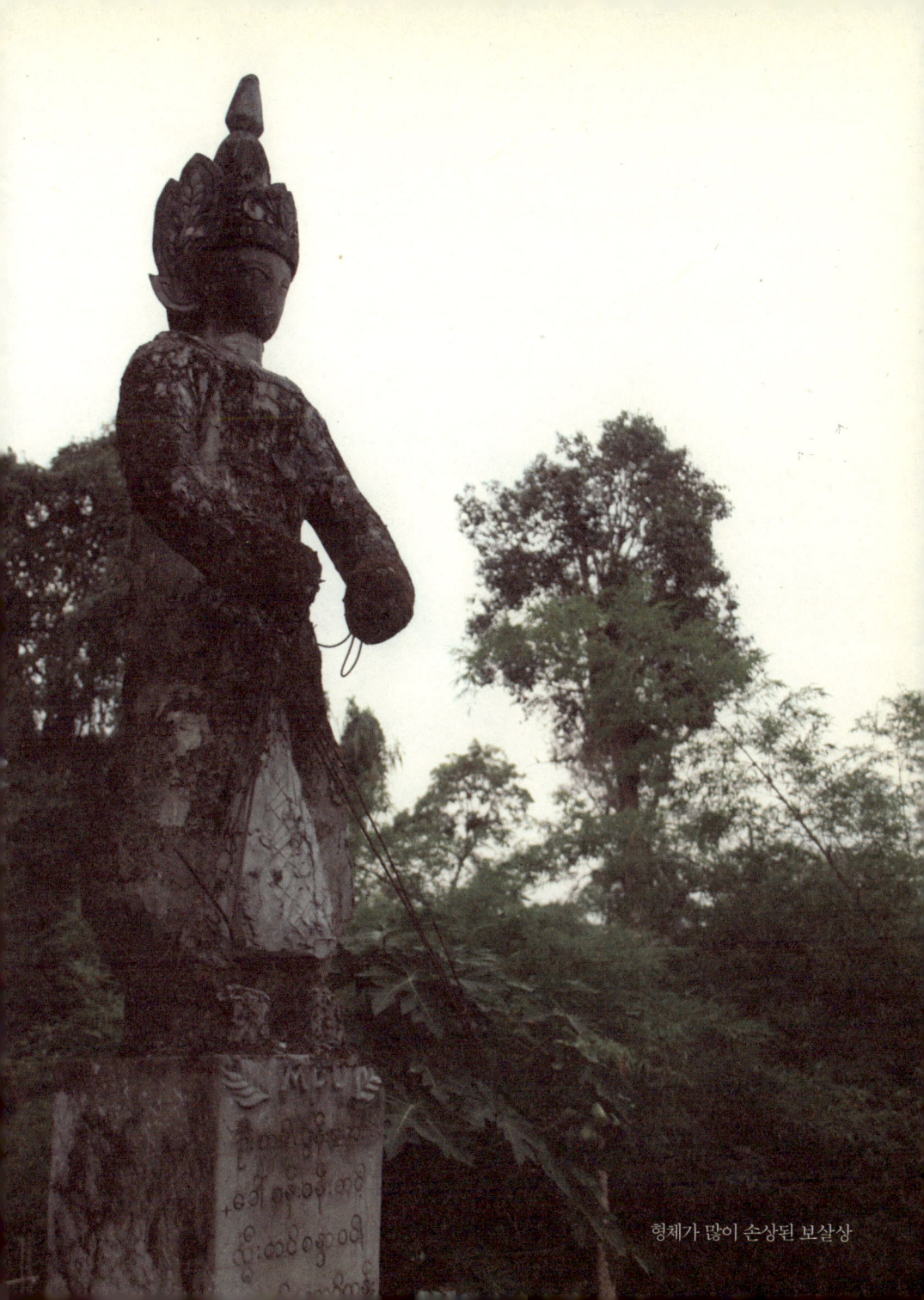

형체가 많이 손상된 보살상

고 오후에는 먹지 않습니다. 오후 시간은 경전 공부와 명상으로 이어지는데, 단체로 할 때도 있고 개인적으로 할 때도 있습니다."

비교적 짜임새 있는 생활을 한다는 스님의 말씀은 잘 정돈된 법당 분위기나 말끔하게 청소된 사원 구석구석의 분위기에서 충분히 읽을 수 있습니다. 스님에게 지금 가장 소망하는 것이 무엇이냐는 우문을 던져 봅니다.

"지금 사원 밖에서 어린이학교를 운영하고 있는데 어려움이 많습니다. 그 문제가 점차 해결되기를 바라고, 가장 근원적으로 바라는 것은 매일매일에 충실하다가 미얀마로 돌아가는 것입니다. 우리는 우리의 나라로 돌아가 민주화된 세상에 살기 위해 아이들을 가르치고 우리 자신의 수행을 게을리하지 않는 것입니다."

법당을 나와 새로 지은 건물을 둘러봅니다. 정사각형의 새 법당은 캠프에서 가장 잘 지은 건물이 아닐까 싶습니다. 2m 정도의 높이로 벽돌담을 두르고 그 위에 대나무로 엮은 가림막으로 벽을 삼았습니다. 굵은 나무 기둥이 쓰였고 지붕은 양철판으로 덮었습니다.

법당 바닥은 타일을 깔았고 불단에는 보리수와 사슴들이 그려진 뒷그림 앞에 정진하는 부처님상이 모셔져 있습니다. 이 법당에서 사원의 대중스님들은 기도를 올리고 명상을 합니다. 주지인 우 핀냐U Pyin Nye 스님이 한 번 더 강조하십니다.

"이렇게 훌륭한 법당을 짓도록 도움을 준 한국의 불자님들께 진심으로 감사드립니다. 꼭 전해 주시기 바랍니다."

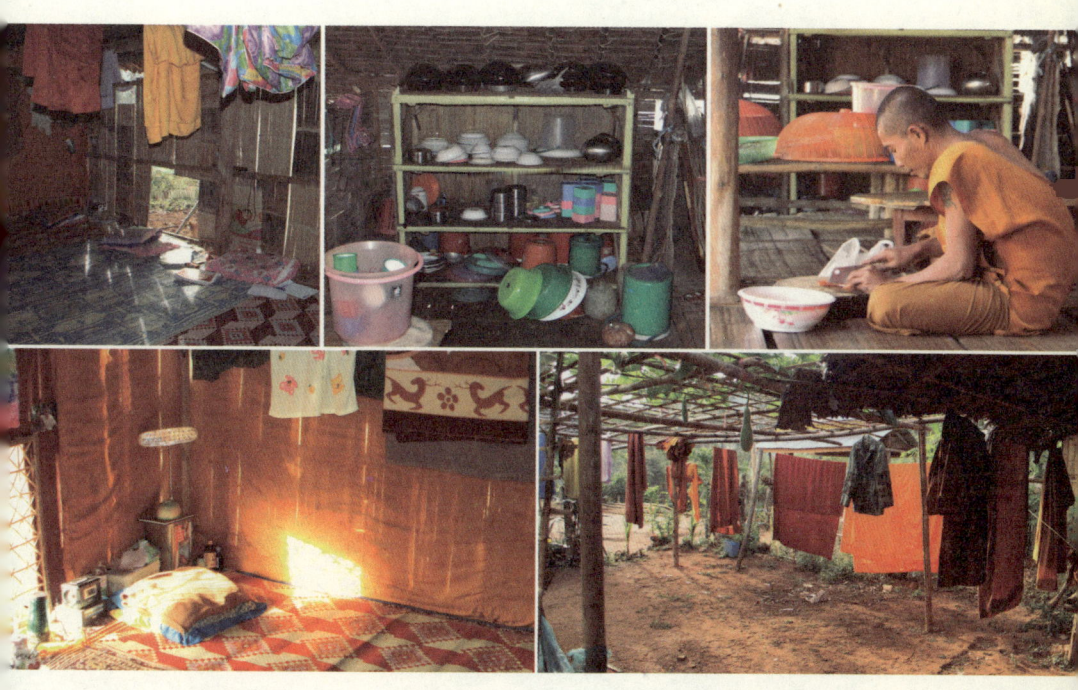

사원의 어느 곳도
특별하지는 않지만
스님들의 생활은 수행 그 자체다.

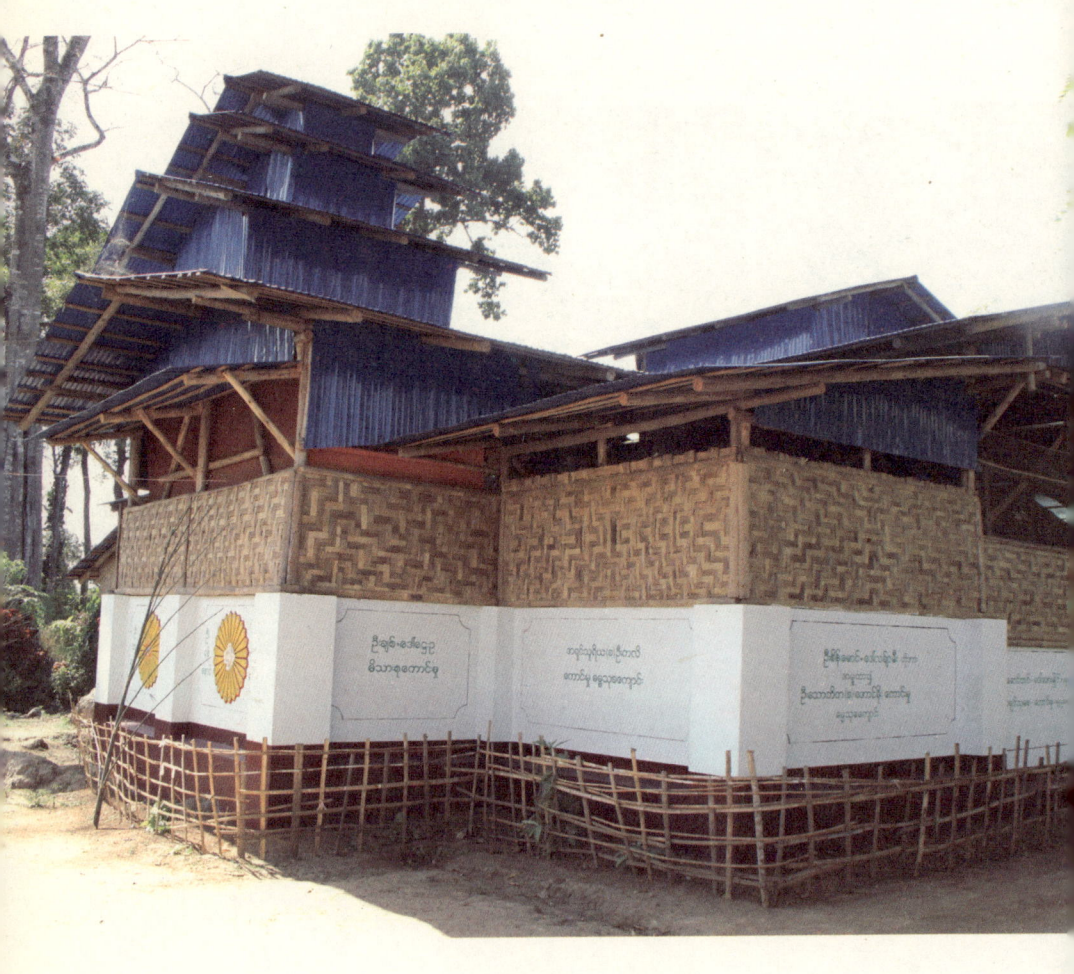

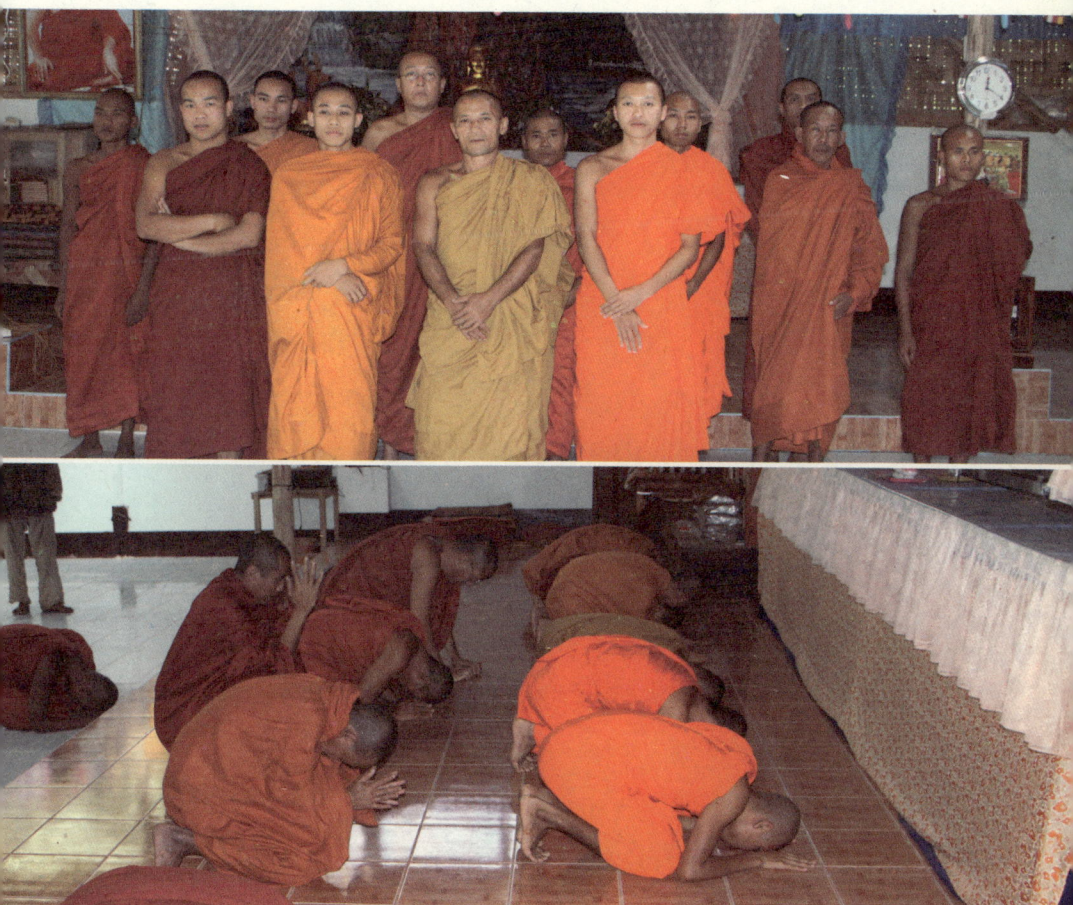

◁ 한국 불자들의 성금으로 지어진 법당 모습   ▷데마두카 사원의 스님들

최소한의 조건, 그것조차 어려워

오후에 두 사원을 방문하고 난 뒤부터 가슴이 답답해집니다. 스님들이 어린이들을 위한 학교를 짓는 것에 원력을 세우는 이유를 짐작하기 때문입니다. 아주 현실적인 이유들입니다. 어린이들을 위한 학교를 운영하면 캠프 안으로 들어오는 여러 형태의 지원에서 우선순위가 될 것이란 짐작입니다.

그리고 스님들과의 대화에서 이심전심으로 알아들은 이유는, 캠프에 들어오는 기독교계의 선교 바람을 막기 위해서는 사원에서 학교를 운영할 수밖에 없다는 것입니다. 누포캠프에 있는 사원과 불교중학교에 대한 집중적이고 지속적인 지원이 필요하고 그를 위해 앞으로 무엇을 해야 할 것인지에 대한 진지한 고민이 필요합니다.

다음 날 아침 이른 시간에 두 명의 청년이 찾아와 오바다 스님의 편지를 전해 주고 갑니다. A4 용지 한 장을 가득 채운 편지입니다. 전날 만남에서 뭔가 할 말씀을 다 못한 아쉬움이 있었나 봅니다. 그 아쉬움의 크기는 스님과 사원에 현실적으로 가장 절박한 문제의 크기와 같을 것입니다.

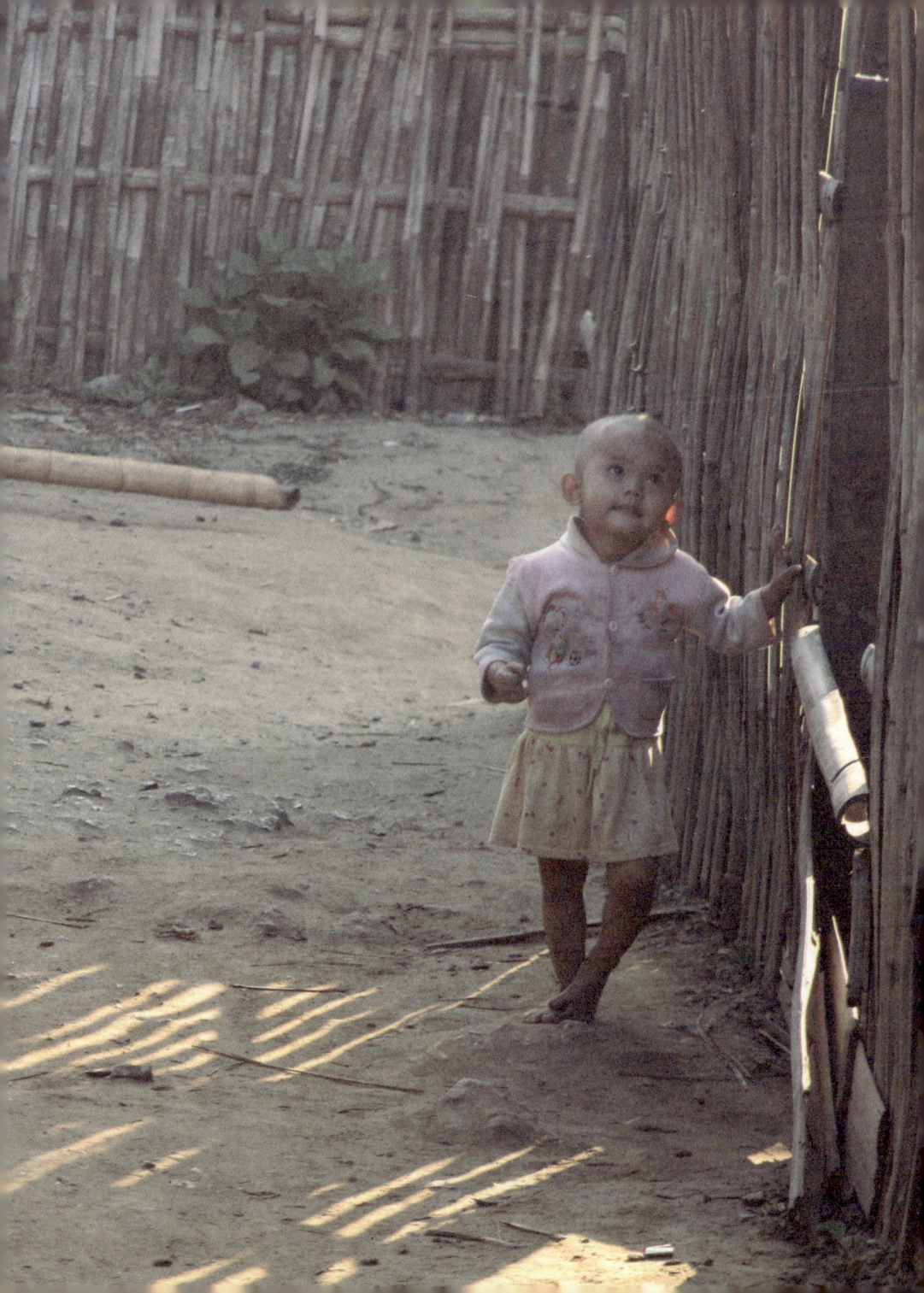

My Dear Young Barma Monk,

I am U Aw Bar Tha, my age is 57. Monk service is 17 years. I am the Abbot of this monastery. I was also a Abbot at Bago. In 1988 Political affairs. I was arrested and sentenced to 3, years in Jail. In the interrogation centre I was tortured very heavily within 6. months. The damage I suffer had been taking treatment up to this date. In the year 2007, in September, during the suffron revolution as a leader I was demostrationed. Military soldiers hit all the demostrator. By the help of public I get free from the hand of military soldiers. During October and November, military soldiers raided and sealed the monasteries. I fled to Thailand. I arrived Maesot on 5th December 2007. By the help of UNHCR I entered legally to Nu Poe refugee camp. Including U Gambira and about 250 monks have been sentenced long terms in the jail. Luckly with difficulty I had constructed this monastery with donation from the refugee. In fact, I have no money. Now, I am looking after about 20 monks in this monastery. I can't give sufficient necessities for all the monks. I am as a leader of the monk as well as leader of the political affairs. I wanted to give them all the need but I am affraid. I can't fulfil their requirements. I am now trying my best and looking for some friends who can help me. I now wanded to build school for the refugee childrens I want to build library room, computer room, and furniture, and a clinic and also one internet. I would like to request you to give me certain amount of money so that I will be very happy If you will help me. I am now looking after 20 childrens for their education.

Yours Sincerely,

(U Aw Bar Tha)
Thatthana Yeikta Kyaung
(suffron) Monastery.

Email address - awbar 2 @
gmail. Com
awbar 2010 @ gmail.
Com

170

안녕하십니까?

어제 만났던 오바다입니다. 올해 57세이고 17년째 승려생활을 하고 있습니다. 저는 이 사원의 원장이고, 바쿠Baqo의 수도원장을 지내기도 했습니다. 1988년도의 정치적 혼란기에 3년간 감옥생활을 했습니다. 혹독한 고문을 6개월 동안이나 받았고 그 충격으로 지금도 잘 듣지 못합니다.

2007년 9월, 샤프란 혁명 때 저는 지도자로서 힌 번 더 일어섰습니다. 하지만 군인들의 제지를 받아야 했습니다. 군인들은 시위대를 무차별 진압했습니다. 군인들에게 잡혔던 저는 다행히도 시민들의 도움으로 풀려날 수 있었습니다. 10월과 11월에는 군인들이 제가 머무는 사원에 쳐들어왔습니다. 그래서 저는 태국으로 갔습니다. 2007년 12월 메솟에 도착했고 유엔난민기구의 도움으로 이곳 누포캠프에 오게 되었습니다.

지금도 우 감비라(U Gambira, 이 스님은 샤프란 혁명을 주도했다가 체포됐으며 무려 63년 형을 선고 받고 현재 미얀마 북부 시가일 지역에서 복역 중)와 1250명의 스님들이 긴 시간의 형을 받고 있습니다. 다행히도, 저는 힘들지만 난민들의 기부금(시주)으로 이 절을 세웠습니다. 하지만 지금은 터무니없이 부족합니다.

저는 지금 120명 정도의 스님들을 보살피고 있습니다. 하지만 지금 상태로는 이 스님들에게 꼭 필요한 물품조차 제공하지 못하고 있습니다. 이 스님들의 대표이자 지도자로서, 이 정부의 바른 길을 제시하는 한 중생으로서 이 스님들에게 필요한 최소한의 조건을 제공하고 싶지만 힘든 상황입니다.

저는 저를 도와줄 벗들을 찾고 있습니다. 난민들을 위한 학교를 세우려고 합니다. 도서관과 컴퓨터실과 양호실을 갖춘 학교를 세우고 싶습니다. 스님께서 저를 도와주실 수 있다면 아주 고맙겠습니다. 이미 저는 20명의 아이들을 돌보고 있습니다.

감사합니다.

(번역 : 음동수)

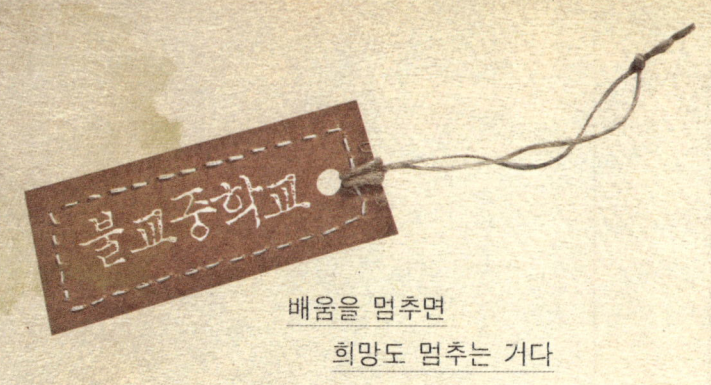

배움을 멈추면
희망도 멈추는 거다

교사도 먹어야 가르치죠

'Buddhist Mission Middle School Nu Poe.'

불교중학교는 누포캠프의 동쪽 야트막한 언덕에 있습니다. 네댓 개의 돼지우리를 지나 개울을 건너면 양철지붕을 올린 솟을대문에 학교를 알리는 현판이 달려 있습니다. 현판 위에는 유럽연합과 일본정부가 학교 건물을 짓는 데 지원했음을 알리는 안내판도 붙어 있습니다.

교실로 구성된 교사 2동과 법당 겸 교무실로 쓰는 건물이 하나 그리고 고아들의 기숙사 3동이 전부입니다. 물론 건물은 대나무를 엮어 만든 초라하고 낡은 것입니다. 운동장은 따로 없고 정문 앞에 농구코트가 하나 있는데 그게 제일 넓은 공터입니다. 학생들은 거기서 농구도 하고 축구도 하고 댄스를 배우기도 합니다.

172

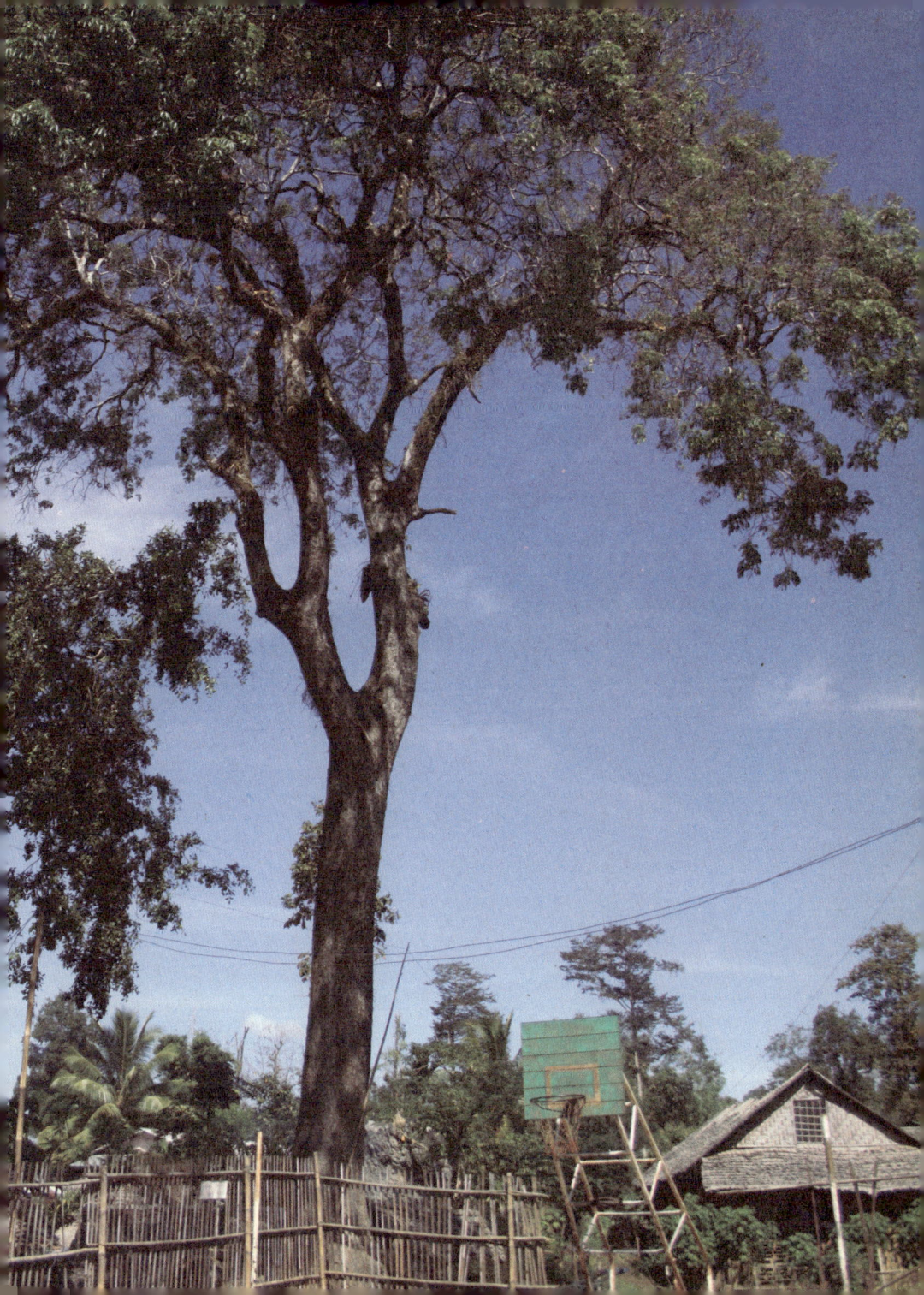

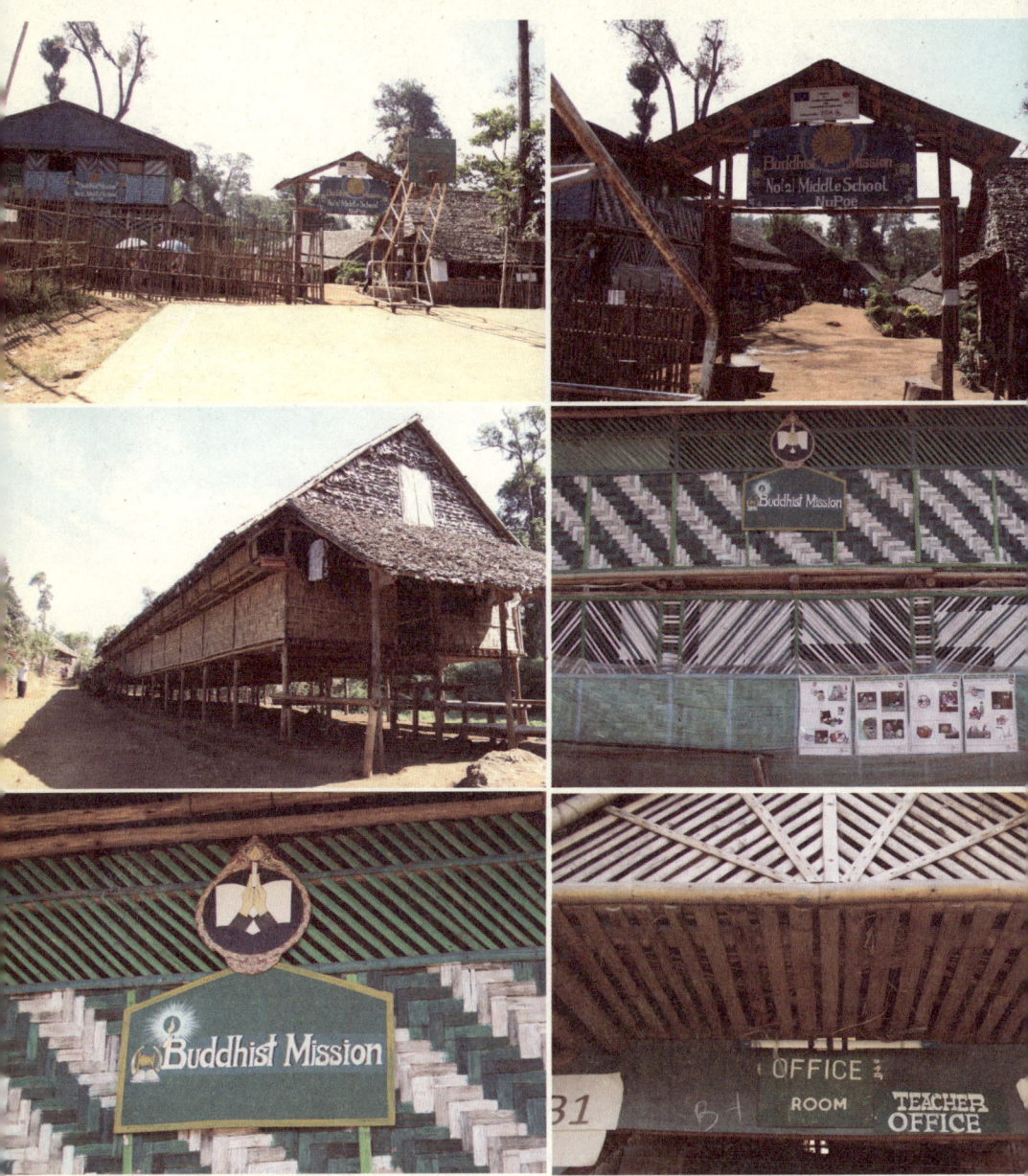

오후 2시. 살며시 학교 안으로 들어갑니다. 교실마다 수업을 하고 있습니다. 꽃들이 듬성듬성 피어 있는 화단은 깨끗하고, 군데군데 비닐봉지에 흙을 담아 채소를 한 포기씩 심어둔 것이 보입니다. 개울 건너 집에서 점심을 못 얻어먹은 돼지가 꽥꽥거리는 소리가 들리지만 소음으로 들리지는 않습니다.

교실 가까이 가니 선생님의 목소리가 들립니다. 학생들은 조용히 앉아 선생님을 주목하고 있습니다. 허술하기 이를 데 없는 벽의 윗부분을 통해 햇살이 강하게 들어옵니다. 교실은 지금 햇살의 폭우 속에서 가르치고 배우는 시간에 열중하고 있습니다. 얼굴을 디밀고 그 광경을 훔쳐보는 이방인의 얼굴에도 햇살이 쏟아집니다.

법당 겸 교무실로 쓰는 건물 안으로 들어갑니다. 교감이라고 자신을 소개하는 여선생님은 환갑이 가까워 보입니다.

"안녕하세요? 한국에서 왔습니다."

"네, 탓 나잉 선생님께 얘기 들었어요. 어서 오세요."

탓 나잉That Naing 선생님은 지난밤에 우리 숙소를 다녀갔습니다. 올해 55세인 그는 민주화운동 시위에 가담했다가 감옥생활을 했으며 13년 전 미얀마를 탈출해 누포캠프로 왔습니다. 아내와 자녀들은 미얀마에 살고 있는데 날마다 아이들 사진을 보며 다시 만날 날을 위해 기도한다고 했습니다.

3년 전 영봉 스님이 처음으로 누포캠프를 찾아왔을 때 탓 나잉 선생님이 스님을 찾아왔다고 합니다. 불교중학교가 있다는 사실에 고무된 스님은 어떻게 하면 학교를 도울 수 있느냐고 물었고, 그는 "스님, 교사들도 먹어야 가르칠 수 있지 않겠습니까?" 하며 깊은 한숨을 쉬었다고 합니다.

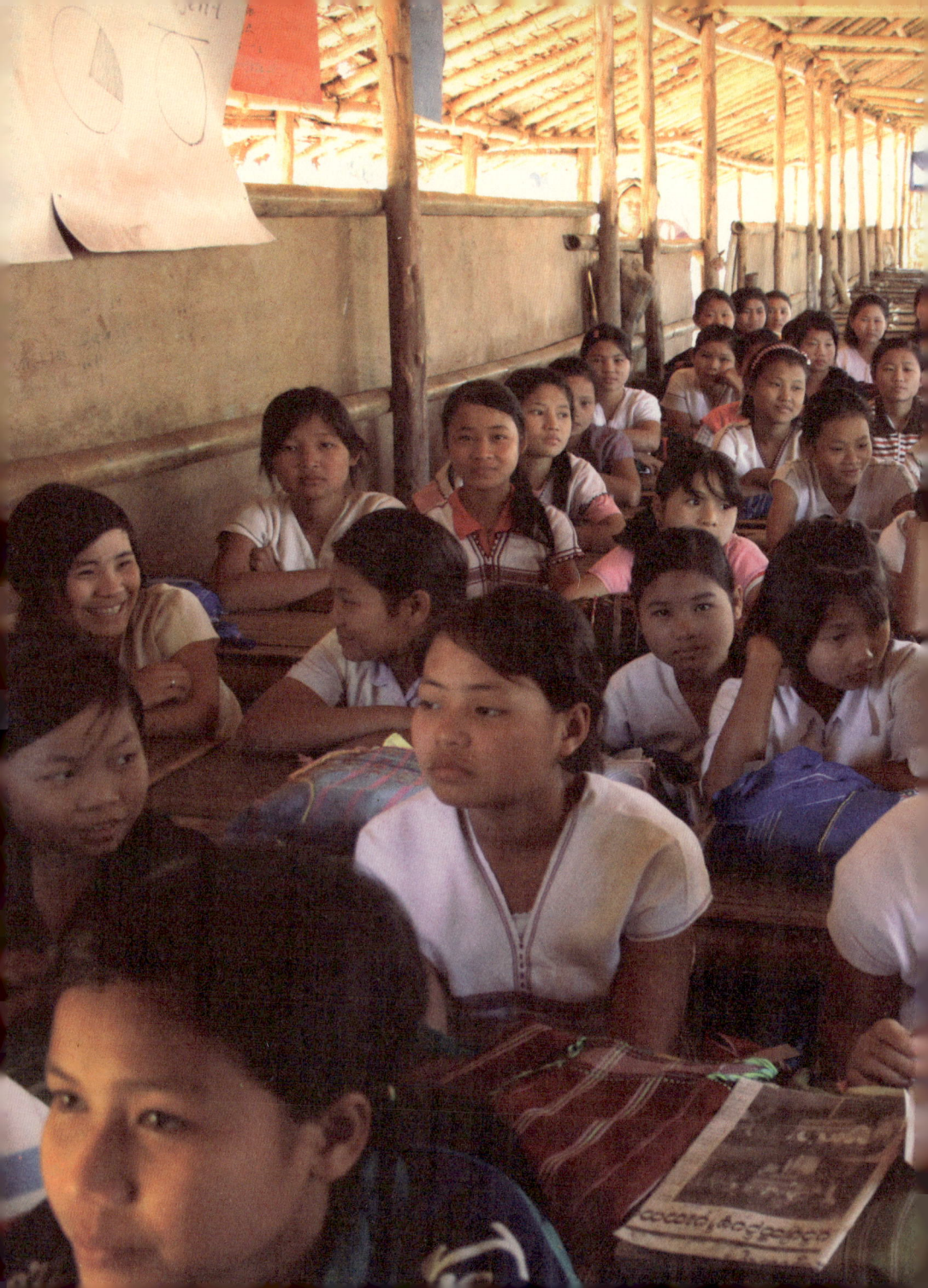

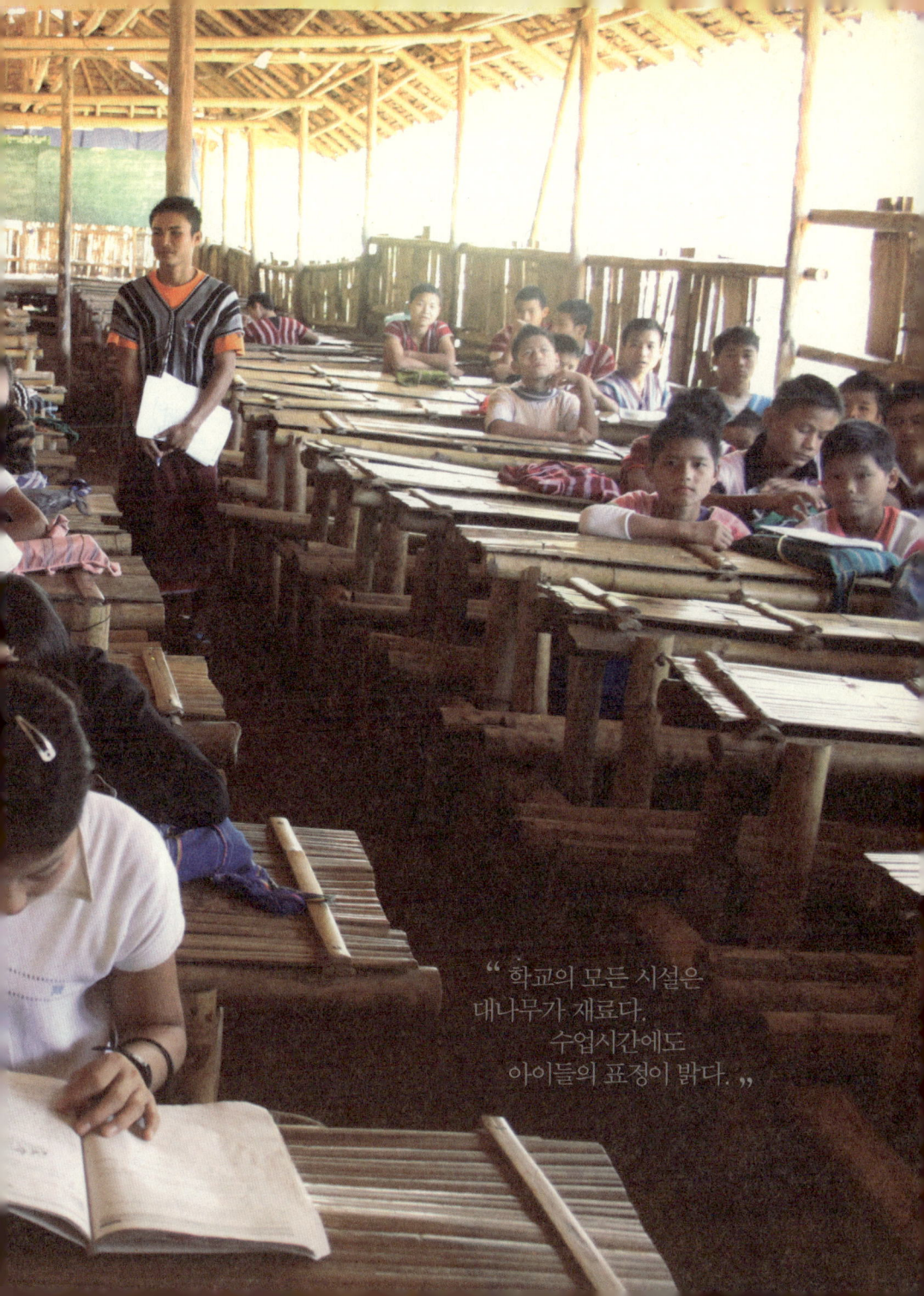

" 학교의 모든 시설은
대나무가 재료다.
수업시간에도
아이들의 표정이 밝다. "

그의 말인즉, 불교중학교 교사들에게는 400바트의 월급이 책정되어 있지만 온전하게 나올 때도 있고 절반만 나올 때도 있고 더러 거를 때도 있다는 것이었습니다. 그때부터 영봉 스님은 이 학교 교사 11명에게 월급을 지원하고 있습니다. 교사 한 명의 월급 400바트는 한국 돈으로 대략 1만6000원입니다. 교사 한 명의 연봉이 19만2000원쯤 된다는 얘기입니다. 영봉 스님은 지난 3년간 불교중학교 전체 교사 11명에게 연봉을 지급해 왔습니다. 그들이 한국말을 몰라서 그렇지 좀 안다면 '영봉 스님'을 '연봉 스님'이라고 부를지도 모를 일입니다.

태국의 도시 지역 교사들은 2000바트 이상의 월급을 받습니다. 그에 비하면 캠프 안의 교사 월급은 너무 옹색합니다. 여건이 좋아지면 선생님들 월급을 올려 주지 않으면 안 될 것입니다. 캠프 안의 다른 학교(특히 기독교학교)와도 차이가 많이 난다니 말입니다.

인심이 아주 좋아 보이는 교감선생님은 불단 앞에서 삼배하는 나를 유심히 보다가 자리를 권합니다. 교감선생님이 자신의 이름은 비 다다Bee Deh Deh라고 소개합니다. 그리고 짧게 묻는 질문에 짧게 대답합니다.

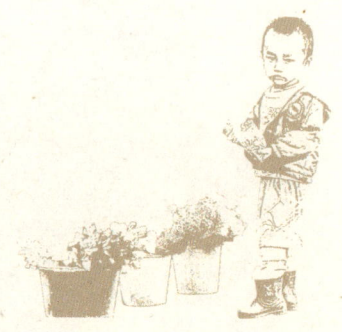

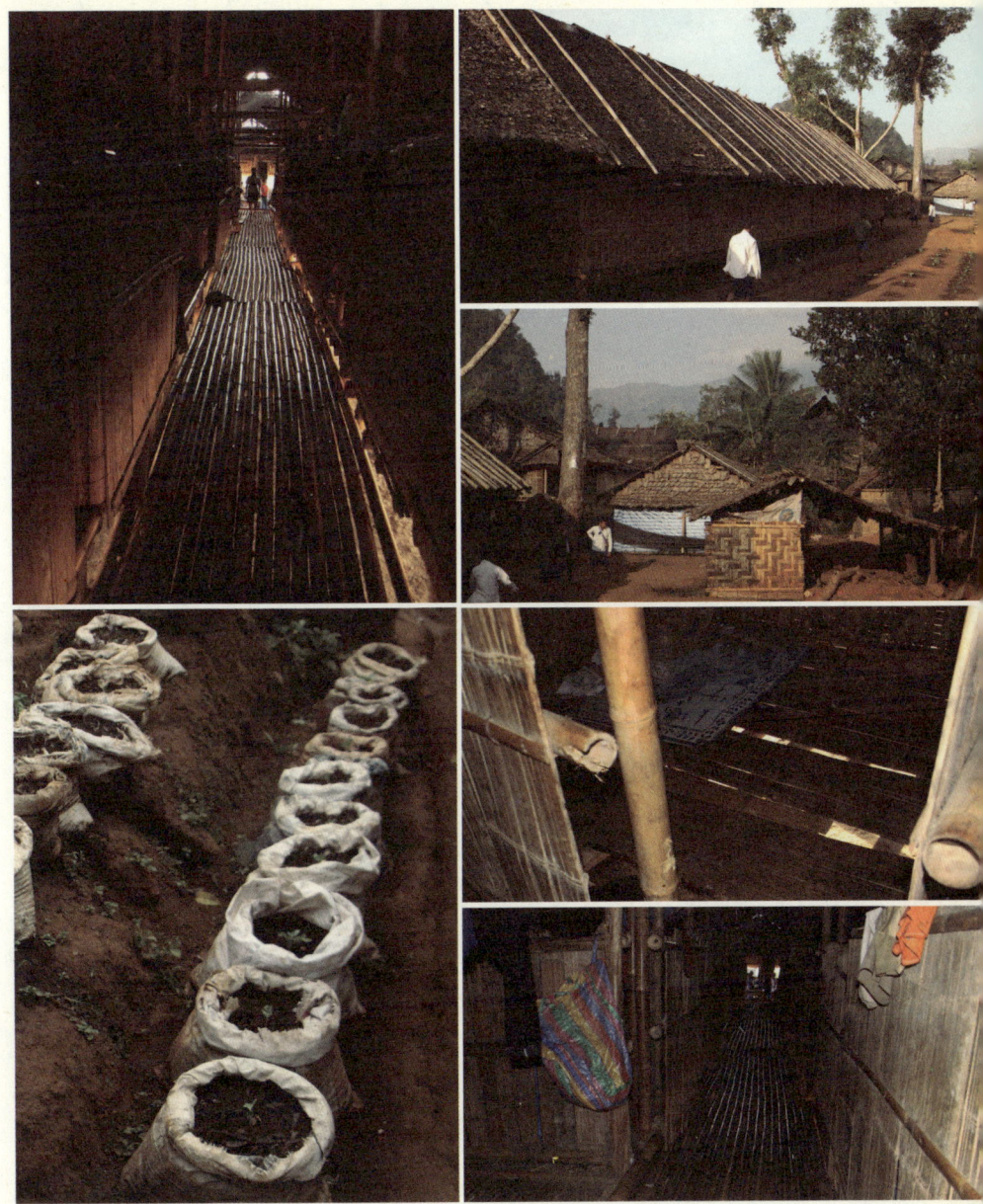

미래에 대해 절망한 적 없어요

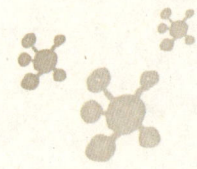

　불교중학교의 학생은 남학생이 148명이고 여학생이 156명, 합해서 현재의 총원이 304명이라고 합니다. 최근 들어 학생 수가 점점 늘어난다고 합니다. 아직도 미얀마 국경지역에서는 무장반군세력과 군정이 충돌하고 있으며 그로 인해 태국으로 넘어오는 난민이 계속 늘어나기 때문입니다. 학생들의 나이는 대개 열 살에서 열아홉 살까지인데 부모가 전혀 없는 고아가 100여 명이나 됩니다.

　여러 사정으로 인해 이름은 중학교지만 이곳에서 고등학교 과정까지 뒤섞어 공부를 하는 듯합니다. 선생님들은 굳이 중학교와 고등학교를 나누지 않고 학교가 자체적으로 분류한 학급만 소개합니다. 즉, 전체를 4개 학년으로 나누고 1년 단위로 학년이 올라간다고 합니다. 주로 배우는 과목은 영어·카렌어·미얀마어 등의 언어와 수학, 과학, 역사, 지리 그리고 불교경전이라고 소개합니다.
　"불교경전을 공부하나요?"

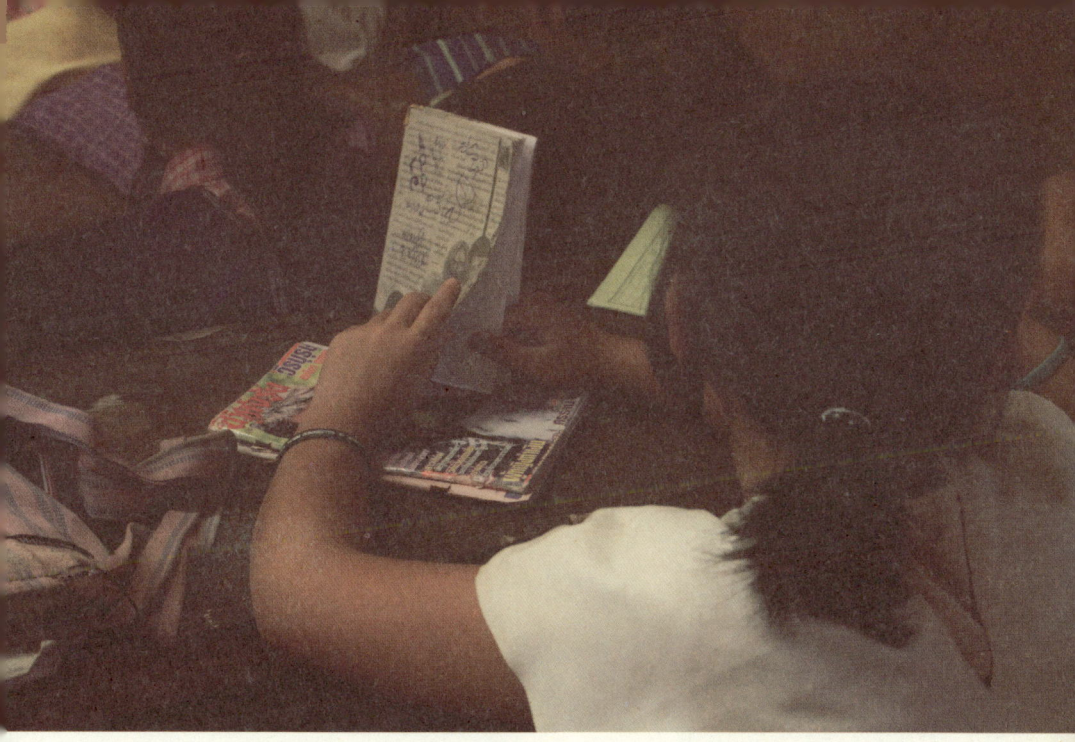

책과 노트, 책상과 의자가 모두 낡았지만 공부는 즐겁다.

"아침마다 20분씩 기도하고 일과를 시작합니다. 그리고 불교의 정신을 가르치고 있습니다."

이름이 불교중학교라서 하는 홍보용 멘트는 아닌 것 같습니다. 이 열악한 환경에서 공부하는 아이들이 아침마다 경전을 읽고 기도한다니 그 시간에 아이들의 마음속으로 자비와 지혜의 샘물이 흘러 들어가길 빌어 봅니다.

"아, 영어선생님이 오셨습니다. 젊은 선생님과 대화를 나누시기 바랍니다."

교감선생님은 학교 현황을 얘기하는 것으로 자신의 몫이 끝났다는 듯 수업을 마치고 들어온 영어선생님을 소개합니다.

"안녕하세요?"

"네, 저는 칸 누헤Khan Nohe입니다."

젊은 영어선생님은 올해 23세이며 캠프 안의 다른 학교에서 교사로 있다가 지난해에 불교중학교로 왔습니다. 그가 미얀마를 떠난 것은 5년 전이고 머지않아 가족이 있는 미얀마로 갈 것을 믿는다고 했습니다.

"아이들은 공부 열심히 하나요?"

"네, 다른 과목도 열심히 하지만 특히 언어에 열성을 갖고 있습니다."

"어려운 점이 많으시겠어요?"

"무엇보다 학생 수가 자꾸 늘어나는 것이 힘듭니다."

학생 수가 늘어난다는 것은 그만큼 난민이 늘어난다는 것이니 미얀마 국민의 한 사람으로서 가슴 아프지 않을 리 없다는 겁니다. 또 한 학급의 인원이 80명을 넘어서는 지경이니 수업 지도에도 무리가 따른다고 고백합니다.

"학생들은 장래에 대해 어떤 생각을 하는가요?"

갑자기 칸 누헤 선생님의 표정이 어두워집니다. 아차 싶습니다. 너무 막막한 질문을 한 것 같습니다. 그러나 착한 선생님은 차분히 설명합니다.

학생들이 늘어나는 것 못지않게 이들이 졸업을 할 수 없다는 것도 문제라고 합니다. 특히 100명에 이르는 고아들의 경우 이 캠프 안에서 갈 곳이 따로 없습니다. 부모와 함께 지내는 아이들도 학교를 졸업하면 갈 곳이 없습니다. 캠프를 벗어날 수

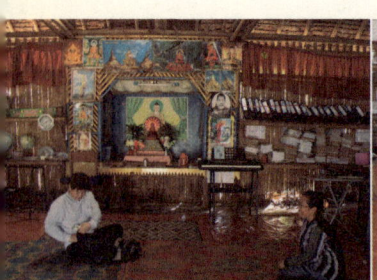
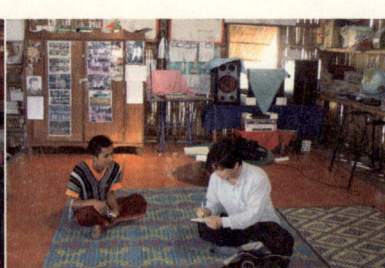
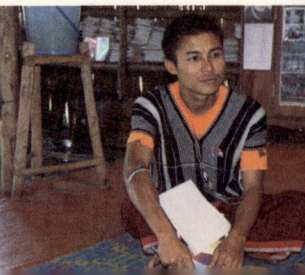

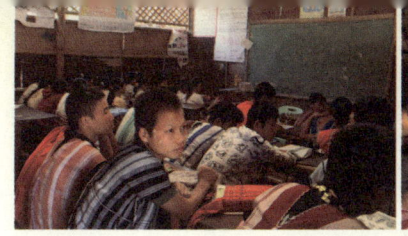
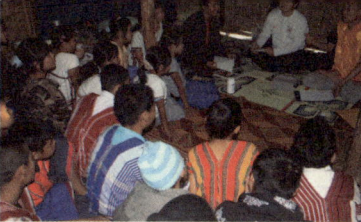

없기는 마찬가지니까요. 그래서 학급을 조절하며 교육과정을 높여 가고 있지만 이는 어디까지나 한계가 있습니다. 특별한 방법이 없다는 겁니다.

그 자신이 고국에 가족을 두고 와 매일매일을 허전한 가슴으로 살아가고 있으면서도 교사들은 의지할 곳 없는 아이들을 위해 열심히 수업을 진행합니다. 그들의 생활은 교사라는 직업이 아니라 고국의 민주화된 미래를 위해 아이들을 가르치는 사명감으로 인해 단단해진 것이라 생각됩니다.

칸 누헤 선생님도 눈동자에는 오늘보다 나은 내일을 열망하는 의지가 불길처럼 타오르고 있습니다. "어서 상황이 좋아져서 되돌아갈 수 있기를 바랄 뿐입니다"라며 젊은 선생님은 창밖을 내다봅니다.

"그래도 한 번도 미래에 대해 절망하지 않는 것이 우리 아이들입니다. 그들에게는 희망이 있고 꿈이 있으니까요. 저 역시 교사로서 가르치는 일을 멈출 수 없습니다. 아이들이 배움을 멈추는 것은 꿈과 희망을 멈추는 것이니까요."

학생들의 발랄한 모습을 사진에 담고 싶다고 하니 선생님은 전교생을 불러 모읍니다. 순식간에 질서정연하게 모인 학생들이 카메라를 향해 손을 흔들며 '와' 함성을 질러 댑니다. 6월의 푸른 나뭇잎 같은 손이 예쁘기만 합니다.

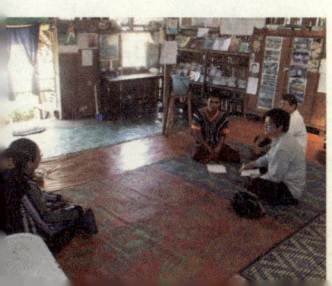

불교중학교의 현황은
'부족하고 아쉬운' 것 투성이지만
희망은 한 번도 버려진 적이 없다.

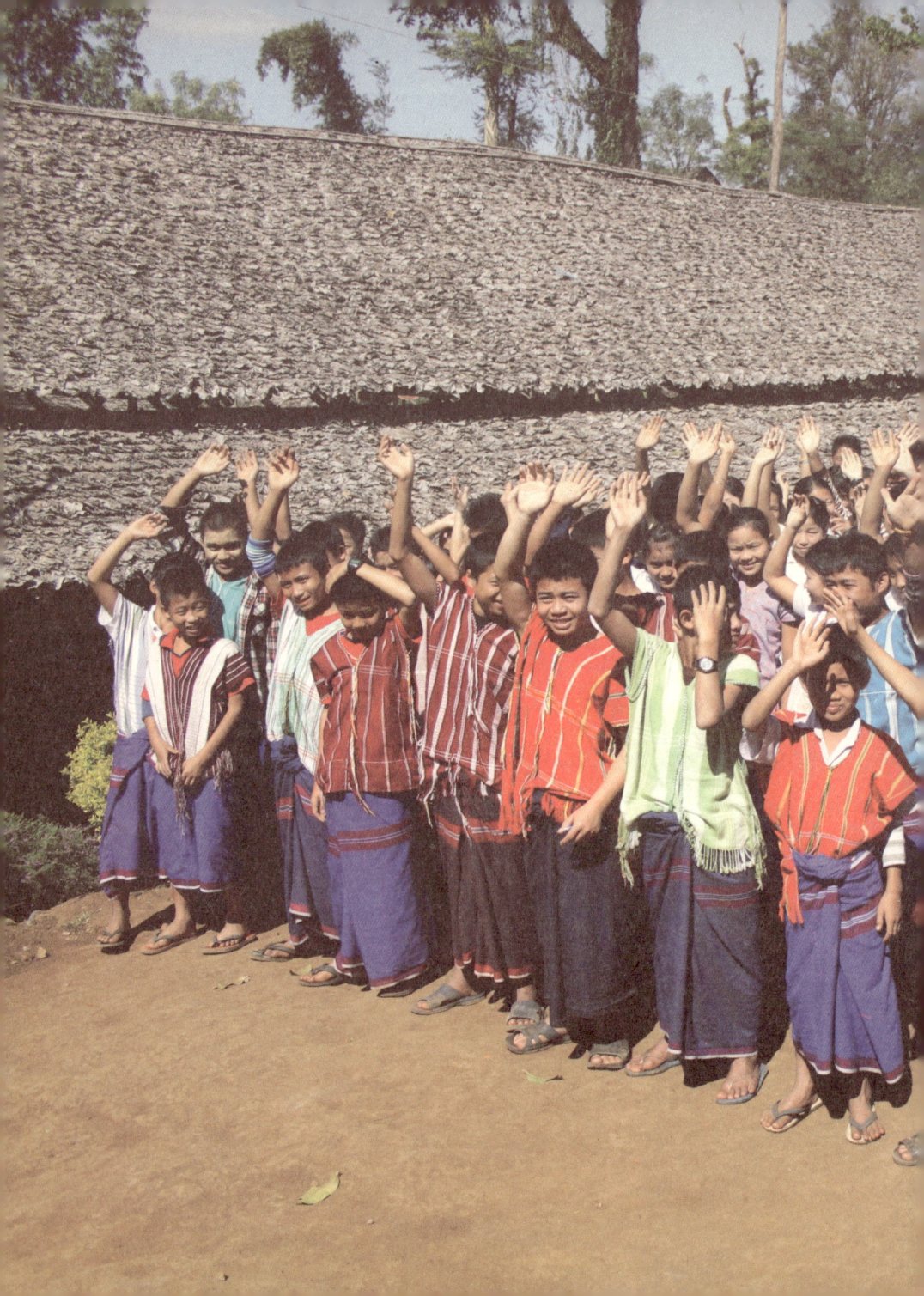

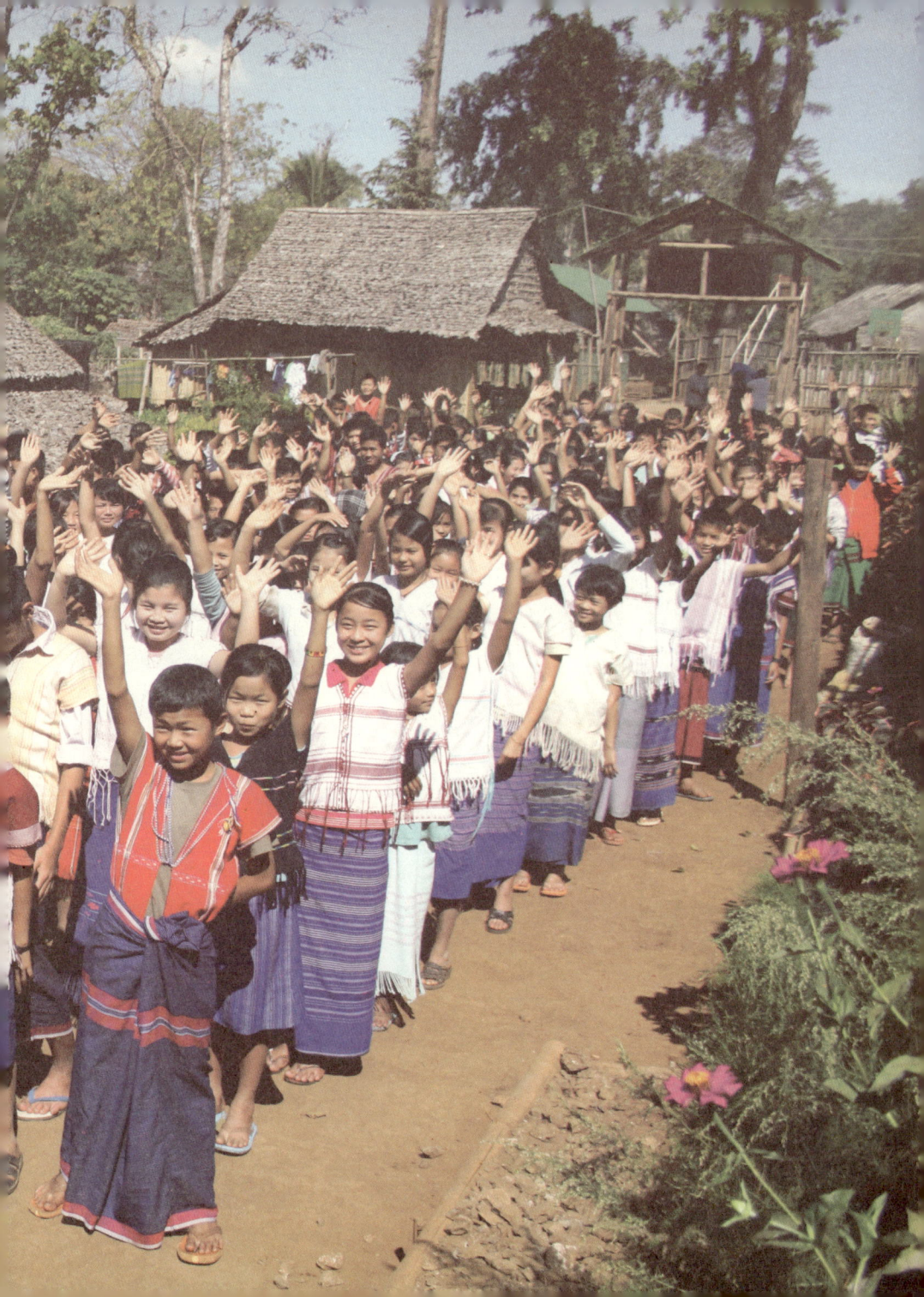

13세 소녀가 국경을 넘은 까닭

수업을 다 마친 학생들이 집으로 기숙사로 돌아가고 학교는 조용합니다. 텅 빈 교실에서 여학생 한 명을 만납니다. 열일곱 살의 호살루에Paw Sar Lweh. 나는 이 학생을 두 번째 만납니다. 첫 만남은 이 학교 기숙사에서 생활하는 학생들과 만나는 자리에서 이뤄졌습니다. 그때 영봉 스님의 주선으로 '아빠와 딸'의 인연을 지었습니다. 학생들과 일상적인 대화를 나누다가 스님은 갑자기 각본에 없던 제안을 했습니다.

"호살루에, 이 아저씨가 너의 아빠라면 좋겠니?"

"예스!"

영봉 스님의 물음에 단 1초의 망설임도 없이 큰 소리로 대답하던 여학생의 태도가 나를 무척 놀라게 했습니다. 이어 다른 학생들이 환호를 하며 박수를 쳐 대는 바람에 더 놀랐습니다. "저의 제안에 동의하십니까?" 하는 스님의 질문에 나도 "예스!" 하고 대답했습니다. 그렇게 딸이 된 호살루에와 처음으로 마주 앉습니다. 인터뷰를 위해 마주 앉으니 궁금한 것이 많습니다. 학생 한 명을 인터뷰할 계획이 있긴 했지만 각별한 인연을 지어 놓은 때문이기도 할 것입니다.

"캠프에는 언제 왔지?"

"3년 됐어요."

"미얀마에서는 어디 살았는데?"

아무렇지 않다는 듯 이야기를 시작했지만, 결국 그녀는 고향과 부모님 그리고 동생들에 대해 이야기하면서 눈물을 또르르또르르 굴려 냅니다.

호살루에는 미얀마 국경 인근의 작은 마을에서 태어났습니다. 어릴 적, 그러니까 여덟 살 때 아버지가 병(말라리아)으로 돌아가셨고 다음 해엔 어머니도 병으로 돌아가셨습니다. 아홉 살 소녀 가장에게는 여섯 살의 남동생과 두 살짜리 여동생을 보호해야 할 태산 같은 의무가 주어졌습니다. 이른바, 소녀가장이 된 것입니다.

원래 가난했던 집에서 더 이상 살 수 없던 3남매는 아버지의 친구 집으로 갔습니다. 농사를 짓는 그 집에서 3남매는 눈칫밥을 먹어야 했습니다. 일도 해야 했고 동생들 때문에 꾸지람도 들어야 했습니다. 천덕꾸러기 3남매. 하루하루가 고난이었지만 그것을 고난이라 생각하지 못했습니다. 고난이 아닌 경우를 몰랐기 때문에 주어진 현실만 바라보고 살았다는 겁니다.

그러던 그녀에게는 나이가 들면서 공부할 기회를 가질 수 없는 것이 무엇보다 큰 고통이었습니다. 다른 아이들처럼 멀리 있는 학교를 걸어서라도 다니고 싶은데 그럴 수 없었던 겁니다.

"공부를 하고 싶었어요. 공부를 하면 그 마을이 아닌 다른 도시, 아니면 다른 나

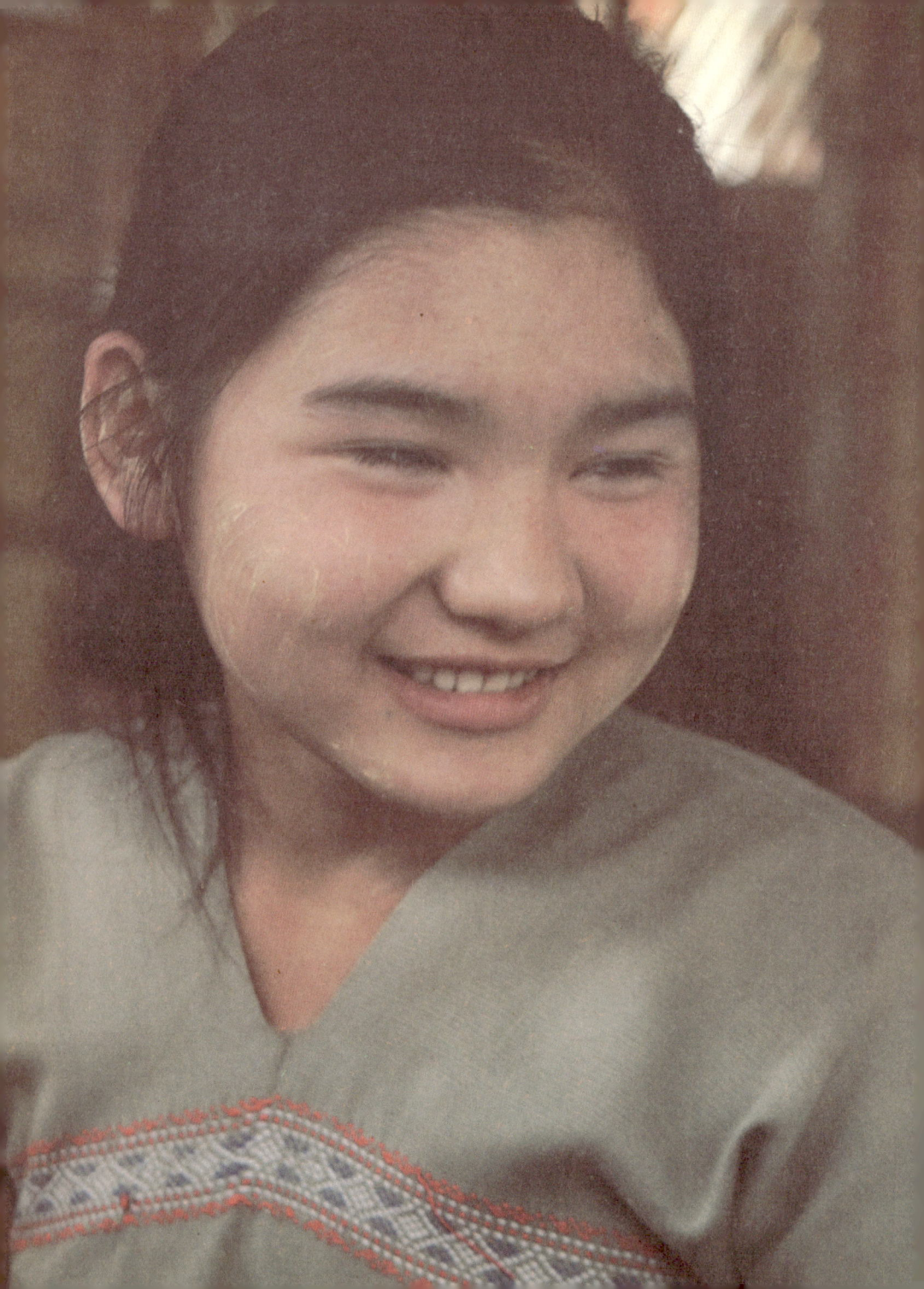

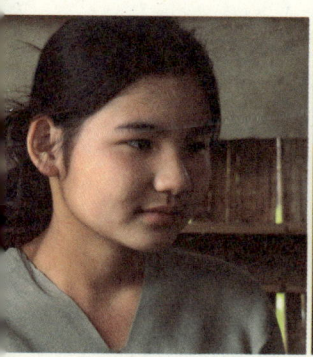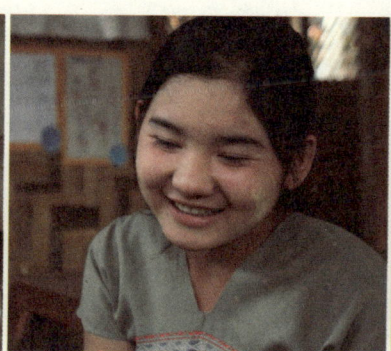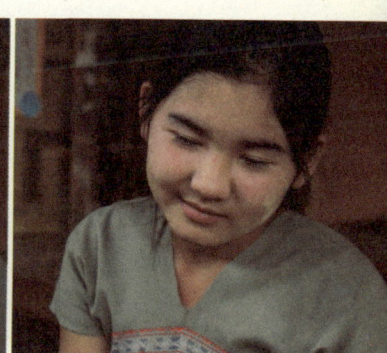

고향과 부모,
동생들 이야기를 하며
눈물을 흘리는
열일곱 살의 호살루에

라에라도 갈 수 있을 것만 같았어요."

그녀는 가끔 인근에서 총격전이 벌어지는 마을도, 공부를 할 수 없는 현실도 싫었지만 어쩔 수 없었습니다. 그러던 어느 날, 마을을 떠나려는 사람을 만났습니다. 그들은 국경을 넘어 난민수용소로 간다는 것이었는데 그곳에서는 공부를 할 수 있다는 이야기가 귀에 화살처럼 박혔습니다.

"공부를 할 수 있다면, 이 집에서 내 입 하나라도 덜 수 있다면, 떠나고 싶다."

그렇게 결심한 그녀는 마을 사람들을 따라 총살의 위험을 무릅쓰고 꼬박 이틀을 걸어서 국경을 넘었고 사흘째 되는 날 누포캠프에 도착했습니다.

흙먼지가 묻은 그녀의 발은 좀 큰 편이고 볼이 넓습니다. 열일곱 소녀의 발이기에 너무 투박합니다. 그러나 그녀는 그 발로 정글을 걸어 배울 수 있는 곳까지 찾아왔습니다. 앞으로 그 맨발이 가야 할 길은 또다시 얼마나 험난한 것일까? 부디 그 발이 닿는 곳이 소박한 행복의 길이길 빕니다.

"후회하지 않니?"

"동생들이 보고 싶지만, 잘 지내고 있을 거예요."

"기숙사에서는 살 만해?"

먹고 자는 것을 비롯해 많은 것이 불편하지만 공부할 수 있다는 것이 그 불편함을 견디게 한다고 대답합니다. 호살루에는 어떤 꿈을 꾸고 있을까?

"지금은 열심히 공부하고 언젠가 여기서 나가게 될 것이라 믿어요. 고향으로 돌아가야 하겠지만 그때도 여전히 위험하고 열악하다면 그곳에서 살고 싶진 않아요.

어떡해서든 제가 먼저 안정되지 않으면 동생들을 안정시킬 수 없으니까요."

"그런 날은 반드시 온단다. 그날을 위해 네가 준비할 것은 열심히 공부하는 것이 겠구나. 내가 도울 수 있는 한 도울 것이니 최선을 다해 살기 바란다."

"감사해요. 아빠."

그녀가 '아빠'라는 말을 하는 순간 눈이 마주칩니다. 물기 어린 눈을 들여다보는 짧은 순간, 나는 과연 좋은 아빠가 될 수 있을까, 겁이 납니다. 가슴이 저려 오는데 그녀는 한 번 더 인사합니다.

"정말 감사해요. 아빠."

눈물자국이 다 마른 호살루에는 내가 적어 주는 전화번호와 이메일주소를 손에 꼭 쥐고 교실을 나갑니다. 그 아이가 바깥의 밝은 햇빛 속으로 들어가는 모습이 아주 인상적입니다. 그 아이를 생각하면 하루도 게으를 수 없을 것이라는 느낌이 가슴 깊이 들어찹니다.

학교는 조용합니다. 불교중학교. 다른 종교의 선교사들이 지원하는 학교에 비해 턱없이 부족한 지원을 받으면서도 교사와 학생들은 내일에 대한 희망을 버리지 않습니다. 화단의 꽃들이 어여쁘고 기숙사 옆 채소밭의 채소들도 싱싱합니다.

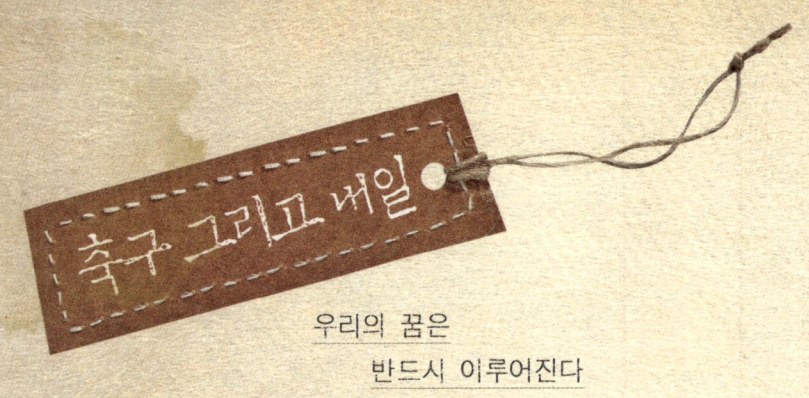

우리의 꿈은
반드시 이루어진다

바닥이 울퉁불퉁한 축구장

캠프의 남서쪽에 참으로 묘하게 생긴 산이 하나 있습니다. 누가 흙을 쌓아 놓은 듯 불쑥 솟구쳐 오른 봉우리 세 개가 산山이란 글자를 만들고 있습니다. 석회암으로 이뤄진 매우 가파른 능선은 걸어 올라가기 힘들 정도입니다. 산 어귀에는 키가 50m 를 넘을 듯한 나무들이 보초병처럼 서 있습니다.

마을을 둘러볼 때는 언제나 이 산이 배경이 되어 줍니다. 캠프의 집들은 낮게 엎드려 있지만 산은 당당하게 서 있고 푸른 나무들이 싱싱한 입김을 뿜어냅니다. 이 산 너머가 미얀마 방향입니다. 캠프에서 이 산의 존재는 특별한 의미를 가집니다.

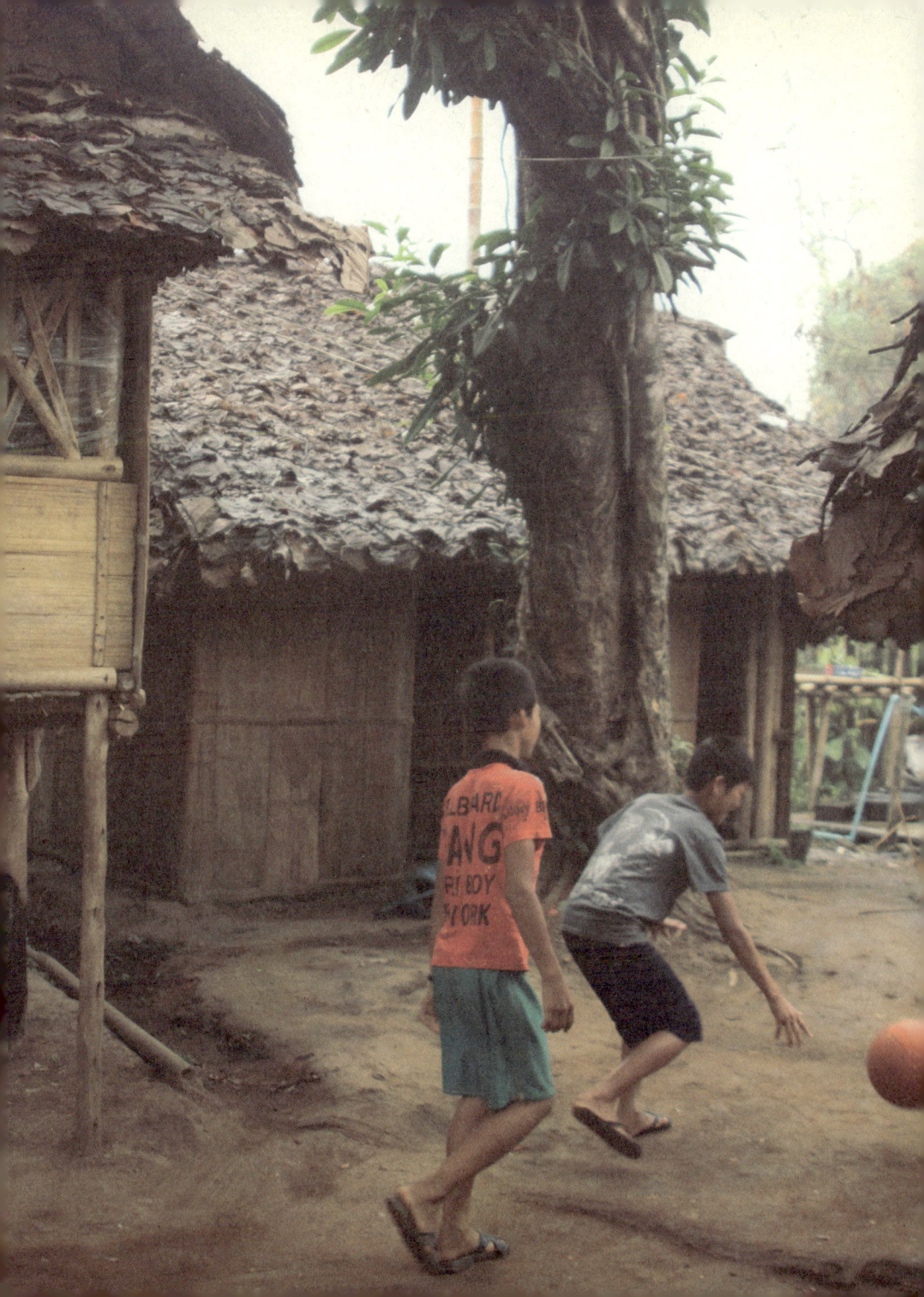

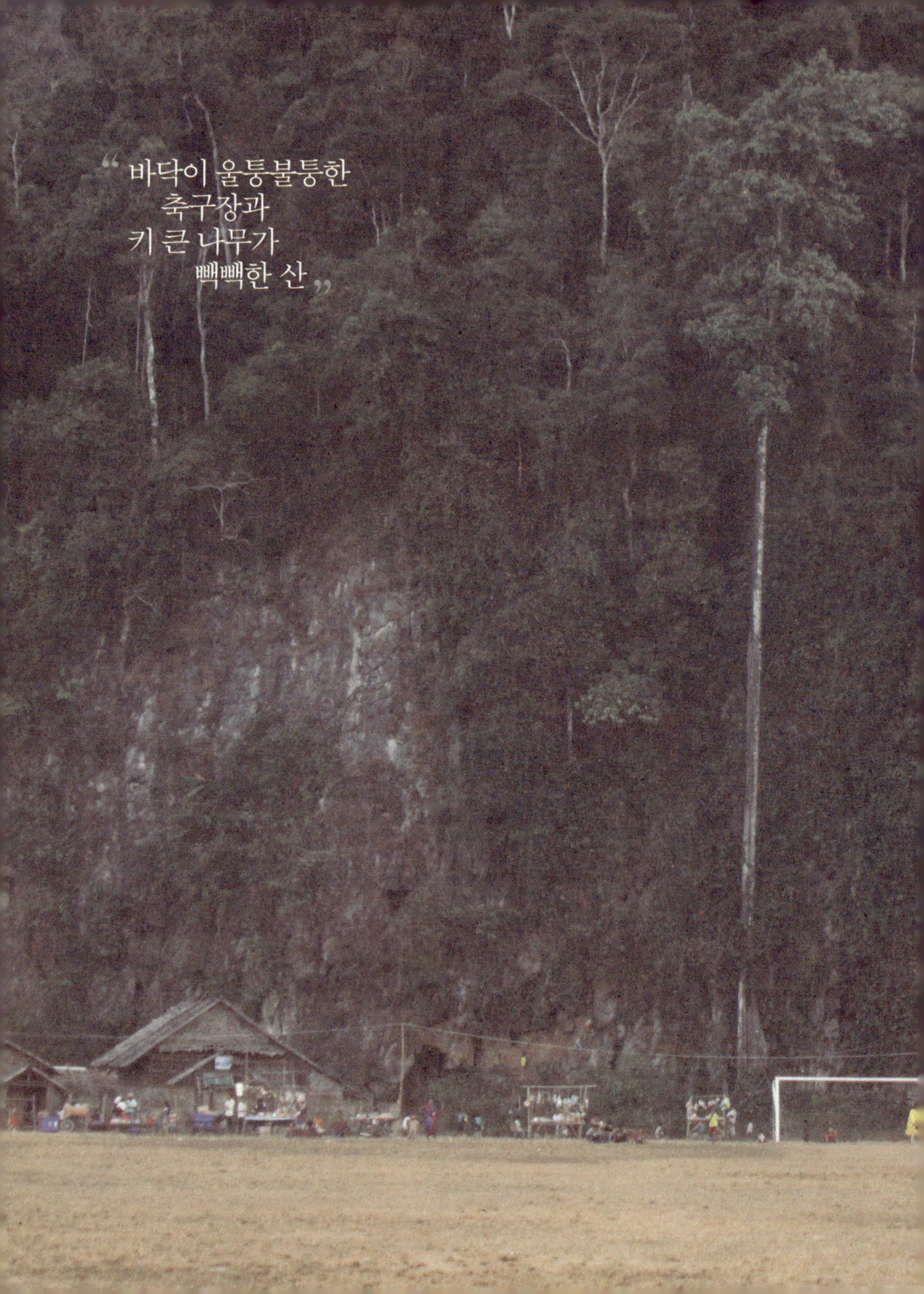

" 바닥이 울퉁불퉁한
축구장과
키 큰 나무가
빽빽한 산 "

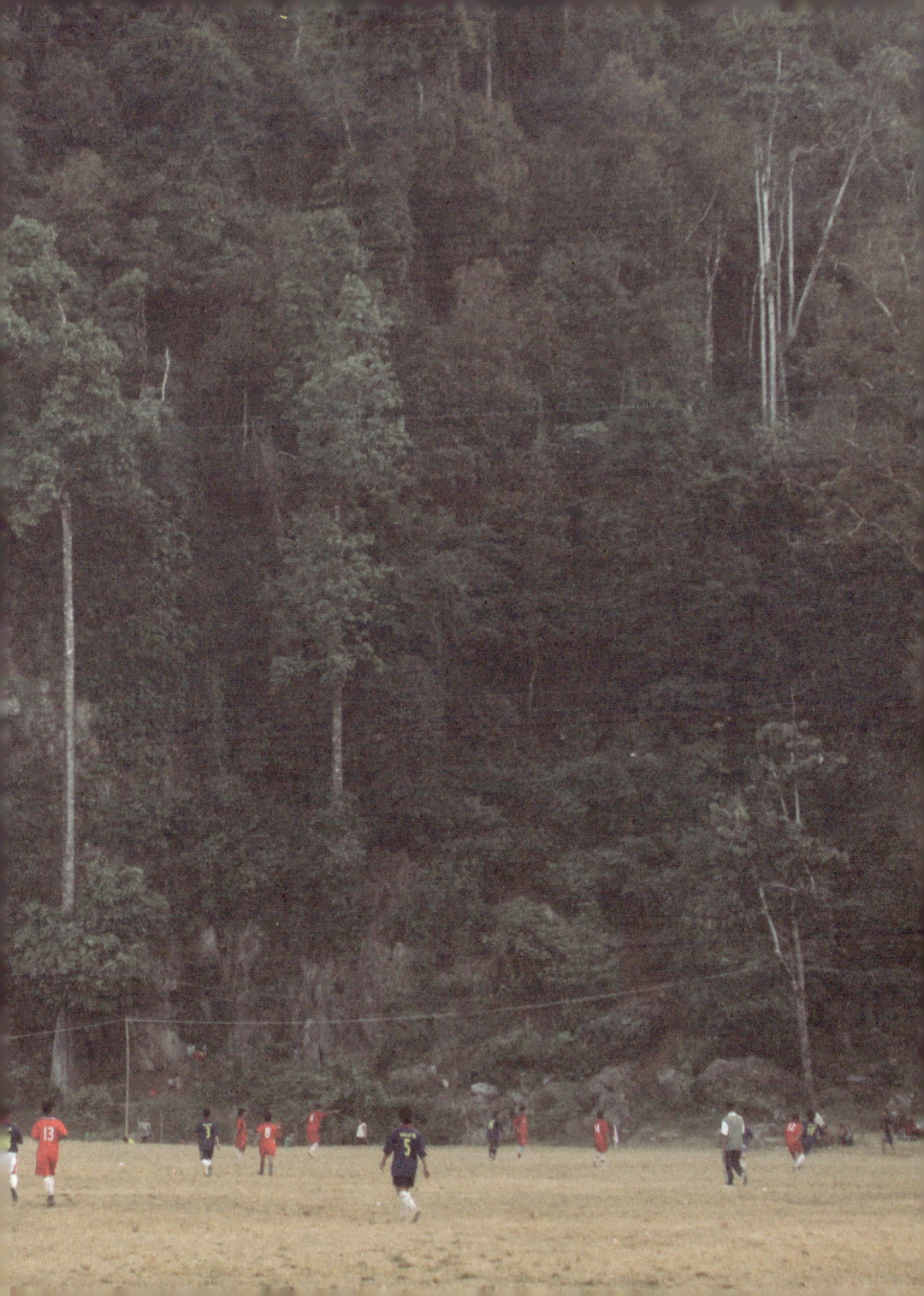

축구 리그가 열리는 12월 축구장 주변은
축제마당이 된다.

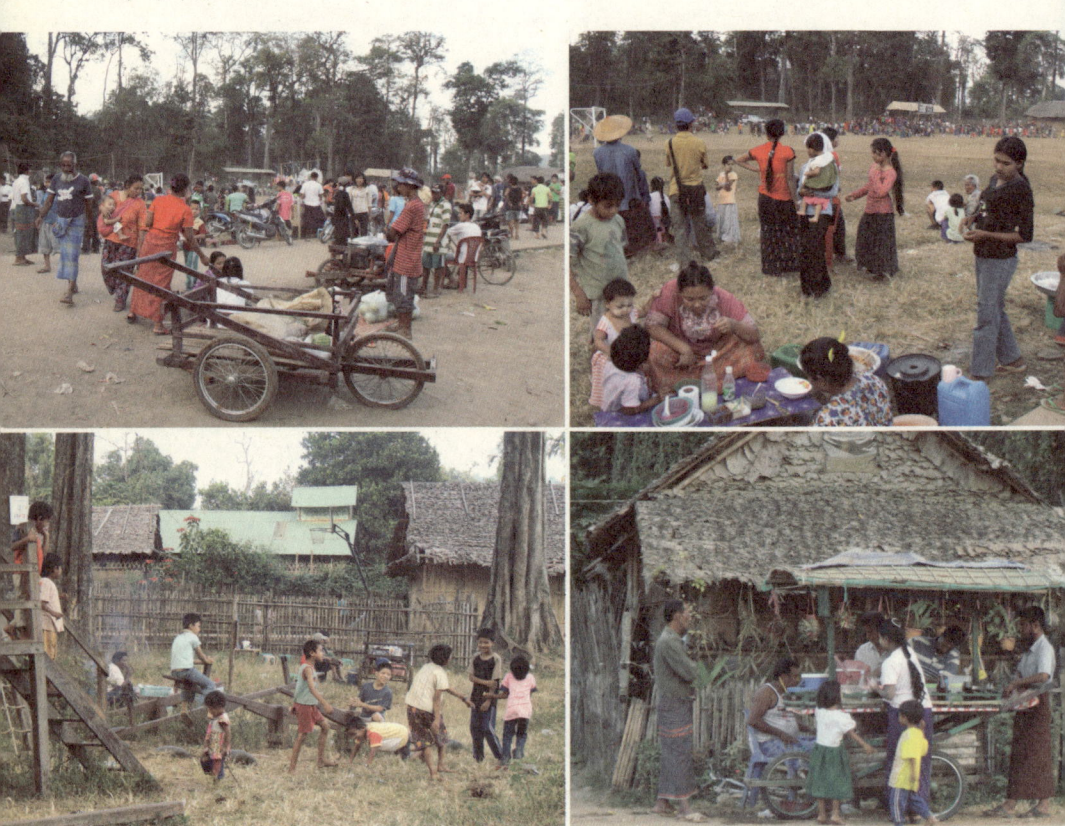

이 산이 없다면, 마을 어디서나 자신들이 탈출해 온 고국 땅이 보일지도 모릅니다. 그러나 산 하나가 우뚝 솟아 있어서 고국으로 달려가는 시선을 차단하고 이곳 생활에 몰두할 수 있도록 하는 것입니다. 이 산을 볼 때마다 나는 병풍을 떠올립니다. 고국으로 달려가는 마음을 멈추게 하는 가림막 말입니다.

캠프 사람들은 거의가 고국으로 돌아가기를 희망하지만, 스스로 탈출해 온 고국으로 돌아가기 위해서는 충분한 여건이 전제되어야 합니다. 그들이 떠났던 이유들이 사라져야 하는 것입니다. 그들이 떠난 이유는 군정의 압제와 무장반군과 군정 간의 무력충돌로 인한 공포, 그리고 가난입니다. 특히 국경 인근의 종족들이 정부로부터 더 이상 소외받지 않고 같은 영토 같은 국민으로서의 권리를 누릴 수 있어야 국지적인 무력충돌도 사라질 것입니다.

지금도 수시로 발생하는 무력충돌이 난민을 양산해 내고 있는 현실이니, 이 산은 고국에서 들려오는 총성을 막아 주고 고향에 대한 향수와 두고 온 가족에 대한 그리움을 달래 주는 병풍인 것입니다.

이 산 아래에 축구장이 하나 있습니다. 울퉁불퉁한 바닥에 듬성듬성 잔디가 돋아 있는 축구장입니다. 양쪽에 골대가 있고 바깥과 안쪽에는 라인이 그어져 있습니다. 이곳이 캠프에서 가장 넓은 공터입니다.

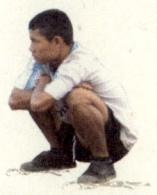

12월부터 새해 1월까지는 축구의 달입니다. 매일 아침 경기가 열리는데 관중들이 제법 있습니다. 주심과 선심이 심판을 보는 가운데 유니폼을 갖춰 입은 선수들이 열심히 뜁니다. 그저 열심히 뛰는 것이 아니라 아주 조직적이고 훈련된 선수들이라는 것을 알 수 있습니다. 내가 사는 동네 초등학교 운동장에서 열리는 조기축구 이상의 실력입니다. 선수들끼리 호흡이 잘 맞는 것에서 이들이 얼마나 축구에 정열을 바치는지 알 것 같습니다.

건너편 본부석에서는 후보 선수들이 소리를 지르며 그라운드 안의 선수들을 독려하고 가끔 선수교체도 합니다. 지금 보기에 한 팀에 20여 명의 선수가 있는 것 같습니다. 본부석 앞에는 스코어보드가 제법 커다랗게 만들어져 있는데 직사각형의 칠판에 분필로 글씨를 씁니다.

경기는 아침 8시경에 시작됐는데 선수들은 땀을 뻘뻘 흘립니다. 길게 찬 공이 축구장 밖으로 나가면 본부석에서 다른 공이 들어옵니다. 뛰는 선수와 본부석, 관중이 아주 자연스럽게 하나의 호흡으로 맞춰지고 있습니다.

이방인의 눈에 아쉬운 장면 하나가 목격됩니다. 유니폼은 팀마다 통일되어 있지만 축구화를 신은 선수가 절반쯤 되고 절반은 그냥 운동화를 신었습니다. 축구를 해 본 사람은 잘 알겠지만, 축구화를 신은 것과 안 신은 것은 경기에 엄청난 차이를 줍니다. 그런데 누포캠프의 축구선수들은 축구화를 신고 안 신고에 상관없이 축구 그 자체에 혼신을 바치고 있습니다. 바닥이 울퉁불퉁한 운동장에서 말입니다.

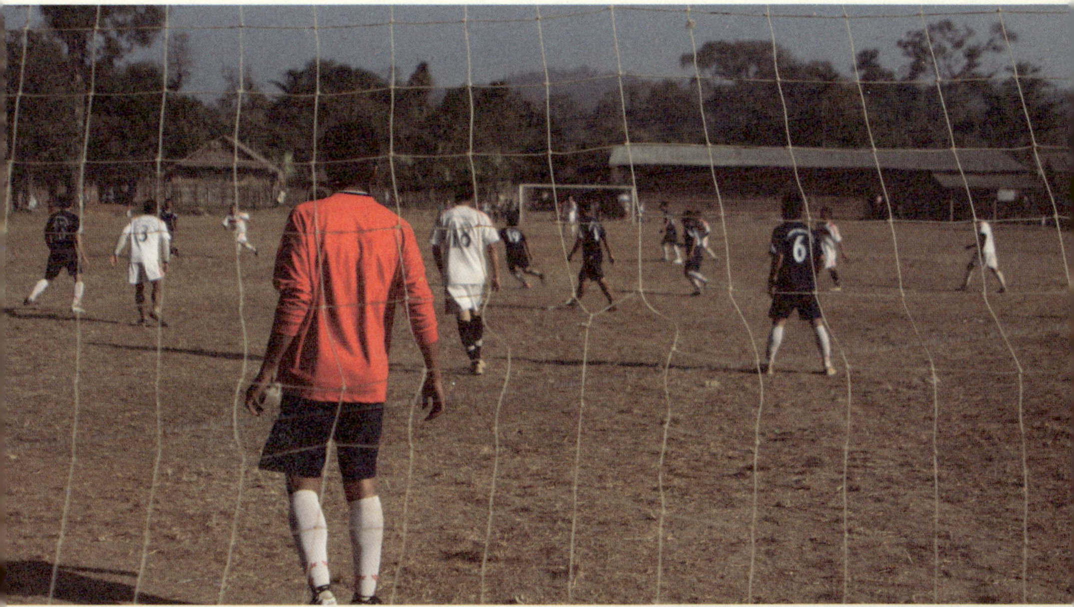

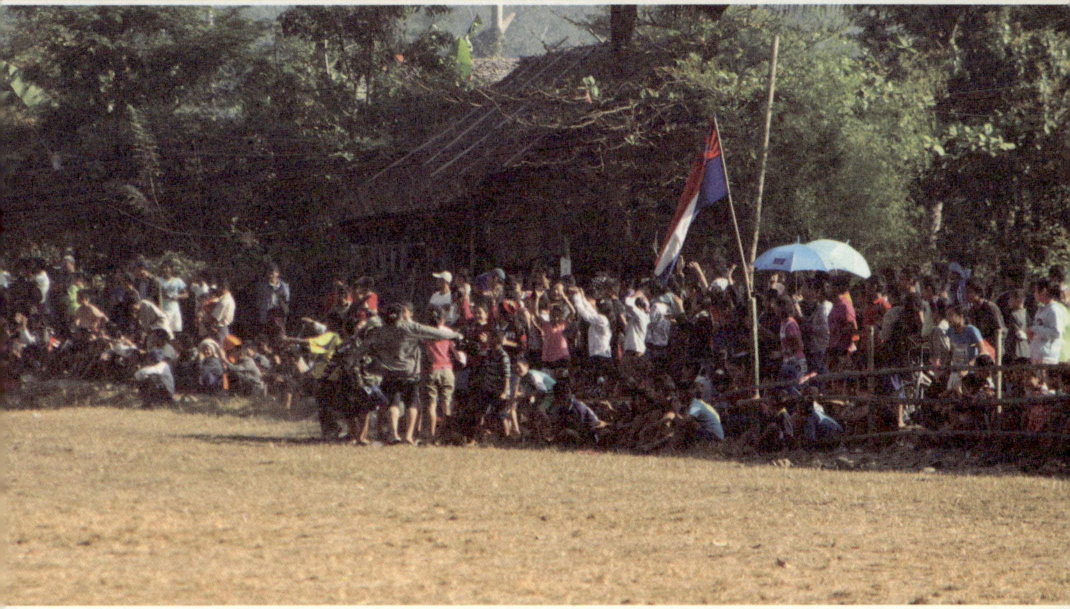

38개 팀이 펼치는 열광적인 리그

관중석 중간쯤에서 모우 데Moe Thae를 만납니다. 며칠 전 골목길에서 우연히 만났던 스물세 살의 이 청년은 총격이 자주 벌어지는 마을에서 공포와 미래에 대한 암담함을 견딜 수 없어서 친구들과 맨몸으로 마을을 떴다고 했습니다. 4년 전에 고등학교를 마치고 곧바로 정글을 거쳐 이 캠프에 왔는데 4명의 친구들과 함께 살고 있습니다. 친구들은 보이지 않고 혼자 그라운드 안쪽을 향해 소리를 지르며 응원을 하고 있습니다.

"응원 왔어? 캠프에 축구팀이 많은가 봐?"

"캠프 안에 26개 팀이 있고 인근에서 오는 팀도 있어요."

이 대답에 나는 이 캠프에 대해 새로운 눈을 뜹니다. 축구팀이 26개라니! 겨울철 리그에는 인근의 캠프에서 오는 팀까지 모두 38개 팀이 리그를 펼친다고 합니다. 리그전이 벌어지지 않는 계절에도 수시로 축구경기가 열린다고 합니다. 놀라지 않을 수 없습니다. 이들에게 축구는 운동경기 이상의 특별한 의미가 있는 게 분명하다는 생각이 듭니다.

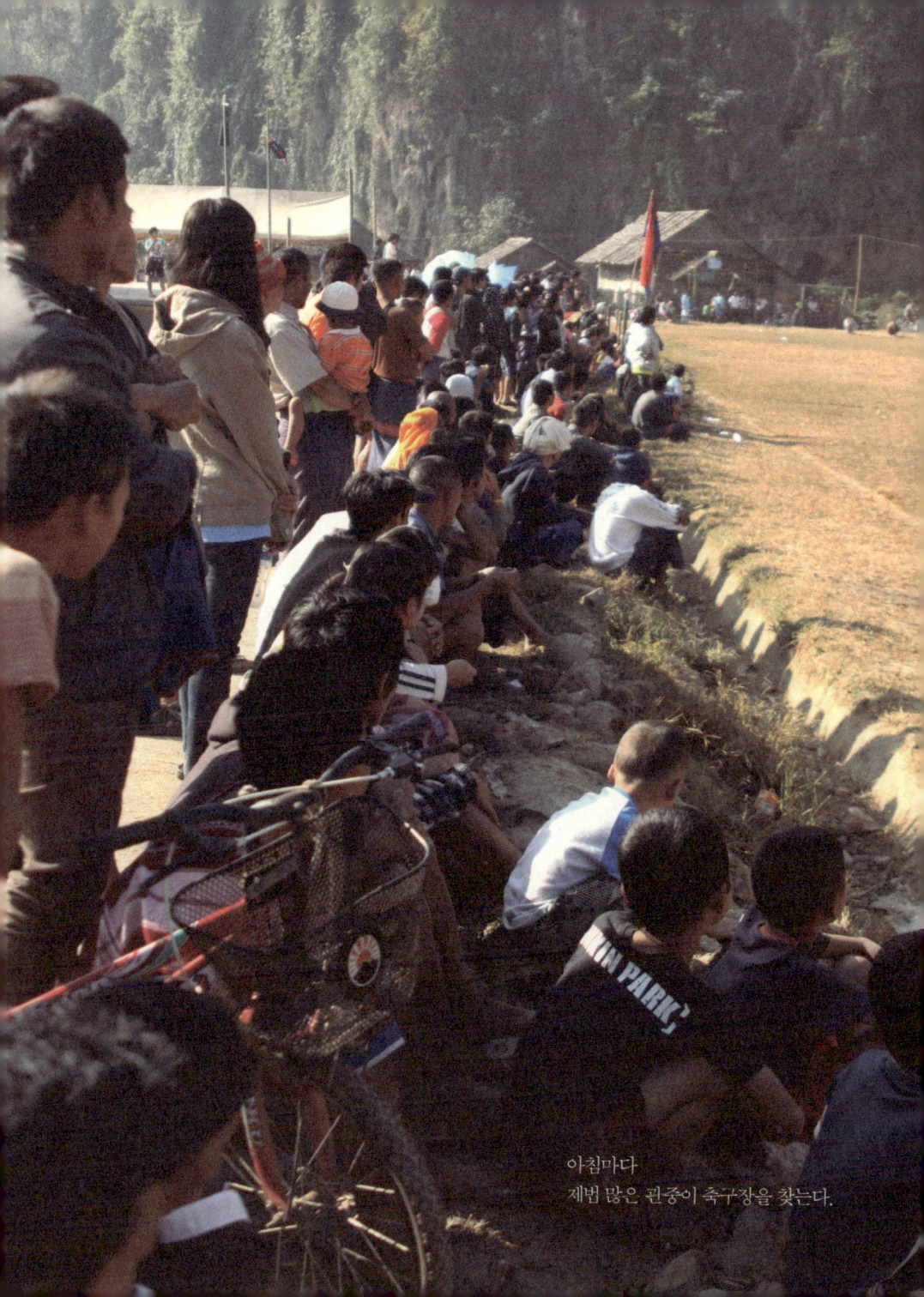

아침마다
제법 많은 관중이 축구장을 찾는다.

누포캠프로 오는 길에 지나치게 되는 오우끼엔 캠프에도 축구장이 있는 것을 보았습니다. 축구선수들은 조금 거리는 멀어도 검문을 통과해 다른 캠프로 원정경기를 다니기도 하는가 봅니다.

"언제부터 이렇게 축구를 했지?"

"글쎄요. 캠프가 설립되고 난 뒤부터 조금씩 팀이 만들어졌다고 하더군요. 4년 전 제가 왔을 때도 많은 팀이 축구를 하고 있었어요. 캠프 사람들에게 가장 큰 즐거움을 주는 게 축구입니다."

2002년 월드컵이 한국을 변화시킨 것은 한두 가지가 아니었습니다. 대한민국의 축구가 세계의 축구로 거듭나는 결정적인 계기가 되었습니다. 하루하루 대한민국 국민을 신명나게 했고 우리에게 내재된 신바람이 어떤 것인가를 알게 했습니다. 붉은악마의 함성이 온 나라를 활기차게 했던 그 기억을 나는 지금 누포캠프의 축구장에서 떠올립니다.

철조망이 둘러쳐진 제한적인 공간에서 살아야 하는 사람들이 축구에 열광하는 이유는 길게 생각하지 않아도 답이 나옵니다. 안으로 응축되는 어떤 열망을 밖으로 밀어내는 작용. 축구는 이곳 사람들의 가슴에 쌓이는 정치적·경제적·문화적 갈증을 미래의 희망으로 만들어 내는 매우 적나라한 과정의 표출이지 싶습니다. 리그의 이름이 무엇인지 상금이 얼마나 걸려 있는지 알 수 없지만, 그런 것보다 캠프 사람들이 축구에 열광한다는 사실 하나만으로도 충분히 감동적입니다.

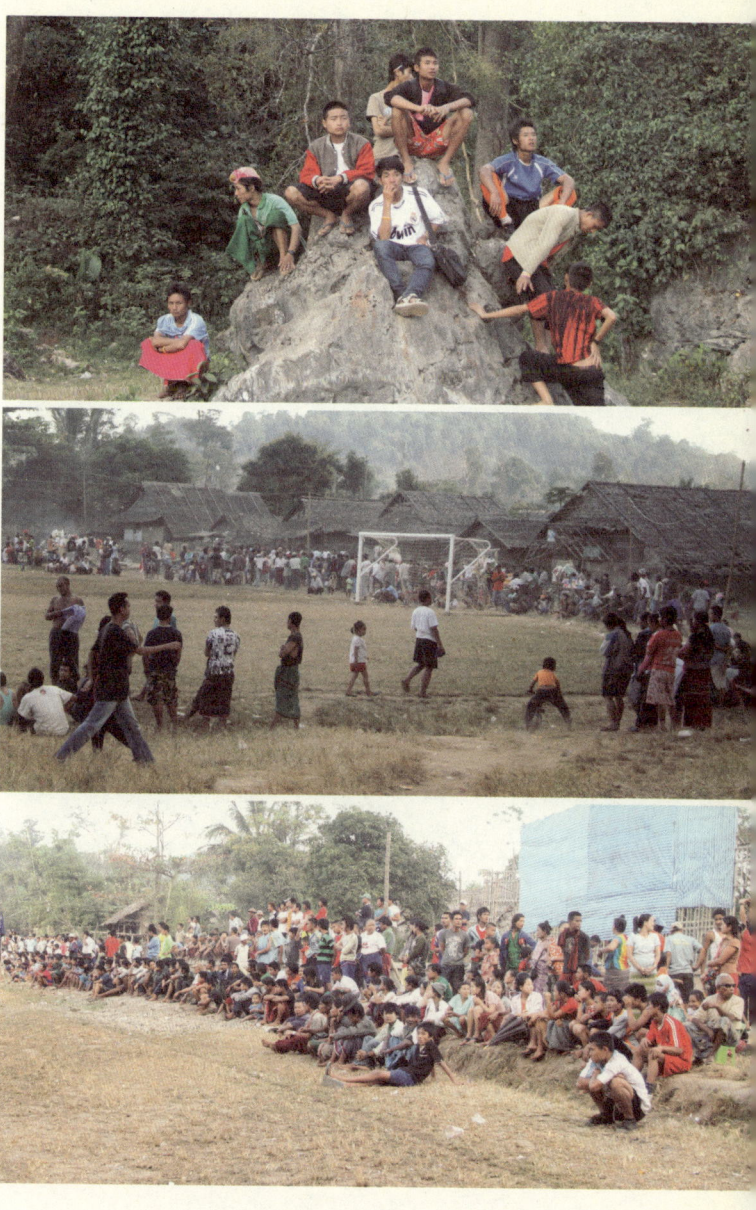

무한대로 팽창하는 꿈

이들에게 축구는 무엇일까? 나는 시합이 끝난 운동장 구석의 나무 그늘에 앉아 생각합니다. 경기가 끝나자 선수들도 관중들도 썰물처럼 사라졌고 텅 빈 그라운드에서는 아직도 선수들의 거친 숨소리와 함성이 들리는 듯합니다.

이들에게 축구는 무엇일까? 나는 며칠 동안 캠프에 머물며 제한적인 공간에서 구호품에 의지해 살아가는 사람들의 가난과 고통을 더 많이 생각했습니다. 골목이나 상가, 학교를 둘러보면서도 나는 이곳의 일부분만을 보았던 것입니다. 이들에게서 공포와 억압으로 얼룩진 과거를 읽으려 했고 철조망이 둘러쳐진 사방 2㎞ 이내의 공간에 밀집된 가옥들을 보며 갑갑한 현실을 엿보려고 했습니다.

그런 나의 태도는 눈에 보이는 것만 보려는 우매함으로 이어졌습니다. 눈에 보이지 않는 것을 보는 눈을 갖추지 못한 채 골목들을 기웃거리고 다녔을 뿐입니다. 축구장을 보면서 축구만 보았지 축구를 하는 사람들의 마음을 읽지 못했던 겁니다. 무엇보다 나는 이들의 미래를 깊이 생각하지 않았습니다. 그저 이들에게 미래는 오늘의 연장쯤으로 인식하고 있었던 것입니다.

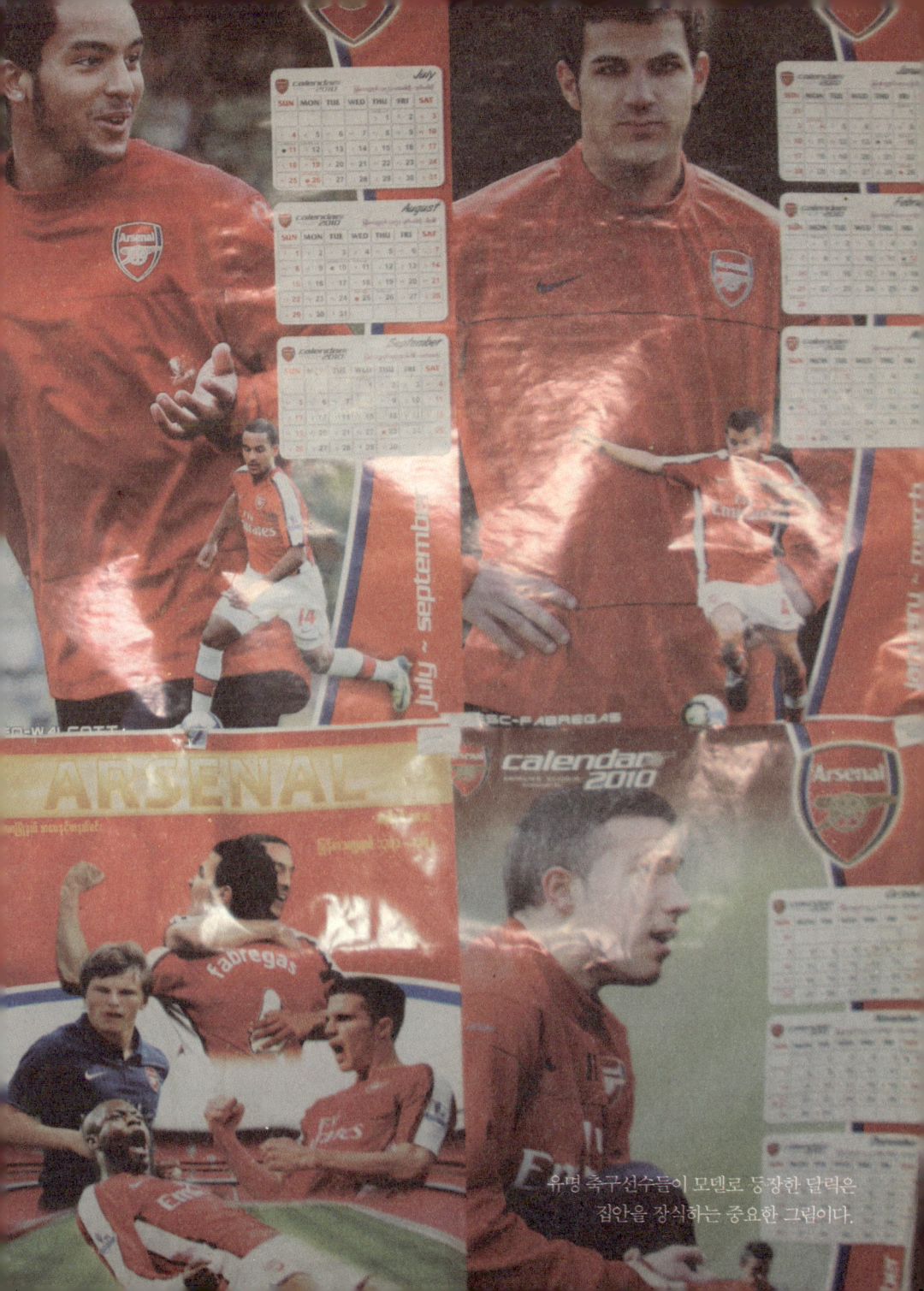

그런데 이들은 축구를 합니다. 축구에 열광합니다. 한 팀에 20명의 선수가 있다면 캠프 안에 축구선수가 500명이 넘는다는 계산이 금방 나옵니다. 리그에 참가하는 선수는 700명이 넘을 것입니다. 선수들의 나이가 열여덟 살에서 스물여섯 살가량이라 하니 가장 혈기 왕성한 젊은이들이 축구로 소통하고 있고 그 활기를 캠프 사람들은 아주 자연스럽게 공유하고 있습니다.

조금 전 경기가 끝난 뒤, 모우 데가 집으로 돌아가면서 이런 말을 남겼습니다.

"저는 축구를 잘 못해요. 하지만 매일 축구를 보러 옵니다. 여기서 축구를 보면 저도 저 안에서 뛰는 것이나 다름없거든요. 축구를 보는 동안 저는 축구선수입니다."

친구들과 고향을 탈출해 온 모우 데는 특별히 하는 일 없이 하루하루를 살아갑니다. 캠프 안에서는 직업을 구할 수 없으므로 구호식량을 아껴 먹으며 지낸다고 했습니다. 그가 "축구를 보는 동안은 저도 축구선수입니다"라는 말을 할 때는 뭔가 그윽한 경지가 느껴지는 듯했습니다.

바로 그 한마디가 나의 화두를 풀어주는 단서가 됐습니다. 캠프 사람들에게 축구는 모두를 하나로 묶어 주는 단단한 끈입니다. 2002년 한·일월드컵에서 붉은악

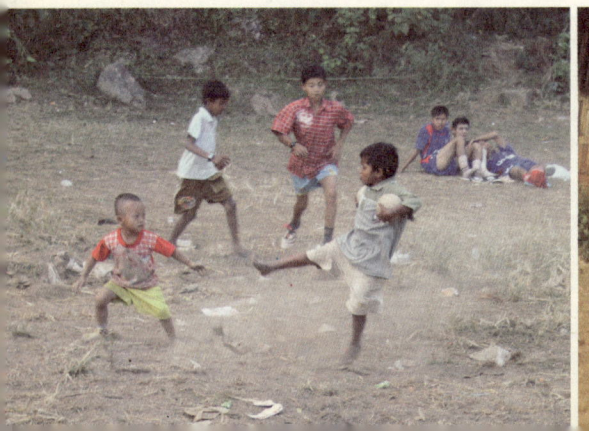
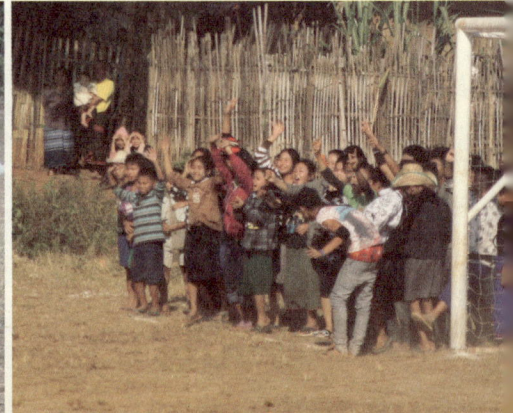

마의 함성과 국가대표팀의 투지가 대한민국에 '꿈은 이루어진다'는 확신을 심어 주었던 것처럼, 지금 누포캠프 사람들은 축구를 하면서 하나가 되고 축구를 보면서 하나가 됩니다. 외부의 압력을 받을수록 그 내벽을 팽창시키는 축구공 안쪽의 공기처럼, 캠프 사람들은 꿈과 희망의 신축성을 잃지 않고 있는 것입니다. 누가 말했던가요, 축구공은 둥글다고.

이들에게 축구는 미래입니다. 생활은 가난해도 마음은 건상하고 몸은 갇혀 있어도 무한한 세상으로 날아가는 꿈으로 응결된 이들의 미래인 겁니다. 기회가 되면, 이들의 리그가 어떻게 구성되어 어떻게 진행되는지 알아봐야 하겠습니다. 축구화를 신지 못한 선수들이 절반인 것이 마음에 걸립니다. 형편이 되면 어떤 형태로든 이 축구 리그를 지원하는 것도 좋은 일이겠습니다. 이들이 축구에 열광하는 것은 스스로의 미래에 열광하는 것이고 그런 미래가 있는 한 이들은 언제나 행복할 것이니 말입니다.

캠프의 남서쪽 끝에 우뚝 솟구쳐 있는 산이 고국을 떠난 사람들에게 현재에 몰입하도록 고향 쪽을 가려주는 병풍이듯, 축구는 현재의 몰입을 내일의 희망으로 살려내는 뜨거운 용광로입니다. 골목에서 바람 빠진 공이나 깡통을 차면서 노는 조무래기들도 머지않아 유니폼을 입고 이 그라운드에서 공을 찰 것입니다. 하지만, 그런 날보다는 이곳 사람들이 정당한 국민의 자격으로 고향으로 돌아가 아무런 제약 없이 떳떳하게 살 수 있는 날이 먼저 와야 할 것입니다. 그 순간을 위해 내일도 이 운동장에서는 축구시합이 열릴 것입니다.

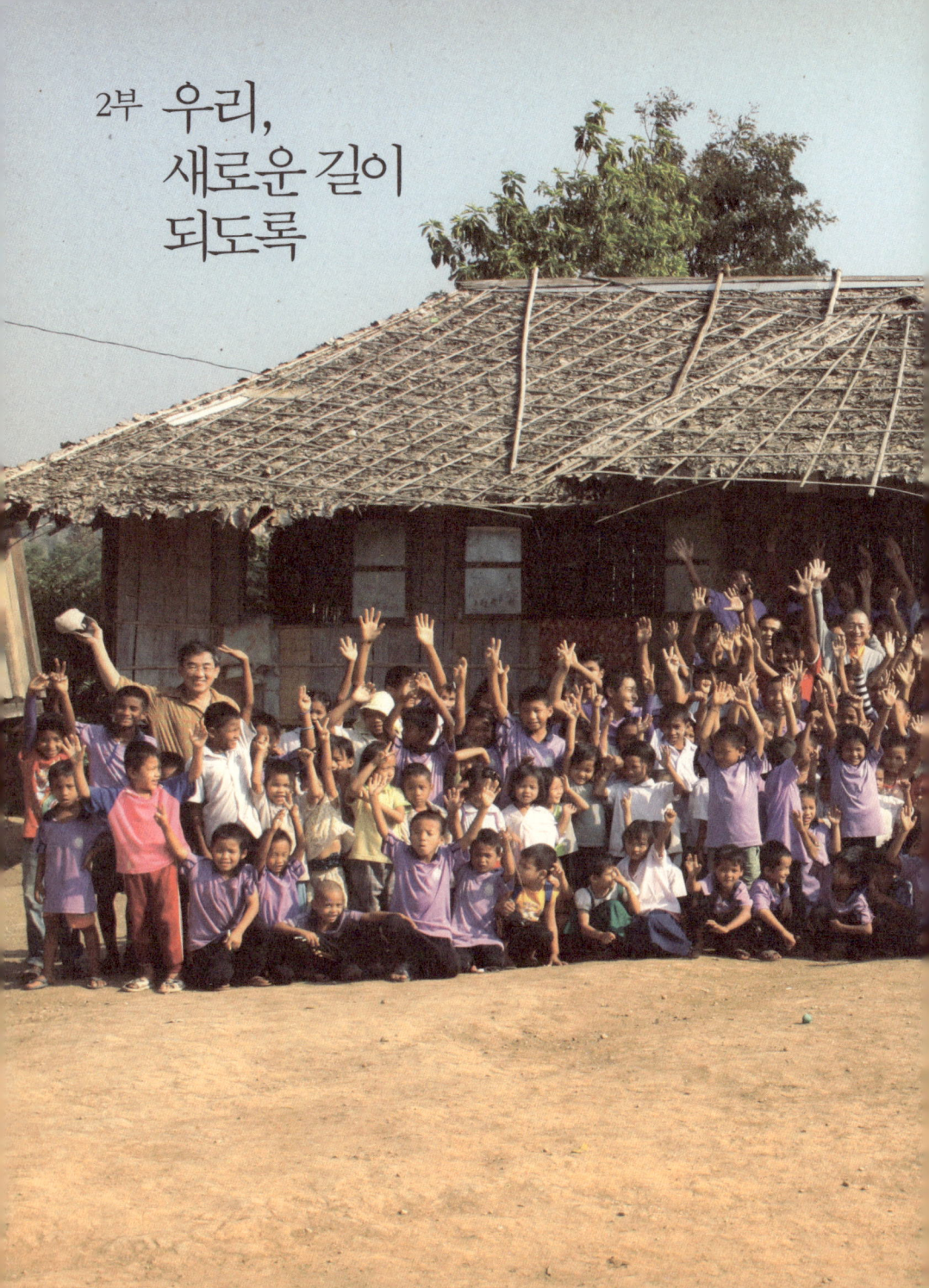

2부 우리,
새로운 길이
되도록

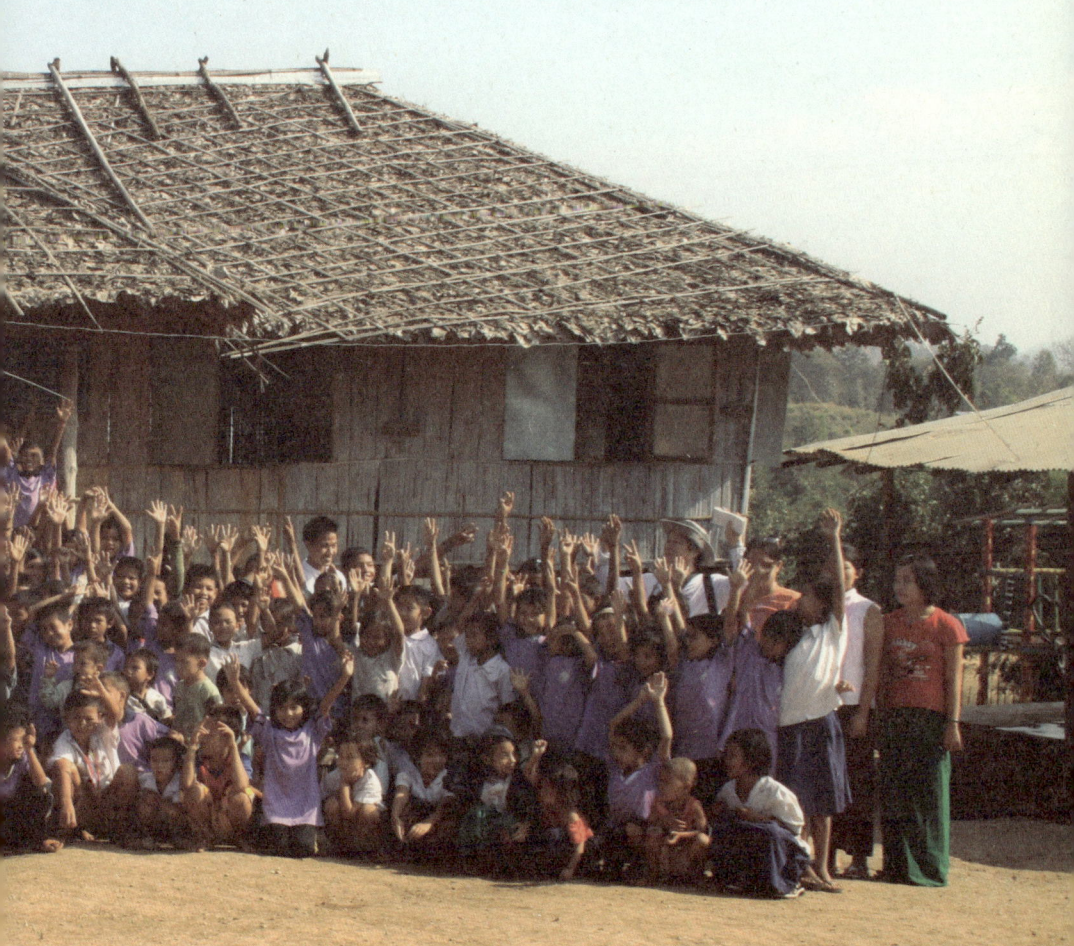

국경도시 메솟. 그 도시가 있어 많은 미얀마 망명자들이 새로운 길을 찾고 있습니다. 그 도시가 있어
국경을 넘은 많은 미얀마 어린이들이 굶주림과 공포로부터 최소한의 보호를 받을 수 있습니다.
그 도시를 알기에는 보다 많은 시간과 만남이 필요할 것입니다. 그러나 그 도시 사람들의 눈빛에서
느껴지는 순결함이 더없이 고맙습니다. 거기서 '나와 너'를 초월한 '우리'를 만날 수 있었습니다.

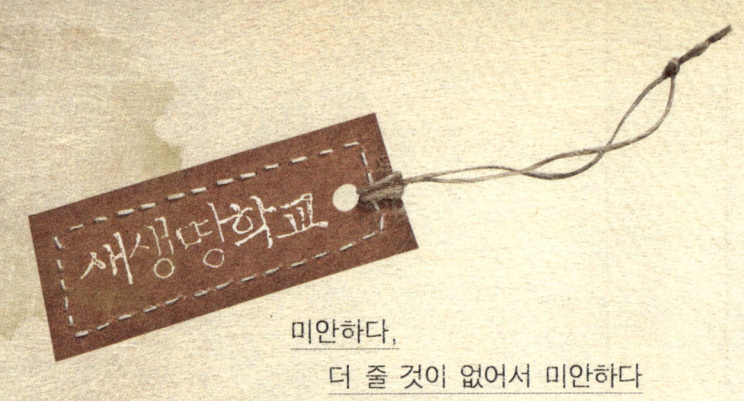

새생명학교

미안하다,
　　　더 줄 것이 없어서 미안하다

태국 국경도시 메솟의 평화와 불안

　메솟Mae Sot은 태국의 작은 도시입니다. 태국 전체 영토의 중앙에서 서북부 미얀마와의 국경 쪽에 있습니다. 방콕에서 800㎞가 넘는 거리이고 버스로 8시간을 달려가면 도착합니다. 굳이 우리나라에 비유한다면 강원도 양구쯤이 아닐까 싶습니다.

　인구는 20만 명이라고 하는데 절반이 미얀마에서 넘어온 사람들입니다. 여기서 말하는 미얀마 사람이란 시민권을 얻은 경우이고, 난민으로 유입된 미얀마 인구는 집계가 불가능합니다. 고아들이나 청소년들이 고아원에 수용되어 사는 경우가 있고, 가족들이 통째로 숨어 사는 경우도 있습니다. 불법 취업하여 숨죽이며 사는 난민들도 많다고 합니다.

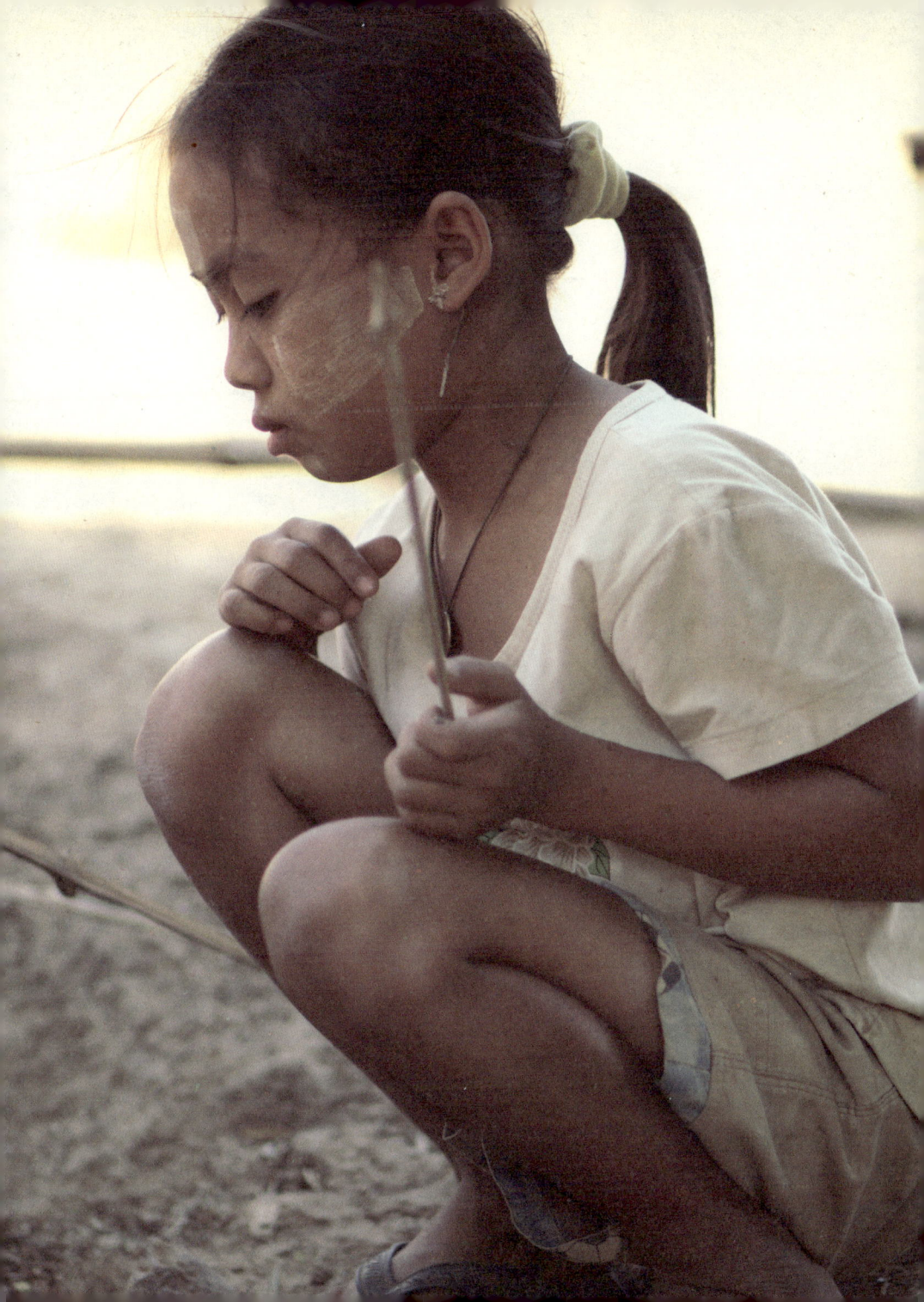

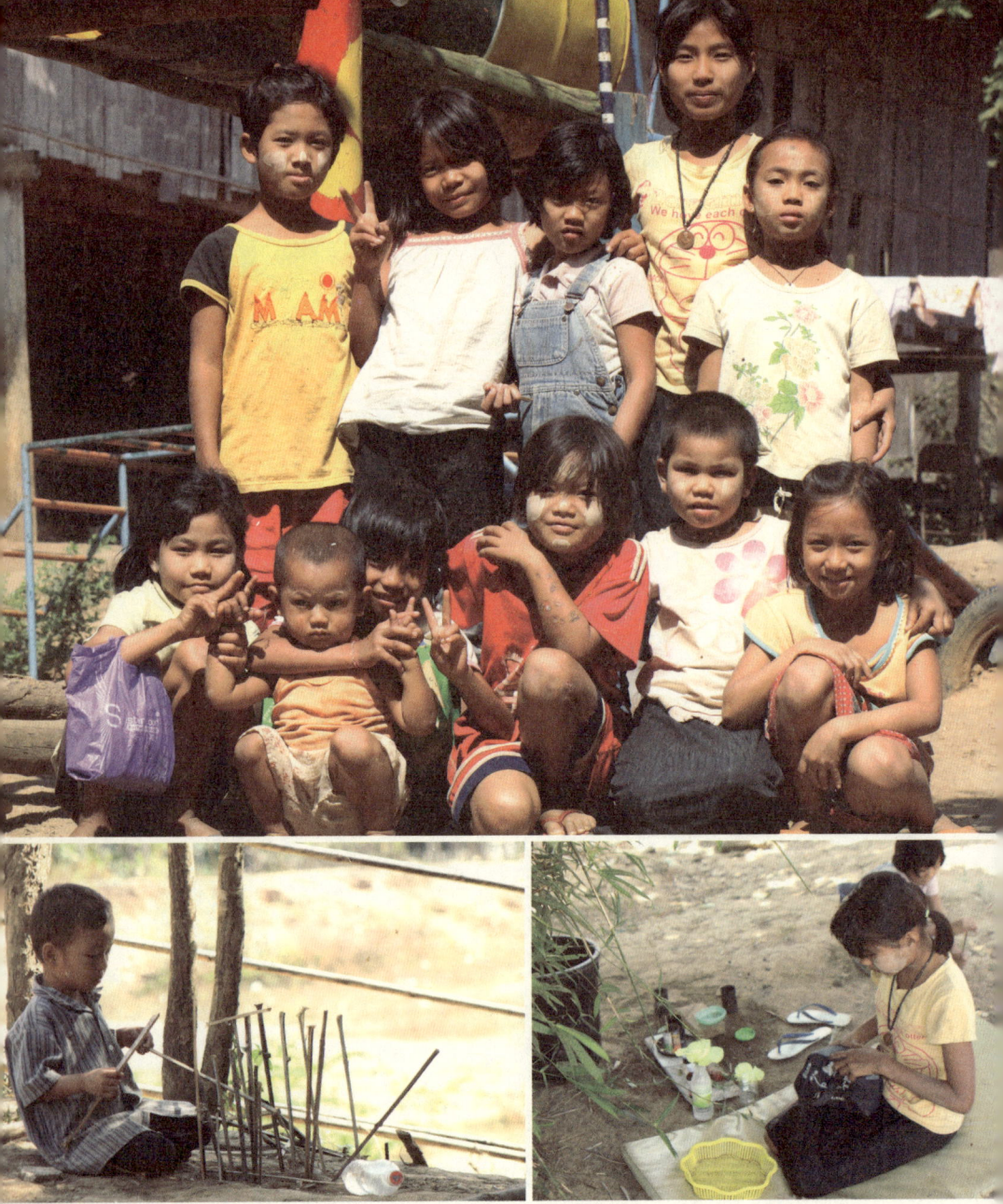

△ 새생명학교에는 100명이 넘는 고아들이 함께 살고 있다
▽ 아이들의 소꿉놀이

시민권을 얻기까지 많은 시간과 노력이 필요하겠지만, 미얀마 난민은 쉽게 이민을 신청하거나 망명을 신청하는 행정 절차를 밟을 수 없다고 합니다. 미얀마와의 국경을 이루는 거대한 정글에 사는 난민도 300만 명에 이를 것으로 추산되는데, 이렇게 훤한 도시에 난민들이 유입되고 그들 나름대로의 신분이나 거주권이 공인된다면 엄청난 혼란이 야기될 것이기 때문입니다.

이 도시에 살기 위해서는 한 가족이 한 달에 42바트의 주민세를 내야 합니다. 우리나라 돈으로 치면 2000원이 채 안 되는 금액이지만, 집도 절도 없이 국경을 넘어와 정착한 사람들에게는 적은 돈이 아닙니다. 더구나 제때 내지 못해 연체되면 연체료가 배 이상 붙는다니 만만치 않은 도시임을 알게 합니다.

메솟은 미얀마 난민들이 가장 많이 유입되는 곳입니다. 정치적으로 망명해 온 사람도 많고 미얀마의 민주화운동을 전개하는 아웅산 수치가 이끄는 조직(민족민주동맹 NLD)의 사무실도 있습니다. 군데군데 사원과 학교가 있고 이른 아침에 스님들의 탁발행렬을 볼 수 있는 메솟은 매우 평화로워 보이는 도시지만, 그 속에는 늘 긴장과 불안에 떠는 사람들이 있습니다.

미얀마 난민은 스스로 난민의 길을 선택한 사람들입니다. 그러나 그들이 그 길을 선택할 수밖에 없었던 현실을 설명하기 위해서는 '공포와 가혹'이라는 단어를 사용하지 않을 수 없습니다. 그들은 오랜 군부 독재 아래 정치적·경제적으로 억압받고 소외된 현실을 떠나 스스로 난민이 되었습니다. 난민들의 대부분은 공포로부터의 탈출을 감행한 사람들입니다. 국경 주변에서 혹은 도심에서 군부와 맞서는 총격전이 벌어지면 맨몸으로 살던 마을을 떠나 국경을 넘어 정글로 몸을 피합니다.

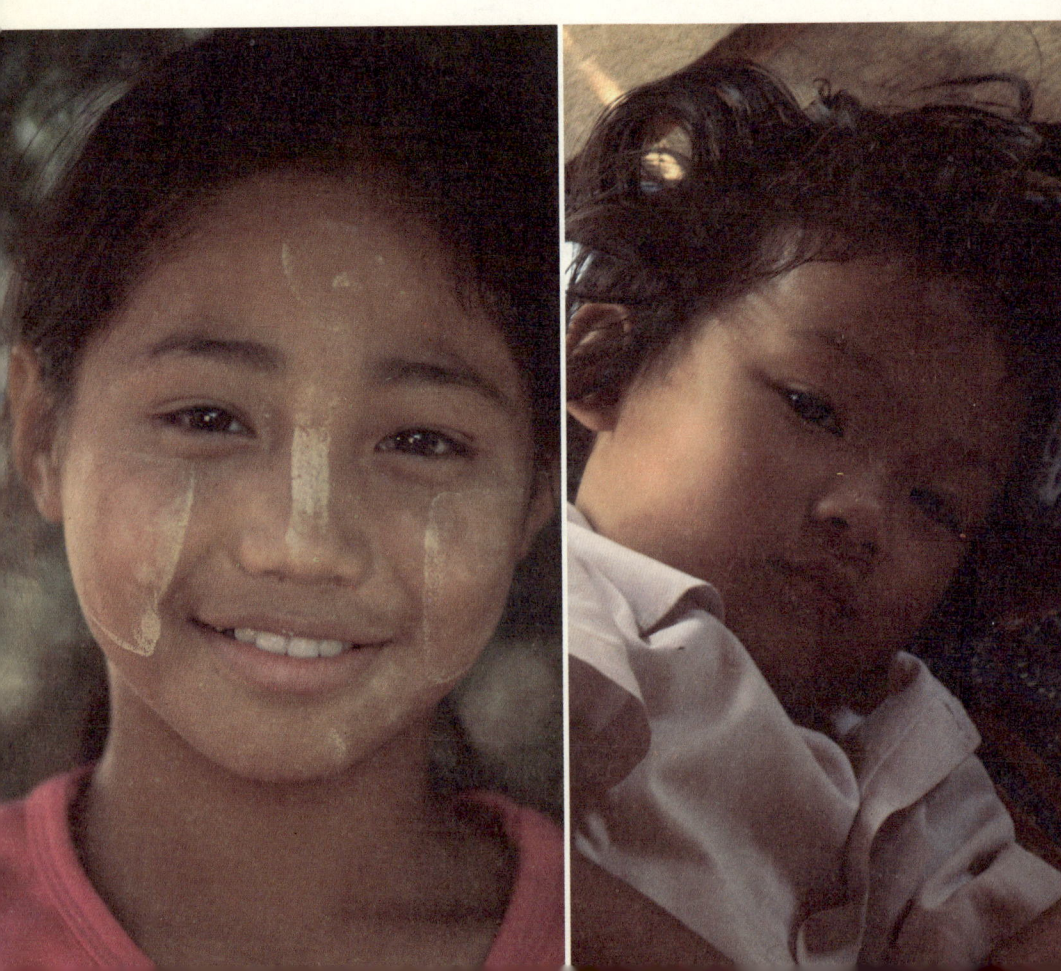

유엔난민기구 등의 단체가 그들의 생계를 돕지만 끝까지 책임질 수는 없는 일이고
보면, 난민수용소라는 임시조치는 말 그대로 임시일 뿐입니다. 그러한 임시 시설에
서는 의식주를 해결하는 일만큼이나 아이들 교육, 질병과의 싸움 등이 해결되지 않
는 숙제로 남아 있습니다.

저 깊은 눈에 '소외'와 '공포'
'가난의 고통'을
심어주는 사람은 누구인가?

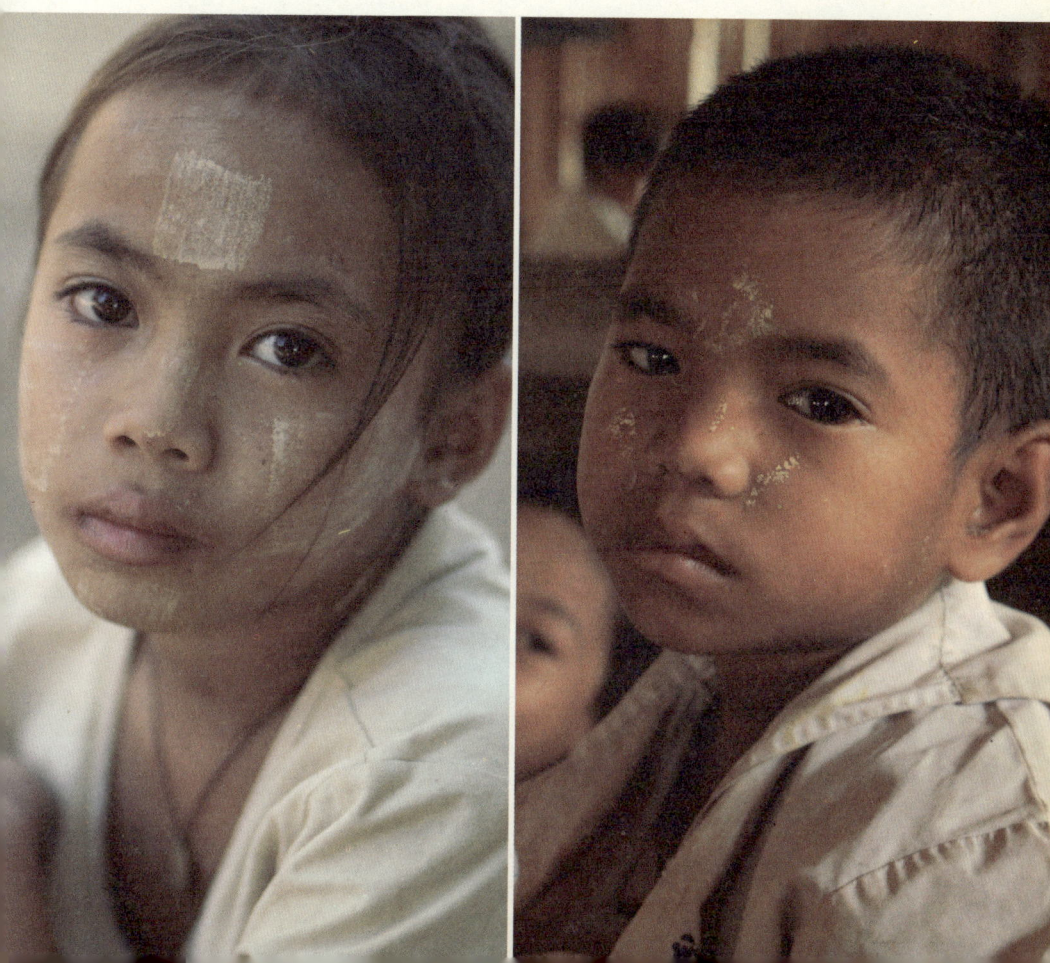

한국 어린이들이 보낸 85달러

메솟의 변두리에 새생명학교 New Blood School 가 있습니다. 이름은 학교지만 정식
교육기관으로 인정받는 곳은 아니고 미얀마에서 넘어온 아이들이 공부를 하는 곳입
니다. 이 학교에는 고아들이 127명이나 생활하고 있습니다. 세 살에서 열두 살까지
의 아이들이 대부분입니다. 미얀마에서 고아가 되었거나 국경을 넘다가 부모를 잃
은 아이들입니다.

현재 이 학교의 전체 학생 수는 337명입니다. 학교 안에서 먹고 자는 고아 외에는
걷거나 차량을 이용해 등하교를 하는데 부모와 함께 국경을 넘어온 아이들입니다.
대부분 초등학교 과정을 공부하지만 중학교 과정을 배우는 학생들도 50명이나 됩
니다.

8년 전에 학교를 설립해 숱한 어려움을 감내하면서도 울타리를 허물지 않고 버텨
온 쇼우 Shaw 교장은 부인과 함께 학교 안에서 생활하며 고아들을 극진하게 보살핍
니다. 그는 전생에 어떤 업을 지었기에 지금 이렇게 많은 아이들을 보살피고 있을까
요? 정작 자신은 자식이 없으면서요.

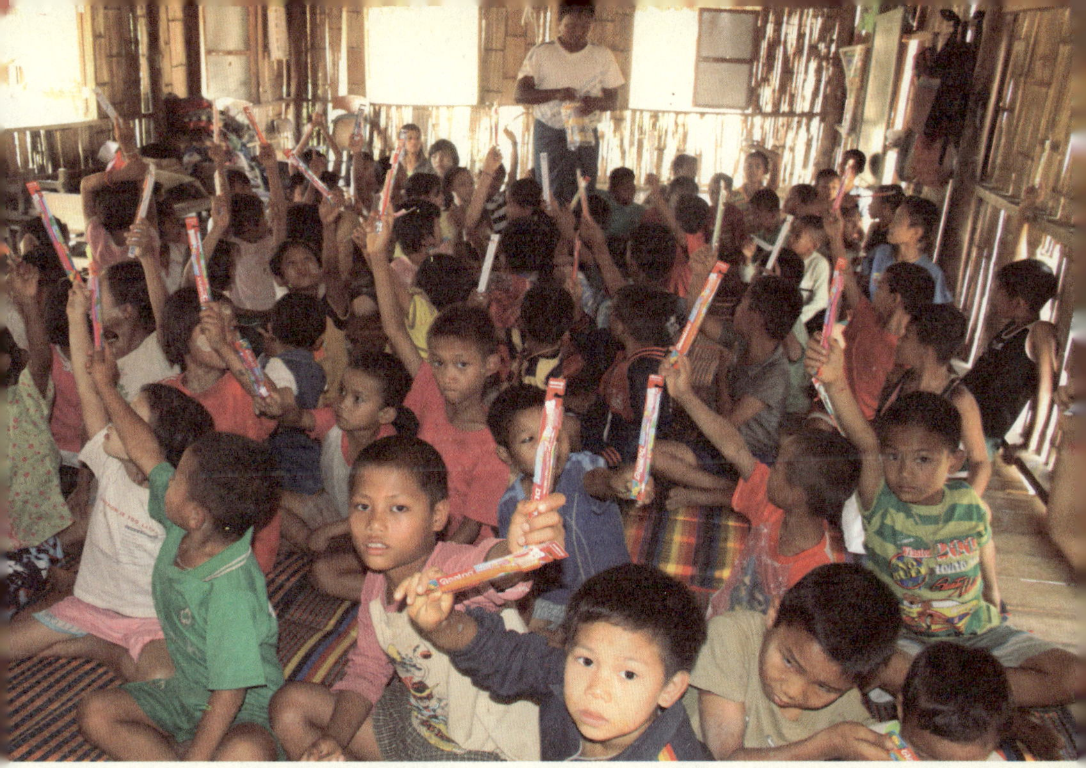

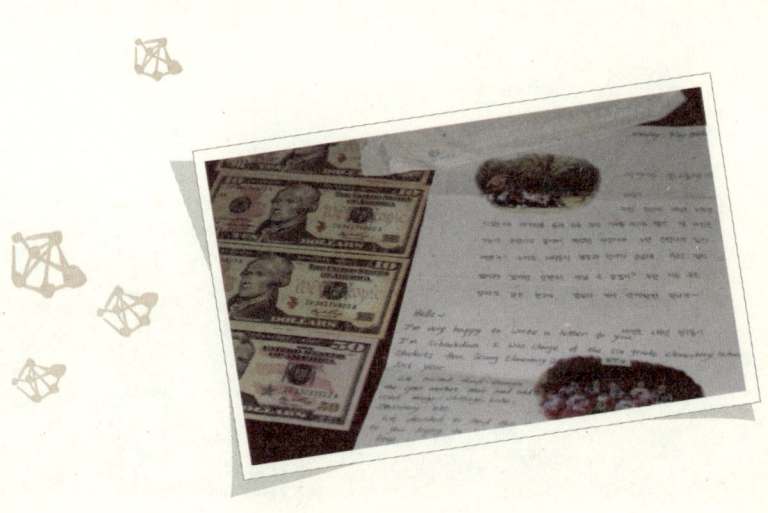

후원물품을 실은 트럭이 새생명학교 마당으로 들어섭니다. 마당가에서 놀던 아이들이 몰려듭니다. 과자상자와 돗자리, 이불, 콩기름, 세제, 칫솔, 치약, 세숫비누, 축구공 등을 마당에 내려놓으니 아이들은 마냥 신나 합니다.

쇼우 교장은 아이들과 함께 기념사진을 찍자고 하고 영봉 스님은 "뭐 그런 절차가 필요하냐"고 거절하지만 결국 사진 몇 장을 남기고 교실로 들어갑니다. 말똥거리는 눈으로 쳐다보는 아이들에게 칫솔을 하나씩 나눠 주고 과자도 직접 손에 쥐여 줍니다. 그러는 동안 이 아이들에게 무엇을 지원해 주는 과정에서 가장 중요한 것은 직접 손에 쥐여 주고 어깨나 얼굴을 한번 쓰다듬어 주는 것임을 깨닫습니다.

"자, 여러분! 아주 반가운 소식을 전해 드리겠습니다."

영봉 스님이 아이들에게 편지 한 장을 보여줍니다.

"이 편지는 한국의 충주라는 도시에 있는 세성초등학교 학생들이 쓴 것입니다. 여러분과 만난 적은 없지만 한국의 학생들이 여러분을 위해 아주 아름다운 마음으로 선물을 보냈습니다."

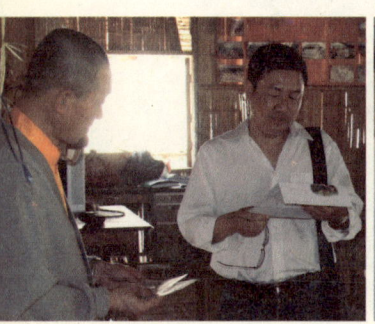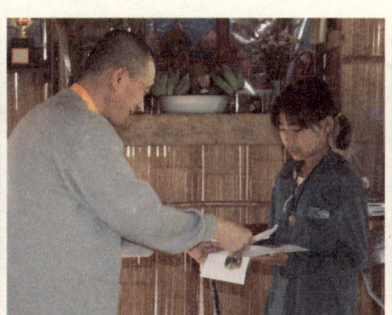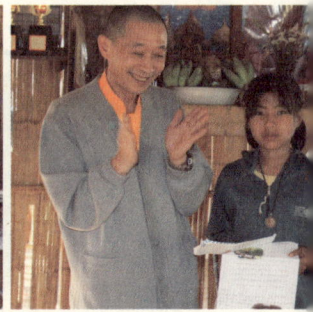

세성초등학교 6학년 아이들이 학급에서 바자회를 열어 85달러를 모았습니다. 그 돈과 편지를 새생명학교에 보내 달라고 해 영봉 스님이 품에 넣어온 것입니다. 함께 간 미얀마 민족민주동맹 활동가 모우 자 우Moe Ja Woo 씨가 세성초등학교 아이들의 편지를 읽습니다. 편지는 아이들이 한글로 쓴 부분과 선생님이 영어로 아이들의 마음을 전한 부분으로 나누어져 있습니다. 아래 위로는 학생들의 단체사진도 들어 있습니다. 모우 자 우 씨는 영어로 된 부분을 아이들이 잘 알아듣도록 카렌어로 설명해 줍니다. 세성초등학교 아이들이 쓴 편지글은 이렇습니다.

"미얀마 친구들에게, 안녕? 우린 작년에 세성초등학교 6학년이었는데, 바자회를 통해 돈을 모아 기부하기로 했어. 위 사진은 가을에 은행나무 밑에서 찍은 사진이야. 노란 은행나무잎이 예쁘지? 우리도 너희들의 계절과 언어가 궁금해. 지금은 멀리 떨어져 있지만, 언젠가는 만날 수 있겠지? 우린 사는 곳은 달라도 같은 친구야. 열심히 커서 언제 한번 만나자. 세성초 6학년 친구들이."

편지와 기부금을 전해 받은 쇼우 교장은 "반드시 답장을 써 줄 테니 한국의 친구들에게 전해 달라"며 아이들에게 다시 한 번 이 편지가 온 사연을 설명합니다.

나눔이란 것, 자칫 있는 사람이 없는 사람에게 베푸는 것이라고 생각할 수도 있습니다. 그러나 그런 게 결코 아닙니다. 있는 것을 나누고 물질을 나누는 것으로 보이기 쉽지만, 그것으로 나눔은 완성될 수 없습니다. 정작 중요한 것은 마음입니다. 나누려는 마음이고 나눔을 기뻐하는 마음, 나눔으로써 행복해지는 마음입니다.

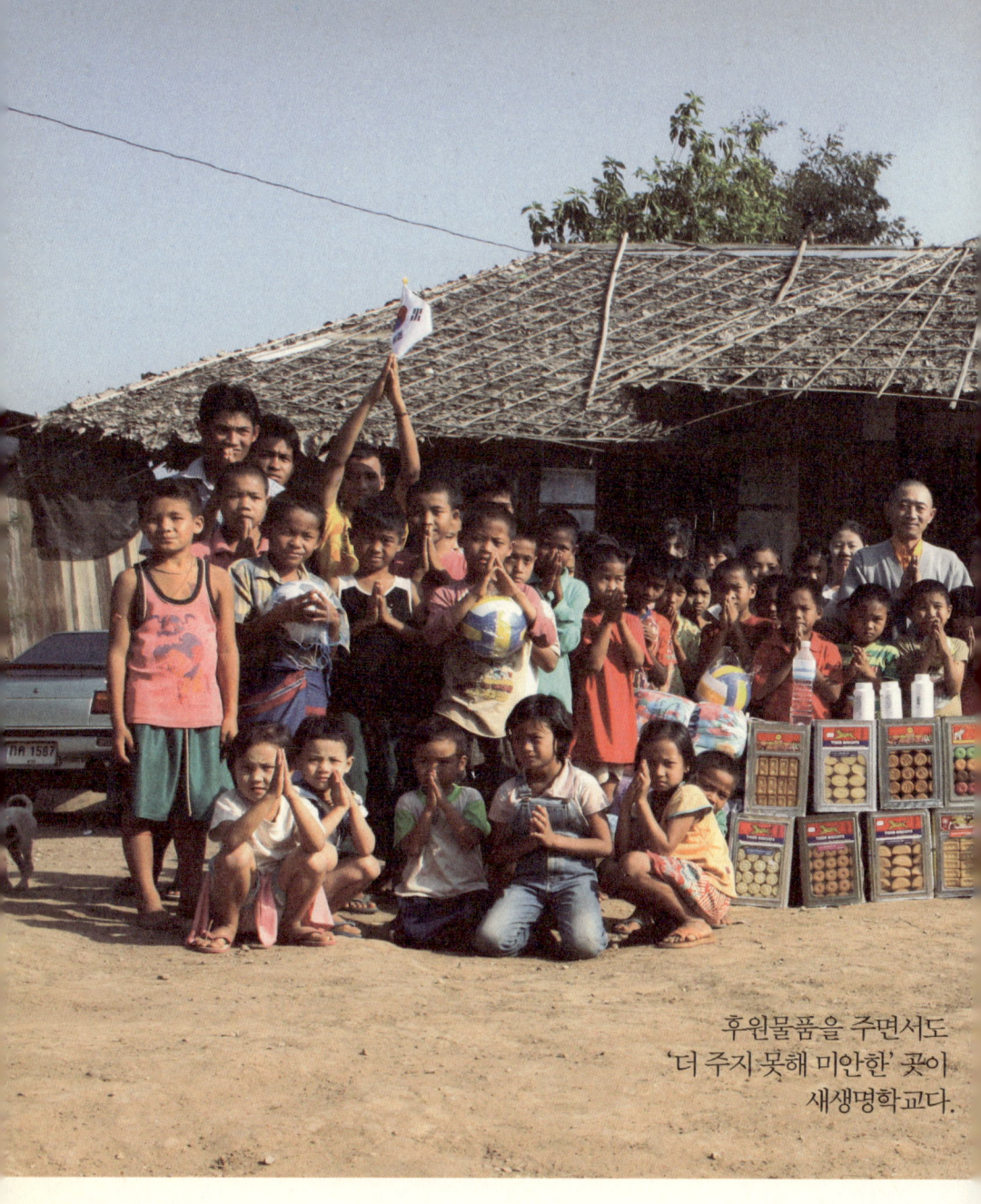

후원물품을 주면서도
'더 주지 못해 미안한' 곳이
새생명학교다.

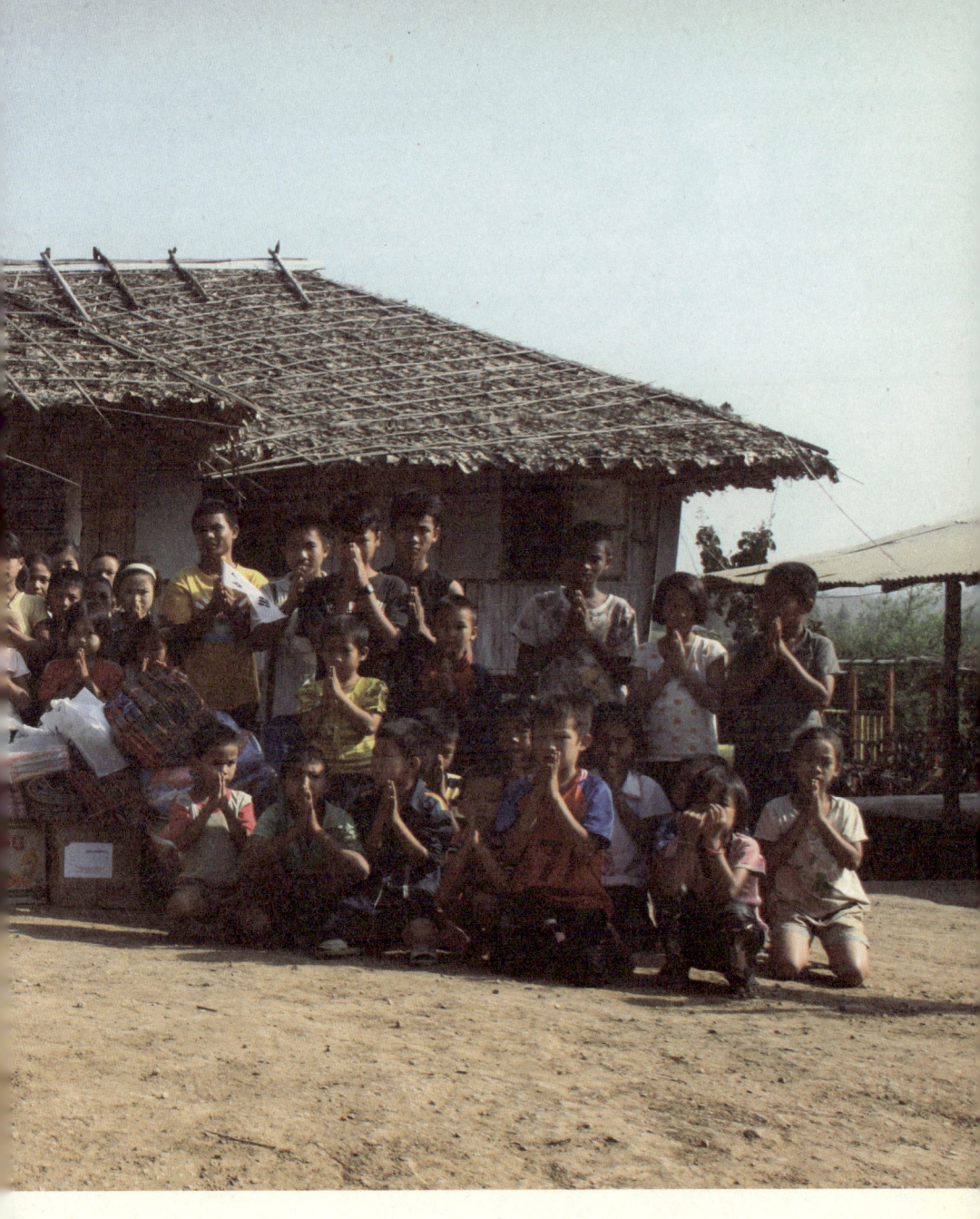

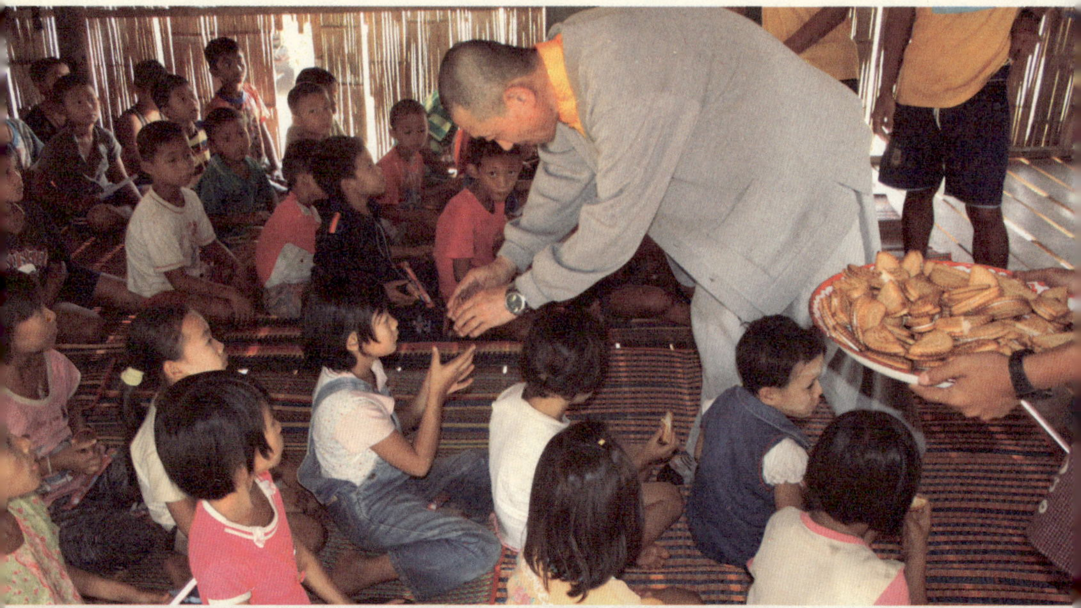

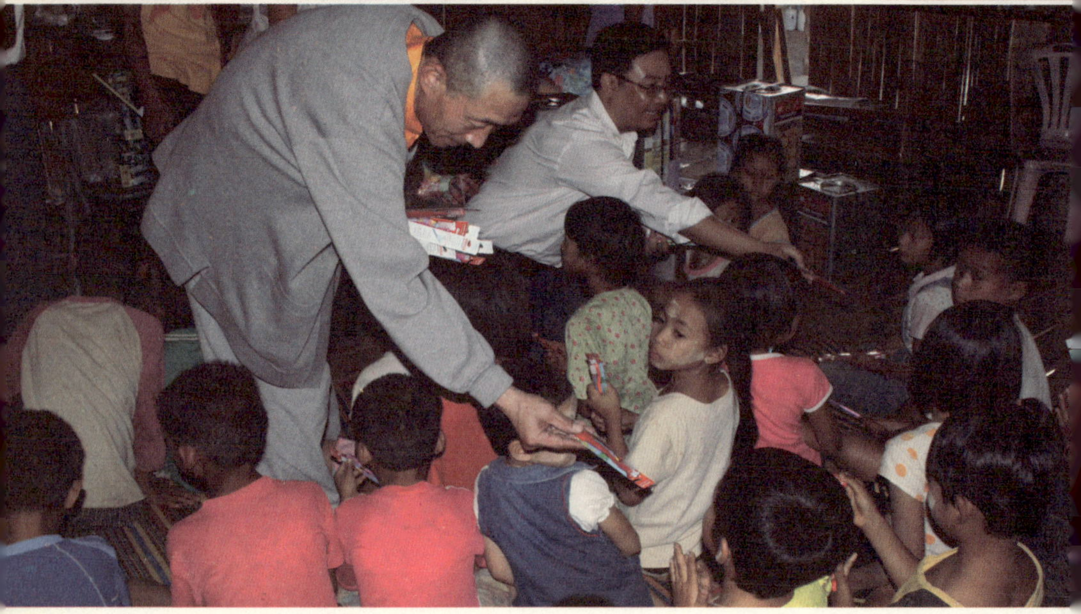

"나누지 않는 것은 죄악이다." 마하트마 간디의 이 말은, 있고 없고의 문제로 나눔을 설명하지 않습니다. 탈무드에서도 "자선을 행하지 않는 인간은 아무리 풍부한 부자일지라도 맛있는 요리가 즐비한 식탁에 소금이 없는 것과 같다"고 가르치고 있습니다.

나눔은 쌍방향입니다. 어느 일방이 일방을 향해 나누는 것이 아니라 주고받는 사람의 뿌리 깊은 인연이 교신히는 것입니다. 그래서 나눔 그 자체에는 '주었노라' 하고 드러낼 것도 없고 '받았노라'고 되새길 것도 없습니다. 주는 이의 마음과 받는 이의 마음 그리고 주고받는 그 물건이 깨끗하면 그것으로 되는 것입니다. 이를 불교에서는 주는 이의 마음과 받는 이의 마음 그리고 주고받는 그 물건이 깨끗해야 한다고 하여 '삼륜청정三輪淸淨'이라 하고, 주되 주었다는 생각조차 갖지 말라는 뜻에서 '무주상보시無主相布施'라고 합니다.

한 교실에 두 학급 나눠 앉아 수업

"최근 1년 사이에 밀려드는 고아들 때문에 힘들지만 그 누구도 내칠 수 없어 들어오는 대로 받아들이다 보니 그 수가 배를 넘었고 지금도 자꾸 늘어나고 있습니다."

쇼우 교장과 마주 앉아 이런저런 얘기를 듣습니다. 쇼우 교장은 태국인 교사 1명과 미얀마인 교사 8명이 새생명학교를 이끌고 있지만 모든 게 부족하고 열악하다고 말합니다. 교사들의 월급은 YWCA 산하 '좋은 친구들 Good Friend Center'이 지원해주는데 1인당 2000바트 정도라고 합니다.

"점점 아이들의 수가 늘어나지만, 지금 상태에서 이 학교가 운영되기 위해서는 매달 7만5000바트 정도가 필요합니다."

7만5000바트는 약 300만원, 2500달러입니다. 학교에서 생활하는 고아들 127명을 포함해 300명이 넘는 아이들이 먹고 공부하는 데 필요한 돈이 300만원이라면, 한 아이에게 드는 교육과 숙식 비용이 한 달에 1만원이란 계산이 나옵니다. 그런데 쇼우 교장은 이 돈이 여의치 않아 늘 곤궁하다고 설명합니다.

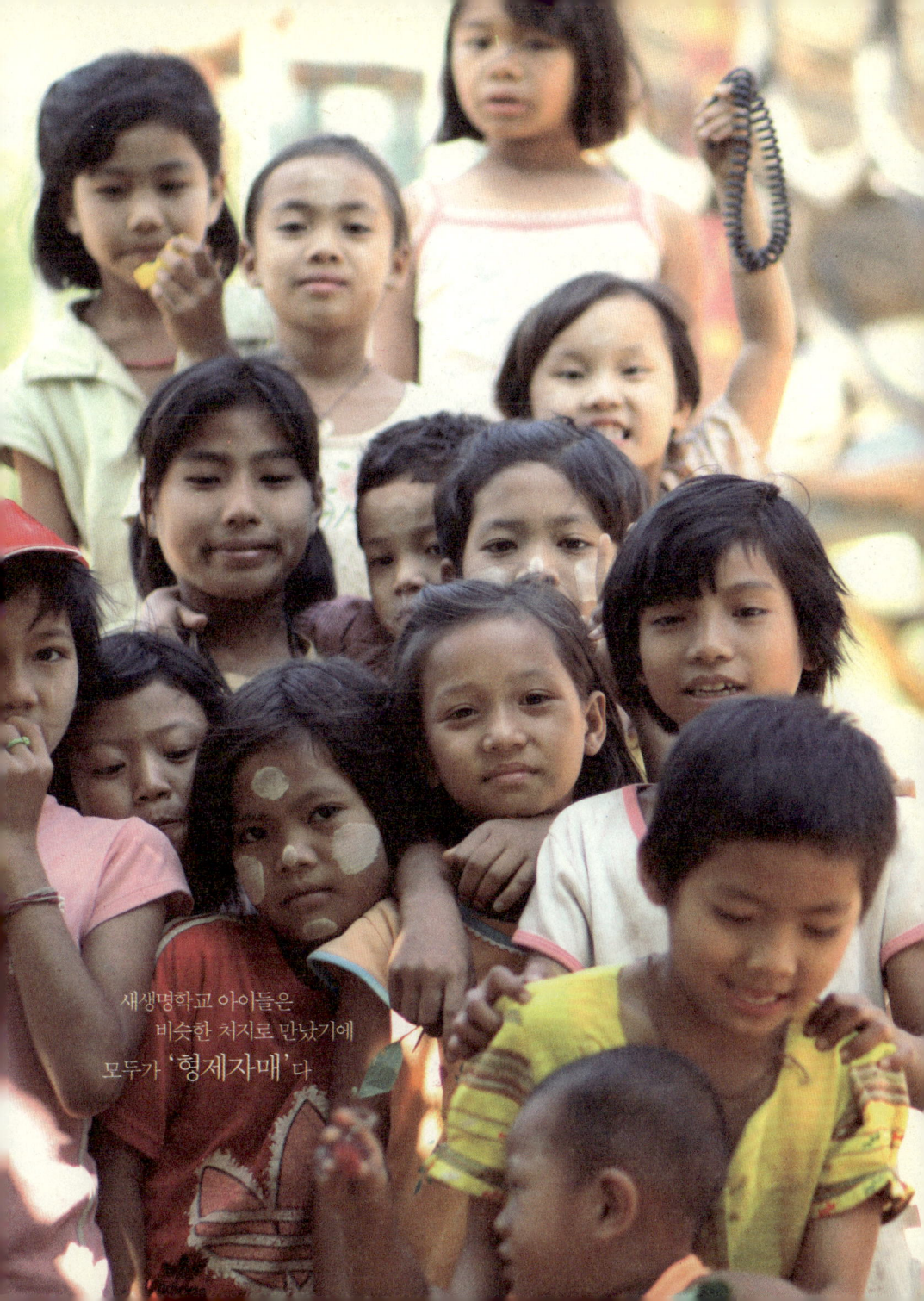

새생명학교 아이들은
비슷한 처지로 만났기에
모두가 '형제자매'다

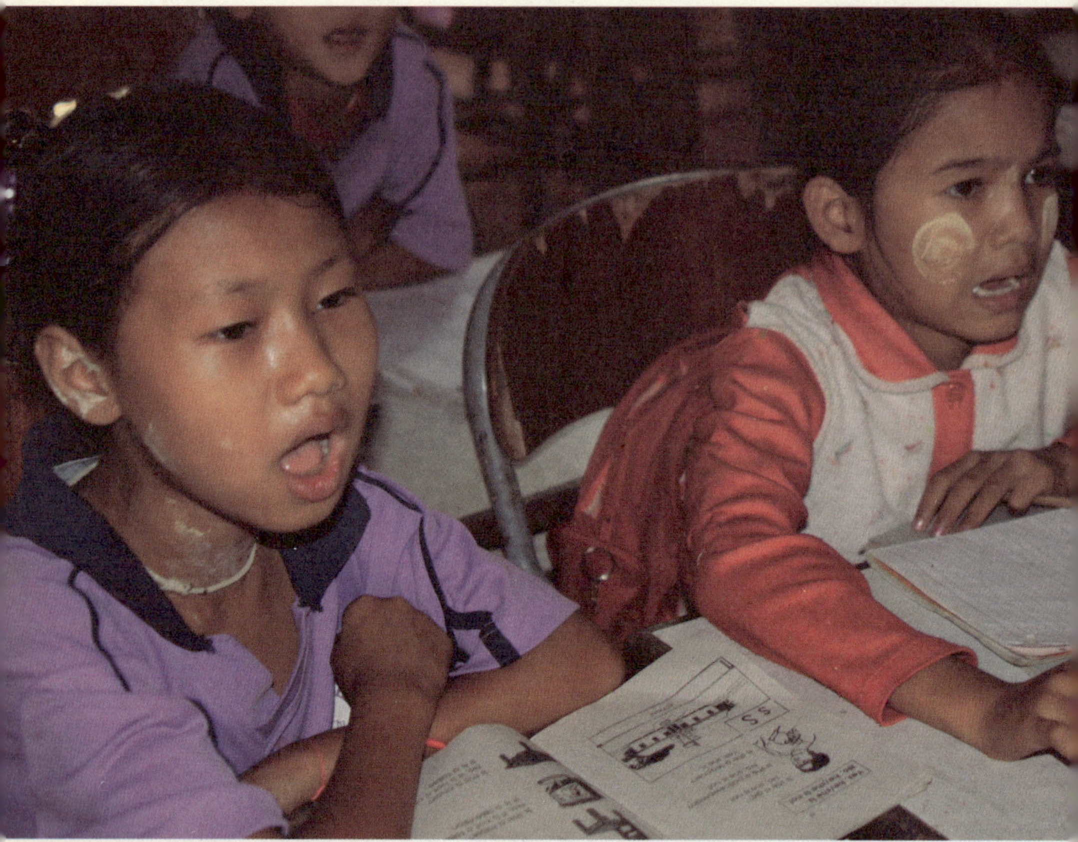

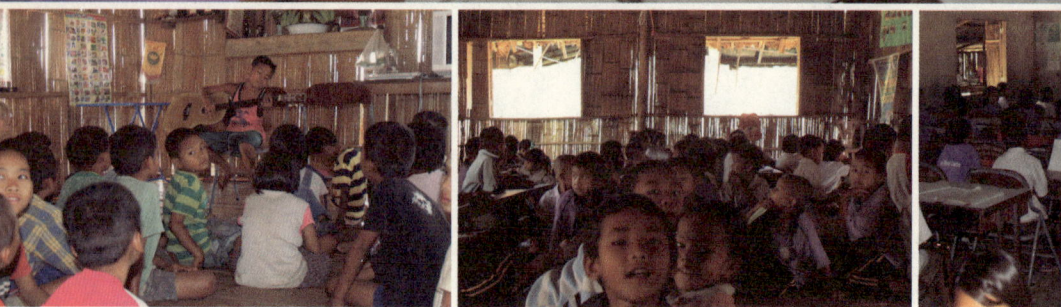

부족하면 부족한 대로 살 수밖에 없는 새생명학교의 현실은 언제 좋아질는지요.

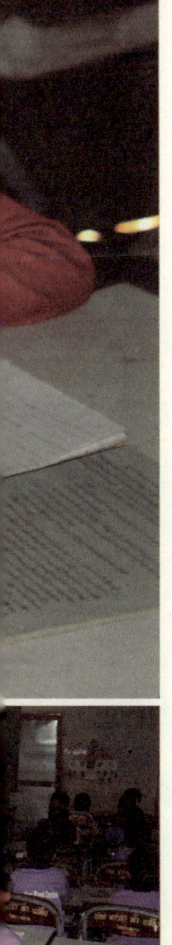

외부지원 외에 수입구조가 없기 때문에 늘 살림살이가 어려울 수밖에 없다는 것은 충분히 이해됩니다. 인심 넘치는 이웃집 아저씨 같은 쇼우 교장은 늘 웃는 얼굴인데, 그렇게 웃는 얼굴이 아니면 아이들이 불안해할지도 모릅니다.

이 학교를 운영하는 데 있어 쇼우 교장에게 가장 난감한 것은 아이들이 자꾸만 늘어난다는 것입니다. 국경 지역의 상황이 좋아지지 않는 탓에 고아들이 늘어나고 찾아오는 아이들을 돌려보낼 수도 없다는 겁니다.

"여기서 그 아이들을 받아주지 않으면 갈 곳이 없습니다. 잘 곳이 좁아도 좁은 대로 살아야 하고 먹을 것이 부족해도 부족한 대로 살아야 할 뿐입니다."

참으로 대책 없는 소리 같지만 그게 최선의 대책인 것이 이 학교와 메솟 인근 국경지역의 현실입니다.

"학교부지는 어떻게 마련되었나요?"

"처음엔 다른 곳에 학교를 세웠는데 너무 좁고 불편해서 이곳으로 옮겼습니다. 이 구역은 개인 소유지입니다. 한 달에 1000바트의 사용료를 내야 합니다. 저 건너 운동장도 마찬가지입니다. 운동회라도 하려면 그 공터를 빌려서 써야 합니다. 여기는 난민수용소가 아니기 때문에 모든 것에 사용료가 따라붙으니 더 힘듭니다."

학교의 면적은 대략 1700평쯤인데 교실과 숙소로 쓰는 4개의 건물이 있고 공터가 있고 채소밭이 있습니다. 채소밭에서는 푸른 채소가 자라고 있습니다. 교장 내외와 교사들은 채소밭에 지극한 정성을 쏟습니다. 씨 뿌려 거둘 수 있는 채소가 아니면 부식비용이 더 들기 때문입니다.

"아직 어린 아이들이니 종교는 없겠군요."

"아닙니다. 모두가 불교신자들입니다. 미얀마 국민의 90%가 불자입니다. 이 지역 인구의 대부분을 차지하는 카렌족이 의외로 기독교를 많이 신봉하는데, 그것은 선교사들의 활약 덕분입니다. 하지만 이 학교에 있는 아이들은 모두 자신이 불자라고 말합니다. 두 명이 교회를 다니고 있지만요."

아이들은 매일 아침 경전을 독송한다고 합니다. 그것은 그들의 전통에 따른 일과일 뿐이지, 종교적 강요를 할 수 있는 상황은 아닌 듯합니다. 다만, 이 학교를 공식적으로 후원하는 불교관련 국가나 단체가 있다면 아이들에게 커다란 자부심으로 작용하리란 생각입니다.

"'히말라야의 꿈'이라는 작은 단체가 영봉 스님을 지원하고 있습니다. 그 단체는 영봉 스님의 미얀마 난민과 히말라야 오지마을 교육 지원 사업을 후원하기 위해 결성된 단체입니다. 한국의 한 스님과 그 스님을 돕는 불자들 그룹이 이 학교를 공식 지원해 왔고 앞으로도 지원은 계속될 것입니다."

"네, 앞으로도 지속적인 지원을 기대합니다."

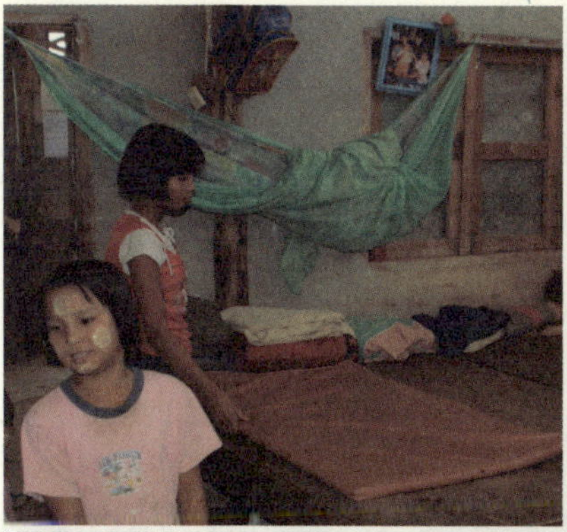

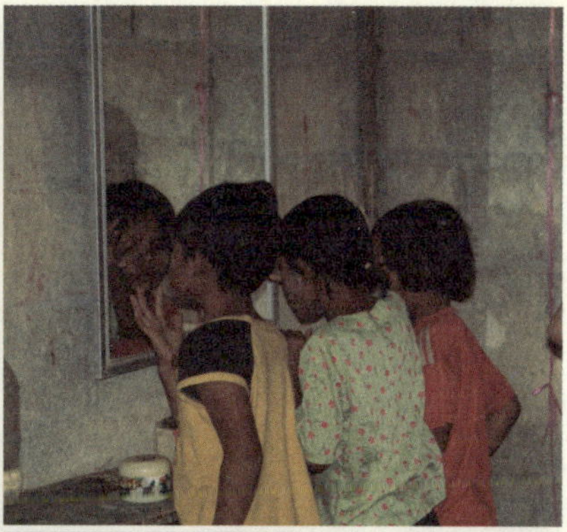

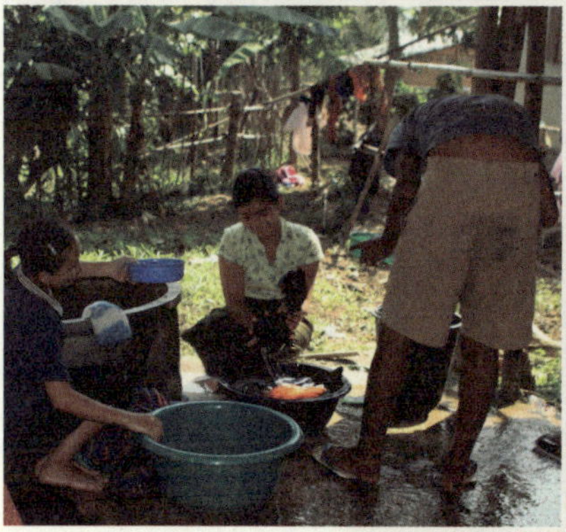

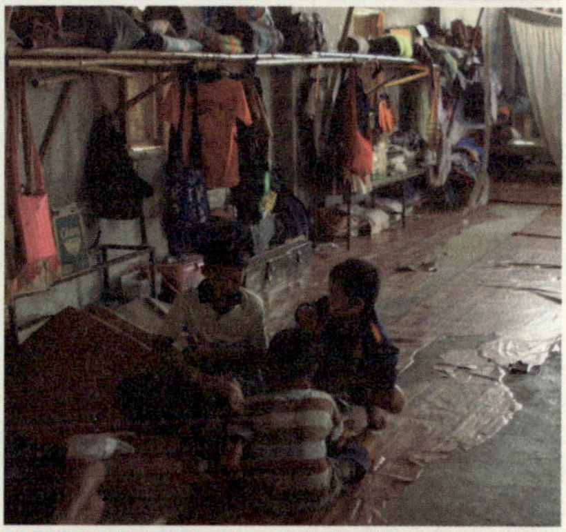

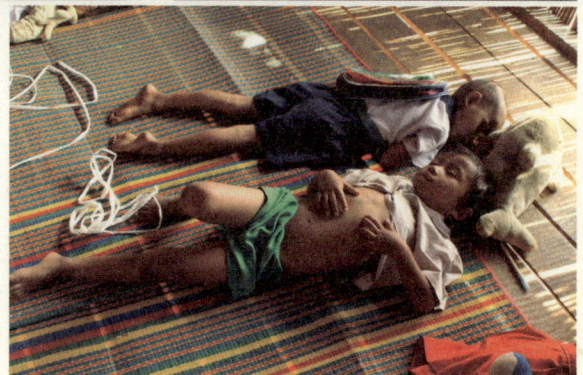

새생명학교의
방과 우물
그리고
낮잠 자는 아이들

하루 두 끼와 세 끼의 아득한 간격

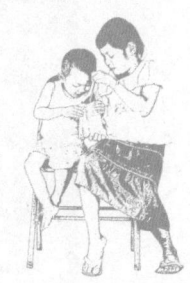

점심시간이 되었습니다. 아이들이 우르르 부엌 앞으로 몰려갑니다. 따라가 보니 이미 밥솥과 국솥이 나와 있고 쇼우 교장의 부인과 교사들이 배식을 합니다. 그 앞에 한 줄로 서 있는 아이들은 접시를 하나씩 들고 있습니다. 밥을 받고 그 위에 야채를 넣어 끓인 국을 끼얹어 줍니다. 그게 전부입니다. 숟가락을 사용하는 아이도 있고 손으로 먹는 아이들도 있습니다. 아이들에게는 차마 물어볼 수 없어 교사에게 물어봅니다.

"메뉴는 자주 바뀌나요?"

교사의 눈빛이 묘합니다. 메뉴를 바꿔 가면서 음식을 만들 형편이 아니라서 미안한 표정 같기도 하고, 이곳 상황을 눈으로 보면서 그런 질문을 하느냐는 핀잔 같기도 합니다. 그러나 분명한 것은 이 학교의 아이들은 거의 모든 끼니를 '그 나물에 그 밥'으로 먹는다는 것입니다. 그나마 하루 세 끼를 먹을 수 있는 것은 최근부터라고 하는데, 고아들이 자꾸만 늘어나면 대책 없이 두 끼로 줄여야 할지 모른다며 어색한 미소를 보입니다.

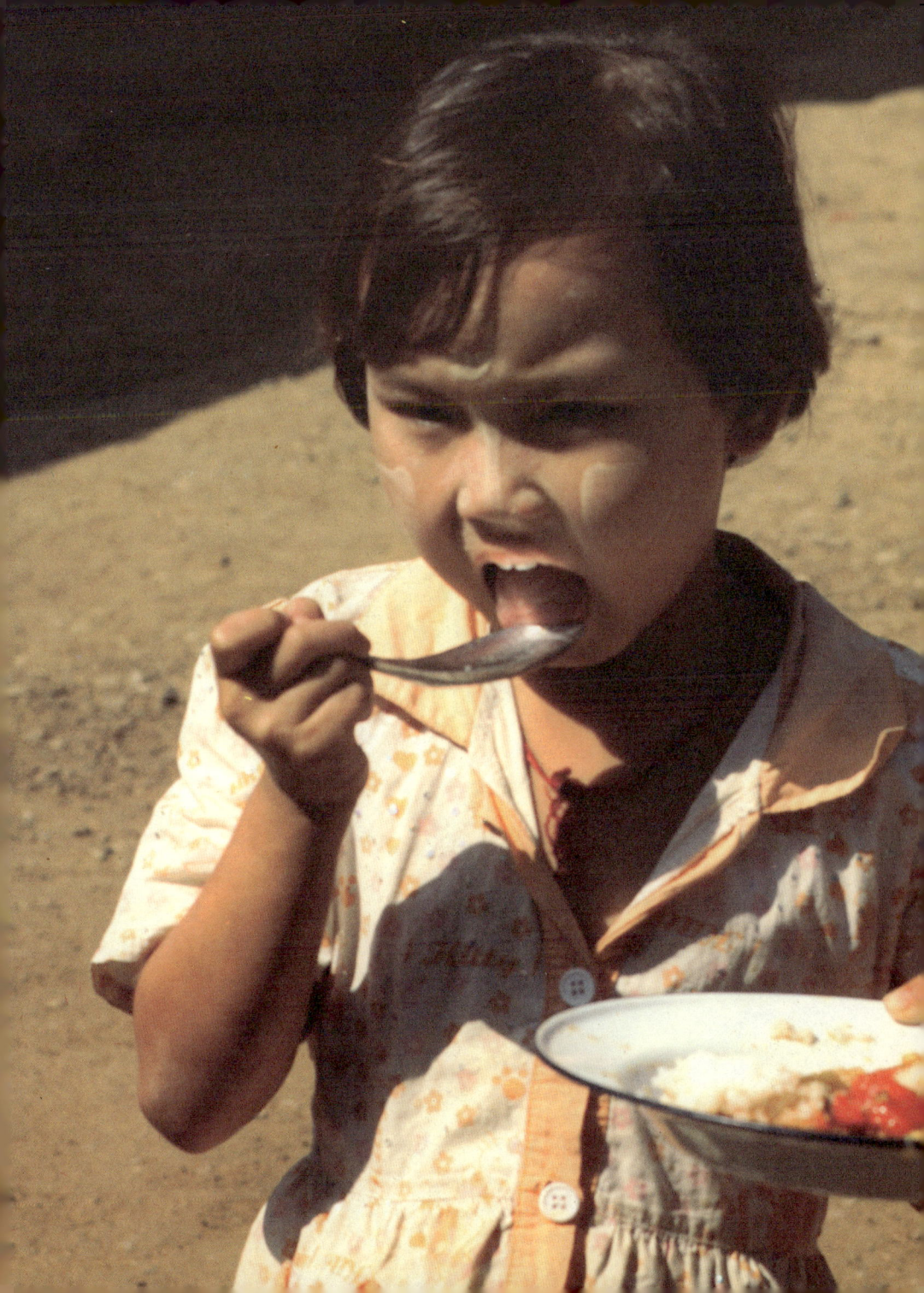

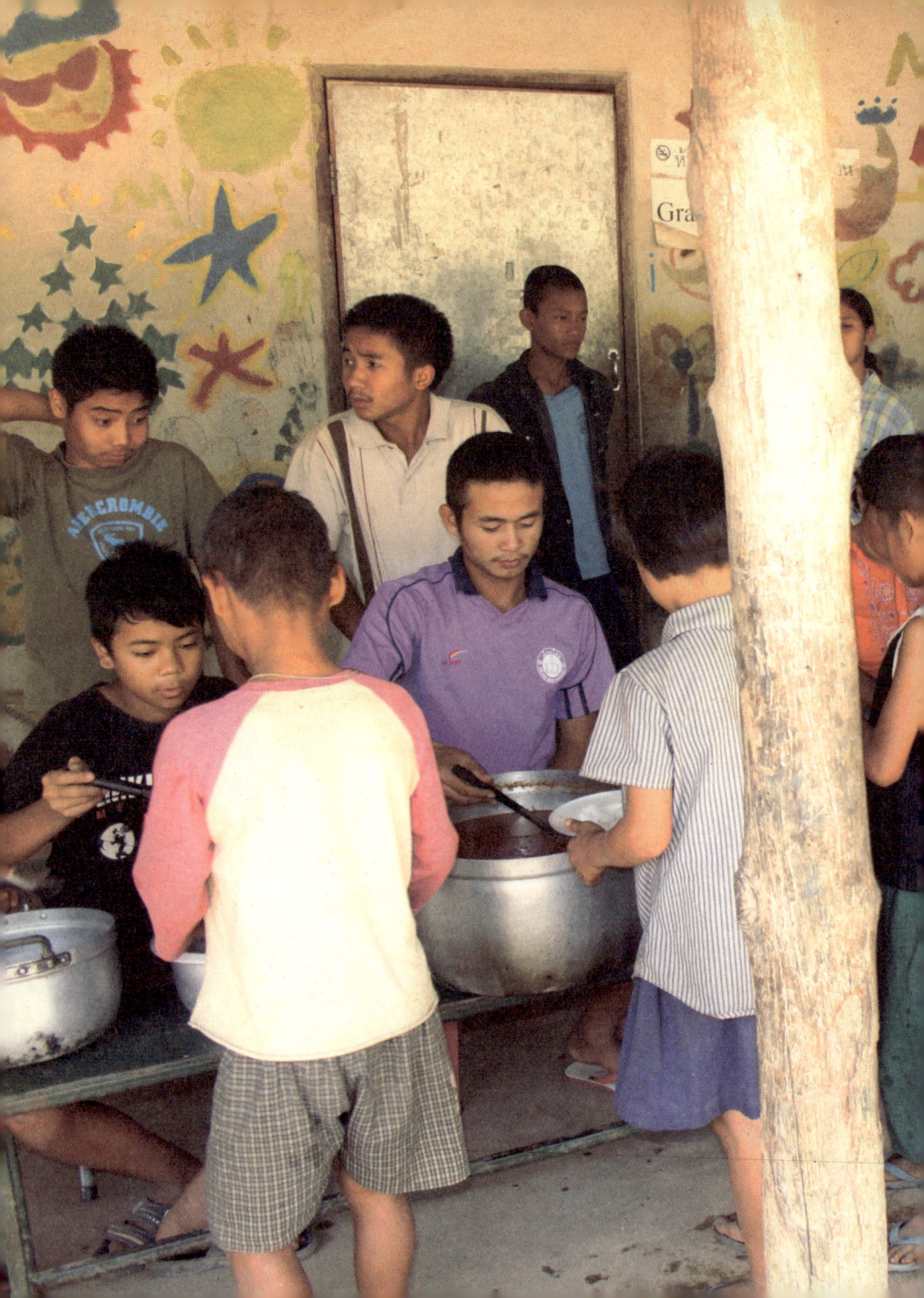

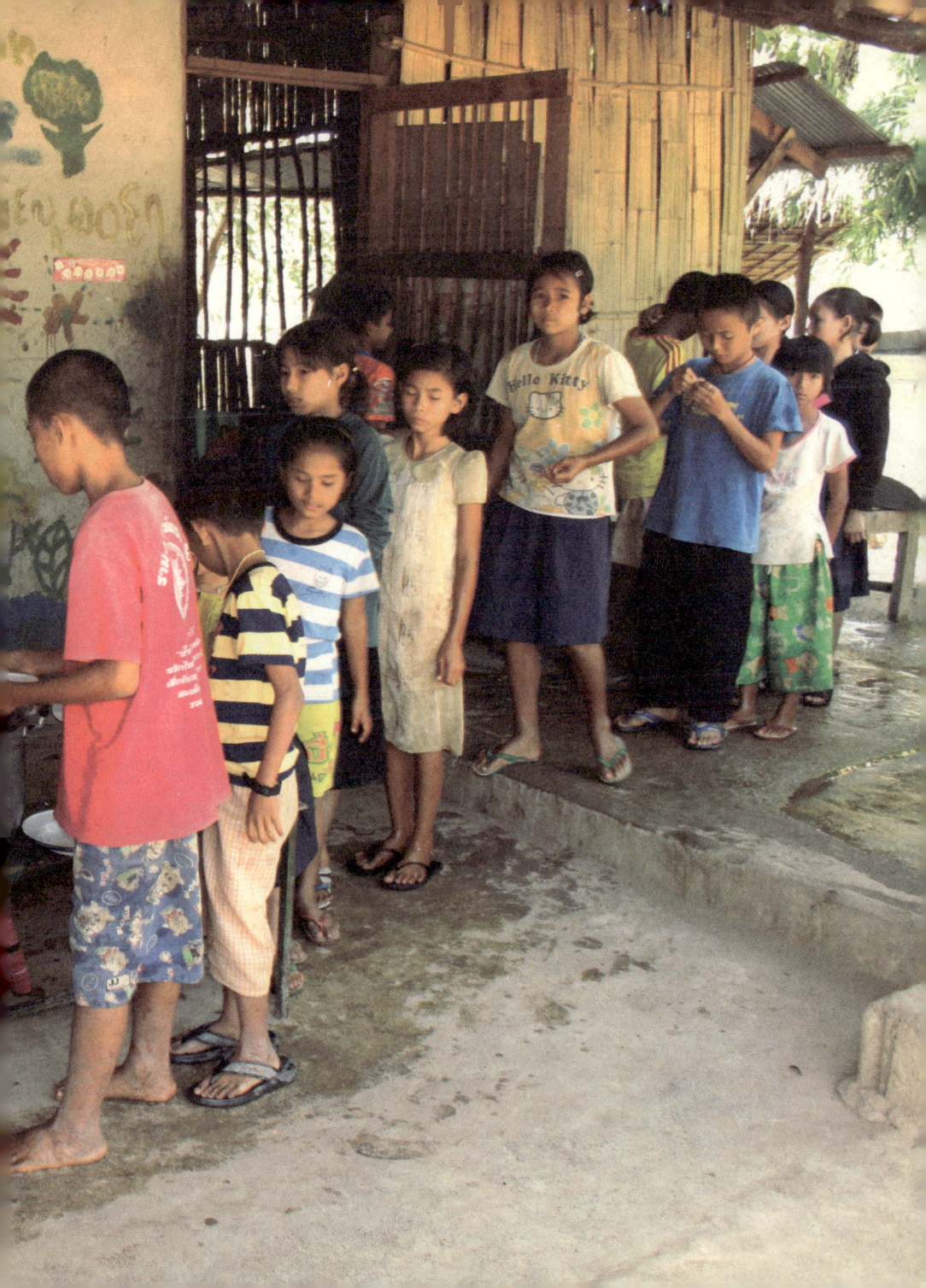

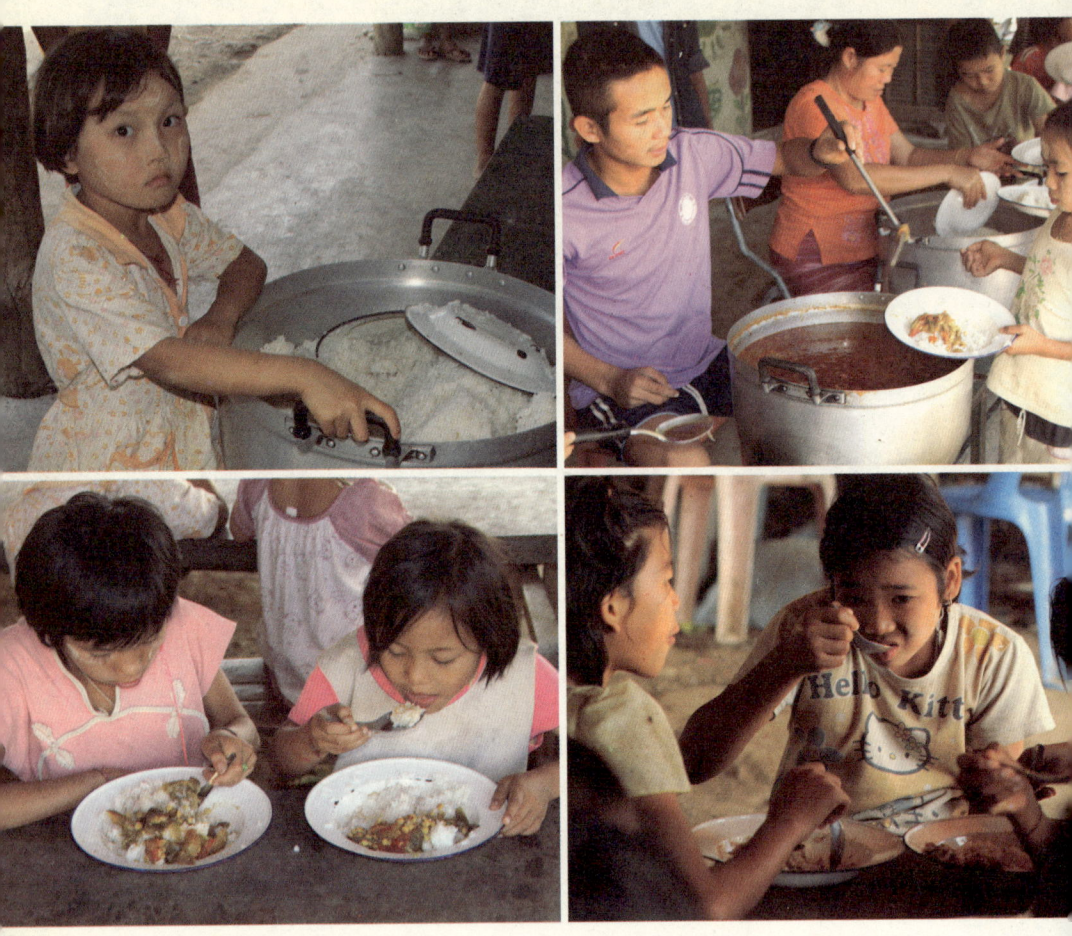

밥이 하늘이라고 했던가요? 대한민국에서 보릿고개는 이제 추억의 고개에 지나지 않지만, 이곳에서는 밥이 하늘이고 두 끼와 세 끼의 간격이 아득하기만 합니다. 아이들은 밥을 참 맛나게 먹습니다. 이방인은 밥 한 접시를 받아들고 숟가락을 구하느라 애를 먹었는데, 아이들은 그야말로 마파람에 게 눈 감추듯 밥을 먹어 치웁니다.

비릿한 국냄새가 코를 자극하는 순간, 과연 이 밥을 다 먹을 수 있을까 하는 걱정이 앞섰습니다. 그러나 아이들이 보는 앞에서 천천히 한 숟가락씩 밥을 먹으며 웃음을 지었습니다. 속으로는 한국의 초등학교 급식시간에 이 밥을 주면 곧바로 버리고 말 것이란 생각을 했습니다. 하지만 이 아이들에게 이 밥 한 그릇은 그대로 생명입니다.

식사를 마친 아이들이 한 시간가량 신나게 뛰놉니다. 별로 놀 곳도 없고 놀거리도 없이 매일이 그 공간 속이지만 녀석들은 패를 시어 놀아다니며 놀기에 바쁩니다. 그렇게 놀던 아이들이 다시 우르르 교실로 몰려갑니다. 오후 수업이 시작된 겁니다. 여덟 살 미만의 어린이들은 낮잠을 자고 나머지는 교실에 앉아 공부를 합니다.

아이들이 공부하는 교실은 좀 어두침침하지만 벽이 온전히 둘러쳐진 시멘트 블록 집입니다. 아이들 수준이 다르고 교실은 적어서 그런지 한 교실에서 두 학급이 공부를 합니다. 중앙을 기준으로 양쪽에 칠판이 있고 아이들은 서로 등을 맞대고 앞뒤로 돌아앉아 구구단을 외우고 산수를 배웁니다. 선생님은 양쪽을 왔다 갔다 하면서 아이들을 지도합니다. 그러고 보니 교실만이 아니라 선생님도 모자란다는 것을 알 수 있습니다.

아이들이 구구단을 외우는 소리가 합창처럼 마당을 가득 채웁니다. 그 소리를 들으며 자라는 채소밭의 채소들은 아이들의 주식입니다. 그 소리를 들으며 떠나는 우리 일행에게 쇼우 교장이 머리를 긁적이며 말합니다.

"어떤 형태로든 지속적으로 지원해 주시기 바랍니다. 학교 운영을 위한 체계적인 계획이 필요한데 지원이 지속적이지 않으면 매우 불안합니다."

지속적인 지원. 어쩌다 생각나면 후원금을 보내 주는 것이 아니라 일정한 금액을 일정한 간격으로 지원하는 지속성이 쇼우 교장에게는 절실한 것입니다. 그의 '불안한 마음'은 충분히 이해하고 남지만, 더 줄 것이 없어 미안한 우리의 마음도 그가 알아주길 바랍니다.

"그리고 좀 전에 가져오신 편지에 대한 답글입니다. 전해 주시기 바랍니다."

쇼우 교장은 그 사이 어느 학생에게 편지를 쓰게 했나 봅니다. 태국어로 쓰고 다시 영어로 번역한 편지 한 장이 영봉 스님의 품으로 들어갑니다.

"안녕, 친구들아. 너희들이 보내준 85달러는 고맙게 잘 받았단다. 너희들의 고운 마음씨에 고맙다는 말을 전하고 싶어서 이렇게 편지를 쓴다. 우리는 새생명학교의 난민 학생들이야. 우리는 방과 후에 영어를 배워. 우리도 너희들을 만나길 바란단다. 너희들의 성금이 우리가 공부하는 데 큰 도움을 주고 있어. 너희가 언제 한번 이곳을 방문할 수 있다면 참 좋겠다. 초대할게. 고마워."

아, 한국 충주의 어린이들과 태국 메솟의 미얀마 어린이들이 만날 수 있을까요? 이미 이 아이들은 마음으로 만났으니 소중한 인연을 맺은 것이고, 그 인연이 언젠가는 반가운 만남으로도 이어질 것이라 믿습니다.

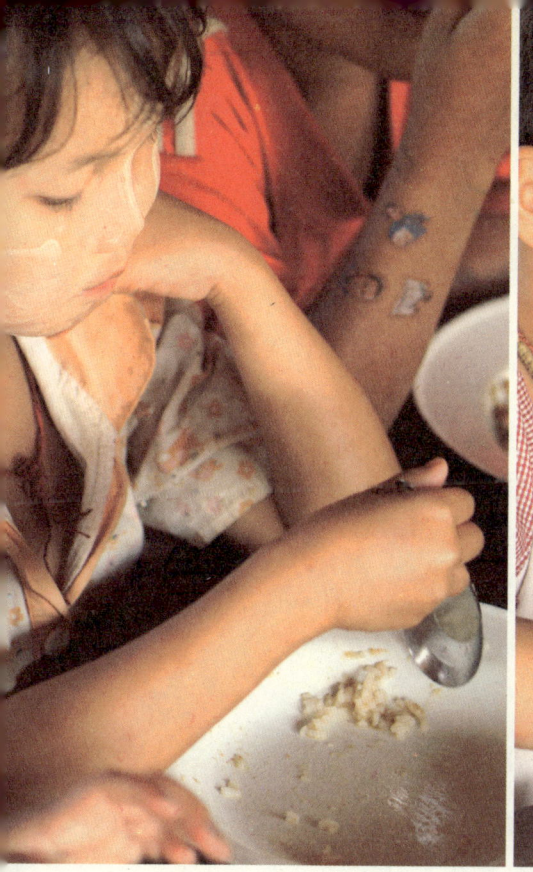
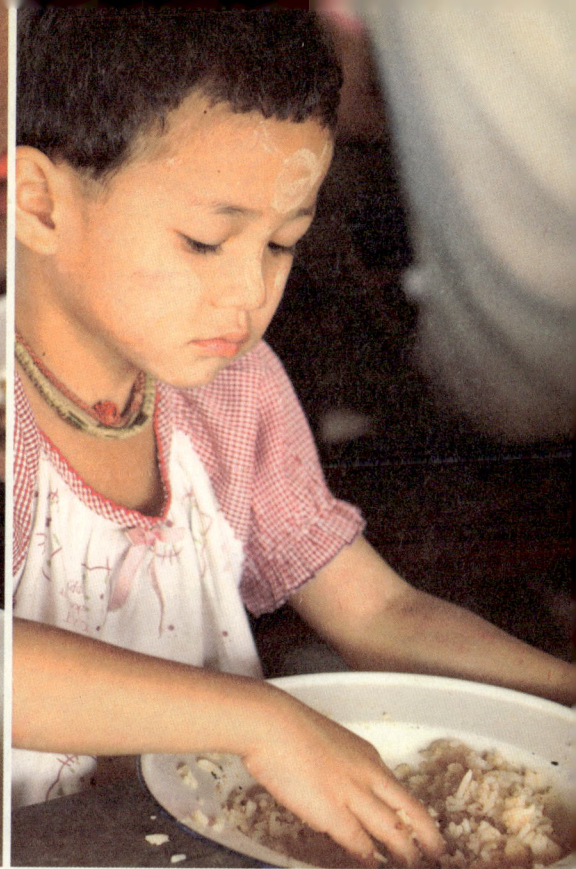

숟가락이나
맨손으로
밥을 먹는 모습이
진지하다.

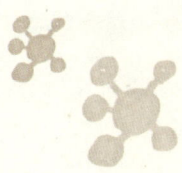

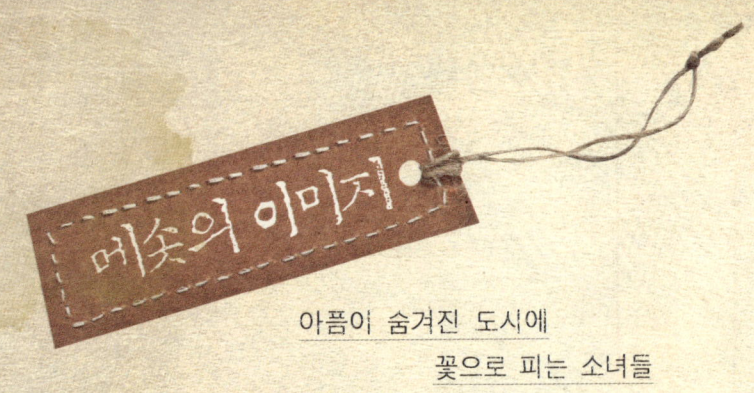

아픔이 숨겨진 도시애
꽃으로 피는 소녀들

메솟에서 나를 만나다

어느 도시나 독특한 풍경이 있고 그 도시만의 냄새가 있습니다. 여행자들에게 남아 있는 특정 도시에 대한 기억은 새로움이 주는 신선한 이미지와 마음 깊이 각인된 사건인 경우가 대부분입니다. 작고 섬세한 것이 주는 감동으로 새겨지는 경우도 있겠지만 무엇보다 그 도시에 처음 도착했을 때 받은 느낌, 그 첫인상이 그 도시를 기억하는 중요한 키워드가 되는 경우가 많습니다.

몇 년 전 파키스탄을 다녀왔는데, 이슬라마바드에 대한 기억은 숨이 턱턱 막히는 더위뿐입니다. 어둑한 저녁 무렵에 도착한 공항에서 승용차를 타고 한 시간을 이동하여 숙소에 도착하기까지의 그 낯선 더위에 대한 기억이 라호르박물관에서 본 부처님 고행상만큼이나 강하게 남아 있습니다.

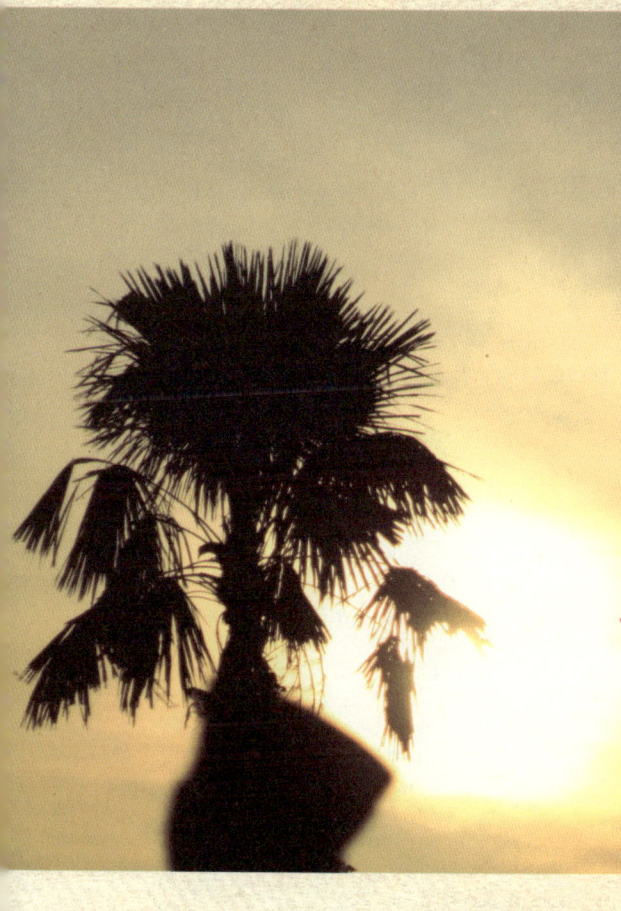

메솟은 드러난 밝음보다 드러나지 않는 아픔으로 기억되는 도시입니다. 물건을 사고파는 사람들로 북적대는 시장 거리와 사탕수수를 가득 실은 트럭이 질주하는 도로, 깨끗하게 정비된 사원과 학교들이 주는 밝은 이미지는 드높은 하늘과 더불어 환상적이기까지 합니다.

그러나 이 도시의 은밀한 곳에 자신의 존재를 드러내고 살 수 없는 사람들이 웅크리고 있다는 것을 알고 나면 생각이 달라집니다. 그 누구도 인정해 주지 않는 신분, 난민이라는 처절한 현주소를 목에 걸고 사는 사람들이 이 도시 외곽 정글지역 철조망 속에서 생활한다는 사실을 알고 나면 이 도시는 뭐라 이름 짓지 못할 묵직한 과제를 안고 있다는 생각을 하게 됩니다.

자신의 운명으로부터 벗어나 새로운 운명에 길들여져야 하는 고난의 시간들이 메솟 인근 수용소에서 생활하는 난민들에게 주어진 오늘입니다. 그들의 오늘은 늘 불안하고 배가 고픕니다. 아이들의 깊은 눈망울 속에는 그 아픈 시간들이 들어차 있습니다.

누포캠프와 새생명학교를 둘러본 며칠 동안의 기억은, 세상에 태어나 47년 동안 살아온 날들의 모든 기억을 다 지워 버리게 했습니다. 아니, 지워 버리는 것이 아니라 기억의 틀 자체를 바꿔 버렸습니다.

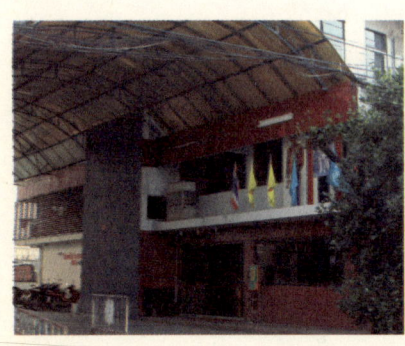
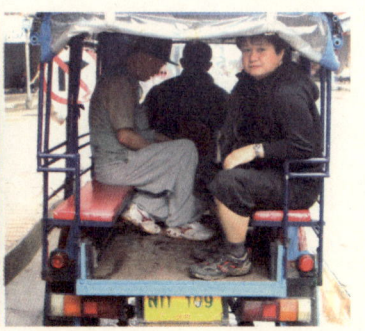

나는 얼마나 좋은 환경에 태어나 얼마나 많은 것을 누리고 살았는가? 그럼에도 불구하고 그 좋은 것들을 좋은 줄 모른 채 들끓는 욕심의 불길을 따라 살아오지 않았던가? 한 끼의 밥이 소중하고, 소중해야 하는 까닭을 이토록 깊이 생각해 본 적 있었던가? 한 벌의 옷이 소중하고, 소중해야 하는 이유를 이토록 절실하게 생각해 본 적 있었던가?

메솟은 그렇게 내가 거쳐 온 시간들을 되짚어 반성하게 했고 앞으로 다가올 시간들을 어떻게 맞이해야 할 것인가에 대해 생각하게 했습니다. 나를 만난 것입니다. 그동안 친하게 잘 지내왔다고 생각했던 나와는 또 다른 나를 만나게 했습니다. 기억의 중심에서 벗어나 있던 나, 욕망의 그늘에 덮여 있던, 나 이전의 나를 만나게 했습니다.

그동안 진짜라고 생각했던 내 모습은 진짜가 아니었습니다. 메솟에서 만난 내가 진짜라는 믿음을 갖는 순간, 나는 이미 새로운 나로 서 있었습니다. 나에게 다가오는 모든 대상이 나라는 사실, 세상에 나 아닌 것이 없다는 사실에 눈뜨는 순간이었습니다.

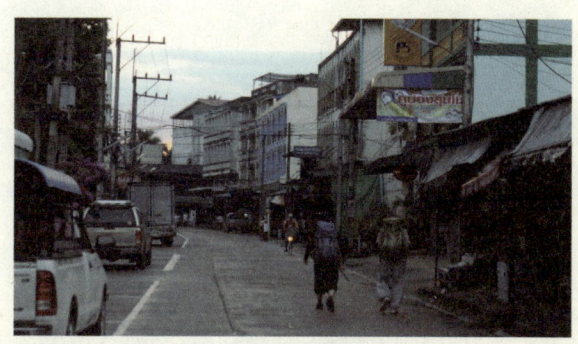

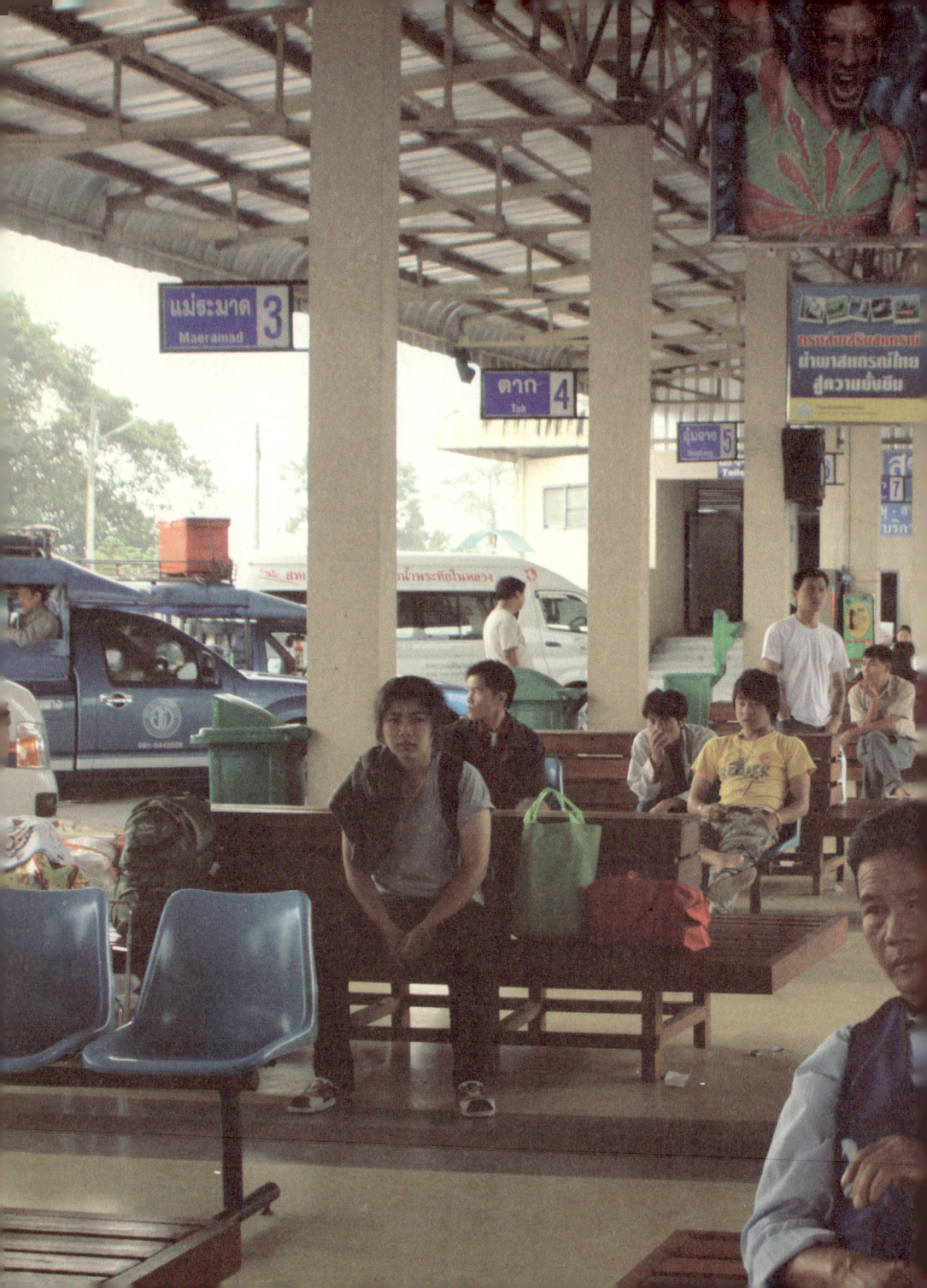

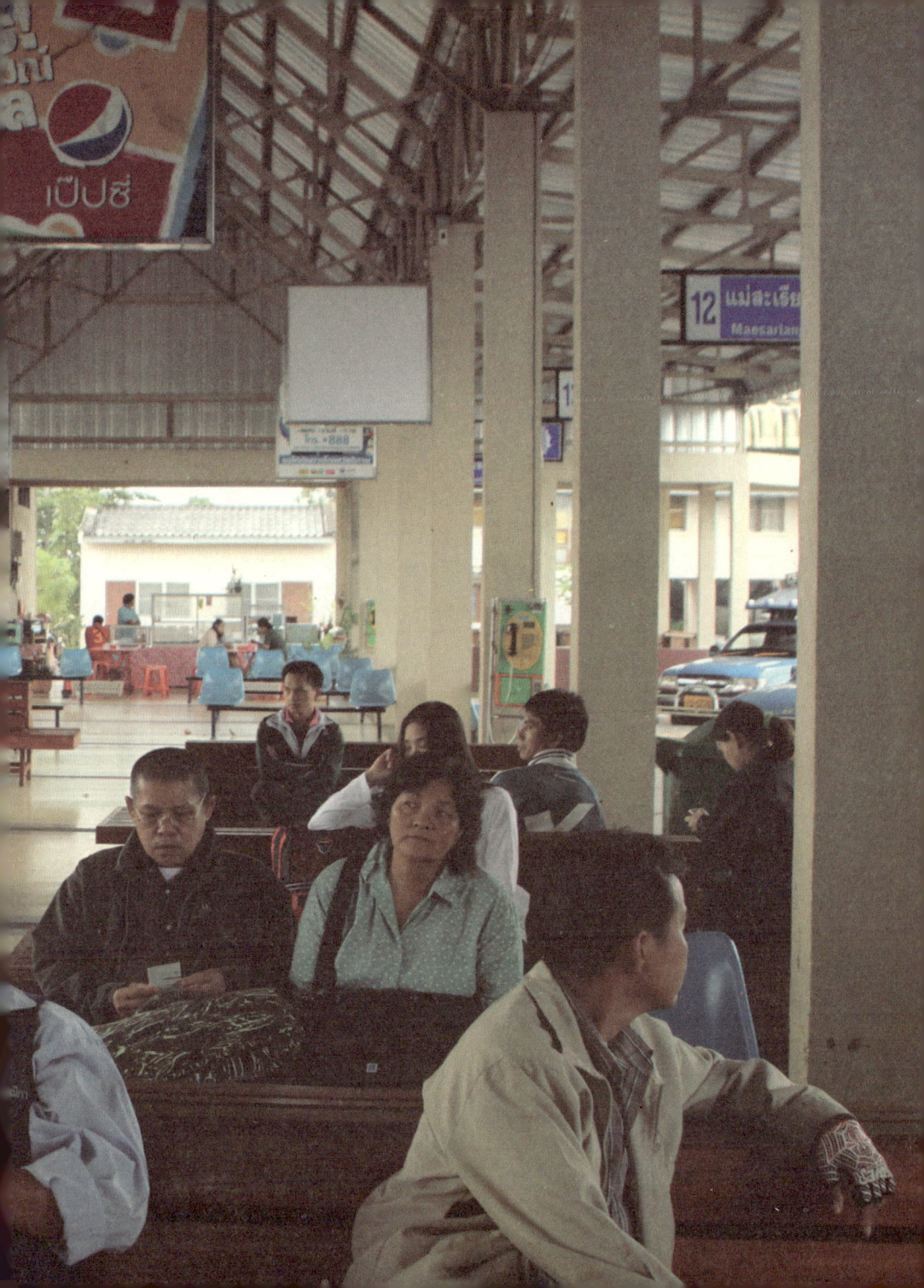

한국에 미친 소녀들을 만나다

메솟은 아픈 기억으로 다가오는 도시입니다. 그 도시에서 아주 뜻밖에, 기적 같은 소녀들을 만났습니다. 고등학교 1학년인 네 명의 소녀들. 사람들은 그녀들을 '한국에 미친 4인방'이라고 부릅니다.

그녀들은 태국에 살고 있지만 미얀마 사람입니다. 이름을 두 개씩 갖고 있습니다. 미얀마 이름과 한국말 이름입니다. 올해 열일곱 살인 메이 나디 껴May Nadi Kyaw는 한국말 이름이 김미진입니다. 고등학교 1학년입니다. 김미진의 친동생 이영진은 열여섯 살인데 역시 고등학교 1학년입니다. 미얀마 이름은 메이 야몽 껴May Yamon Kyaw 입니다.

"너희들은 자매인데 왜 성이 다르니?"

"저흰 패밀리 네임(성)에 신경 안 써요. 그냥 김미진, 이영진 그게 우리 이름이에요."

한국말 이름을 애칭으로 가졌기 때문에 족보에는 신경 쓰지 않는다는 겁니다.

이 자매의 친구인 탄 탄 모우Than Than Moe는 최유진입니다. 이날 나오지는 않았지만 이혜진이라는 한국말 이름을 가진 친구는 본명이 영어로 지어졌습니다. 스프링 송Spring Song, 봄노래라는 예쁜 이름입니다.

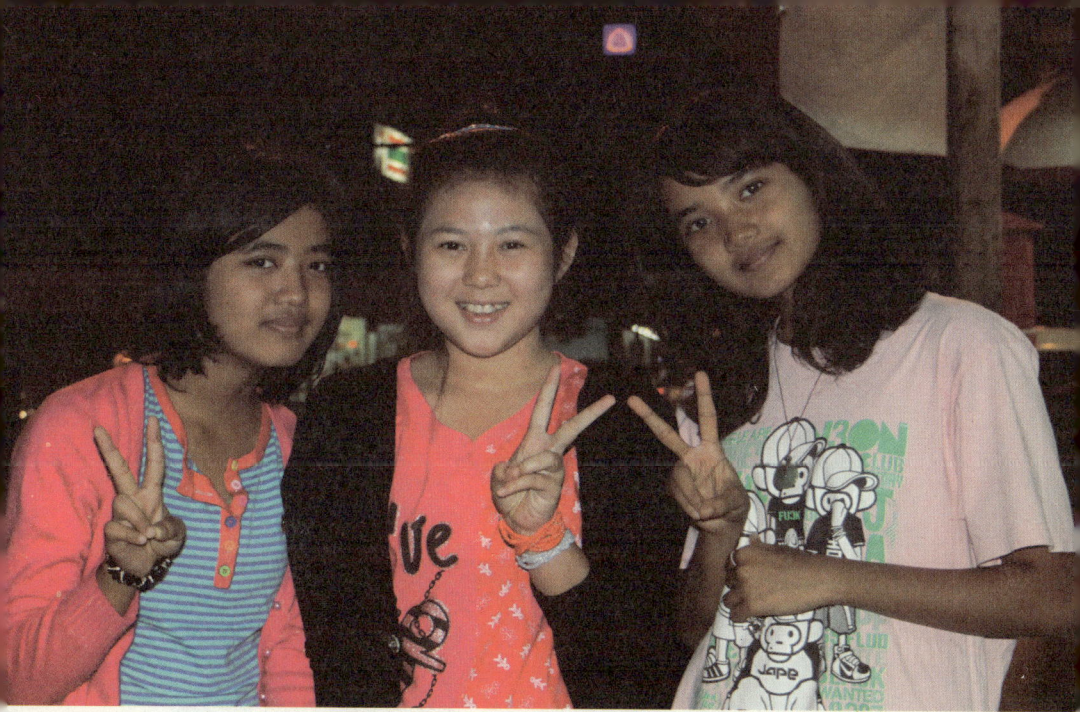

고등학교 1학년인 이 네 명의 소녀들이 '한국에 미친 4인방'입니다. 태국의 변방 도시에 사는 소녀들은 무엇 때문에 한국에 미쳐 버렸을까?

"한국에 가 본 적이 있니?"

"아뇨, 하지만 꼭 가 보고 싶어요."

"왜?"

"스타들이 많으니까요. 소녀시대, 원더걸스, 2NE1, 비, 2PM. 그런 스타들의 공연을 보고 싶어요."

"한국말을 곧잘 하는데 누구에게 배웠어?"

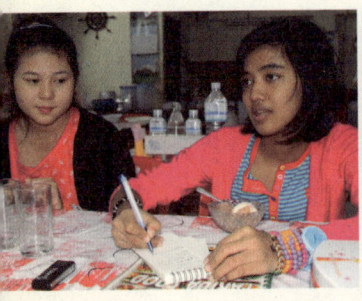 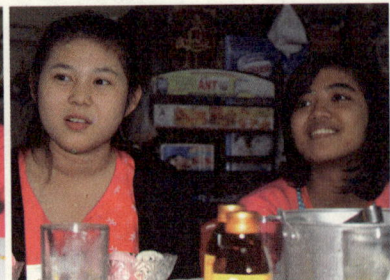 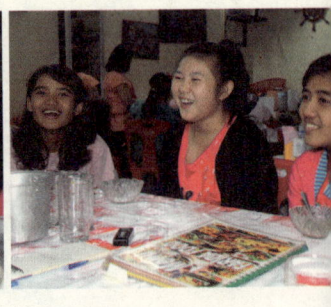

한국의 스타들이 부르는 노래와 드라마를 통해 한국말을 배우고 있는 발랄한 소녀들

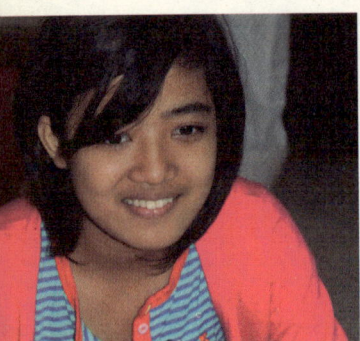 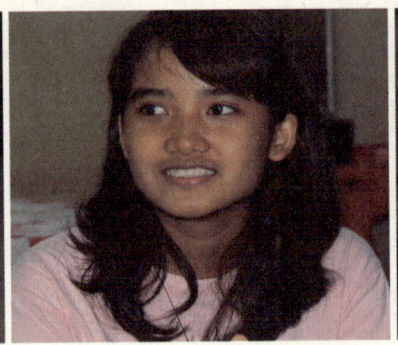 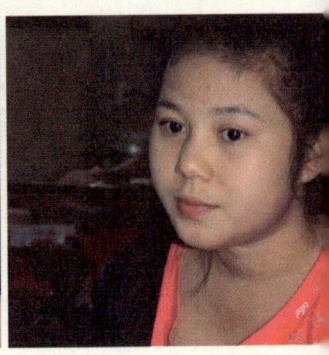

'한국에 미친 4인방' 이다.

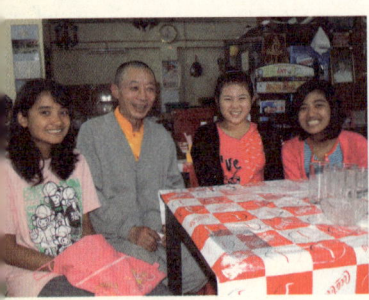 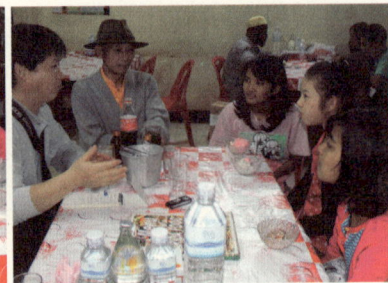 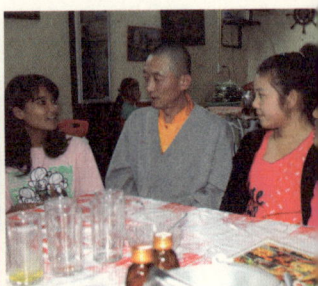

"한국의 스타들에게 배웠어요."

"스타들이라니?"

"호호호, 저희들은 한국 노래를 따라 부르고 한국 드라마를 보면서 한국말을 배웠어요."

세상에 이럴 수가! 가르쳐 주는 사람도 없이, 단계적으로 정리된 책도 없이 이 어린 소녀들은 한국의 아이돌 그룹과 가수를, 드라마를 보면서 한국말을 익혔다고 자신 있게 말합니다.

"영진이는 특별히 좋아하는 가수가 있니?"

"특별히 좋아하는 가수는 없어요. 다 좋으니까요. 꼭 말한다면 소녀시대가 좋아요."

유진이는 2NE1을 좋아하는데 미진이는 모두 다 좋다고 답합니다. 부모님이 모두 학교 교사이고 자신들도 교사가 되고 싶다는 미진이와 영진이 자매는 기타를 좀 칠 줄 안다고 자랑합니다. 하지만 자매는 피아노를 배우고 싶은데 시간이 없어 속상하다고 털어놓습니다. 유진이는 작곡가가 되는 것이 꿈이고 혜진이는 가수가 되고 싶다고 말합니다.

"한국말은 어떻게 공부하지?"

"그냥 듣고 읽고 쓰면서 배워요."

영진이와 미진이 자매는 5년 전에 메솟으로 왔고 유진이는 6년 전에 왔다고 합니다. 부모님들이 이곳에서 시민권을 얻었고 비교적 안정된 생활을 하고 있습니다. 혜진이는 메솟에서 태어났습니다. 그녀의 부모님은 미얀마 사람이지만 오래전에 메솟으로 와서 정착했다고 합니다.

"학교에서 다른 친구들도 한국 좋아하니?"

"물론이죠. 저희가 한국 노래 들려주면 엄청 좋아하지요. 하지만 한국어 공부를 하는 아이들은 없어요."

"왜?"

"어려우니까요."

"너희들은 어려운 한국어 공부를 왜 그렇게 열심히 하는데?"

"좋으니까요."

그렇습니다. 좋으면 뭐든지 할 수 있습니다. 이 어린 소녀들의 열정이 식지 않도록 돕고 싶어졌습니다.

"아저씨가 도와줄 것은 없을까?"

"한국 노래, 최신곡들을 가져다주시면 좋겠어요."

다음에 올 때는 한국의 최신가요를 USB메모리에 가득 담아 오겠다고 약속했습니다. 그녀들은 학교에서 기숙사 생활을 하기 때문에 주중에는 음악 듣고 한국말 공부를 할 시간이 없다고 했습니다. 일요일 하루 집으로 와서 한국 노래 실컷 듣고 드라마를 보는 게 가장 즐거운 일이라고 했습니다.

소녀들과 헤어지고 나서 누포캠프와 새생명학교에서 생활하는 소녀들을 생각했습니다. 서로 살아가는 방식이나 살고 있는 환경이 천양지차로 다릅니다. 그렇다고 누가 행복하고 누가 불행하다고 단정할 수는 없습니다. 도시에 사는 소녀들에 비해 조금 불편한 생활을 하고 있는 것은 사실이지만 누포캠프의 소녀들도 늘 맑은 모습으로 열심히 공부하고 있고 새생명학교의 소녀들도 밝습니다.

꿈이 있기 때문입니다. 꿈이 있는 사람은, 꿈을 이루기 위해 노력하는 사람은, 언제 어디서든 아름답습니다. 그 소녀들의 꿈이 이루어질 수 있기를 바랄 뿐입니다. 한국에 미친 4인방, 그녀들이 있어 나의 메솟에 대한 이미지는 '희망적'으로 바뀔 수 있었습니다.

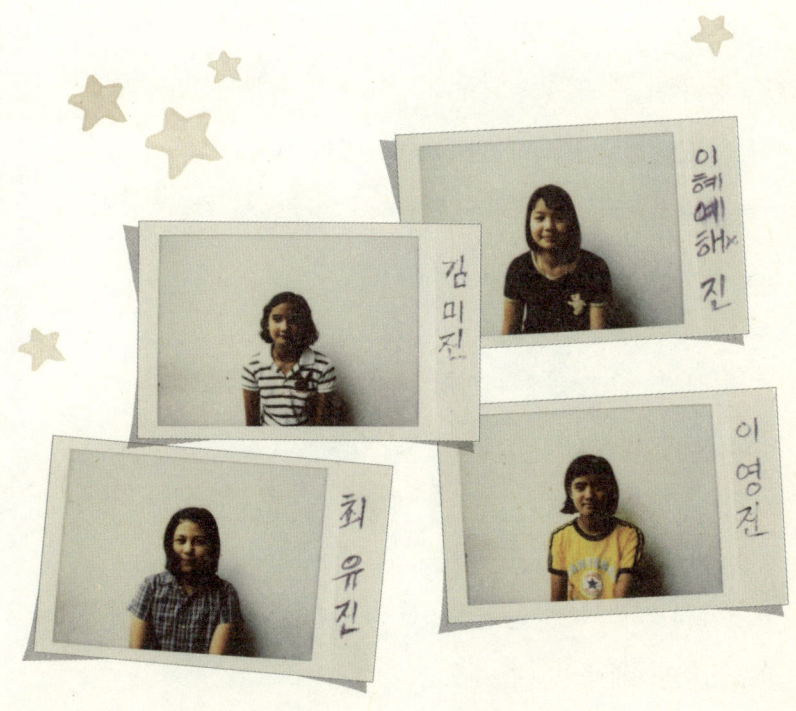

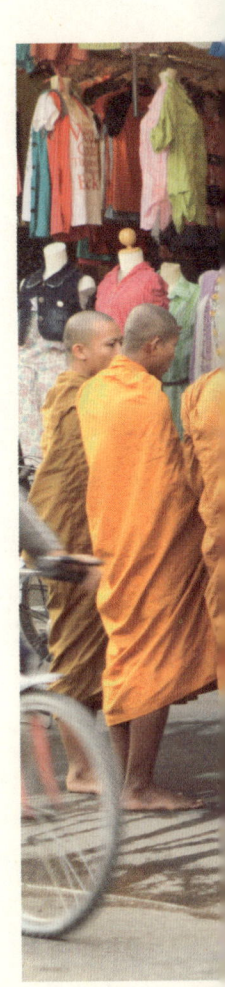

　메솟에서 만난 사람들은 순결했습니다. 그들의 도시가 갖는 밝고 어두운 모습이 그들의 가슴에도 들어 있겠지만, 그들은 표정이 늘 밝았고 생각도 긍정적이었습니다. 많은 사람을 만난 것은 아니지만, 스쳐 지나가는 사람들의 얼굴만 보아도 그곳 사람들의 마음을 읽을 수 있었습니다. 내가 읽은 메솟 사람들의 마음은 '순결'했습니다. 미얀마에서 어떤 이유와 목적으로 와서 사는 사람이나, 그곳이 본토인 태국 사람이나 모두 '순결'이라는 말로 그들을 읽을 수 있었던 것입니다.

　아침 해가 거리를 비추기 전에 조용한 걸음으로 스님들이 지나갑니다. 탁발 행렬입니다. 서너 명이거나 대여섯 명이거나 혹은 혼자 탁발에 나선 스님들은 걸음걸이가 단정하고 얼굴이 고요합니다. 스님들은 거리를 다니면서 아무 집에서나 탁발을 하는 것이 아닙니다. 공양물을 준비한 집 앞으로 가서 공양물을 받고 집주인에게 축원을 합니다.

메솟에서는 아침해가 거리를 비추기 전에
스님들의 탁발행렬이 거리를 지나간다.

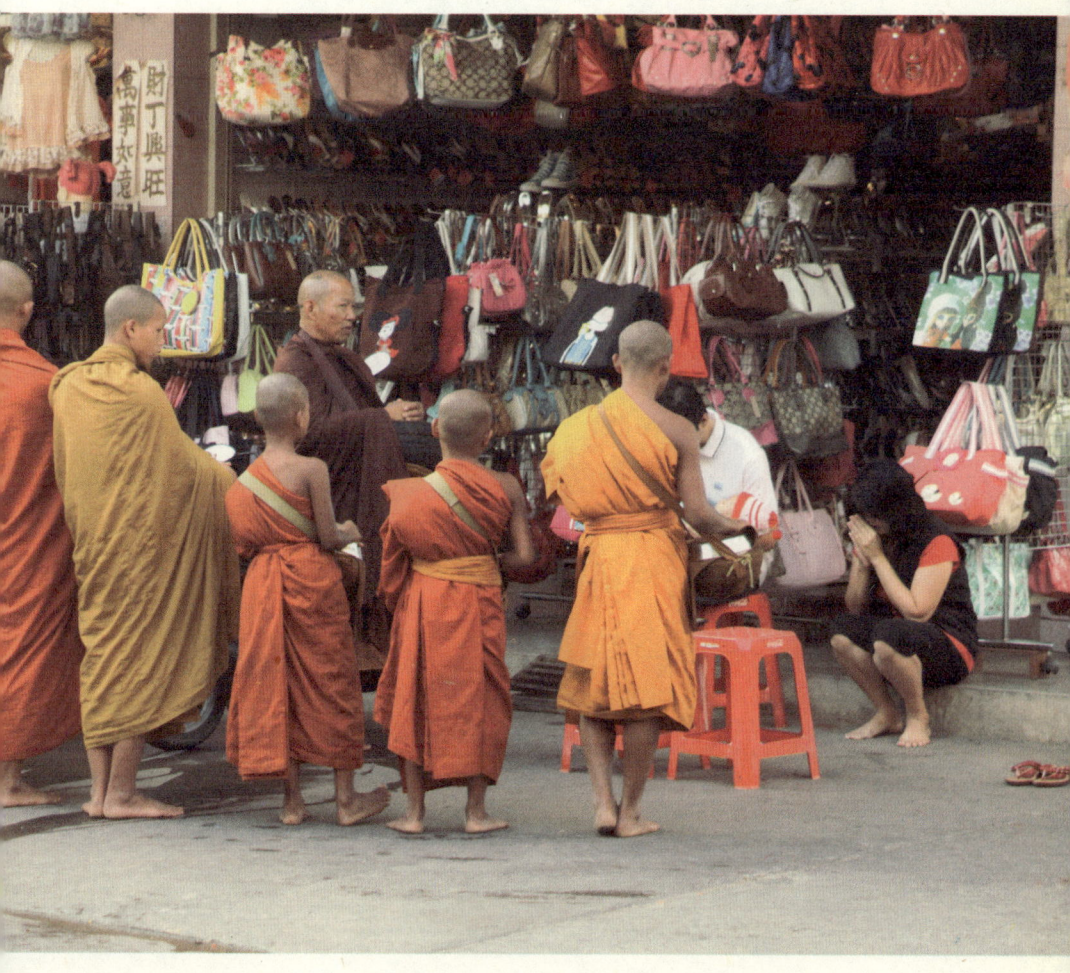

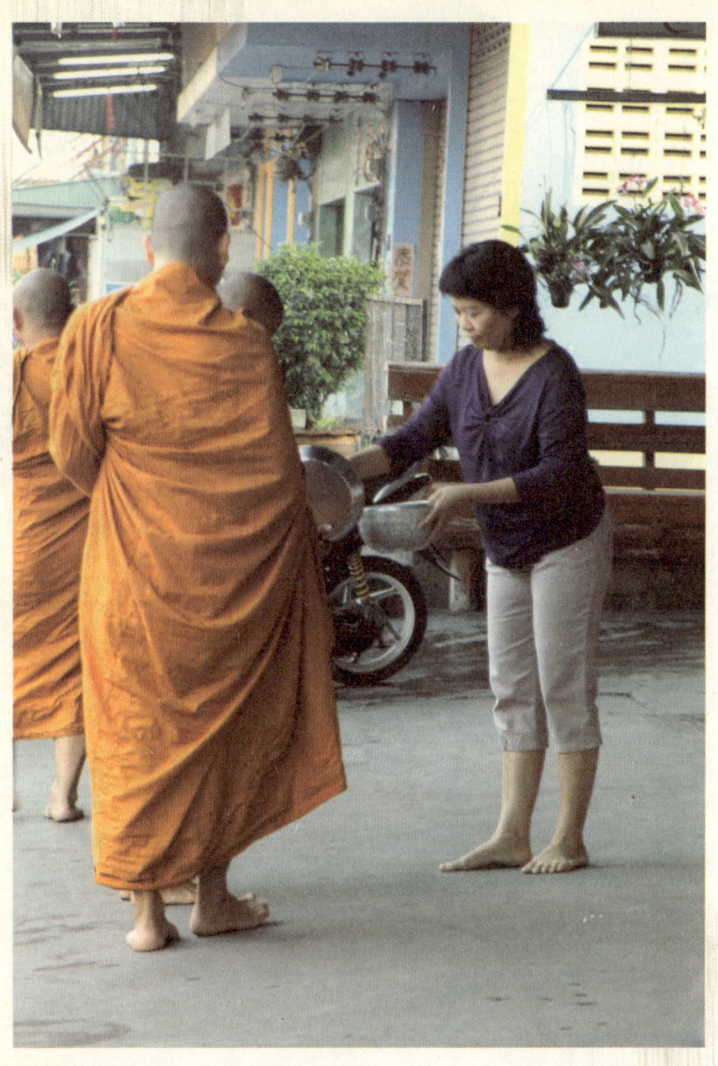

공양물은
주는 이와 받는 이
모두에게
공덕이 된다.

불자들은 집이나 가게 앞에 밥이나 떡, 과자 등의 공양물을 준비해 두고 합장한 채 서 있습니다. 스님이 와서 탁발 그릇을 내밀면 거기에 정성껏 시주를 하고 무릎을 꿇고 앉아 합장한 채 스님의 축원을 듣습니다. 아마 각자의 집이나 가게에 그렇게 공양하는 날이 정해져 있는 듯합니다.

스님들에게 공양을 올리고 불자들에게 공덕을 짓게 하는 탁발이 도시의 아침을 여는 풍경입니다. 조용하고 경건한 탁발 의식으로 하루를 시작하는 도시 풍경은 우리기 말로 하는 순결보다 훨씬 순결한 의미를 갖습니다.

내가 묵은 낡은 호텔 옆 식당의 인심 좋은 주인아주머니와 일하는 아가씨들의 표정 역시 아침 햇살만큼이나 밝습니다. 그 옆 골목의 또띠(밀가루로 만드는 즉석 빵) 가게는 아침 일찍부터 붐비는데 손님이나 주인이나 한결같이 여유와 인자함이 묻어나는 얼굴로 하루를 시작합니다.

거의 모든 가게가 아침엔 비교적 일찍 문을 열고 저녁에는 해가 지기 무섭게 문을 닫기 때문에 메솟의 저녁 풍경은 다소 적적합니다. 일부 주점과 편의점이 늦도록 영업을 하지만 한국의 도시에서 만나는 밤거리 풍경은 찾아볼 수 없습니다. 이 역시 절제된 삶의 방식이 정형화되었기 때문이라 생각됩니다.

처음엔 조금 어색했지만 헤어질 때는 형님 동생 하면서 의형제가 되어 버린 모우미옛 투Moe Myet Thu는 미얀마를 탈출하기 전 7년이나 감옥 생활을 했답니다. 그는 아웅산 수치 여사의 가까운 곳에서 민주화운동을 했고, 지금도 민족민주동맹 일원으로 열심히 일하고 있습니다.

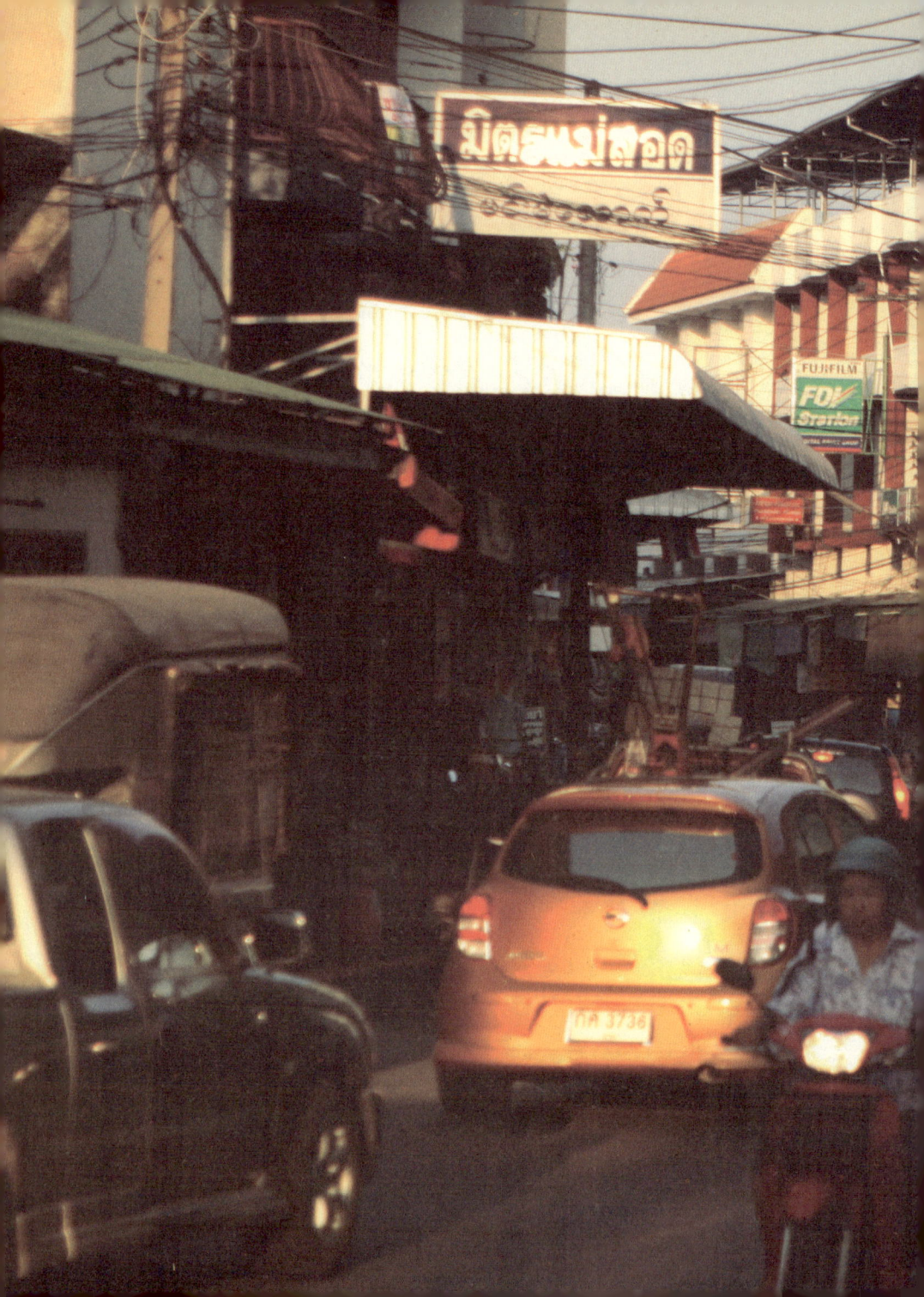

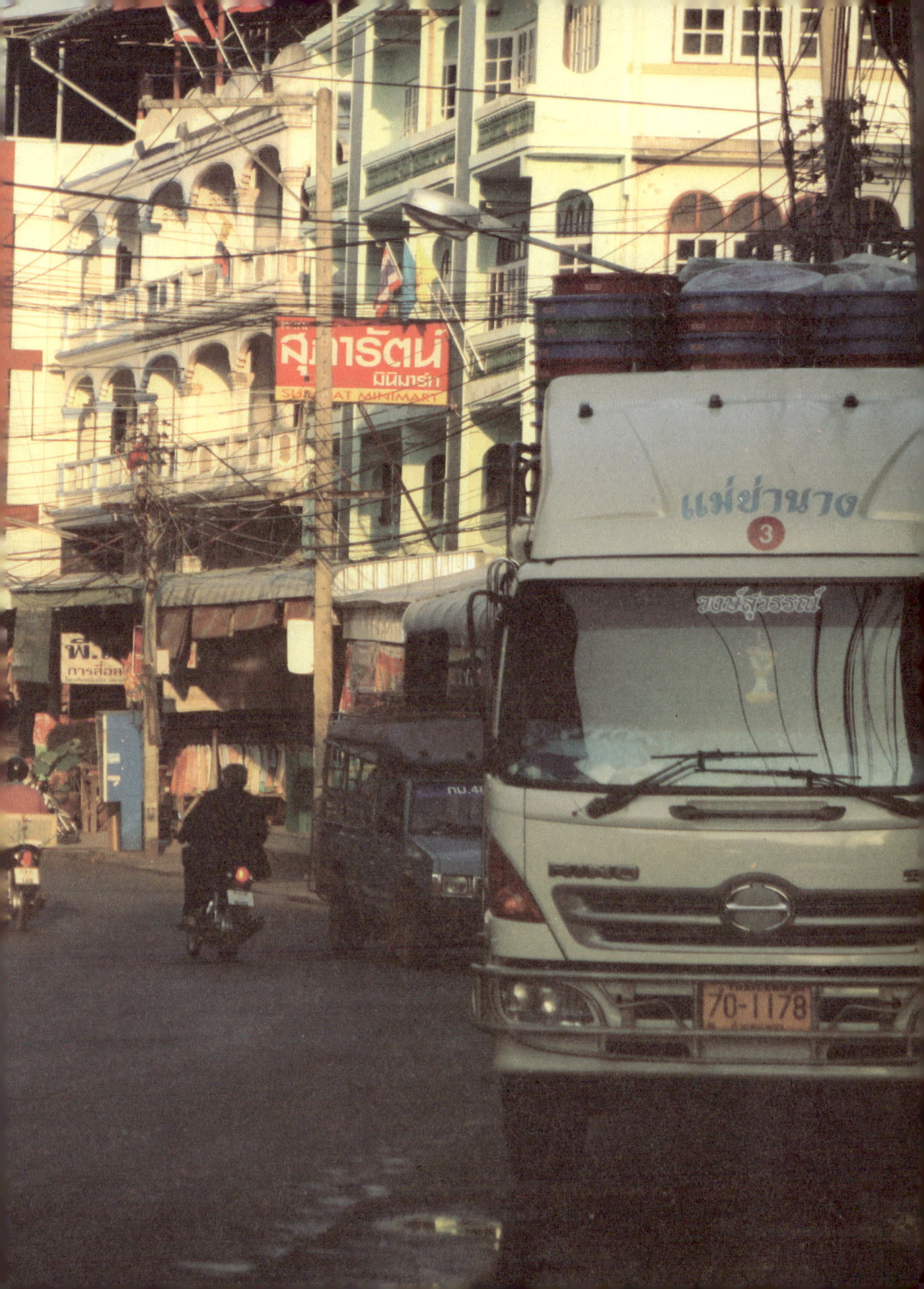

"충돌보다는 대화가 필요하고, 우리의 상황을 해외 여러 나라에 알려 민주주의를 하루라도 빨리 실현시키는 게 중요합니다. 인터넷의 발달이 우리의 일에 얼마나 큰 도움을 주는지 몰라요."

그는 누포캠프에 집이 있지만 보다 많은 일을 하기 위해 메솟으로 와서 메솟에서 활동하고 있습니다. 그에게는 여덟 살 된 아들 미꼬Miko와 아내 오마Ohn Ma가 있습니다. 오마는 미얀마에서 7년간 정치범으로 옥살이하는 남편을 뒷바라지하면서 직장을 다녔던 씩씩한 아줌마입니다.

우리가 타고 다니는 차는 민족민주동맹에서 빌려준 일본산 트럭이었습니다. 그 트럭을 운전한 사람은 모우 플라이Moe Fry 씨입니다. 미얀마 사람이지만 지금은 태국시민권을 가진 플라이 씨는 태국인 아내가 딸과 함께 영국에서 살고 있다고 했습니다.

어느 날 그가 한국 군복을 입고 나타났습니다. 오른쪽 가슴에 예비군 마크가, 왼쪽 가슴에 '권기남'이라는 이름표가 붙어 있고, 양쪽 어깨에는 병장 계급장이 그대로 붙어 있는 한국 육군 제대복이었습니다.

"와, 이거 한국 군복 아닙니까? 육군 병장, 권기남 병장이 제대할 때 입고 나온 옷인데 여기까지 왔네요. 플라이 씨도 예비군 훈련 받나요?"

우리말을 알아들을 리 없는데 그는 눈치껏 자신의 옷이 화제가 되고 있다는 것을 알고 껄껄 웃습니다. 그 옷을 어디서 구했느냐는 질문도 너털웃음으로 넘겨 버립니다.

"계급장이나 이름표는 떼고 입으시지 그래요?"

이 질문에 대해서는 분명하게 답을 했습니다.

"그것도 다 멋입니다. 하하하."

그래서 그는 헤어지는 순간까지 '권 병장'으로 통했습니다. 다음에 다시 만나면 아마 '어이, 권 병장!' 하고 크게 부를 것 같습니다. 물론 그도 그 호칭에 매우 만족할 것이고요.

민족민주동맹 사무실에서 만난 사람들도 모두 순결했습니다. 타국에서 조국의 민주화를 위해 숨죽이며 활동하고 있지만, 그들의 영혼만은 12월의 하늘만큼이나 푸르고 깊어서 진실하게 말하고 정성으로 행동하는 것입니다.

국경도시 메솟, 그 도시가 있어 많은 미얀마 망명자들이 새로운 길을 찾고 있습니다. 그 도시가 있어 국경을 넘은 많은 미얀마 어린이들이 굶주림과 공포로부터 최소한의 보호를 받을 수 있습니다. 그 도시를 알기에는 보다 많은 시간과 만남이 필요할 것입니다. 그러나 그 도시 사람들의 눈빛에서 느껴지는 순결함이 더없이 고맙습니다. 거기서 나는 '나와 너'를 초월한 '우리'를 만날 수 있었습니다.

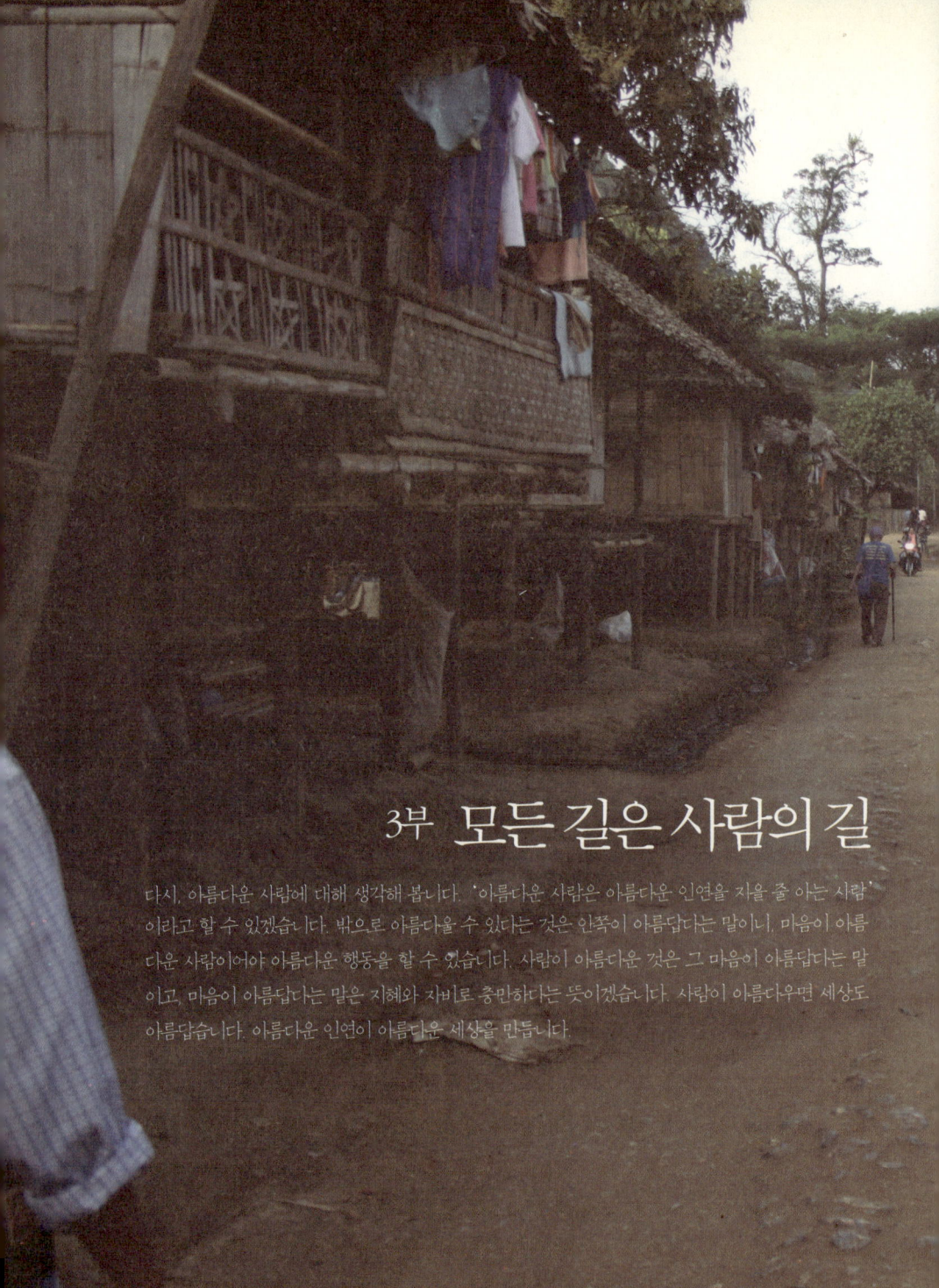

3부 모든 길은 사람의 길

다시, 아름다운 사람에 대해 생각해 봅니다. '아름다운 사람은 아름다운 인연을 지을 줄 아는 사람'
이라고 할 수 있겠습니다. 밖으로 아름다울 수 있다는 것은 안쪽이 아름답다는 말이니, 마음이 아름
다운 사람이어야 아름다운 행동을 할 수 있습니다. 사람이 아름다운 것은 그 마음이 아름답다는 말
이고, 마음이 아름답다는 말은 지혜와 자비로 충만하다는 뜻이겠습니다. 사람이 아름다우면 세상도
아름답습니다. 아름다운 인연이 아름다운 세상을 만듭니다.

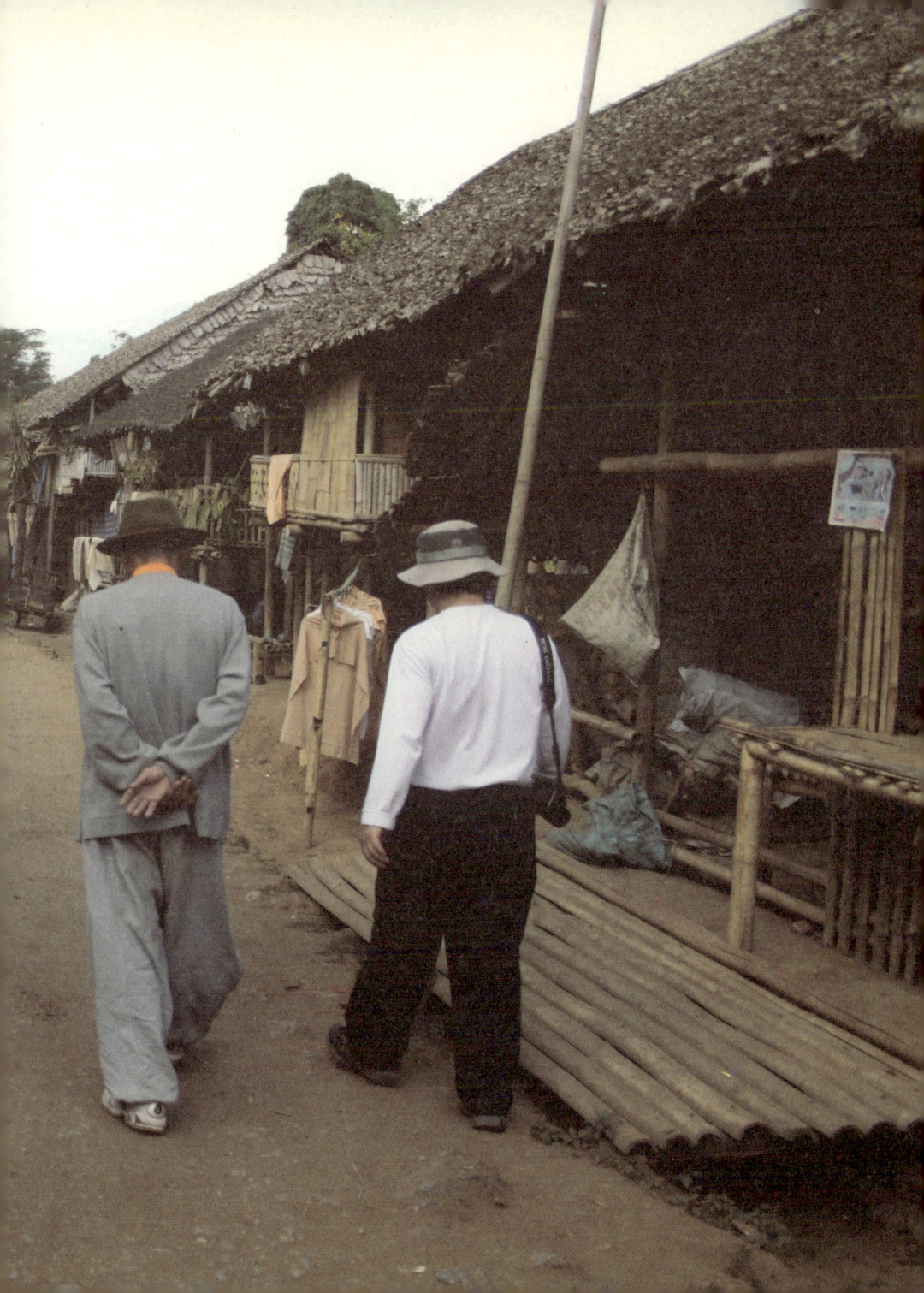

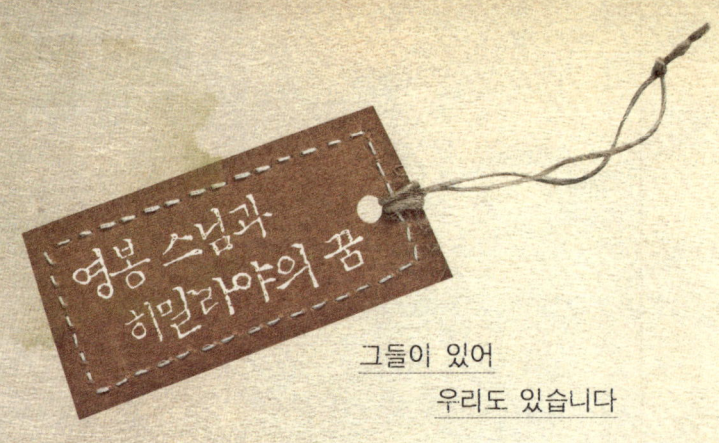

영봉 스님과
히말라야의 꿈

그들이 있어
우리도 있습니다

지식과 지혜와 자비의 삼각관계

사람이 아름다운 것은 외모 때문이 아닙니다. 외모가 아름다움의 절대적인 가치라면, 점점 허리가 굵어지는 아내와 헤어지지 않을 남자가 없을 것이고, 갈수록 배만 나오는 남편에게 뜨신 밥 해 줄 여자도 없을 것입니다.

누구나 아름다운 사람이 되고 싶고 누구나 아름다운 세상에 살고 싶습니다. 하지만 주변을 둘러보시고 자신을 들여다보십시오. 어떻습니까? 자신이 원하는 만큼 아름다운 세상이고 아름다운 사람입니까?

행복은 멀리 있는 게 아니란 것을 우리는 잘 압니다. 마테를링크의 '파랑새'가 아니어도, 어느 비구니의 '뜰 안의 꽃가지에 봄이 와 있었네'라는 외침이 아니어도 행복은 우리의 내면에서 온다는 것을 잘 압니다. 인간의 아름다움은 외면이 아니라 내면에서 우러나온다는 것도 잘 알고 있습니다.

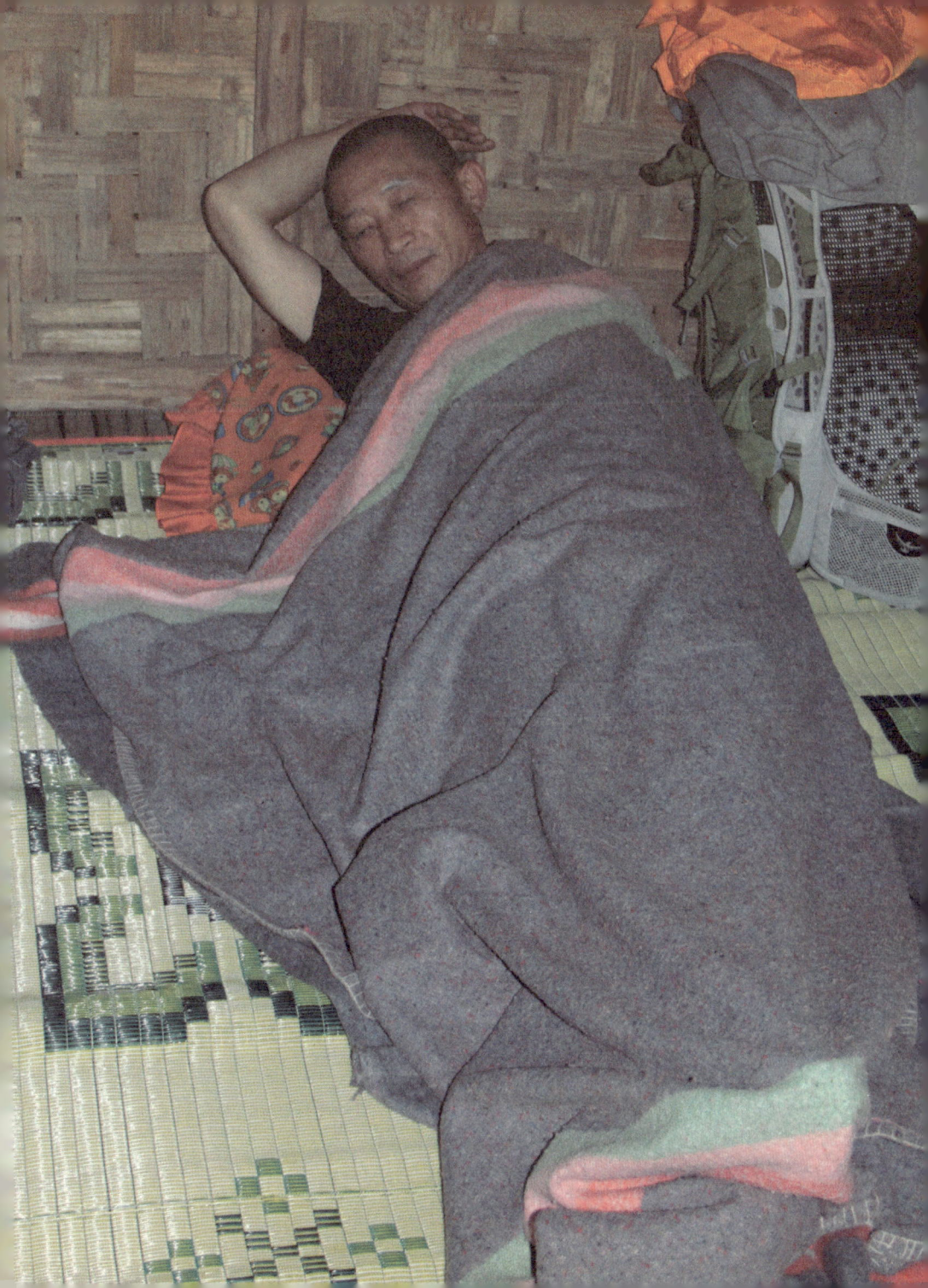

이제 더 이상 공부는 필요 없습니다. 자유와 정의, 평화가 무엇인지, 행복이 무엇인지, 어떤 것이 아름다운 것인지, 배운 사람도 배우지 않은 사람도 잘 알고 있습니다. 이미 자신도 모르게 공부가 되어 있는 것입니다. 오랜 세월 동안 인류가 축적해온 지적 유산이 우리의 혈관에 흐르고 있기 때문입니다.

하지만 우리에게 결핍된 것이 있습니다. 아는 것을 실천하는 의지가 부족합니다. 머리로는 아는데 몸으로는 실천하지 않는 것, 인간의 비극과 무질서는 바로 여기서 출발합니다. 도둑질하면 안 된다는 것을 모르는 도둑놈이 있을까요? 살인을 하면 안 된다는 것을 모르는 살인자가 있을까요? 대수롭지 않게 생각하는 공중도덕이나 교통법규를 어기는 경우도 마찬가지입니다.

알면서도 저지르는 잘못들, 그 상황에서는 그렇게 할 수밖에 없었다고 생각하는 행동들이 인간 세상에 수많은 법률을 만들게 했습니다. 인간에게 법률의 역사란, 아는 것에 대한 배반의 역사라고 해도 될 것 같습니다. 아는 대로 실천하지 않는 것, 지식의 문은 열려 있는데 지혜의 문이 닫혀 있기 때문입니다.

지혜는 선과 악의 기준을 분명하게 인식하고 행동하게 하는 동력입니다. 물질적 욕망에 끌려가는 자신을 이성적으로 제어할 수 있는 힘을 가진 사람은 지혜로운 사람입니다. 해야 할 일과 하지 말아야 할 일을 구별하는 분명한 기준을 가진 사람은 지혜로운 사람입니다.

지혜로운 사람은 자신을 포함한 뭇 생명의 이익을 위해 생각하고 말하고 행동합니다. 갖춰진 지식을 뭇 생명의 행복을 위해 쓸 줄 아는 것이 지혜입니다. 바로 그 지혜로운 행동이 아름다운 사람, 아름다운 세상을 만듭니다.

그렇다면, 지식을 지혜롭게 쓰는 힘은 어디서 나오는가? 자비慈悲입니다. 자비심이라고 생각합니다. 자비로운 마음 말입니다. 굳이 불교용어로 고착된 이 단어를 쓰는 이유는, 자비라는 말은 상대성을 초월하기 때문입니다. 선善과 악惡을 함께 사랑하는 말, 미美와 추醜를 함께 좋아하는 말, 호好와 오惡를 함께 보듬고, 명明과 암暗을 둘로 여기지 않는 말이 자비입니다. 자는 선에 대한 사랑이고, 비는 선하지 않은 것에까지 보내는 사랑입니다.

띠지고 분별하는 마음을 초월하지 않으면 진정한 사랑을 할 수 없습니다. 어미가 자식을 사랑하는 데 조건이 없듯이 상대적 분별심을 버린 곳에서 진정한 사랑이 발현되는 것입니다. 그 진정한 사랑이 바로 자비입니다. 자비가 없으면 지혜도 없습니다. 지혜롭지 않으면 자비를 실천할 수도 없습니다. 자비와 지혜는 수레의 두 바퀴와 같아서 함께 굴러갈 때 그 힘을 발휘합니다.

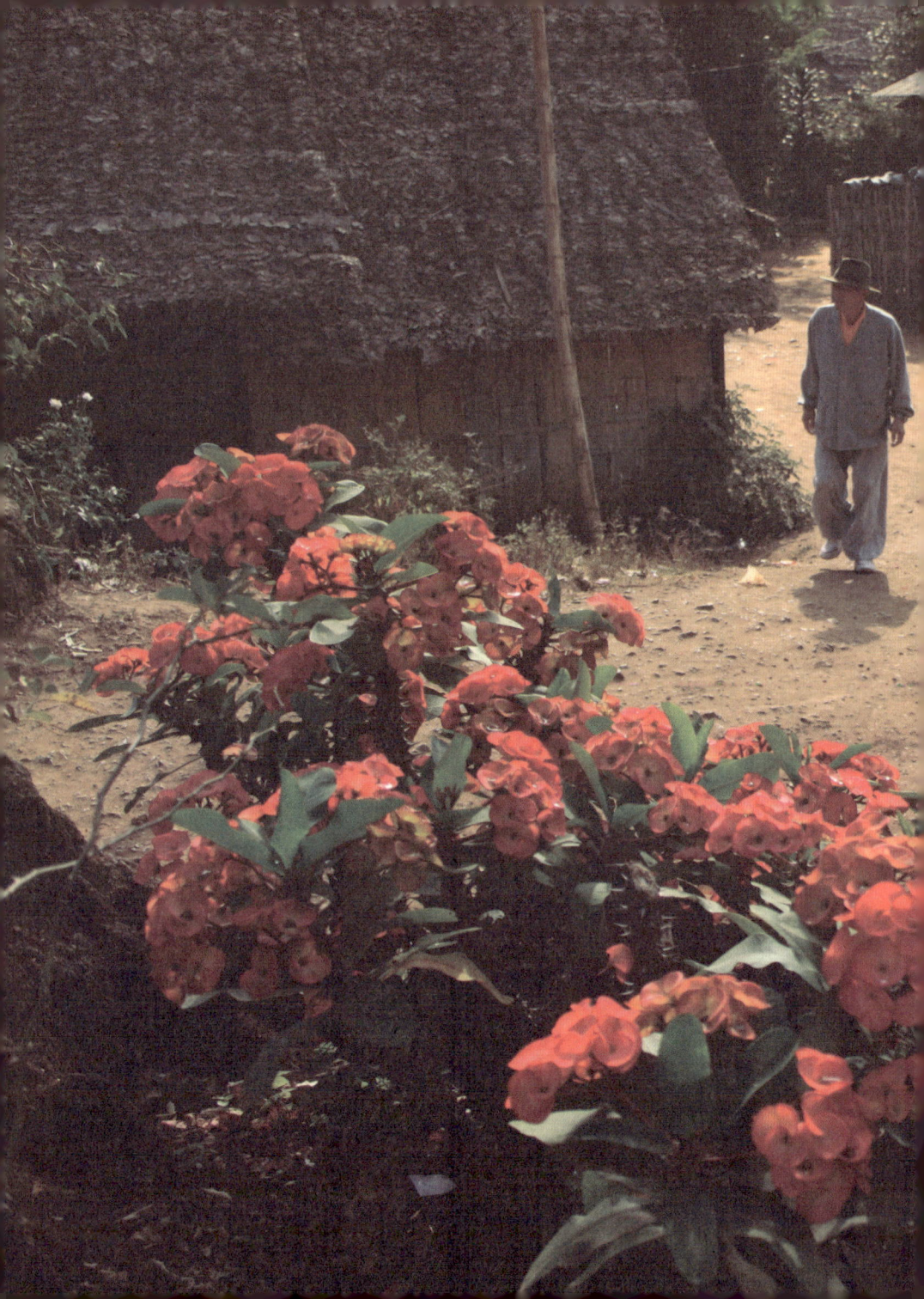

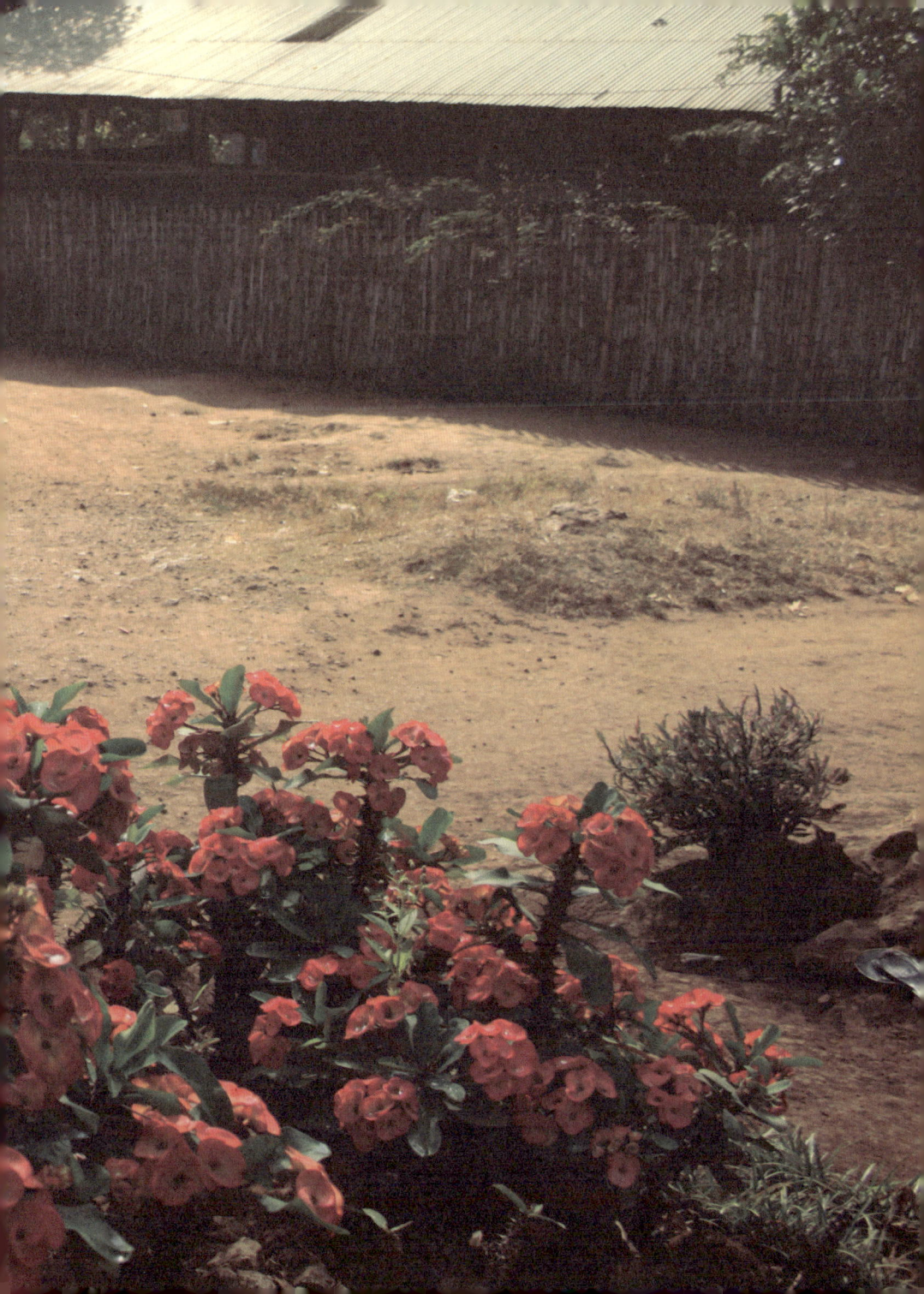

아름다운 사람, 아름다운 세상 만들기

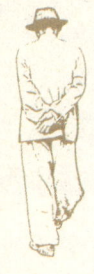

　다시, 아름다운 사람에 대해 생각해 봅니다. 자비와 지혜의 수레를 옆으로 기울지 않게 잘 끌고 가는 사람이 아름다운 사람입니다. 이미 갖춰진 지식, 이미 알고 있는 도덕과 법률, 사회적 정의 등을 자신과 남의 이익을 위해 쓸 줄 아는 사람, 실천하는 사람이 아름다운 사람입니다.

　이를 정리하면, '아름다운 사람은 아름다운 인연을 지을 줄 아는 사람'이라고 할 수 있겠습니다. 밖으로 아름다울 수 있다는 것은 안쪽이 아름답다는 말이니, 마음이 아름다운 사람이어야 아름다운 행동을 할 수 있습니다. 사람이 아름다운 것은 그 마음이 아름답다는 말이고, 마음이 아름답다는 말은 지혜와 자비로 충만하다는 뜻이겠습니다. 사람이 아름다우면 세상도 아름답습니다. 아름다운 인연이 아름다운 세상을 만듭니다. 자, 다시 한 번 자신을 돌아볼 때입니다.

　'나는 얼마나 아름다운 사람인가? 내가 사는 세상은 얼마나 아름다운가?'

　누구나 아름다운 사람, 아름다운 세상을 원합니다. 원하는 만큼 마음의 방향은 언제나 아름다운 곳을 향해 있습니다. 실천 여부는 각자의 몫입니다.

　사족蛇足과도 같은 서론이 지나치게 길었습니다. 누구나 다 아는 이야기를 장황하게 늘어놓은 이유는 한 스님에 대한 이야기를 하기 위해서입니다.

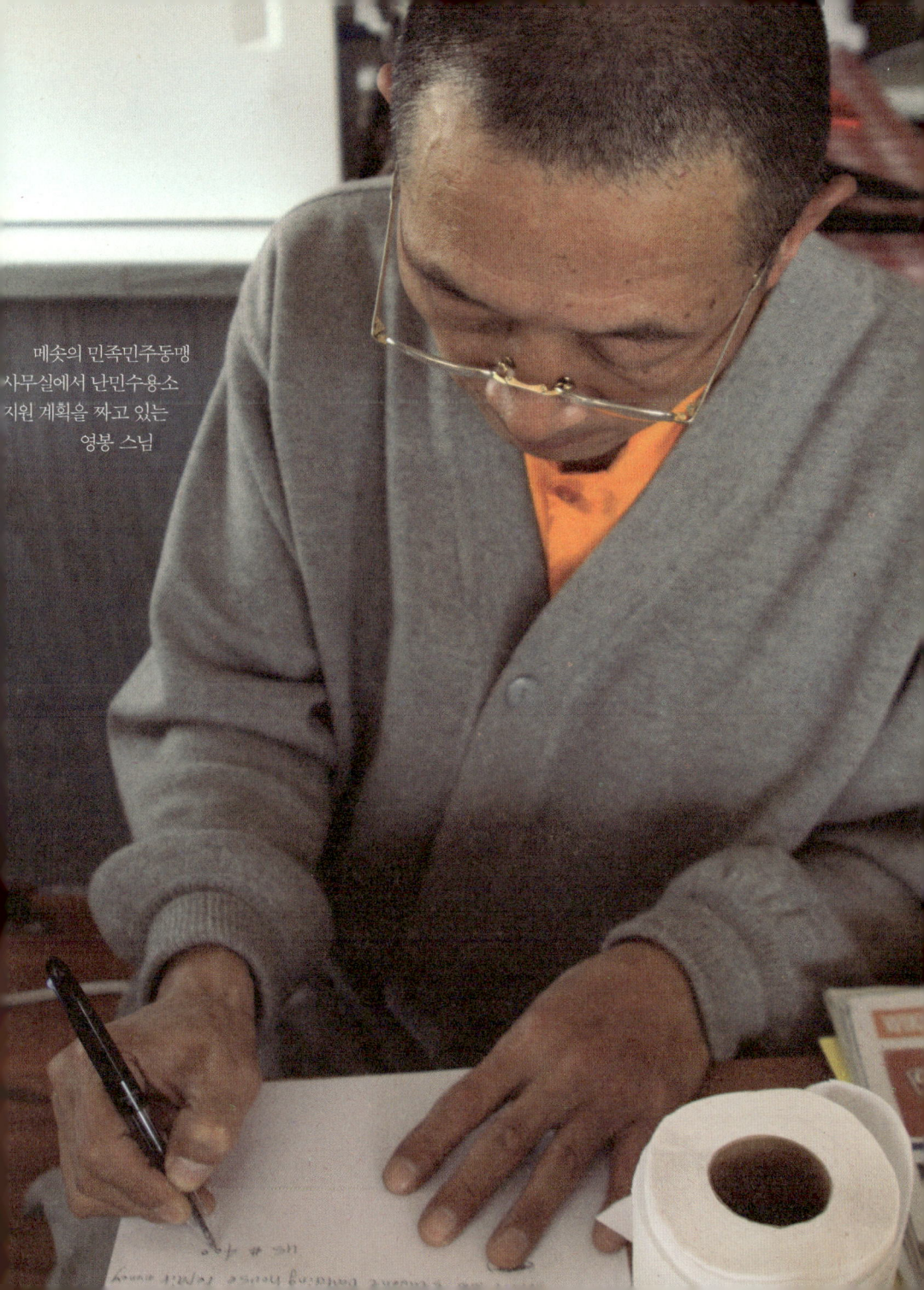

메솟의 민족민주동맹
사무실에서 난민수용소
지원 계획을 짜고 있는
영봉 스님

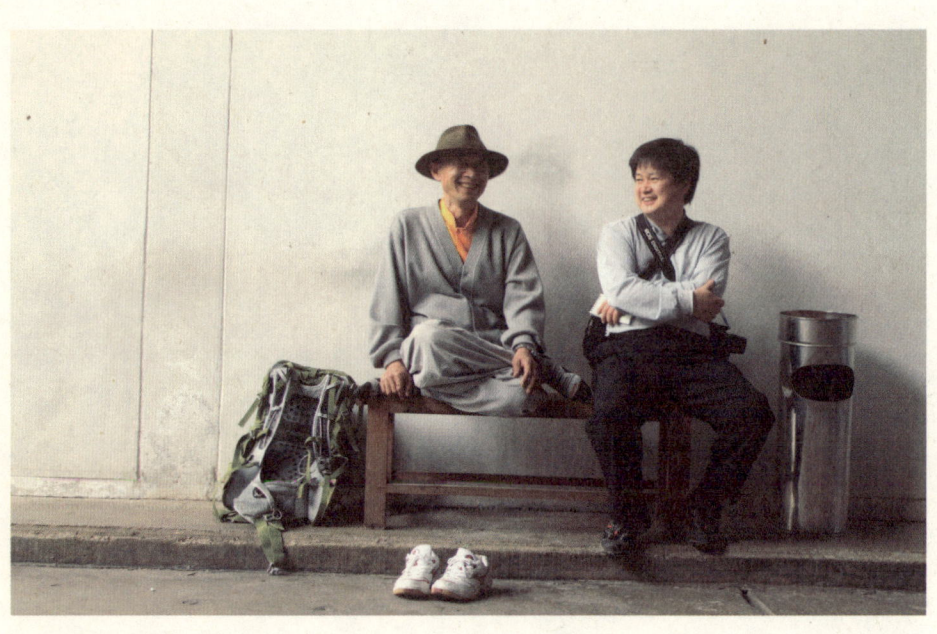

영봉靈峰 스님.

조계종 소속 비구 영봉 스님의 이름은 승단보다 산꾼들에게 더 잘 알려져 있습니다. 승단에서는 해종亥宗이라는 법명으로 기억될 것입니다. 히말라야로 들어간 이후 법명을 바꿨기 때문입니다. 영봉 스님은 말 그대로 산승山僧입니다. 지리산이나 설악산 정도가 아니라 히말라야라는 거대한 산을 배경으로 뚜벅뚜벅 걸어가는 수행자, 석가모니의 제자입니다.

영봉 스님의 과거, 스님 나름대로의 '화려한 과거'는 뒤에 소개할 몇 꼭지의 기사로 대신하겠습니다. 스님의 현재와 미래 역시 그 기사에 녹아 있지만 곁에서 본 소감을 양념하여 간략히 소개하고자 합니다.

2008년 4월 말, 스님을 처음 만났습니다. 현대불교신문의 편집부국장으로 있을 때입니다. '토굴에서 만난 스님'이라는 타이틀의 초파일 특집 기획에 대형 인터뷰를 했습니다. 한국대학생불교연합회의 초창기 설립 멤버이고 문화관광부 종무실에서 오래 봉직한 이용부 선생님(대한불교진흥원 이사)께 추천 받았습니다.

추천을 받고 보니 전혀 모르는 스님은 아니었습니다. 기자 초년 시절, 히말라야에 올라 화제가 됐던 스님 이야기를 보도한 기억이 났습니다. 겨울이면 소가 아랫마을로 하숙을 떠난다는 깊은 산골에 웅크린 '곰자리토굴'을 찾아갔습니다. 하루 종일 대화를 나누면서 나는 영봉 스님의 '자비심'을 보았습니다. 법석에서 말로 토하는 자비가 아니라 히말라야의 봉우리에서 온몸으로 쏟아내는 무량한 자비의 의지를 느꼈습니다.

한 사람의 불자로서 불교전문기자로서 오랫동안 답답하게 느껴졌던 문제들이 훌렁훌렁 껍질을 벗겨 내는 느낌, 그 강한 전율은 한 페이지로 계획했던 인터뷰를 두 페이지로 늘리게 했습니다.

영봉 스님에게 받은 감동의 키워드는 '원칙'과 '실천'이었습니다. 그것은 영봉 스님 자신이 목숨처럼 소중하게 지키는 계율이기도 했습니다.

여기서 '원칙'이란 바로 '이미 알고 있는 것', 다시 말해 '지식'입니다. '실천'이란 '자비와 지혜'의 수레를 끌고 가는 것을 의미합니다. 해인사에서 강원을 다녔고 제방 선원에서 장판 때를 묻힐 만큼 묻혔지만 늘 한쪽 구석이 허전했던 영봉 스님은 머리로 하는 공부의 한계를 뛰어넘고자 몸으로 부딪치는 길을 택했습니다. 중생의 길이 부처의 길과 둘이 아니라는 신념이 확고했기 때문입니다. 그 믿음이 헛되지 않다는 것은 히말라야의 그 많은 길들이 결국 인간에게서 인간에게로 이어지는 것을 보면서 깨달았다고 했습니다.

"모든 길은 사람의 길입니다."

영봉 스님은 사람의 길에서 사람을 위해 살 때 궁극의 행복이 완성된다고 말합니다. 물론 사람의 길이란, 원칙과 실천의 수레가 중심을 잃지 않고 달릴 수 있는 길입니다. 울퉁불퉁한 길을 덜컹거리지 않고 달릴 수는 없습니다.

"길을 고르게 하고 수레를 똑바로 몰고 가는 것이야말로 불교가 추구하는 궁극의 목표입니다. 부처님께서 가르치신 연기와 중도가 그것이고 반야와 공이 그것입니다."

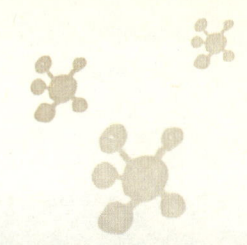

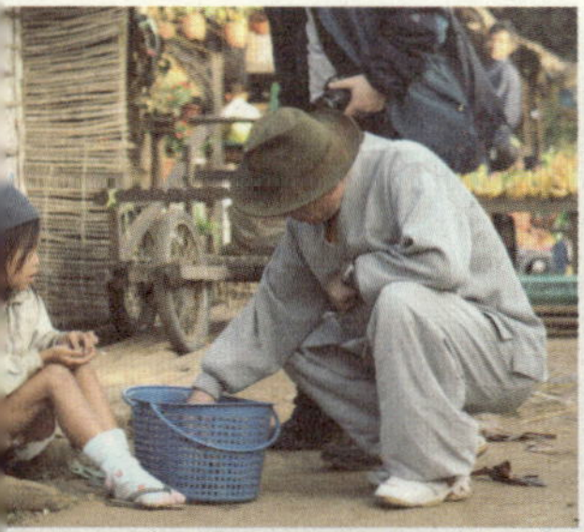

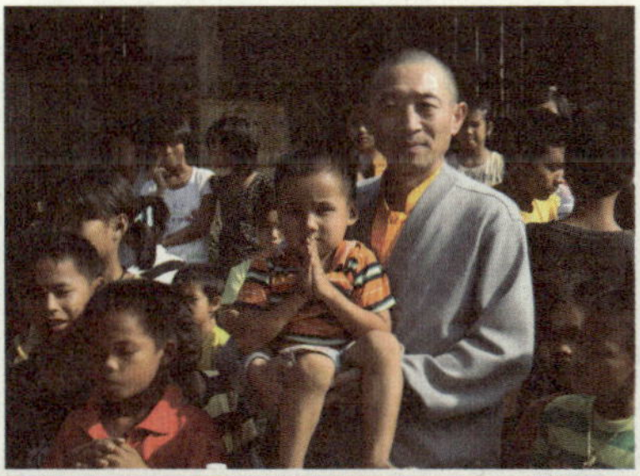

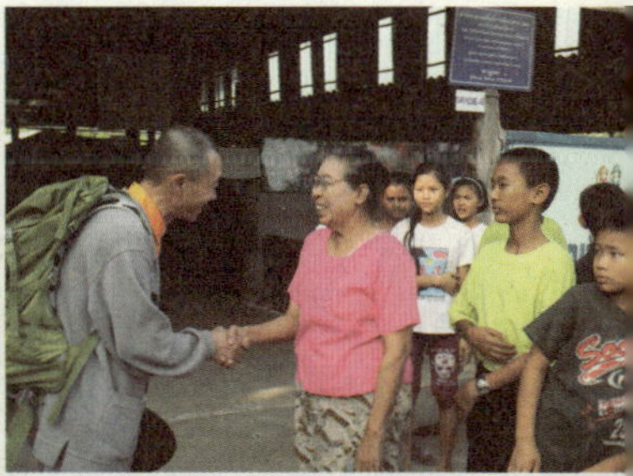

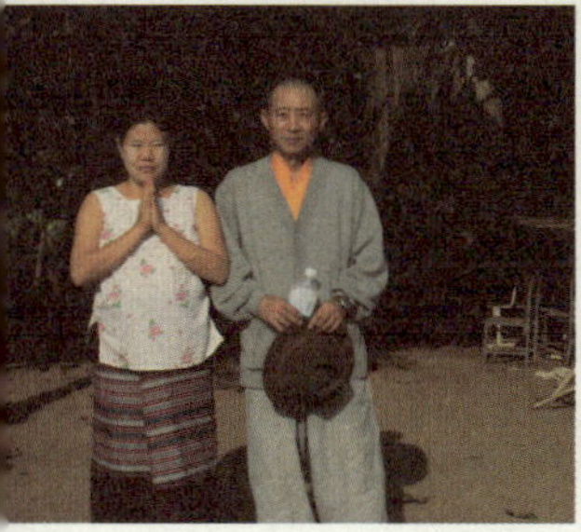

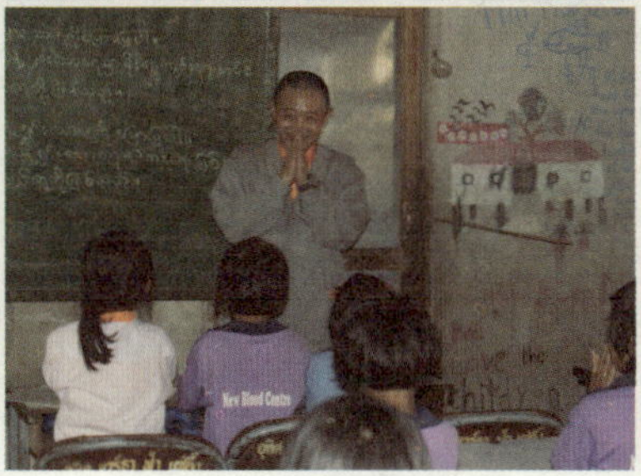

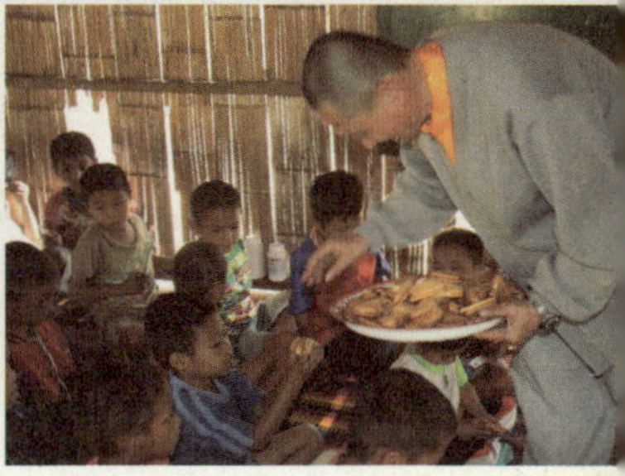

영봉 스님의
　수행화두는
'원칙과 실천'이다.

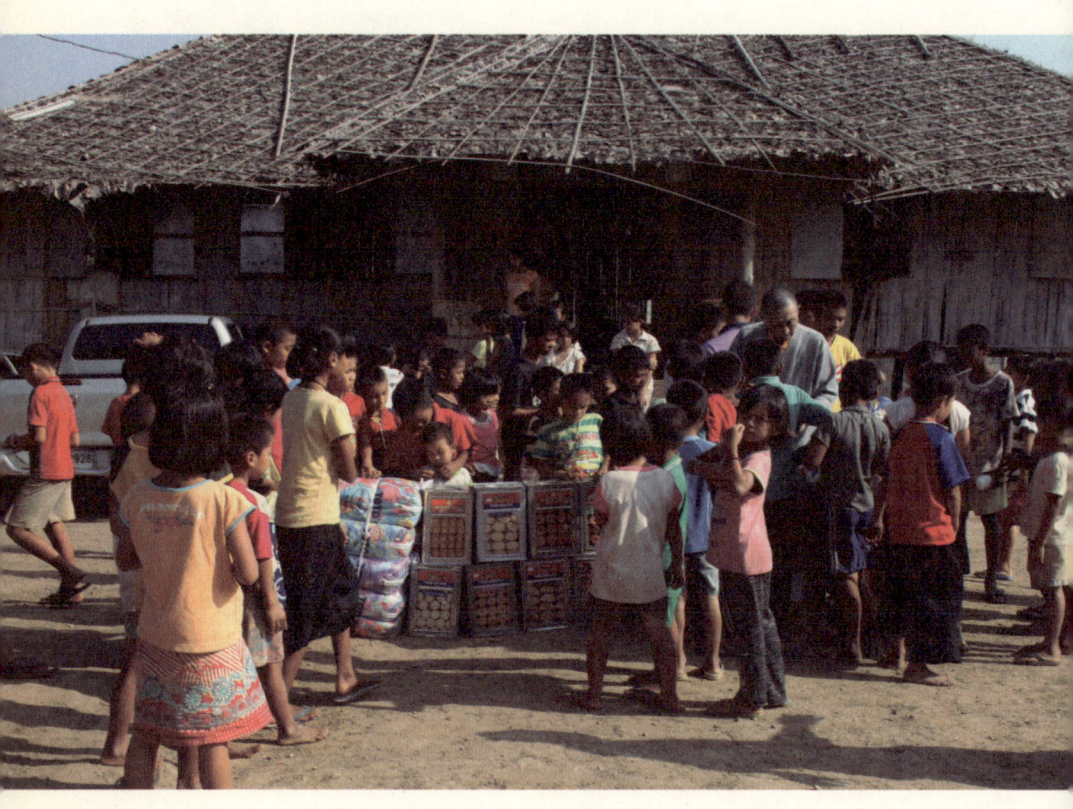

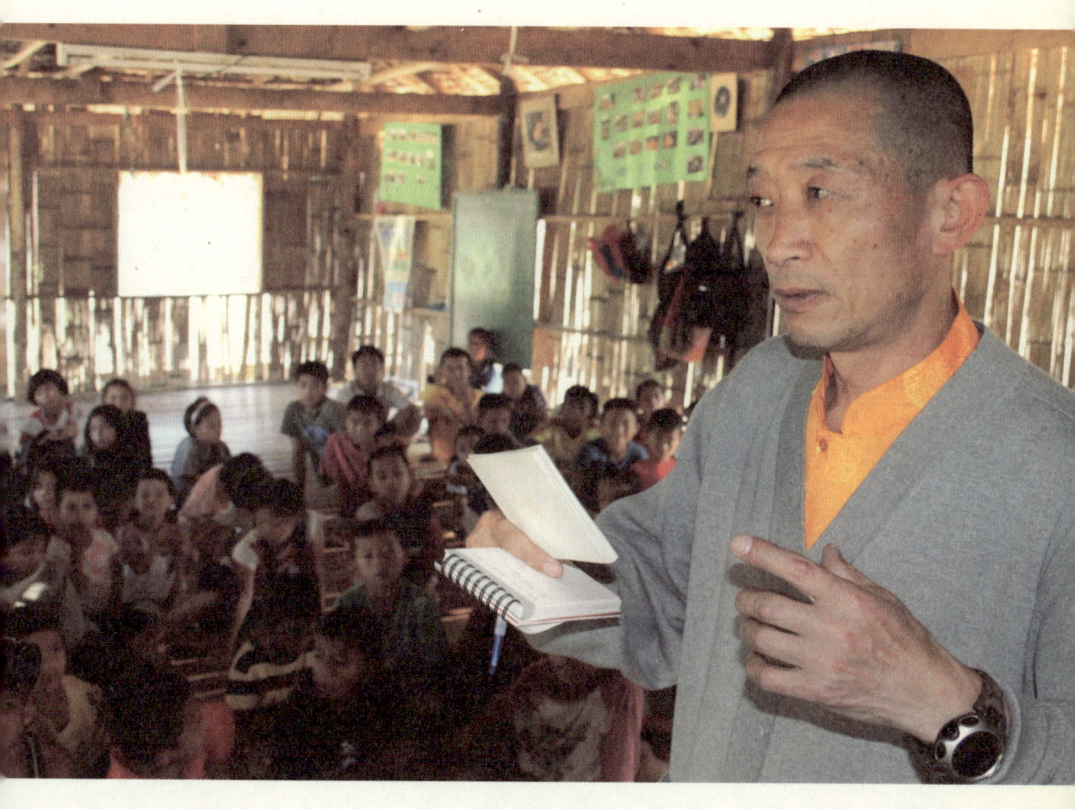

메솟의 새생명학교 어린이들에게 영봉 스님은 '아빠스님'이다.

모든 길은 사람의 길

2009년 4월 인사동의 어느 밥집. 네팔 카트만두에 '세종한국문화와 언어교육원'을 설립하고 첫 학기를 성공적으로 진행한 영봉 스님을 만났습니다. 1년 전 초파일 무렵 인터뷰할 때만 해도 계획 단계였는데, 1년 동안 학교 건물을 확보하고 교보재를 완비하고 교사와 학생 100여 명을 모아 첫 학기 3개월을 알차게 공부했다는 것이었습니다.

네팔에서 스님이 하는 일은 '세종한국문화와 언어교육원' 운영만이 아니었습니다. 고아원을 돕고 산골마을에 있는 곤궁한 학교들을 지원하고 있었습니다. 거기에 태국 국경지역의 미얀마 난민수용소 학교들과 고아원, 사원에 대한 지원도 하고 있었습니다. 언론에 공개하거나 후원단체를 만드는 등의 체계적인 수입구조를 갖추지도 않은 상태에서 말입니다. 토굴 근처의 밭에서 야생으로 자라는 오갈피가 스님에게 천군만마였습니다.

"20여 년을 산길만 다니던 스님이 진짜 해내셨군요."

"원력만 있으면 안 될 일이 뭐 있나요."

원력만으론 안 됩니다. 원력에 대한 스스로의 원칙과 곧은 실천의지가 있었기에 가능한 일이었습니다. 나는 그 자리에서 스님의 가슴에 히말라야가 들어 있다는 것

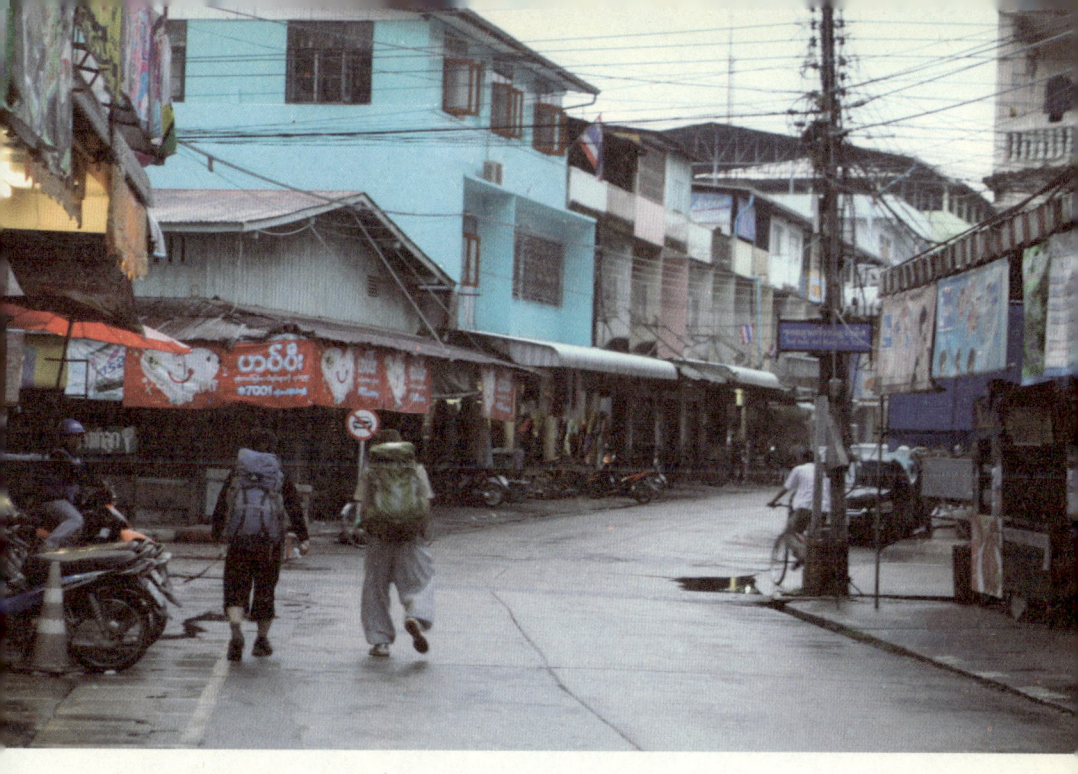

을 실감했습니다. 그리고 뜬금없는 제안을 했습니다.

"스님, 올가을에 불자들을 모아서 히말라야 한 번 갈까요?"

2009년 11월 5일부터 20일까지 12명의 불자들과 함께 15일 일정으로 히말라야를 걸었습니다. 4월에 제안한 한마디가 11월에 열매를 맺었던 겁니다. 〈현대불교〉가 주관하는 형식의 행사 타이틀은 '영봉 스님과 함께 하는 히말라야 행선 트레킹'이었고 코스는 영봉 스님이 직접 개척한 '피케이(P.K. 4200m) 가는 길'이었습니다. 환상적인 코스와 초보자에게 전혀 무리가 되지 않는 스케줄과 식사, 각자의 가슴에 품은 화두를 한 발 한 발 내디디며 풀어내는 행선 트레킹은 성공이었습니다.

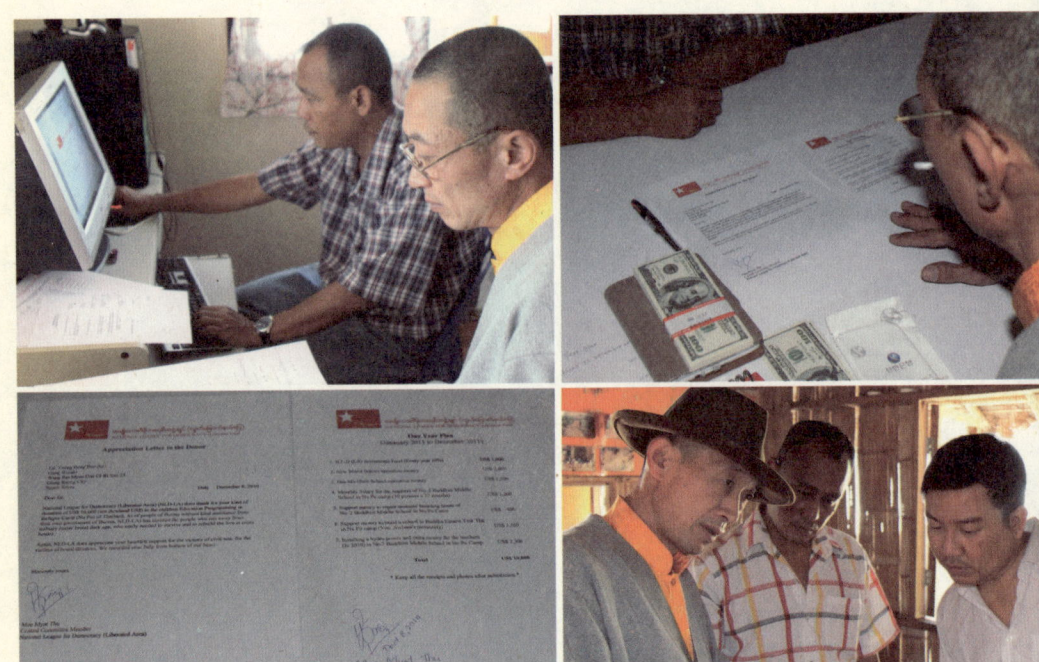

누군가에게
도움을
준다는 것은
결국
나에게
도움을
주는 것이다.

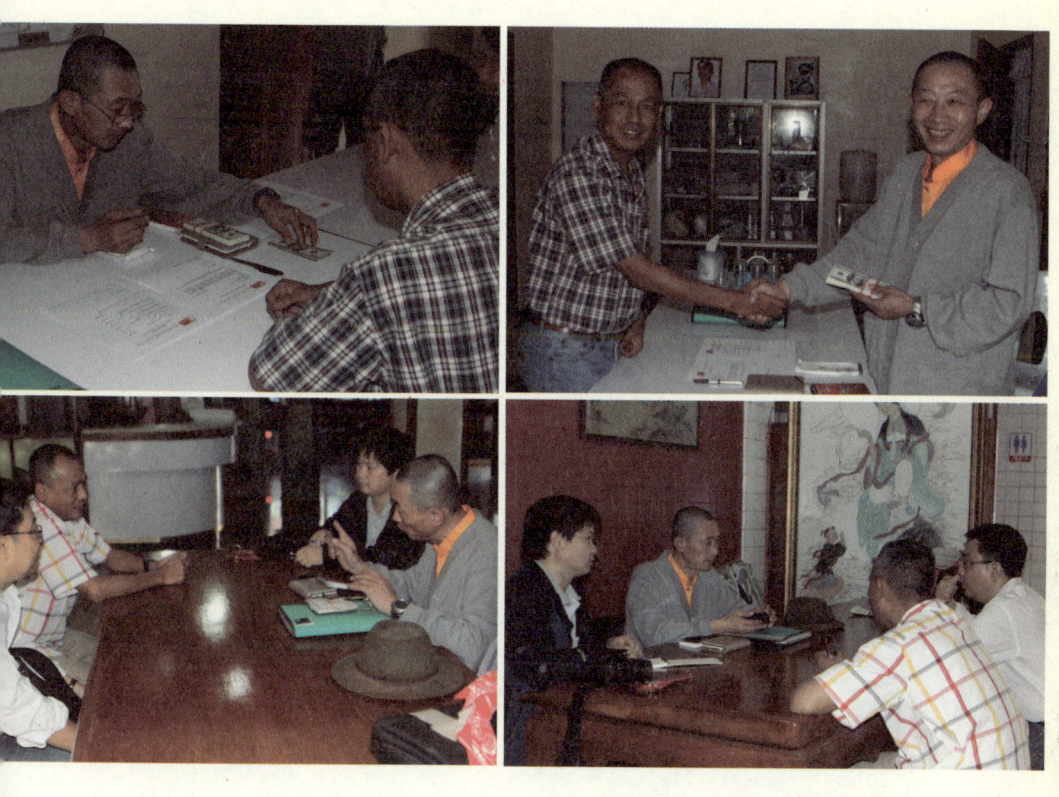

태국 메솟에 있는 미얀마 민족민주동맹 소속 인사들은
영봉 스님의 지원활동을 적극적으로 도우며 늘 감사하다고 말한다.

트레킹의 성공은 좋은 인연들을 영봉 스님에게 모이게 했고 영봉 스님의 불사를 후원하는 공식후원회도 만들게 됐습니다. 이름은 '히말라야의 꿈Dream Of Himalaya'입니다. 이 이름으로 다음 포털에 카페도 만들었습니다. 그렇게 하여, 영봉 스님이 홀로 걸었던 길을 여러 사람이 함께 걷게 됐습니다. 앞으로도 얼마든지 많은 도반들이 모여 함께 걸을 수 있고, 그래야 할 길이기도 합니다.

2010년 12월 3일. 영봉 스님과 함께 비행기를 탔습니다. 이승현 시인과 내가 열흘 동안 영봉 스님의 길에 동행하게 된 것은 큰 행운이었습니다. 스님이 홀로 개척해 많은 어려움을 무릅쓰고 진행해 온 미얀마 난민수용소 교육 지원 불사의 현장을 함께 가게 된 것입니다. 태국의 메솟과 누포캠프에서 스님의 길이 어디로 향해 있는가를 다시 한 번 확인할 수 있었습니다. 그 길은 2008년 4월 곰자리토굴에서 보았던 길과 다르지 않았습니다.

부처의 아름다운 길을 사람의 길로 바꾸는 길에 영봉 스님이 서 있습니다. 할 일이 많은 스님입니다. 하루 두 끼밖에 먹지 못하는 누포캠프의 청소년들이 끼니 걱정을 하지 않도록 하는 일, 공포와 억압을 피해 온 스님들이 수행과 전법에 매진할 수 있도록 지원하는 일, 늘어나는 고아들로 한정된 식량을 나눠 먹어야 하고 돗자리도 없이 맨바닥에서 자야 하는 어린아이들에게 입고 덮고 먹을 것을 공급하는 일입니다. 물론 영봉 스님은 이 일들을 함께 할 아름다운 사람들을 위해 문을 활짝 열어놓고 있습니다.

아름다운 사람이 만드는 아름다운 길. 그 길이 이름다운 세상으로 가는 길입니다. 영봉 스님 이야기를 다룬 기사들을 통해 아름다운 세상으로 가는 길을 찾아보시기 바랍니다.

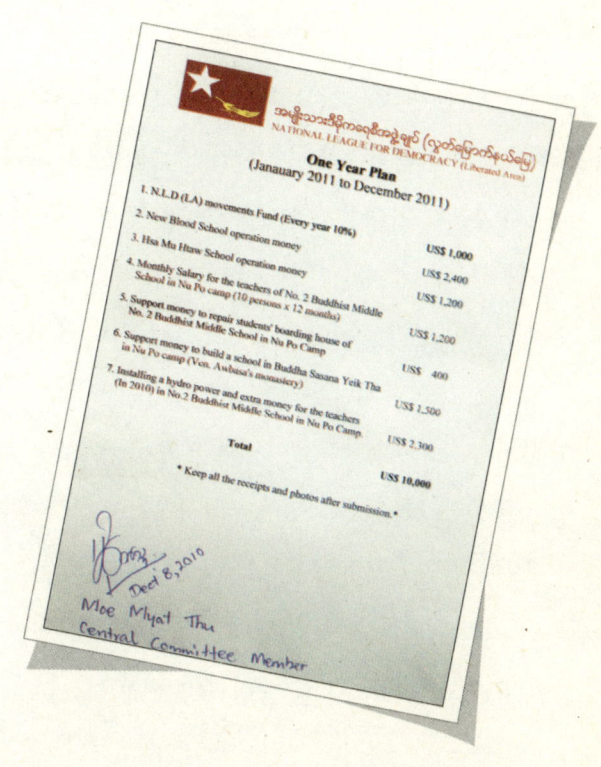

"앉아서 받아먹는 불교는 그만,
관념의 굴레 벗고 세상과 부딪쳐야"

산마다 봄이 찾아왔다. 봄은 울긋불긋한 산비탈의 꽃 잔치에서만 느껴지는
것이 아니다. 트랙터가 판판하게 다져 놓은 밭이랑에 씨감자를 넣는 농부들의
분주한 손길에서 느껴지는 봄이 한결 실감난다. 강원도 강릉시 왕산면 대기리.
산골짝 마을의 봄 풍경도 씨감자의 촉처럼 애틋하게 돋아나 있었다.

곰자리토굴熊座蘭若. 굽잇길을 돌고 돌아 찾아간 토굴은 여느 농가와 다를 것
이 없는 단 한 채의 촌집이었다. 큰 산 깊은 골짝에 있는 것도 모자라 앞집의 비
닐하우스에 가려진 채였다. 그러나 마당가의 장작더미와 장독대, 반들거리는
마루와 은은한 향내가 수행자의 도량임을 알려주었다.

지붕 얕은 토굴의 주인은 영봉 스님이다. 한때, 조계종단과 산악인들에게 짜
하게 이름이 났던 스님이다. 토굴은 조용했다. 세 칸 집의 가운데가 법당. 부처
님께 절을 하고 나오니 오른쪽 밭머리에 앉아 호미질을 하는 스님이 보였다. 두
어 뼘가량의 오갈피나무들이 밑동에서 파릇파릇한 싹들을 밀어올리고 있었다.
일어서서 허리를 펴는 스님에게 합장으로 인사를 했다.

"오갈피나무가 참 많네요?"

"5년쯤 되었는데 뿌리를 제법 실하게 내렸어요."

"스님이 직접 가꾸시는 겁니까?"

"그럼요. 불자들에게 쌀 한 됫박이라도 거저 얻어먹을 수는 없는 것 아닙니까?"

"신도들에게 나눠 주기 위해 재배하신다고요?"

"앉아서 얻어먹는 불교는 이제 그만해야 하는 거 아닙니까? 신도들에게 받아먹는 데 익숙해져서 불교집단 승단이 걷잡을 수 없이 물질화되고 세속화·권력화되고 있잖아요. 시주 무서운 줄 알면 지금 같은 모습은 아닐 겁니다. 이게 뭡니까? 며칠 전에 외제고급승용차 타고 골프 치고 하는 스님들 이야기가 방송됐죠? 난 인터넷으로 봤는데 이 토굴 마당에 구덩이 파고 들어가 묻히고 싶었어요. 그런 방송 한두 번 나왔느냐고 하겠지만 그런 방송 뒤에 처절하게 자기성찰을 하고 피눈물 나는 참회로 새로운 모습을 추구하는 움직임은 어디에도 없잖아요. 이 무참한 현실을 만든 게 누굽니까? 수행자에게 가장 근본적인 밑천은 청빈과 겸손인데, 이게 여의치 않으니까 자기성찰도 없고 부끄러움도 없는 것 아니겠습니까. 더 청빈하고 더 겸손해지기 위해서는 앉아서 얻어먹는 습관의 뿌리부터 끊어야 합니다."

스님의 목소리는 갑자기 격해지고 있었다. 더러 농사짓는 스님도 없지 않은데 영봉 스님은 농사를 짓는 게 아니라 타락한 불교계의 현실을 잘라내는 '활인검活人劍'을 벼리는 것 같았다. 마당으로 걸음을 옮기며 스님의 역설力說은 계속됐다.

"지금 우리나라는 엄청난 혼란 속에 있습니다. 급성장한 경제 덕택에 잘 먹고 잘 산다고 하지만 경제의 속사정은 도탄에 빠지기 일보직전이고 물질만 추구해 온 지난 반세기 동안 국민의 정신은 황폐할 대로 황폐해졌어요. 가치관의 혼란보다 더 무서운 것은 없습니다. 외세의 침입에 의한 국난보다 '안쪽 살림 정신'이 무너지면 더 큰 국난이 찾아온다는 것을 알아야 합니다. 이런 혼란기에 가장 먼저 정신을 차리고 대중들을 이끌어야 할 집단이 바로 종교인들입니다. 그 가운데 우리 불교집단이야말로 가장 먼저 자각의 새벽을 열어야 할 존재들 아닙니까? 그런데 종교가 경제에 굴복당하고 종교가 세상정치에 휩쓸려 가는 것을 보면서 불교계는 어떤 태도를 보이고 있습니까? 얼렁뚱땅 묻어가고 있거나 오히려 더 앞장서서 얽혀들고 있는 현실을 누가 부정하겠습니까? 절을 찾는 불자들에게 우리 승단이 줘야 할 것은 너무나 많습니다. 물질과 법으로 그들의 아픔과 애환을 고르게 보살펴야 합니다."

영봉 스님은 오래전 다섯 살의 링 린포체로부터 들은 한마디를 잊을 수 없다고 했다. 스님이 불교의 목적이 무엇이냐고 질문했을 때 린포체는 "배우면서 가르치는 것"이라고 짧게 대답했다. 스님이 그때까지 이해하고 있었던 '상구보리 하화중생'의 수직적 개념과는 전혀 다른 것이었다.

"그 말을 듣는 순간 나는 알게 됐습니다. 배움과 가르침, 그것은 바로 부딪침이라는 것을. 우리 불교는 부딪치지 않기 때문에 관념의 굴레를 벗어나지 못하고 있는 겁니다. 선방에 앉아서 도를 깨친다고 하지만 내 생각에 선방은 부딪치고 또 부딪치며 느낀 어떤 절절함을 정리하는 곳이어야 할 것 같아요. 세상에 대해 부딪치지 않은 채 학습된 어록 몇 구절로 관념화된 깨달음을 좇는 것은 아무래도 허무한 일일 테니까요."

사뭇 진지하고 힘이 들어간 스님의 이야기 방향을 슬쩍 돌려 보았다.

"장작더미가 꽤 큰데요?"

"원래 토굴살이의 밑천 가운데 중요한 것이 장작입니다. 산중에서 긴 겨울을 나는 데 장작은 필수니까요. 그래서 토굴을 나갈 때는 다음 사람을 위해 1년치의 장작을 해 두고 곡식 한 독을 장만해 두는 전통이 있었어요. 요즘은 해 둔 것만 축내고 그냥 나가는 경우도 있지만……."

"장작더미가 큼직하네요. 한 3년치는 되겠는데요?"

"나는 장작을 하는 데 몇 가지 원칙이 있어요. 우선 1년치는 내가 쓸 것이고 또 1년치는 혹시 내가 죽으면 육신을 태울 것이고, 또 1년치는 다음 사람이 쓸 것. 이렇게 3년치를 확보해 둡니다. 나무를 할 때는 기계톱을 쓰지 않는 것도 철칙입니다. 기계톱을 쓰면 그 엔진 소리에 온 산의 나무들이 벌벌 떨거든요. 장작을 쪼개면서 내 번뇌를 타파하고 장작더미를 쌓아올리면서 내 하심을 쌓고 지게를 질 때마다 내 업을 지고 있음을 생각합니다."

토굴살이에서는 모든 것이 수행이라더니 영봉 스님도 일거수일투족을 다 수행으로 결부시키고 있었다. 아주 오래전부터 궁금했던 질문 하나가 떠올랐다.

"대중생활과 독살이 가운데 어떤 것이 더 수행을 돕는가요?"

"어느 쪽이다 하는 기준이야 없겠지요. 다만, 자신이 자신을 얼마나 책임질 수 있느냐 하는 문제는 있습니다. 우리는 흔히 사무생사四無生死를 말합니다. 먼저 지知무생사는 알음알이의 단계인데, 감꽃이 떨어지는 것에 비유할 수 있습니다. 감꽃이 떨어진 그 자리에 비로소 감이 맺히니까요. 그 다음은 체體무생사인데, 체험과 학습의 단계지요. 감이 감으로 자라나는 동안 비바람과 햇살 등 모든 여건들에 부딪치며 작용되는 것 말입니다. 세 번째로 계契무생사는 부딪침을 받아들여 융화되는 단계입니다. 다 자란 감이 서리를 맞으며 자신의 안쪽까지 익는 것 말입니다. 마지막이 용用무생사인데, 이는 바로 활용과 수용의 단계입니다. 말랑말랑한 홍시를 사람도 먹고 새들도 쪼아 먹는 단계지요. 대중 속에 있든 토굴에서 독살이를 하든 용무생사에 이르기 위해 자신을 얼마나 잘 익히는가 하는 문제는 자신의 몫입니다."

"스님의 대답이 좀 모호하게 들립니다."

"수행자는 항상 과정에 있다는 얘기입니다. '과정인'이 '완성자'의 흉내를 내면 어떻게 되겠습니까? 지금 불교계는 과정의 소중함보다 완성자의 영광에 더 관심이 많습니다. 그래서 가짜가 많은 것이고 관념놀이에 빠져 진리의 고갱이를 왜곡시키고 있는 겁니다. 나는 오늘의 불교계를 향해 '서리도 맞지 않은 감이 홍시라고 한다면 그 떫은맛은 어떻게 할 거냐'고 묻고 싶습니다. 오늘날의 원로중진들은 불교현실에 대해 준엄하게 책임을 묻는 소리를 들어야 합니다. 지금 들리지 않는다면 머지않아 듣게 될 겁니다. 부분적인 이야기겠지만, 선방선객들이 공부는 밀쳐두고 해제비에 더 관심을 갖는다면 이미 선도 관념

놀이에 깊이 병들어 버렸다는 얘기입니다.”

아직 푸른 잎이 돋지 않은 앞산에 해 그늘이 드리워지고 있었다. 마당가에 서서 '열변'을 토하는 영봉 스님이 선방이란 단어를 꺼내자 봉암사 이야기가 궁금해졌다.

“봉암사가 조계종 특별선원으로 지정될 때 스님의 역할이 컸다고 들었는데 어떤 이야기인지요?”

“아, 그거. 참 오래전의 이야기예요. 속리산과 월악산 국립공원 사이에 있는 희양산을 국립공원으로 지정하려는 움직임이 있었어요. 당시 나는 봉암사 선방에 있었는데 아무리 생각해도 봉암사마저 관광지가 되게 할 수는 없었어요. 그래서 원천 스님, 원행 스님과 최후의 수단으로 할복할 각오를 다지고 반대에 나섰지요. 원천 스님은 해인사 출신이고 원행 스님은 통도사 출신. 그리고 나는 송광사 출신이니 3보사찰의 선객이 뭉쳐 봉암사를 지키자고 결의했던 겁니다. 정부기관과 총무원 그리고 종단의 수좌들을 나눠 맡은 다음 국립공원 지정반대와 봉암사 특별선원 지정을 추진했어요. 당시 모시고 있던 어른스님은 “나라에서 하는 일인데……” 하며 못마땅하게 여겼지만 우리는 “봉암사마저 지키지 못하면 한국불교의 가풍을 어디서 찾느냐”며 의지를 수그리지 않았어요. 그것도 결국 앉아서 받아먹는 불교에서 자급자족하며 옹골차게 정진하는 불교로 바꿔 보자는 취지였는데 아직 갈 길이 먼 것 같아요.”

지난날에 대한 이야기가 나오니 영봉 스님이 중앙승가대학에 불전국역연구원을 설립하는 데 주축이었던 것도 기억이 났다. 스님은 그때나 지금이나 역경의 문제는 시급한 과제임에도 종단적 관심사가 되지 못하는 데서 "더 이상 기대조차 못하게 하는 비참한 일"이라며 손사래를 쳤다. 당시 스님은 중앙승가대에 산악회를 만든 주인공이기도 한 해종 스님이었다. 산악인들 사이에 스님은 '전설'이었다. 전문적으로 산악등정 훈련을 받은 적도 없는 스님이 1990년 이후 안나푸르나산군을 위시한 히말라야의 큰 봉우리들을 차례로 등정했기 때문이다. 원정대도 꾸리지 않은 단독으로. 요즘도 해발 4000m에 이르는 네팔의 솔로콤부 지역 자록콤파에 있는 토굴을 거점으로 삼고 있는 스님에게 히말라야는 아주 특별한 산일 수밖에 없다.

　"오래전의 이야기지만, 왜 히말라야를 오를 생각을 했습니까? 지금 스님에게는 어떤 의미인지요?"

　"처음 히말라야를 오르고 싶었던 마음은 부처님이 생을 거듭하며 수행하던 산이란 단순한 이유였지요. 그러나 아무런 준비도 없이 떠난 히말라야에서 몇 차례 죽음의 문턱을 넘나들면서부터 생각이 바뀌었어요. 여기야말로 생사를 둘 아니게 체험하는 확실한 선방이라는 생각이었지요. 해발 4000m 이상을 오르면 숨조차 쉴 수 없는데 사방은 눈 덮인 산뿐이니 순간적으로 삶과 죽음의 길을 오가게 되지요. 편한 곳에서 말로만 '생사일여'를 떠드는 것이 얼마나 한심한 일인가 새록새록 깨닫게 되었습니다. 부처님이 태어난 카필라국의 위치는 길이 3000km에 이르는 히말라야의 중앙 지점입니다. 안나푸르나 산봉우리들을 오른 것(1990년)도 그 까닭에서였습니다. 히말라야에서는 부처는 인위적으로 만들어지는 것도, 관념 속에서 전해지는 것도 아니라는 것을 알게 됩니다. 길에서 태어나 길에서 깨닫고 길에서 진리를 설하다가 길에서 육신을 버린 부처님. 그 길의 의미를 생각하고 생각하다 보면 오늘의 우리는 무엇을 위해 살아야 하는지도 알게 됩니다. 히말라야는 그 수행을 가능하게 하는 큰 도량입니다. 사람들은 등산, 등정, 정복 등의 표현을 하는데 그것보다는 입산入山이라는 말이 옳습니다.

산은 육바라밀을 아주 절절하게 설법하는 곳입니다. 함께 하는 사람들, 셰르파, 포터, 키친보이 등과 무엇이든 공평하게 나누는 보시의 정신이 없으면 팀워크가 깨지고 맙니다. 산에 들어가기 위해서는 많은 절차와 과정이 필요한데 그 모든 것에 절제하고 준비하는 마음이 필요하니 지계입니다. 또 인욕의 덕목은 산에서 두말할 나위가 없습니다. 생사가 왔다 갔다 하는 마당에 인욕을 버리면 곧바로 죽음이니까요. 끝없이 가지 않으면 안 되는 산행은 곧 정진의 도리이고, 그래서 절대적인 동動은 절대 정定을 낳는다는 것을 알게 하니 곧 선정입니다. 극한상황에서는 차별이 없으니까요. 그리고 산은 지식을 초월한 자기 의지의 결집으로 생존의 지혜를 길러줍니다. 나는 산에서야말로 육바라밀의 가르침과 그 도리를 벗어날 수 없음을 절실하게 배웠고 그것은 사람들이 사는 현장에서도 다를 바가 없다는 것을 깨달았습니다."

"네팔 자록콤파에 있는 스님의 토굴에 한국의 스님들이 가서 정진할 수 없나요?"

"토굴이야 늘 열려 있지만, 원하는 분이 없지요. 해발 4000m 지점에 오르면 고소증이 극심해집니다. 가만히 있는 것도 힘들어요. 그런 곳에서는 참선이 다 뭐다 하는 격식도 다 필요 없습니다. 자신의 진짜와 가짜를 다 꺼내볼 수 있는 곳이지요. 선방에서는 구참 대접을 받는 몇 분을 모시고 갔는데, 모두 적응하지 못하더군요. 저도 젊은 나이에 들어가서 오래 고생한 곳이지만……. 아무튼 나는 4000m를 견디지 못하는 선객들에게 '그간 헛공부했구나' 하고 한마디했어요. 사실 국내에서 선방이력을 '계급장'으로 삼고 있는 분들을 보면 꼭 히말라야의 '큰선방'을 체험시켜 드리고 싶습니다."

어느새 해가 저물었다. 스님은 부엌에서 군불을 때기 시작했다.

"조금 전에 보니까 화장실 안쪽 벽에 도배를 했던데요."

"그곳이야말로 가장 깨끗해야 할 곳입니다. 인간은 오물을 생산하고 버릴 줄만 알았지 관리할 줄 모르거든요. 이곳 화장실에는 휴지도 버리지 않습니다. 오직 배설물만 받는 또 하나의 의미 있는 공간입니다. 나에게는 그곳이 산신각이라니까요. 하하하."

영봉 스님은 토굴을 한 해 한 번만 개방한다. 문은 늘 열려 있지만 공식법회는 부처님오신날에만 연다. 토굴이기 때문이다. 찾아오는 신도는 20여 명이지만, 등은 200여 개가 걸린다. 스님이 모은 세계 각국의 등이 형형색색 토굴을 장엄한다. '등값'은 받지 않는다. 성의껏 공양 올리게 한다.

"더 많은 스님들이 '히말라야선방'을 체험할 수 있길 바랍니다."

"나는 나 나름대로 많은 준비를 해 뒀습니다만, 그게 인위적으로 되겠습니까? 공양물이 넘쳐 나는 선방이 아니라 생사의 경계조차 희미한 히말라야에서 거대한 침묵 앞에 앉고자 재출가, 재발심을 하려는 분들이 얼마나 있을지……."

"네팔에서 현지인 셰르파들에게 한국어를 가르치려는 이유는 무엇인지요?"

"입산하는 사람과 현지인들은 소통이 잘될수록 좋습니다. 안전과 직결되는 문제니까요. 그래서 한국어 교육을 준비하고 있습니다."

토굴의 봄밤은 정적 속에 묻혔다. 느닷없이 찾아온 나그네의 질문도 이제 바닥이 났다.

"내 말이 격하다고 다듬을 필요는 없다"는 영봉 스님의 결연한 의지가 수첩을 든 기자를 부끄럽게 했다. 그래서 하룻밤 자고 가라는 스님의 만류도 뿌리치고 도망치듯 첩첩산중 굽잇길 두꺼운 어둠을 헤치며 하산했다.

현대불교 678호(2008년 5월 7일자)

설산雪山에 영근 깨달음의 빛,
안나푸르나 2봉(7937m)과 4봉(7525m) 오르는 해종 스님

'단추 하나만 누르면 만사가 OK'인 전자동 시대, 그저 편안한 게 최고라는 사고방식이 팽배해지는 이즈음, '명예와 재물을 구하려는 것도 아니고, 부처님의 지혜를 이어서 중생제도할 원력으로 발심 출가한' 스님네들의 삶은 참으로 고결해 보인다.

그러나 현대의 분주한 일상사는 스님네들에게도 많은 영향을 미치는 것 같다. "어찌하다 보니 출가 당시의 마음과는 십만 팔천 리가 되어 있더라"는 몇몇 스님들의 말씀이 오히려 진솔하게 여겨질 정도니 여러모로 도 닦기는 힘든 세상인가 보다. 스스로의 실존의 의미를 깨닫고 이 세상에 한 치의 빛이라도 더하기 위해 용맹정진하는 수행납자가 그리운 오늘, 안암동 개운사에서 해종 스님을 뵌 것은 행운(?)이라고 명명할 수 있을 듯하다. 작년 사월초파일, '스님이 최초로 히말라야 고봉高峯인 메라픽(6476m) 정상에 올랐다'고 하여 교계와 세인들에게 신선한 충격을 던진 해종 스님. 부처님 빛 뿜어내는 설산雪山에서 담아온 그 내면의 이야기는 온갖 답답증을 확 뚫어 주는 청량제로 다가왔다.

"타성에 안 젖자니 너무 힘들고 타성에 젖어 살자니 부끄럽기 그지없고……. 발심 출가한 마음을 곧추세워 비구답게 사는 길이 어떤 것인가 번민도 많았습니다. 처처가 불국토요 일마다 부처님 일 아닌 것 없지만, 좀 더 가까이 부처님의 진실생명력을 느껴 보고 싶어 떠났지요." 십수년 전 출가하여 해인사 강원에서 경전공부를 하고 봉암사, 송광사, 통도사 등 제방선원에서 정진하다 오대산에 자그마한 토굴을 마련해서 수행했다. 공부를 하다 보니 이치로는 홀가분한데 현실로는 얽매여 답답증이 풀리지 않았다. 많은 사람들에게 부처님의 대자비 가르침을 일러준 적도 있건만 어느 한순간 아무것도 모르는 망각의 상태가 찾아왔다. 안으로는 더 궁금해지는데 밖으로는 한마디 말도 할 수 없었다.

경전을 봐도 큰스님 설법을 들어도 별반 감응이 없는 무감각 증세는 참으로 큰 병이었다. 지독한 관념의 세계에서 벗어나야겠다고 생각한 순간 스치는 영상이 히말라야였다. 부처님께서 수도하셨던, 수행자들의 근본적 고향이자 일찍이 모든 인류의 시원을 이루는 영산靈山 히말라야. "초등학교 때 교과서에 실린, 부처님의 설산수도상을 보면서 강력한 이끌림을 받았는데, 백척간두에서 진일보하기 위한 상황에서 히말라야가 그리워진 것도 다 큰 인연의 소산이겠지요." 1988년의 일이었다.

가진 거라곤 하나도 없었던 스님은 무작정 배낭 하나 달랑 메고 무전만행을 떠났다. 첫 목적지로 일본을 택했다. 일본을 알기 위해, 또 경제적으로 넉넉한 나라이니 경비를 벌기도 쉬울 거라는 계산 속에서였다. 일본서 8개월여 체류하는 동안 햄버거 집에서 아르바이트도 하고 공사판에서 벽돌을 나르기도 했다. 그렇게 경비를 마련하는 한편 틈틈이 산행을 즐겼다. 일본을 떠나 홍콩을

경유해서 본래 목적지였던 히말라야에 도착한 것은 1989년 봄이었다. 히말라야, 그 품안에 뛰어들지 않고는 못 견디게 만드는 산이었다.

히말라야를 본 순간 속앓이가 순식간에 풀어지는 후련함을 맛보았다. 히말라야는 침묵 속에서 무정설법無情說法을 하고 있는 신비의 명산이었다. "애당초 등반 계획은 없었습니다. 단지 히말라야는 바라만 보고, 인도 성지순례를 할 예정이었는데, 첫눈에 반했다고나 할까요. 바라만 볼 게 아니라 올라가 보자는 생각이 간절한 걸 어쩝니까? 무턱대고 올랐지요." 때마침 카트만두에는 한국등반대(에델바이스산악회 초오유 정찰대)가 있었다. 그들을 따라갔다. 10일간의 카라반 끝에 남체에서 헤어져 다시 혼자가 되었다. 로부제에서 고락솁으로 넘어가는 4800m의 고개에서 고소(산소가 부족해 심장에 물이 고이는 증세)를 겪었다. 구토, 두통에 오한까지 겹쳐 한 걸음도 움직일 수 없을 때 한 이스라엘 여행자의 도움을 받아 무사히 하산할 수 있었다.

어느 정도 몸이 회복되자 또 올랐다. 몇 번 길을 잃는 곡절 끝에 에베레스트 베이스캠프 터에 닿았다. 산을 오르면서 수많은 성자들이 왜 설산고행을 했는지 그 답은 저절로 얻어졌다. 언제 어떻게 죽을지 모르는 극한 상황, 생사의 갈림길에 던져지니까 화두가 순일하게 잡혔다. 극도에 달해서 생명을 건 무아無我의 경지에서는 무엇이든지 다 해낼 수 있다는 것을 몸으로 체험했다.

그저 막연히 동경했던 히말라야는 이제 가장 위대한 스승이 되었다. 공부를 이끌어 주고 때론 경책을 가하며 선장시켜 주는 선지식이었다. 그 후로 본격적인 등반, 곧 처절한 구도행각이 새롭게 시작된다. 1년에 1000m씩 높이는 산행을 작정하면서 카트만두로 돌아와 인도 성지순례에 나섰다. 인도인들의 눈빛은 깊은 사색을 담고 있었다. 영혼이 위대한 나라였다. 1990년 4월 비밀리에 출국하여 '나의 산'이라는 뜻의 메라픽 등반(6476m)에 불교인(스님) 최초로 성공, 그 감회를 이렇게 말했다.

"말로 어떻게 표현할 수 있겠습니까? 처음엔 허탈하더군요. 한 십여 분 지나니까 그렇게 평온할 수 없었습니다." 부처님 오신 날을 메라픽 정상에서 맞기 위해 강행군했다. 고소 증세로 이틀 동안 물 한 모금 못 마시고 잠 한 숨 못 잤지만 그대로 정진에 들어갔다. 등반사상 이런 일은 없었다며 셰르파들이 아우성이었다. 그러나 스님은 '생사도 없는데 고소 따위야' 하면서 극복해 냈다. 희박한 산소, 매서운 추위, 몸을 날리는 강풍, 밥 한 술 먹지 못하는 악조건을 견뎌 가면서 이룬 산행은 무엇보다 값진 것이었다.

"산행은 곧바로 수행의 길입니다. 수십 번도 더 죽을 고비가 닥쳐오는 과정에서 냉철한 지혜와 직관의 힘이 요구됩니다. 자연적으로 화두가 순일하게 잡힙니다. 또한 산행에는 부처님께서 설파하신 가르침이 절절히 배어 있습니다."

보시, 지계, 인욕, 정진, 선정, 지혜…… . 보시가 없이는 등반의 성취를 바랄 수 없단다. 산악인들의 말로 하면 팀워크다. 셰르파나 포터에게 의복이든 음식이든 똑같이 베풀어 한마음으로 등반해야 목표 성취를 할 수 있기 때문이다. 수행자가 계율을 지키듯 한 치의 흐트러짐도 허용하지 않는 몸과 마음가짐, 뼈를

깎는 인욕정진, 자신의 정신과 육체를 던지지 않고는 이룰 수 없는 선적 경지와도 같은 행보, 무턱대고 걷기만 하면 영락없이 죽음의 그림자는 다가오니 알고 있는 지식과 지혜를 총동원해야 한다. 산행은 수행과 떼려야 뗄 수 없는 불가분 관계이다.

그래서 해종 스님은 많은 스님네들과 불자들에게, 아니 모든 사람들에게 산행을 권유한다. '히말라야의 위대한 침묵 속에 들어가 보면 내면의 헐떡거림이 쉬어질 것이요, 영산에서 기른 진취적인 기상은 이 민족 번영에 큰 힘을 발휘할 것'이라고. 해종 스님은 한라산에서 백두산까지 민족통일의 간절한 염원을 안고 우리 시대 가장 절박한 불사, 통일 교두보가 되고 싶다. 해종 스님은 오는 8월 중순에 출국하여 안나푸르나 2봉(7937m)과 4봉(7525m)을 오를 것이다. 안나푸르나 2봉은 성공률 16.7%밖에 안 되는 험산. 재작년 9월 21일 영남대 산악회의 김용규 · 정갑용 대원을 앗아가 한국인에겐 죽음의 산으로 각인된 곳이다.

안나푸르나에서 산화된 영혼들을 천도하고 불교인 최초로 7000m를 넘어설 해종 스님. 이미 정초에 출국해서 안나푸르나 정찰등반 및 훈련을 했다. 6월 한 달 동안은 제주도에서 마지막 트레이닝을 했고 7월에는 장비 구입에 들어간다. 그 경비가 적잖을 텐데 하는 생각이 들어 여쭙자 "뜻이 있으면 길이 있겠지요"라는 한마디. '산행이 곧 수행이고 그 산행에서 체득한 깨달음의 빛을 우리네 중생들에게 나누어 주고자 하니 큰 불사佛事가 아니겠는가.' 불사의 동참발원 불자를 부르고 싶은 기자의 바람이 고개를 들었다.

월간 불광 1991년 기사

92년 안나푸르나 4봉 올랐던 영봉당 해종 스님
과연 부처가 설산에 있습디까?

닭목령에서도 한참을 들어가야 했다. 결국 내비게이션이 가리키는 길을 따르
니 그가 그려준 약도보다도 훨씬 많은 시간을 길에서 허비해야만 했다. 후회가
들었다. 역시 기계는 믿을 게 못 된다. 허나 매번 속으면서도 그걸 미리 깨닫지
못하는 게 중생이라. 어쨌든 모든 물질문명은 나보다 지혜로우며 바른 길을 인
도할 것이라 사람들은 믿는다. 어쩌면 그래서 세상은 늘 아수라. 강원도 강릉
시 왕산면 대기리 곰자리토굴. 백두대간이 머리 위를 스치듯 지나는 그곳은 영
봉당 해종 스님이 25년 넘게 살고 있는 보금자리다. 사람들은 토굴土窟이라 하
면 동굴을 연상하지만 그저 흙으로 지은 집이다. 지난 1992년 네팔 안나푸르나
4봉(7525m)을 오르며 일약 산악계에 이름이 알려진 그는 이미 이른 겨울이 찾아
온 그곳에서 여전히 시린 공기에 둘러싸여 있었다.

수행자의 누더기 속엔 자유가 있더라

"배고파 죽는 줄 알았네. 왜 이렇게 늦었어?"

점심 무렵 도착한다 호언을 했는데 이미 시간은 두 시를 훌쩍 넘기고 있었다.
스님이 내온 밥상을 마주하고 앉았다. 방이 따뜻해 벌레가 많으니 섞이지 않게
알아서 잘 먹으란다. 반찬은 북어국과 배추김치, 총각김치, 갓김치, 풋고추에

된장이다. 당신 어제도 술 마셨지? 기자들이란 매일 술 먹는 일이 잦을 테니 해장하라고 북어국 끓였다고 했다. 방 안을 살핀다. 나는 왜 선방에 텔레비전이나 낡은 라디오라도 하나 있지 않을까라고 생각했을까.

"심심하지 않으십니까?" 뜬금없는 질문에 "여기 새도 있고 나무도 있고 바람도 있고 벌레도 있는데 뭐가 심심해"라는 대답이 돌아온다. 배고픈 자에겐 먹을 것만 보인다. 제일 심심한 자가 텔레비전을 찾는 거다. 궁금한 것들을 챙겨 와야 했으나, 처음부터 따져 묻고 싶지도 않았다. 고요한 호수에 던진 돌멩이 같은 질문에 물 흐르듯 스님의 법석은 끝없이 펼쳐졌다.

"스님은 왜 스님이 되셨나요?"

본래 독실한 크리스천 집안의 장남이었다. 17세 되던 해 우연히 한 스님을 만났는데, 스님이 되면 뭐가 좋습니까 물으니 평생을 자유롭게 살고 평생 공부를 할 수 있다고 했다. 그 말 듣고 3일 만에 해인사로 들어가 입산했다. 부모가 나를 낳고 어떤 기도를 가장 많이 할까. 건강, 출세보다 가장 인간답게 사는 것이 아니었을까. 그래서 승려가 된다는 건 삭발과 염의에 갇히는 일이 아니라 보다 큰 자유를 얻는 것이라고 그는 말했다. 권력자의 옷 속엔 업이, 수행자의 누더기 속엔 자유가 있다고 스님은 덧붙였다.

"그럼 히말라야에는 왜 가셨나요?"

수행을 하며 3년은 만행卍行을 하려고 했다. 지금이야 3년이면 지구를 한 바퀴 돌겠지만 그때만 해도 세상은 드넓어 갈 곳을 정해야만 했다. 첫 목적지는 일본이었다. 햄버거 집에서 아르바이트도 하고 공사판에서 벽돌을 나르며 틈틈이 경비를 모아 1989년 봄 그 품안에 뛰어들지 않고서는 못 견딜 것 같던 히말라야로 갔다. 칼라파타르(5643m)를 오르다 죽을 듯한 고소증에 시달렸으나 정상에 서자 씻은 듯이 사라졌다. 그제야 알았다. 속았구나. 고소에 속았구나. 로부체에 앉아서 눕체 로체 로체샤르 남벽에 지는 화려한 석양과 그 뒤에 숨은 듯 솟은 우주 만물의 어머니, 검은 사가르마타를 보며 지혜보다는 덕이구나, 덕은 늘 물러나 있구나, 수백 권 책을 읽는 것보다 저 산의 덕을 깨달아야겠구나 생각했다. 히말라야는 보는 곳이 아니라 부딪치는 곳이라는 생각이 들었다. 오르다 죽어도 피아皮我가 죽지 자아自我가 죽나.

　스님은 수행자의 육바라밀이 히말라야에 있다고 했다. 첫째가 보시, 베푼다는 뜻이다. 고소캠프에서 알파미로 공양을 해도 셰르파나 대원이나 똑같이 먹으니 평등공양이요, 무얼 해도 했다는 관념 없이 무의식 속에 행동하게 되니 정신을 바치는 것이다. 카라반 중엔 주민에게 무엇 하나라도 줄 마음이 드니 그 또한 보시요, 산은 내 모든 걸 바칠 수 있는 곳이라. 둘째는 지계, 룰을 지킨다는 뜻이다. 히말라야에서는 연기도 못 피운다. 산이 싫어하기 때문이다. 삭발과 염의에 갇힌 지계가 아니라 산 정신과 합일되는 정신적인 아주 큰 계를 그곳에선 지키지 않으면 안 된다. 셋째는 인욕, 참는다는 뜻이다. 고소에서 걸음을 옮기면 욕이 튀어나온다. 육체와 정신의 고통이 극에 달하기 때문이다. 그럴 때 자기를 진정으로 다스리는 것이 곧 인욕이다. 넷째는 선정, 무념무상이라는 뜻이다. 무념무상 속에서 산과 내가 하나가 된다. 그게 안 되면 등반은 이미 접어야 한다. 다섯째는 정진, 나아간다는 것이다. 멈추지 않고 끝없이 걷지 않으면 정상은 없다. 비단 걷는 것뿐이랴. 여섯째는 지혜라. 산을 오르기 위해 얼마나 많은 연구와 공부를 해야 하는가. 한 줄기 바람에서 날씨를 예측하는 것은 지식만으로는 될 일이 아니다. 맑은 정신으로 내면의 궁금증과 끝없이 싸워야 한다. 한발이 만보, 일념이 만념이 되도록 진중해야 하는 곳이 히말라야니라. 스님은 선방에서 하는 수행은 극한 상황이 아니더라, 처절한 내면과의 싸움을 하고 싶더라 말했다.

"정상에 서면 무얼 하십니까?"

"깃발 들고 사진 찍지 이놈아. 고독이 닥쳐오더라. 절대고독과 절대평화가 동시에 오더라. 극極이더라, 일반인들은 죽음이 닥쳤을 때 자식과 처가 생각난다는데, 아무 인연도 없는 나는 오히려 편안하더라. 몇 번이나 절벽에서 몸을 던질까 했었다. 그러면 이 지루한 화두도 끊어질 텐데. 고독과 자유는 같이 오지 않더라. 나는 무언가 궁금한 것이 목구멍까지 치밀어 오르는 듯했으나 정작 밖으로는 한마디 말도 할 수 없었다."

스님은 등산화 끈을 묶으며 오갈피밭을 구경시켜 주겠다고 나섰다.

탁발은 공짜가 아닌 법, 히말라야 보시산행을 떠난다

어림잡아 1만 주는 되어 보이는 오갈피나무들은 검은 열매들이 실하게 영글어 있었다. 스님은 오갈피를 길러 약을 달여 한 해 동안 쌀 한 포대라도 신세졌던 사람들에게 갚는다고 했다. 탁발은 절대 가만히 앉아 공짜로 얻어먹는 게 아니라고 스님은 말했다. 히말라야에 가고 싶을 때에도 오갈피나 산약초를 뜯어다 부처님께 올리면 신기하게도 그게 딱 필요한 경비만큼 돌아온다고 했다.

"스님은 염불은 안 하십니까?"

"사람들은 목탁 치고 소리를 내야 염불하는 줄 아는데, 그게 다 멋 부리는 일이니라. 염불은 부처를 생각한다는 말이다. 진정한 가치는 그 생각에 있다. 기도해 달라고 사람들이 돈 들고 찾아오면, 니가 해라, 기도, 자기 기도 자기가 해야지 왜 남한테 돈 주고 시키냐고 한다. 물질이 풍요로우면 부패하게 돼 있는 게 사람이다. 언젠가 승려들 모이는 자리에서 자동차 없는 사람 손들어 보라고 하니 나 혼자뿐이었다. 선방에 누군가 찾아올 때 쏘나타보다 비싼 차 타고 오면 해머로 내리친다. 비단 불교뿐 아니라 모두 더 청빈하고 겸손해야 한다. 사상과 종교는 성직자만의 전유물이 아니다. 권력이 깊어지는 시대일수록 가난과 겸손은 더 빛나기 마련이다." 영봉당의 눈은 빛났다.

곰자리토굴의 부처님은 1년에 딱 한 번 사월초파일에만 대중의 얼굴을 본다. 스님은 지난 5월 토굴을 개방하며 들어온 시주금 400만원에 오갈피로 인해 들어온 돈을 보태 1만 달러를 마련했다. 산에 오르기 위해서가 아니었다. 돈은 모두 태국 미얀마 국경의 난민촌 어린이들에게 돌아갔다. 한국 돈 1만원의 가치는 그 아이들이 한 달 동안 먹고 자유롭게 공부할 수 있는 양이다.

지난겨울 카트만두에 문 연 '세종한국문화와 언어교육원'도 스님의 그런 뜻이 담겨 있다. 네팔 사람들을 상대로 무료로 한국어 교육과 한국문화, 컴퓨터 등을 알려주는 교육이 이미 두 차례 열렸다. 20여 년 히말라야를 다니는 동안 맨발의 포터였던 아버지와 다시 맨발의 포터로 살아가는 젊은 아들을 보며, 그들의 갈라진 발바닥의 세습은 무지에서 비롯되는 거라고 영봉당은 느꼈다. 배우는 것은 본인의 몫이더라도 세상이 그 기회마저 박탈할 수는 없다. 그래서 무학위자, 빈곤자, 무직자를 우선으로 한글을 가르쳐 주고 한국문화를 알려주고 컴퓨터 교육을 통해 뭔가 다른 세계를 찾아갈 수 있는 눈을 틔워 주려 한다고 그는 말했다. 다시 겨울학기가 시작되나 자원봉사 선생님이 부족해 강단에 서야 한다는 그는, 책이든 연필이든 돈이든 사람들의 나눔이 필요하다고 호소했다.

히말라야 사람들이 장작을 연료로 사용하며 정글이 급속도로 파괴되는 것을 보곤 온돌학교를 열 계획도 세웠다. 열을 90% 이상 활용하는 우리의 온돌방 구조를 알려주면 가지치기나 간벌, 낙엽만을 가지고도 훨씬 더 따뜻한 밤을 지낼 수 있을 것이라고. 숲도 건강해지고 사람도 건강해지는 것, 그런 히말라야 사람과 자연의 문제들에 공헌했을 때 산악인들의 영역도 더 넓어질 것이며 또한 산을 아끼는 사람들의 의무가 아니냐고 그는 되레 내게 물었다.

오르니 깨달았습니까, 과연 부처가 설산에 있습디까 묻는 것이 얼마나 부질없는 허공의 메아리였는지 돌아오는 내내 마음이 괴로웠다. 스님은 줄곧 침묵

했으나 이미 삶으로 그 해답을 살고 있었으므로. 언제든 곰자리토굴을 다시 찾아오라고 했으나, 며칠 뒤 그는 히말라야로 떠났다.

이 마운틴 2009년 12월호 기사

히말라야 세르파들 보며 "가난 대물림 끊어주자"
3년째 500명 가르쳐와

꽃다발을 받은 스님의 얼굴에 웃음이 가득했다.

"이 꽃다발은 여러분이 받아야 하는데……."

히말라야 산맥이 병풍처럼 둘러싼 네팔의 카트만두. 지난 25일 3층 주택을 개조한 '세종한국문화와 언어교육원' 옥상이 왁자지껄했다. 3개월 코스의 한국어 과정을 이수한 학생 170여 명과 수료증을 주는 스님 모두 싱글벙글이다. 수료생 중 120여 명은 28~29일 카트만두에서 실시된 '고용허가제 한국어시험(EPS-KLT)'에 응시했다. 22년간 히말라야와 함께 살아온 영봉靈峰 수안 스님이 그동안 이들을 무료로 가르쳐 왔다.

히말라야는 언제부터 등반하셨나요?

"1988년에 처음 왔어요. 37년 전 불가佛家에 들어선 뒤 수행하다가 어느 순간 '선방이란 관념의 틀에 갇히지 말고 만행(만 가지 수행)을 해 보자'고 결심했죠. 칼라파타르(5545m)를 시작으로 멜라픽과 안나푸르나의 6000~7000m급 산들을 올랐어요. 평소 수행할 때의 답답한 가슴이 뻥 뚫리면서 '지혜보다는 덕德이구나, 겸허하게 사람들을 돕고 살자'는 생각을 했지요."

한국어학원은 무료던데, 언제 시작했나요?

"네팔엔 50번도 넘게 왔어요. 짧게는 열흘에서 길면 1년까지 다 합치면 10년 넘게 네팔서 살았지요. 산에 오르면서 한 500명쯤 셰르파를 만났는데 10년 전 20년 전에 함께 올랐던 셰르파의 아들들이 셰르파로 일행이 되는 경우가 점점 많아지는 거예요. 3년 전 '이 아들 셰르파들의 가난과 고난의 대물림은 끊어줘야겠다'는 생각이 들었어요. 그래서 고산 등반을 접고 어학원을 열었죠. 여름·겨울에 석 달씩 두 번 열어요. 이번까지 500명 정도에게 한국의 문화와 언어를 가르쳤어요. 한국어를 배우면 그냥 포터가 아니라 가이드나 지배인, 혹은 동업자나 사장으로도 클 수 있을 거예요."

학원 운영비가 많이 들 텐데요.

"오르는 임대료에다 한국어 교재, 컴퓨터 기자재, 강사들 월급……. 매년 초파일에 강원도 토굴을 딱 하루 공개하면 시주가 들어옵니다. 또 10년 전부터 토굴 주변을 개간해서 2000평에 오갈피 5000주를 혼자 키우는데 그걸 가을에 지인들에게 보내면 '답례'들을 해 와요. 교육원이 운영하는 인터넷카페 '히말라야의 꿈(dreamofhimalaya)'을 보고 비용을 보태 주시는 분들도 있고요. 그걸로 여기 학원 운영하고 미얀마에도 보내요."

미얀마요?

"3년 전에 미얀마를 탈출한 소수민족 한 명을 우연히 만나 그 사람 고향을 찾아간 적이 있어요. 1만원이면 학생 한 명이 한 달간 먹고 배울 수 있을 정도로 가난해요. 5개 학교 아이들 500명에게 한 달이라도 제대로 먹으면서 공부하라고 500만원을 보내주죠. 한국은 이제 못사는 나라 사람들을 도와줄 능력이 있어요. 그럴 책임도 있고요."

그는 수료식을 마친 다음 날 다시 강원도 산골로 향했다. "겨울과 여름엔 네팔의 한국어학원장, 봄·가을엔 강원도의 오갈피 농사꾼입니다. 오갈피가 네팔과 미얀마 아이들의 꿈을 키워주는 화수분인 셈이죠."

조선일보 2010년 8월 31일자 기사

스님이 토굴에서
가시오갈피 달이는 이유는

히말라야 고봉을 등정하고, 네팔에서 가난한 젊은이들에게 한국어를 가르치고 있는 영봉 스님(본지 8월 31일)이 지난달 중순 입국했다는 소식이 들려왔다. 토굴에서 가시오갈피를 달이고 있다고 한다. 스님이 웬 건강식품? 찾아가 보기로 했다.

스님의 거처는 강원도 강릉시 왕산면 대기리의 한 '토굴土窟'. 8일 오후, 차량용 내비게이션이 안내하지 못하는 산속 좁은 차로를 구불구불 달려 그 흙집에 닿았다. 추운 산속 방 세 칸, 부엌 한 칸짜리 집 옆에 가시오갈피밭(6611㎡·2000평)이 있었다. 첫눈이 흩날리기 시작했다.

"아이고, 빨리 덮어야겠네. 보름 동안 말렸는데!" 집주인 영봉靈峯 스님이 급하게 비닐 장막으로 마당 전체에 깔려 있던 가시오갈피 더미를 덮었다. "이게 다 토종이에요. 거름, 농약 안 치고 키웠지. 보름 동안 350병(1.8ℓ) 달였는데 아직도 이만큼이나 남았어요. 젖으면 안 되는데." 마당 뒤편에서 커다란 약탕기 3대가 번쩍거렸다.

영봉 스님은 2년 전 네팔 카트만두 젊은이에게 무료로 한국어와 한국문화를 가르치는 '세종한국문화와 언어교육원'을 세웠고, 올 10월엔 카트만두에서 버스 타고 하루 종일 달려, 거기서 또 나흘을 걸어야 닿는 마을에 셰르파(Sherpa)

자녀 100여 명을 위한 어린이학교를 만들었다. 또 3년 전부터 미얀마를 탈출한 소수민족 어린이들에게 500만원을 부치고 있다.

교육원과 어린이학교 운영비, 기부금으로 스님이 쓰는 비용은 연간 5000만 ~6000만원. 신도와 지인 40~50명이 알음알음 보탠다. 스님이 매년 가을, 두 달 간 가시오갈피 즙을 달이는 건, 후원자들에게 보낼 답례품을 만들기 위해서다.

"운영비를 생각하면 늘 조마조마해요. 빚도 지고, 신경 쓰니까 밥이 잘 안 넘어가더라고요. 할 수 있는 건 산에서 나는 약초, 버섯 캐서 도와준 분들에게 보내는 일이에요. 5년 전부턴 가시오갈피 밭을 일궜어요. 신도들이 즙이 진해서 좋다고 해요. 하하."

17세에 출가한 영봉 스님은 1985년 '고고한 승려라는 관념에 사로잡혀 있는 것 같아서' 선방을 떠나 전국을 떠돌았다. 떠돌고 떠돌다 일본에도 갔다. "3년간 '만행萬行(여러 곳을 돌아다니면서 닦는 온갖 수행)'을 해 보자는 마음으로 갔어요. 일본 오사카에서 낮에는 고분발굴현장에서 막일 하고, 밤에는 맥도날드에서 아르바이트를 했어요." 일본에서 1년 반쯤 지내니 1000만원이 모였다. 이 돈으로 다시 중국, 홍콩, 태국, 네팔을 거쳐 인도, 부탄, 티베트를 돌아 강원도 토굴로 돌아왔다. 세상에 대한 두려움이 좀 가시는 듯했다.

1988년 처음 네팔의 칼라파타르(5545m)를 시작으로, 1990년 다시 네팔 메라 픽(6476m) 정상에 올랐다. 이번엔 일종의 '등정 수행'이었다. 그러다 1994년에는 법명을 '해종亥宗'에서 '영봉'으로 바꿨다.

"메라픽을 오른 게 알려지면서 각종 언론에서 인터뷰 요청이 들어왔어요. 방송 영상을 찍는데, 같은 언덕에서 열 번을 다시 내려와 달라고 하고, 땀도 안 나는데 얼굴에 물 뿌리고 다시 찍고……. 이렇게 하다 보니 수행이 안 되겠다 싶었고, 숨어 지내려고 이름을 바꿨어요." 그 후론 그저 조용히 산에 올랐다.

2005년 그가 네팔을 다시 찾기로 한 것은 '포터porter(짐꾼)' 때문이다. "3~4개월 걸리는 정상 공격에 나설 땐 셰르파뿐 아니라 요리사, 짐꾼 수백 명을 농원해요. 내 깨달음 때문에 무거운 짐을 30~40kg씩 메고 걷는 짐꾼을 보면 안타까웠어요. 가난을 대물림한 짐꾼이 당장 '어깨가 끊어지는 고통'에 시달리지 않을 수 있는 방법이 뭘까 고민했죠."

그래서 세운 게 무료 한국어교육원. 3층짜리 건물(200평)을 빌려 사람들을 모았다. 3개월 과정의 한국어 교육을 두 차례 정도 받고 나면, 젊은이들은 더 이상 짐을 들지 않고도 한국인 등반객의 '가이드' 역할을 할 수준이 된다. 이 교육원을 나온 청년 둘은 네팔의 고용허가제 한국어능력시험(EPS-KLT)에 합격해 현재 거제도와 안동에서 일하고 있다.

어둑어둑해질 무렵, 2주간 토굴에서 스님 일을 도왔던 여성 산악인 남난희(53) 대장이 경남 하동 자기 거처로 떠날 채비를 했다. 스님이 말했다. "오늘은 눈도 오고, 사람도 왔다 가고, 바람도 불고……. 이 초막에서도 외로울 틈이 없네. 12월 초엔 또 네팔로 갑니다. 그 전에 가시오갈피 다 달여서 부쳐 놓고."

조선일보 2010년 11월 20일자 기사

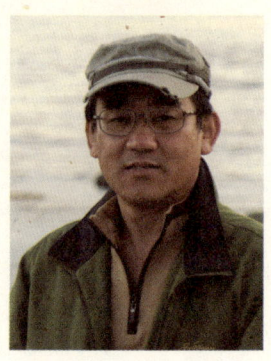

별빛은
눈물로 쏘아 올린
희망의 빛

　　태국 메솟 지역 정글 속에 있는 미얀마 난민촌 누포캠프에서 밤하늘의 별을
쳐다보았습니다. 두 손을 펴고 잡으면 잡힐 것같이 별은 밝고 가깝게 내려앉
습니다. 정말 장관이고 황홀한 광경이었습니다.

　　나는 왜 그렇게 아름다운 별을 쳐다보면서 시간이 지날수록 하염없이 눈물
이 흘러내린 것일까? 오늘 난민촌의 열악한 모습을 보면서 참으로 안쓰럽고 서
글펐습니다. 지구상에 이런 마을도 있나 싶은 안타까운 마음에 가슴을 한없이
졸였던 날이었습니다. 그렇기에 이곳 난민촌 하늘에 떠 있는 별들도, 나처럼 슬
픈 마음으로 밤만 되면 저리 눈물을 흘리는구나, 그런 상상을 하면서 초롱초
롱한 별빛을 눈물로 보고 만 것입니다.

　　새벽 염불소리를 들으며 어둠이 채 가시지 않은 길을 나섭니다. 밤새 한기에
떨던 몸을 녹이려 불가에 옹기종기 앉아 있는 아이들, 그 불 위에 멀건 된장국

을 끓이며 엷은 미소를 머금은 여인의 얼굴을 보면서 여기도 사람이 살고 있는 곳이라는 온기를 느끼기 시작했습니다. 철조망에 갇힌 공간에서 부족한 식량을 나누며 살아가는 그들의 삶을 슬프게만 바라보던 잘못된 선입감은 그곳 모습을 사진기에 하나씩 담아갈수록 허물어져 갔습니다.

난민촌 사람의 겉모습만 보고 나는 왜 불쌍하다고만 느꼈을까? 그곳 사람들은 생각처럼 그리 불행하지는 않았습니다. 구멍이 숭숭 뚫린 대나무집의 새벽 한기와 수시로 밀려오는 절대 빈곤이 주는 허기에 주린 배를 움켜쥐지만 슬퍼하지는 않았습니다. 부모를 모두 잃은 고아조차도 슬픔을, 고통을 행복으로 승화시키려는 강한 의지를 가지고 있는 것을 보았습니다.

렌즈를 통해 본 '눈빛이 초롱초롱한 고아 아이 눈망울에서', '온전한 책상도 없는 교실에서 힘차게 책을 읽어가는 아이의 목소리에서', '어린아이를 안고 있는 엄마의 가냘픈 젖가슴에서' 오히려 내가 진정한 행복은 마음 안에 담겨 있다는 것을 배우게 되는 시간이었습니다.

비로소 난민촌 위에 떠 있던 그 많은 별들은 슬퍼서 하늘이 흘린 눈물이 아니라 그들이 빚어 올린 말간 눈물의 정수이자 희망의 빛이라는 것을 알게 되었습니다. 슬프되 결코 슬프지만은 않은 그들 삶의 결정체로 떠 있는 환한 희망의 빛을 본 것입니다. 오히려 그들이 나에게 하늘에 떠 있는 말간 희망의 별빛을 한 아름 담아 가라는 것 같은 기운을 받았습니다.

내가 더 바라는 것은 그들이 가지고 있는 희망이란 말간 별빛을 흐리게 하는 불안으로 늘 존재하는 허기와 추위에서 조금이라도 벗어날 수 있게 그들에게 도움을 줄 수 있었으면 더없이 좋겠다는 것입니다. 가난한 시인으로 내가 그들에게 줄 수 있는 것은 마음뿐이지만 이 책이 많은 독자들에게 전달되어 난민촌 고아 아이들의 생활에 조금이라도 보탬이 되었으면 하는 소박한 꿈을 펴 봅니다. 그들의 환한 별빛이 흐려지지 않도록 우리 모두가 희망이란 돛을 달아 줄 수는 없는 걸까요?

그들이 내게 전해준 희망이란 별빛을 렌즈로 제대로 표현하지 못한 짧은 시야를 임연태 작가가 글로써 아름답게 승화시켜 주리라 믿습니다. 내 삶에 이런 좋은 기회를 만나게 해 주신 영봉 스님께 감사의 말씀을 올리고 책을 엮어주신 클리어마인드 오세룡 사장께도 고마운 마음을 전합니다.

2011년 2월 눈물로 쏘아 올린 희망의 빛 아래에서

이승현 합장

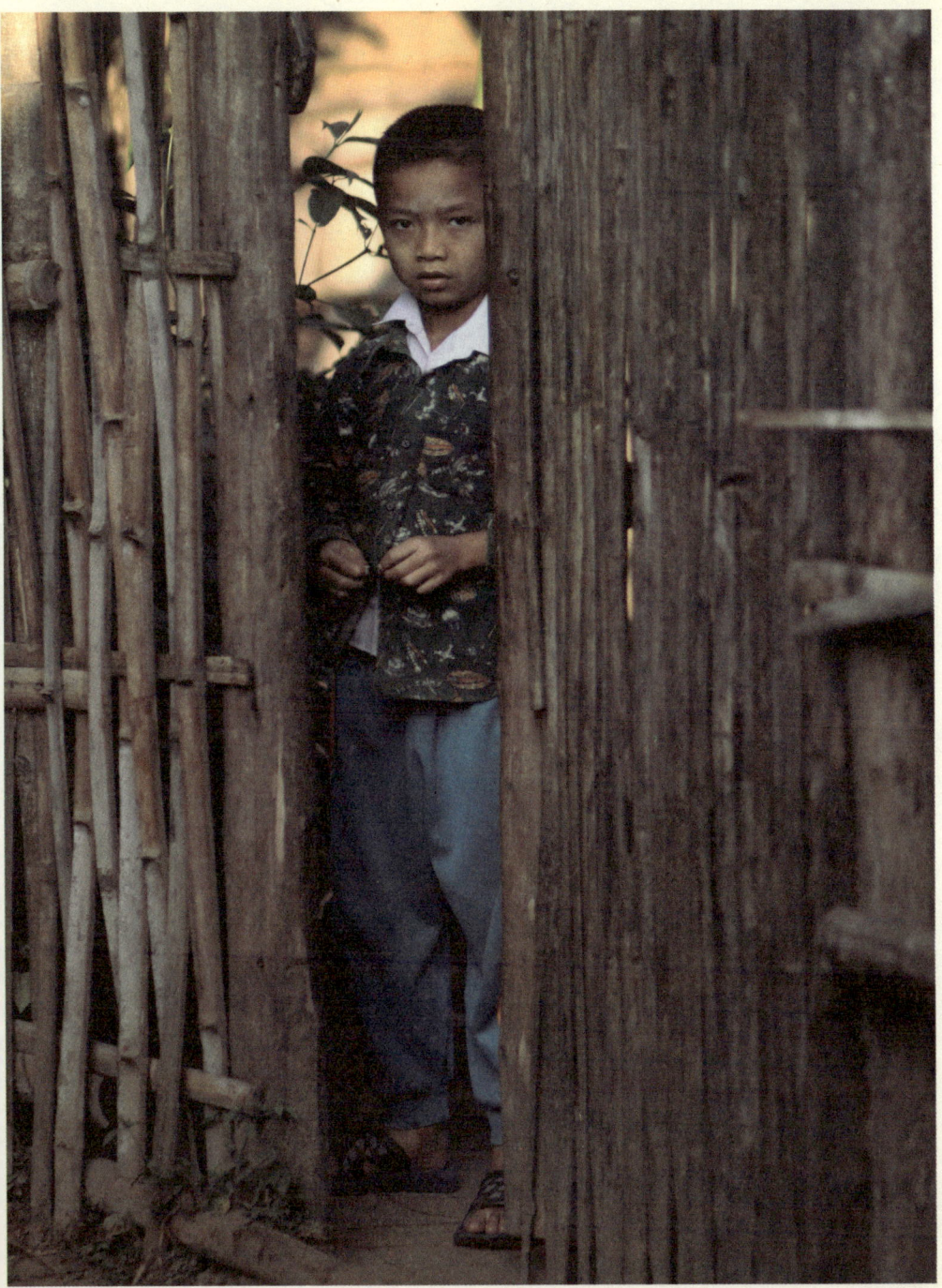

희망에 걸린, 희망

초판 1쇄 발행 2011년 2월 26일
초판 2쇄 발행 2011년 3월 22일

지 은 이 | 임연태
사 진 | 이승현
펴 낸 이 | 오세룡
펴 낸 곳 | 클리어마인드_(주)지오비스
등록번호 | 제 300-2005-54호
주 소 | 서울시 종로구 수송동 58 두산위브 736호
전 화 | 02)2198-5151 팩스 | 02)2198-5153
디 자 인 | 현대북스 051)244-1251

ISBN 978-89-93293-24-1 03810

정가 14,500원

이 책의 수익금은 미얀마난민수용소의 교육지원 사업에 쓰입니다.

여기 부처님의 가르침을 새기고자 하는
간절한 마음으로 정성을 다하여
법공양을 올립니다.

185 Lake Village Drive Apt 303
Ann arbor MI 48103
David Seung Jae Lee(이승재)

203 South 4th Street Apt 203
Champaign, IL 61820

Nick Lee(이상록)